本书为国家社科基金重大项目（项目批准号：16ZDA176）阶段性成果；

国家社科基金领军人才项目（项目批准号：22VRC196）阶段性成果；

内蒙古自治区直属高校基本科研业务经费项目结项成果；

内蒙古草原英才创新团队滚动团队专项项目经费资助；

内蒙古大学双一流、部区合建专项经费资助；

南开大学文科发展基金项目（项目批准号：ZB22BZ0303）阶段性成果

元明清蒙汉文学交融
文学研究丛书

李珊珊　著

清代杭州驻防文人诗歌研究

中国社会科学出版社

图书在版编目(CIP)数据

清代杭州驻防文人诗歌研究 / 李珊珊著 . —北京：中国社会科学出版社，2024.5
（元明清蒙汉文学交融文学研究丛书）
ISBN 978-7-5227-3253-4

Ⅰ.①清…　Ⅱ.①李…　Ⅲ.①古典诗歌—诗歌研究—中国—清代　Ⅳ.①I207.22

中国国家版本馆 CIP 数据核字（2024）第 051766 号

出 版 人	赵剑英
责任编辑	宫京蕾
责任校对	冯英爽
责任印制	郝美娜

出　　版	中国社会科学出版社
社　　址	北京鼓楼西大街甲 158 号
邮　　编	100720
网　　址	http://www.csspw.cn
发 行 部	010-84083685
门 市 部	010-84029450
经　　销	新华书店及其他书店
印刷装订	北京君升印刷有限公司
版　　次	2024 年 5 月第 1 版
印　　次	2024 年 5 月第 1 次印刷
开　　本	710×1000　1/16
印　　张	15.75
插　　页	2
字　　数	267 千字
定　　价	88.00 元

凡购买中国社会科学出版社图书，如有质量问题请与本社营销中心联系调换
电话：010-84083683
版权所有　侵权必究

总　序

米彦青

　　有多种自然生态环境的中华大地，其上的人群在历史上造就和分衍出不同形态的政治—经济—文化秩序，并产生展示多元文化样态的文学作品，这些作品有着深刻的环境清晰度——在中国历史上，没有民族交融的时段是很少的，故而在民族文学交融的视野中，我们可以看到更为完整的中国史。从中发现的"多元一体"中国的历史进程、演化路径和动力机制，更是我们理解中华民族、中华文化的重要切入点。

一

　　从文化的整体性看，中华文化就是一个随不同时段而广纳不同文化因子，最终形成种族与文化融合的历史。多民族习俗在时代语境中带来的情感、思想、身份认同与美学追求的嬗变，是民族交融在中华民族共同体视域下的显性表征。以元明清时期的蒙汉文化与文学交融为例，蒙古族入主中原之后，中国文学发展的空间与秩序出现了一些重要的转折。此前的中国历史上，从未出现过一个统一的少数民族政权，虽然在北方地区曾有过少数民族统治时期，但统治区域并不完整。而蒙古族建立的元政权改变了汉民族统一中国的历史格局，它和其后由满族建立的清政权都是中国历史上由少数民族建立的大一统王朝。在这样的政治局势下，一直居于中原王朝社会边缘的少数民族士人，通过少数民族政权的号召，走到历史舞台的幕前，成为推动元王朝和清王朝文化发展的新的重要力量。

　　在元代历史上，族群涵化缓慢演进，形成多元文化与多元文学交融态势，涌现出一大批成就斐然的各族文学名家。蒙古族作为中华大地北方政权大蒙古国及代宋而立的元代的统治民族，蒙古族文学家在大蒙古国和元代文学史上占有重要地位，可是追溯这个王朝的文学创作，都和蒙汉文学交融有密不可分的关系，而用汉语完成的少数民族诗文创作，就是蒙汉文学交融的显在成果。当然，这些成果也或隐或显地保留并显示出民族属性所赋予的文化气质。不惟元代，少数民族汉语创作的文学力量，在明清社会中的少数民族士人与中原汉地士人之间产生的文学互动，对重塑整个时代的文学面貌更产生了积极作用。

2016年，我获批国家社科基金重大招标项目"元明清蒙汉文学交融文献整理与研究"，早在2013年开始构思这个项目时，当我的博士生希望我给毕业论文题目时，我就按照"蒙汉文学交融视域下的元代诗文研究""蒙汉文学交融视域下的明代诗文研究""蒙汉文学交融视域下的清代诗文研究"开始布局学生的学术成果。因为清代文学是我多年耕耘的沃土，也是蒙古族汉语创作研究的富矿，所以在理论及方法层面对学生的要求细化。诸如空间理论研究、制度与文学关系研究、文学传播研究这些方法被逐步运用到他们的毕业论文中，因而就有了这套"元明清蒙汉文学交融研究丛书"的雏形。此次出版的五部著作，都是蒙汉文学交融视域下清代文学研究成果。涉及清朝蒙古族汉语创作这一文学方式，以及在制度史、思想史与新文化史等历史观视域下的研究方法中呈现的清代文学的不同面向，展示了与元前较为纯粹的汉文学大不相同的、具有"特质"意味的文学特点。

清代的蒙古族诗人群体由百余位创作者构成，他们中有诗集存留者63人[①]。蒙古族诗人们主要由三类构成，一是藩部蒙古，如尹湛纳西家族和旺都特那木济勒家族；二是八旗蒙古，如法式善、和瑛、柏葰、倭仁等人，八旗蒙古是蒙古诗人的主体；三是民人，如萨玉衡家族和梁承光家族等。八旗蒙古的先祖大都是随清入关的武职军人，起初定居于京师，随着统治政策的变化，他们中的一些人又被派往不同区域驻防。无论是在京师扎根繁衍还是去往地方戍守蕃息，他们的后嗣多由武转文，其中还有一些人历经数代形成了家族式文学创作。最终，在约270年的漫长清代文学史上，在京师、八旗驻防地的不同空间中建构了繁盛的清代蒙古族汉诗文创作高峰。

蒙古王公与满洲贵族同属清代的统治阶层，通过血亲和姻亲构成的满

---

① 因为文学史料不断发掘，所以本丛书提出的63人与拙作《中国古代蒙古族汉诗研究》叙述略有不同。

蒙一体社会关系网络，成为清代社会文化中的特殊存在。藩部蒙古诗人的代表旺都特那木济勒和贡桑诺尔布父子，系成吉思汗勋臣乌梁海济拉玛的后裔，是卓索图盟喀喇沁右旗世袭札萨克亲王。这个家族对汉诗文的喜爱，源起旺都特那木济勒的父亲喀喇沁色伯克多尔济王爷，后旺都特那木济勒致力于诗歌创作，在其子诗词兼擅的贡桑诺尔布时代达到顶峰。最终，通过祖孙三人的努力，成就了清代文学史上这一独特的蒙古王公文学家族。而乌梁海王公家族积极习练汉诗文的行为也感召了喀喇沁人学习汉族文化。藩部蒙古的文化认同通过汉诗写作得到清晰体认，在京师及驻防地的民族文学交融更是欣欣向荣。

清代蒙古八旗伴随满洲八旗的军事移民构成了驻防各地和拱卫京师的蒙古族移民的主流，且形成了京师及各驻防地的蒙古诗人的主体。蒙古驻防军人进入汉族聚居区后，在清代经历了一个漫长的汉化过程。随着清廷八旗驻防制度的更改，他们在与当地民众交往交流中，逐渐适应了当地汉文化习俗，在交融中求同存异，共生共荣，实现了从驻防到定居，从外来军人到成为驻防地本土人员的转化。文化交融带来文学的繁荣，蒙古驻防诗人主要产生于杭州驻防、京口驻防、荆州驻防、开封驻防、沧州驻防中。至今有诗集留存者16人，分别是杭州驻防瑞常、瑞庆、贵成、三多；京口驻防达春布、布彦、清瑞、爕清、善广、延清、云书；荆州驻防白衣保、恩泽；开封驻防倭仁、衡瑞；沧州驻防桂茂。占留存至今的清代蒙古族汉诗集四分之一。

清朝以"旗""民"分治。民人中产生的蒙古诗人较少，但因为他们是从元代而来的蒙古后裔，其时间性与空间性的交织更为特别。故此，对萨氏家族与梁氏家族做一个特别说明。元代蒙古文人萨都剌兄弟三人，其弟有子名萨仲礼。萨仲礼为元统元年（1333）进士，授福建行中书省检校，入闽任职后，此支脉便定居福州。明清以来，福州萨氏人才辈出，属当地望族。萨仲礼孙萨祖琦为明宣德五年（1430）进士，官至礼部右侍郎兼詹事府少詹事。清代族人中举人进士辈出，且工诗词，多人有诗集传世。如萨玉衡（乾隆五十一年举人）著有《白华楼诗钞》；萨察伦（嘉庆九年举人）著有《珠光集》；萨大文（道光二十年举人）、萨大年（道光二十八年进士）合著《荔影堂诗钞甲乙集》；萨龙田（道光六年举人）著有《湘南吟草》；萨大滋著有《望云精舍诗钞》；萨镇冰（同治十一年毕业于马尾船政学堂，光绪三年被派往英国皇家海军学院学习驾驶）著有

《仁寿堂吟草》。福州萨氏蒙古文人的文学渊源上承自元代的萨都剌，涵括元明清三代，拥有的家族历史记忆不同于清代的蒙古八旗文人，是一个特殊且极具价值的文学创作群体。清代桂林梁氏家族为元世祖忽必烈之后。乾隆四十三年（1778）所修旧谱及同族梁焕奎民国时主持撰修的《梁氏世谱》中皆载梁氏始祖为元世祖忽必烈之后也先帖木儿。明初，凡未跟随元顺帝北归的皇裔为避祸皆改姓氏。五世梁成始进入明朝，六世梁铭以典兵建功被封为保定伯。梁铭之弟梁鉴一支迁至应天府江宁，梁铭子梁进为七世公。梁进因平定贵州苗祸立功，进封爵为保定侯。至清乾隆年间十八世梁兆鹏即梁承光高祖，为广东永安县令。十九世梁垕即梁兆鹏第三子始迁居广西桂林，从此隶籍桂林。梁垕育有三子，分别为宝善、宝书、宝儒。次子宝书即梁承光的父亲、梁济的祖父。近代以来家族中人多投身科举，喜作诗文，形成了蒙古文学家族。如梁承光（道光二十九年举人）著有《淡集斋诗钞》；子梁济（光绪十一年举人）存有《桂林梁先生遗书》；孙梁漱溟为现代新儒家的早期代表人物，著有哲学著作多种。与福州萨氏相近，桂林梁氏蒙古文学家族也是自元代始便进入中原区域。相较于清初入关的蒙古八旗群体，这两个蒙古民人诗人家族已经更为深入地融进了中原文化体系中。

　　蒙古族汉诗文创作是典型的民汉文化交融成果。清代蒙古族汉诗文创作不但有时间性也有空间性。从空间上来看，蒙古族汉诗创作有明显的从京师到八旗驻防地方的分布态势。从时间上来看，清初顺康之际，八旗驻防诗人中只有零星创作。乾嘉时期是蒙古族汉诗创作的繁盛期，随着清廷对汉文化学习的深入，在政治中心和文化中心的京师，蒙古族汉诗创作蔚然成风。不过在驻防地诗人的汉诗文创作，一定程度上受到了制度的规约。至嘉道时期，蒙古汉诗创作文学活动渐多，文学写作渐成气候，从京师到驻防地，蒙古族汉诗创作都发生了极大的变化，直至清亡，诗人们的创作热情不减，而且各体文学创作也日臻成熟。

　　通观全清的蒙古族汉诗文创作群体，由于这些活跃在京师或者驻防地的诗人，都出生于由武转文的家族，祖先都是弓马骑射的游牧民族，他们身上始终都有蒙古民族的因子在，即使他们的蒙古民族文化特性在诗文中呈现得并不强烈。无疑，这些由草原走向都城的蒙古诗人及其后代，是蒙古民族文化与中原汉文化两种文化重建的结果。清代蒙古族汉诗文创作者的祖先都不以文学、学术见长，而以武勇善战著称。他们的后代由武转文,大抵处于蒙古社会的中层或上层阶级。蒙古社会中的下层阶级为世代生活在草原上的牧民,地位卑下、实力薄弱,不易进入城市,更没有机会接触汉文化。来自不同地域的蒙古族汉诗文写作者,在学术背景和艺术倾向上往往不同,因此即便是在场合性作品中,他们一方面保持着自己的个性,注重个人情感的表达;另一方面也因为他们共有的民族属性和相似的八旗官学教育背景,有着普遍相似的文化价值观念和文学观念。

二

传统华夏文学的文体概念、文本及其经典化经历了一个漫长的演变过程。它从先秦宫廷和乡野涵摄了丰富的政治、文化和民族意蕴的特殊文本走来,逐渐成为儒家文化的精神元典,再上升为士人的精神之光的表达,不断泛化、不断升华为成熟的中国古典学术体系。流动中生成的文学体系,是中国古典精神的核心,也是中华文化的基因库。蒙古民族的文化品格与华夏民族传统的儒家文化紧密契合,因之,蒙古族诗人文化品格的传承也代表了中华民族文化品格的传承。"文化的认同就是经过反思后形成的对某种文化的分而有之或对这种文化的信仰。"[①] 契合于中华民族品格的文化记忆传承彰显了一种超越民族和个体的广泛存在于清代社会的身份认同,一定程度上体现了清代蒙汉文学的深厚交融。

"元明清蒙汉文学交融文学研究丛书"收录五部作品:《制度·思想·文化:历史视域下的清代文学研究》《清代杭州驻防文人诗歌研究》《清代和瑛家族文学研究》《清代博尔济吉特氏诗人研究》《清代蒙古族诗人汉文创作传播研究》,共同组成清代北疆民族语言文化交融与传播研究系列。《制度·思想·文化:历史视域下的清代文学研究》试图拓宽清代文学研究的视界,把清代蒙古族诗人创作群体在庙堂、江湖、边塞等地的创作汇成的声音,纳入众声喧哗的清代文学史中,并在大历史观视域下,运用制度史、思想史、新文化史等历史学的研究方法来解读这个具有民族符号的创作群体,从中梳理出清代蒙古诗人在创作实践中隐现的中华民族共同体建构的问题意识。清代杭州驻防旗人群体与汉城社会的关系经历了由冲突走向融洽的过程。驻防旗人逐渐被杭州悠久醇厚的汉文化底蕴所吸引,进而揣摩、学习,写作了大量的汉语诗歌作品。这些诗歌既具有与汉

[①] [德]扬·阿斯曼:《文化记忆:早期高级文化中的文字、回忆和政治身份》,金寿福等译,北京大学出版社2015年版,第138页。

族文人表达的相似之处，又具有鲜明的族群特征，是清代民族文学融合的范例。《清代杭州驻防文人诗歌研究》以杭州驻防文人诗歌为研究对象，既在历时流变中探讨杭州驻防文人诗歌的演变过程，又由家族文学、地域文学、创伤叙事等视角寻绎其创作的独特性，力图全面揭示这一群体诗歌创作的整体风貌。《清代和瑛家族文学研究》以清代享有盛名的文学、科举世家和瑛家族文学作品为研究对象，在全面系统梳理其家族主要成员的生平、婚姻、仕宦、交游等材料的基础上，从空间理论与诗歌美学的视角，考察和瑛家族的诗歌创作，以社会空间和意象建构等多个维度透视和瑛家族诗歌创作中的时空体验和生命意识，彰显其在清代八旗文学史上重要的地位。《清代博尔济吉特氏诗人研究》将生活在清代不同时期的旗人、民人、外藩博尔济吉特氏诗人视为群体展开研究，遵循他们在满蒙汉文学交融下的文化认同轨迹，以身份、制度、资本、地域等角度来呈现这一氏族诗人群体，试图反映清代博尔济吉特氏氏族诗人群体创作的共性及特点。《清代蒙古族诗人汉文创作传播研究》以传播为视角，依据清代蒙古族诗人的汉文创作活动的迹历，就蒙古族诗人的心态动机、行为方式及世人对诗人形象的接受、影响作了分析讨论。诗人的传播心态指引着传播行为，传播行为也必将反映传播心态，二者交互影响，共同塑造诗人的形象及其作品意义。读者对诗人形象及作品的接受，属于传播效果，是读者对诗人的反馈，包括对诗人的认同、接受，也有否定、怀疑，从而丰富了诗人形象与作品意义。传播从来都是在一定的社会场域中展开的，对场域的思考亦是本书的重点。通过分析这些清代蒙古族诗人的创作传播，可以明显看出他们对汉文化的高度认同，从心态到行为都体现出了蒙汉文化交融的特点。文学传播是文学作品价值实现的过程，也是透过文学理解历史的过程。

  清代前期的统治者，基于草原森林部落经验的人生认知，希望子孙们能够保持像他们一样的骑射能力，可是，因为子孙们已经处于华夏化的社会环境中，远离草原森林部落的后辈勋贵阶层整体上的世代变迁，导致统治者刻意保持这种军事能力的努力，难以为继。其实，早在北朝时期，就形成了内迁家族日趋华夏化的潮流，彼时的骑射传承，如王褒所说的"文士何不诵书，武士何不马射"（《梁书·王规附子褒传》），随着斛律光这样因骑射绝佳而迎来充满荣誉的一生后却没有善终的人的逝去，某种程度上印证了武士价值的凋落。及至清代，这个由内迁北境人群缔造的政权,一方面延续着基于统治权力优越感的草原森林边境文化认同,一方面又继承了定都北京后由明王朝而来的华夏化潮流及其文化遗产,在"弯弓""下笔"两个维度上呈现出极为复杂的历史张力。"如果说当事人很少把学习当作放弃与背离,那是因为他们应当掌握的知识被全社会高度赞赏,掌握它们就意味着进入了精英的圈子。"① 这种学习动力和积极性,使得被裹挟于其中的王朝的少数民族诗人群体,无论作出怎样的选择,都会面临着来自反作用力的限制。因之,在长时段的历史时空中,用制度话语、思想话语梳理、分析蒙古族汉诗文创作的起源及兴盛不失为可行的办法。

都邑社会与蒙古诗人的汉语创作范型转化有极大的关系。从京师到驻防城邑社会的视角探讨清代蒙古族诗人的生长时,在社交范围变迁、知识转型、故乡变化的互参之下,能够看到武将出身的这些诗人在进入都城社会后的转换状况,也能发现清代蒙古诗人不只是武职到文职意义上的改变,他们认定的世界观、价值观的改变决定了这个群体有很明显的重科举、汉化的特征,而围绕这些改变带来的美学意趣、生活方式的转换导引了诗人个体及其家族文化品格的改变与文学写作的生成。清代聚居蒙古八旗的都邑之所虽然仅是一城一地,然而它们往往都是一朝(如京师)一区域(如杭州、开封)的政治、军事、文化、经济中心,这里是四方思想汇聚之所、观念交融之地,随人口播迁,在晚近时期,在观念上突破了以往的"华夷之辨",形成了"大一统"思想,即:合"内外"华夷为一家,即"天下一家";合"内外"疆域为一国,即中国;合"内外"文化为一体,即中华文化;合"内外"之心为一心,即国家认同。② 成为对大一统思想之下文化认同的核心地区。因此,清代蒙古诗人群体以都邑为背景,才能够生长、衍变,最终形成具有中华文化特色的清代文学史上的文化景观。

清代蒙汉文学交融景观中最为引人注目的就是个体蒙古家族的文化传承图景。从发生学的逻辑来看,像蒙古文学家族这样的少数民族文学家族在演进中逐渐抛却了民族差异,而沉淀为整个中华民族的文化传承,是铸

---

① [法] P. 布尔迪约、J. -C. 帕斯隆:《继承人——大学生与文化》,邢克超译,商务印书馆 2002 年版,第 26 页。
② 李金飞:《清代疆域"大一统"观念的变革——以〈大清一统志〉为中心》,《中国边疆史地研究》2020 年第 2 期。

牢中华民族共同体意识的生成起点。进入都邑社会的世家大族在联姻的过程中，一方面，壮大了本家族的政治势力与社会影响力，另一方面，家族文化与素养也得以延展。因此，原本独立的各家族通过婚姻网络彼此之间产生勾连，促使家族文学与文化素养的传承与绵延。蒙古士子荣得科名，很多时候都要归功于强大家族间的联姻，促使世家大族间丰富的文化和教育资源的强强联合，推动家族的不断兴旺与繁盛。本丛书中所论及的和瑛家族、杭州驻防瑞常家族，以及养成众多文学家族的博尔济吉特氏族就是显例。

  汉语诗词写作是少数民族创作者人生经验方方面面形成的，其间，由摹仿到融入史识，由抒情到借以言志的不断丰富的扩张轨迹处处可见。在少数民族汉语创作者那里，诗词文既是审美的创造，也是知识的生成。推而广之，是从一个时代到另一个时代，从一个地域到另一个地域，通过转换的语言和文字来记录形式、思想和态度流变的所铭记和被铭记的艺术。中国古代文学史上的少数民族汉语创作者与读者一直倾向将文心、文字、文化与家国作出有机连锁，而且认为这是一个持续铭刻、解读生命自然的过程，一个发源于内心并在汉语世界中寻求多样彰显形式的过程。这一彰显的过程也体现在身体、艺术形式、社会政治，乃至自然的律动上。寻绎这些文本的传播机制是蒙汉文学交融研究不可或缺的重要环节。

三

  与经典汉文学研究不同，民族文学研究不强调大叙事，不从大师和经典作品的流播着眼。蒙汉文学交融研究在中华民族文学交往交流交融史上，恰如草蛇灰线，经由其触类旁通，必可投射一种继长增成的多民族交融研究范型。因为这是在文学史料尽量完备的基础上致力的思考、想象历史的方式。"元明清蒙汉文学交融文学研究丛书"一方面试图以宏观视野呈现王朝更迭与文明融合视野中的蒙汉文学交融流变；另一方面也试图以微观视野审视特定变化中的文学现象。因此以时间和空间两个维度来绾合两者，从而定格于具体的坐标中。基于此，本丛书不刻意强调民族与王朝叙事线索，更强调17世纪至20世纪近300年间种种跨民族、文化、政治和语言的交流网络，尤其是晚近时期。

  有鉴于"元明清蒙汉文学交融文学研究丛书"所横跨的时空领域，丛书写作论纲中提出中国多民族文学的概念作为比较的视野。此处所定义的多民族文学既包括中国汉族之外的文学创作,又以学界传统定位的中国汉族文学为主线,可成为包容两者的另一界面。本丛书的五部作品试图强调在将近三个世纪,文人经验的复杂性和互动性是如此丰富,不应该为单一的政治地理所局限,有容乃大!在这漫长的历史进程里,文学的概念、实践、传播和评判经历前所未有的变化。19世纪末以来,进口印刷技术、识字率的普及、读者群的扩大、媒介和翻译形式的多样化以及职业作家的出现,都推动了文学创作和消费的迅速发展。随着这些变化,中国文学作为一种审美形式、学术科目、文化建制甚至国族想象,成为我们现在所理解的"文学"。"文学"定义的变化,以及由此投射的重重历史波动,的确是中国现代性最明显的表征之一。唯有在更包容的格局里看待民族文学交融的源起和发展,才能以更广阔的视野对中国文学的多重属性多所体会。正如学者所述:"晚清时期的文学概念、创作和传播充满推陈出新的冲动,也充满颓废保守的潜能。"① 晚近蒙古杭州驻防文人三多就是此期的典型代表。

清王朝的权力中心在京师,因此,王朝政治空间结构的主轴为"南北关系",长城脚下的都城形成了对中原、草原、东北地区的多方控御。虽然清朝是游牧集团建立起来的政权,但是入主中原后,建立起来的依旧是农耕王朝。而漫长的北部防线,在这个王朝就成为大后方,也是有效突破南北农牧界限的基地。而在这个"大一统"的中央王朝中的蒙古族,文学思想也因之出入于农耕文化和游牧文化之间。随着时间的流逝,当他们受到农耕文化的陶熔日益深厚,则在其笔下也越来越多地彰显农耕文化中的文化记忆。

这五部研究著作,从不同侧面展示了汉文化元素在两百多年清代文学发展史上不断被民族文学诗人再现与建构的过程。从时间流变中、从事件展示中呈现了不同时期诗人作品的风格特征、创制机制与功能效用。从宏观层面来看,蒙汉交融文化对于文学的影响深远而且广泛,这五部著作从普通的语言文字、饮食风俗与文化习惯到内在的身份建构、认同实现、圈层凝聚等各有体现;从微观层面来看,着眼经典诗人(如法式善、和瑛、瑞常等)的家族文学书写、博尔济吉特氏族众多诗人试帖诗、咏物诗书写等发人深省。他们不仅从所熟悉的话语与精神的幽微层面进行再现与分

---

① 《导论:"世界中"的中国文学》,王德威主编:《哈佛新编中国现代文学史》,张治等译,四川人民出版社2022年版,第6页。

析，而且也通过深邃的反思性（如法式善的诗途与仕途的层叠演进）与文化再确认（如杭州驻防在百余年间从杭州的客者到主人身份转化中蕴蓄的深度文化认同）作创新性建构。整体而言，这五部作品是在民汉文学交融文献资料深度整理基础上进行的研究，这种研究彰显出了中华优秀传统文化在少数民族诗人群体中的发扬光大与兼容并蓄。

以民族文学交融为定位的文献整理与文学研究，是一种超越于对大师、经典、运动的文学介入方式，是更加关注大时代中民族、政治、社会与文学的研究方式，也是对文学传统、王朝主导者权力话语想象的微妙延伸。"元明清蒙汉文学交融文学研究丛书"不能也不会自外于传统文学论述框架，但希望采取不同方式探讨中国古代文学发展的来龙去脉。这就意味着我们需要对耳熟能详的话题，诸如中国"文学"概念的演化、"文学史"在不同情境的可行性和可读性，以及何为"中国"文学史的含义，进行认真重新探讨。

清代是中国历史上发生重大变革的时代。近古军事、经济、思想及其带来的学术新变，共同影响着文学思潮的走向。社会各阶层思想观念激荡中触及的制度溯源，在社会空间里多层次多角度地借文学的各种体式得以舒张。于是，在农耕文化和游牧文化，乃至中西方思想的碰撞和传统与现代观念的交汇中，一方面，文学思想、文学观念乃至语言文字都在渐进式地改变；另一方面，清代多族士人所共有的使命意识、文学担当与民族身份在其思想意识中重新整合，其中华民族多元一体格局下的国家认同和民族认同得以明晰和强化。多民族的文学交融映射出他们的心灵世界与精神空间，共同成就了近三百年华夏大地上的中华民族文学书写，一定程度上展示了这一漫长历史时期政治制度、诗学思想与文化空间的历史嬗变。特别是充盈其间的蒙古族文人的汉文创作，无论其拥有的数量还是独具特色的文学成就，毋庸置疑，在中国文学史上具有不可替代的重要地位。

中国文学是由 56 个中华民族成员共同创造的文学，各民族经过长久以来的交往交流交融，形成了中国文学多民族属性及其历史发展规律的基本原则。在这一原则指导下形成的中华多民族文学史观，注重各民族文学在中华文化认同中的呈现，也成为研究中国文学的逻辑起点。坚持中华多民族文学史观对民汉文学交融文献进行的全面整理和深入研究，能够清晰再现中华多民族之间在中国古代交往交流交融的历史轨迹和整体面貌，能够正确理解文化认同下中华各民族文化的互动、共进的演化规律。因此，以蒙汉文学交融文献整理成果为切入点进行的文学研究,可以管窥中国文学的多元发展面向。

清代多族士人共慕中原文化,又把他们独有的特质带入中原文化,使中原文化持续获取新质,在共同的创造中涵融浑化,和合为一,推进中原文化的新变。客观认识并揭示这两个认同,特别重要。揭示多族士人的国家、政权认同,认识中华民族共同体的源远流长。揭示多族士人的中原文化认同,认识中华文化多元一体的丰富多彩。元明清蒙汉文学交融文献整理与研究是揭示文化认同与创造的重要课题。而建立在清代蒙汉文学交融文献整理基础上的文学研究丛书具有双重意义:一是学术的意义,它记录了中国近古史上的民汉文学交融的文献整理与文学研究的炼成史,以及两个民族的精神生活史,对中国多民族文学交融具有重要的示范意义;二是文学的意义,它透过文学史料,体现了民族交融视域下文学的本质,传递出一种中华民族凝定中的昂扬向上的精神。那么,蒙汉文学交融的文学研究路径就此变得非常重要。在中华多民族文学史上,蒙汉文学交融视域下的元明清文学具有重要地位,以往的研究,尤其在蒙古族汉语创作方面虽然逐渐呈现蓬勃局面,但这一领域的研究若想有新的突破,必须重新调整思路。

如何研究清代文学,可能离不开观念与方法两个关键词。如果观念没有改变,只在旧有的中国文学的格局中去谈,则囿于成见,会屏蔽民族文学的森然之象。而只有在中华多民族文学史观观照下,才能拓展视域,寻找研究方法。因为民族文学创作者的创作水平普遍较低,而本人的文献保存意识又不强,所以对民族文学的研究若从本体研究入手常常会感其匮乏,但文学是人学,元明清历史本就是多民族写就,政局变动中的制度确立、思想激荡,乃至大历史与小历史的本身,无不与"蒙古人"相关,多民族文学创作自然就是绕不过去的存在。近古的政治格局、文化措施等方面,举创颇多,从制度层面、思想层面谈论近古的民族文学,以及新文化史视角下谈论近古文学,都是期望能借以窥见清代格局中的民族文学之宏富,怎样影响中华民族多元一体格局的形成和发展。

"元明清蒙汉文学交融文学研究丛书",是建立在民族交融文献整理基础上的文学研究,也是重大基础理论问题的思考之作。而其中蕴涵的铸牢中华民族共同体意识建构,也是国家战略层面的政治问题。在文学史料中发掘中华民族共同体形成历史的研究理路与中华民族共同体认同发生机制的深刻揭示理路，是本丛书研究的核心和关键问题。坚持马克思主义历史唯物主义方法论进行中华文化认同与中国古代北方民族文学交融研究，有助于铸牢中华民族共同体意识研究的深化，对中国特色民族学理论体系和话语体系建设大有裨益。从中华民族共同体文学史的角度审视中华民族形成的历史，不仅会深化中华民族多元一体格局的研究，也会加深我们对中华民族形成历史的认知。能够按照文化自信自强的要求建设好中华民族共有精神家园。

2024.7

目 录

绪 论 ……………………………………………………………… (1)
  第一节 中华多民族文学视域下的杭州驻防文学研究 ………… (1)
  第二节 学术史回顾 …………………………………………… (25)

第一章 顺康雍——杭州驻防文人诗歌创作的发轫期 ………… (35)
  第一节 汉族文人诗笔下的杭州旗营 ………………………… (35)
  第二节 杭州驻防文人诗歌的昂扬之态 ……………………… (41)
  第三节 杭州驻防文学创作的先声——女性写作 …………… (46)
  本章小结 ……………………………………………………… (52)

第二章 乾嘉——杭州驻防文人诗歌创作的兴起期 …………… (53)
  第一节 驻防旗人视角下的乾隆南巡及文化意蕴 …………… (54)
  第二节 旗营将领倡导下的杭州驻防文学风貌 ……………… (60)
  第三节 杭州驻防文人诗作的升平之象 ……………………… (65)
  本章小结 ……………………………………………………… (77)

第三章 道咸同——杭州驻防文人诗歌创作的繁盛期 ………… (80)
  第一节 驻防八旗科举制度演进与旗人诗歌创作 …………… (81)
  第二节 杭州驻防文学圈的形成与多族文人的交融互动 …… (87)
  第三节 杭州驻防文人诗作的多元化 ………………………… (95)
  本章小结 ……………………………………………………… (115)

第四章 光宣——杭州驻防文人诗歌创作的衰落与重建期 …… (117)
  第一节 辛酉之难影响下的杭州驻防文学 …………………… (117)
  第二节 杭州驻防内的闲适安逸类书写 ……………………… (124)
  第三节 杭州驻防外任者的边疆书写 ………………………… (135)
  本章小结 ……………………………………………………… (148)

第五章　杭州驻防文学家族创作与姻娅网络 …………（151）
　　第一节　杭州驻防文学家族概况 …………………………（151）
　　第二节　杭州驻防家族文学传承与嬗变 …………………（157）
　　第三节　姻娅网络与旗营文学共同体的形成 ……………（161）
　　本章小结 ……………………………………………………（166）

第六章　杭州驻防文人诗歌写作与西湖风景空间 …………（168）
　　第一节　杭州旗营之空间布局 ……………………………（168）
　　第二节　西湖与杭州驻防文人诗作之"地方感" …………（172）
　　第三节　杭州驻防文人的精神聚焦之所——孤山 ………（178）
　　本章小结 ……………………………………………………（182）

第七章　辛酉之难与杭州驻防文人的创伤叙事 ……………（184）
　　第一节　杭州旗营的毁灭 …………………………………（185）
　　第二节　幸存旗营文人的创伤叙事 ………………………（188）
　　第三节　旗民共同体的形成 ………………………………（194）
　　本章小结 ……………………………………………………（198）

第八章　城东与城西：杭州旗营的文学建构 ………………（199）
　　第一节　杭州旗人文化意识的觉醒——廷玉与
　　　　　　《城西古迹考》 …………………………………（200）
　　第二节　旗营文学生态的繁荣——文人创作的涌现 ……（204）
　　第三节　旗营文化遗产的整理——诗歌选集与地方志的撰述 …（207）
　　第四节　追步城东：旗营文人与汉城名士的关系 ………（211）
　　本章小结 ……………………………………………………（218）

结　论 …………………………………………………………（219）

参考文献 ………………………………………………………（222）

后　记 …………………………………………………………（234）

绪 论

第一节 中华多民族文学视域下的杭州驻防文学研究

如果我们谈论杭州,一定会想到西湖,进而想到那里悠久富庶的文化经济,却很少有人给它冠以"民族融汇的集大成之区"的称号。就像我们想象边疆,映现脑海的首先是广袤的草原沙漠、瑰丽的民族服饰和与自然相依的生活状态,而不会想到在这些边地,汉族人口通常也比少数民族人口多。人们大都习惯用固定的思维去表现未亲历的事情,片面截取某一时段的画面或道听途说来形成自己的观感,造成信息上的失真。内地和边疆虽有着较大差距,但二者间的互动一直存在,无论是战争时期的互相攻伐,还是和平时期的经贸往来,都带来了物质乃至精神上的流动。小的交汇影响着民众的日常生活,而大的交汇则带来文明演进方向的改易。杭州所在的江南区域由最初的"化外之地"演变为文明之区,就与人口的迁徙流动及多民族文明的融汇有很大关系。

永嘉之乱以前,就有吴国学习中原礼乐文化的记载,东汉时更是出现"习经者以千数,道路但闻诵声"[①]的景象。永嘉之乱导致北方人口大量南迁,为江南带来先进的文化和充足的劳动力,使社会经济发展的基础得到保障。唐朝时,由于长江天堑的阻隔,江南地区免受中原战乱波及,相对和平的环境使经济获得长足发展。至宋时,经济重心已完全南移,史载"以至元丰中,比往古极盛之时,县邑之增,几至三倍;民户之增,几至

---

① 《会稽童谣》,(清)陶元藻辑,蒋寅点校:《全浙诗话(外一种)》卷一,浙江古籍出版社2015年版,第7页。

十倍；财货之增，几至数十、百倍。至于庠序之兴，人才之盛，地气天灵，巍巍赫赫，往古中原极盛之时，有所不逮"，由此"东南渐重而西北渐轻"①。元明乃至清以及近现代，江南地区的农商业始终领先中国其他地区，它的文化也融汇众长而处于领先地位。

元代时蒙古族入主中原，为江南地区带来诸多异质元素。蒙古人完泽《西湖竹枝词》以"游人来往多如蚁，半是南音半北音"②写西湖中北方游客之多，聂碧窗《咏胡妇》中有"双柳垂鬟别样梳，醉来马上倩人扶。江南有眼何曾见，争卷珠帘看固姑"③，写杭州稀见的蒙古女子形象。此时，像马可·波罗这样的外国游历者也进入江南，带来藏传佛教、伊斯兰教、基督教等，使江南文化趋向多元。然而，江南地区的文化也使少数民族文人收到了"化成"之效。著名蒙古文人泰不华随父辈任职浙江台州并留居于此，父辈还是"敦庞质实，宛如古人，而于华言尚未深晓"④，到他已能创作出"春阴飞土雨，晓露挹天浆。御柳枝枝绿，仙葩处处香"⑤（《陪幸西湖》）这样具有江南气息的诗作。虞集《题杨将军往复书简后》有"临安故宋行都，山川风物之美，四方未能或之过也。天下既一，朔方奇俊之士，以风致，自必乐居之"⑥，"乐居"意味着被接纳。至明代，汉人皇帝统治中国，江南地区的民族融汇状况与元代相比并不凸显。清代，八旗入主中原，设置杭州驻防、江宁驻防、京口驻防从而对江南地区⑦形成武力震慑。八旗驻防有自己的语言风习，有独立生活居住场所，但身处汉族民众的汪洋大海中，这种形式上的"孤岛"必定会受到冲击。因而驻防旗人与驻地百姓之间由最初的对立逐渐走向融合。驻防旗人受江南文化濡染，写下大量的汉语诗歌，走出了一条独特的文化之路。

---

① 《东南县邑民财》，(宋)章如愚辑：《山堂考索·续集》卷四十六，中华书局1992年版，第1187页。
② 王叔磐等选注：《元代少数民族诗选》，内蒙古人民出版社1981年版，第324页。
③ (元)陶宗仪撰，李梦生校点：《南村辍耕录》，上海古籍出版社2012年版，第94页。固姑即蒙古女子戴的帽子，这里中指蒙古女子。
④ 《题兼善尚书自书所作诗后》，(元)苏天爵著，陈高华、孟繁清点校：《滋溪文稿》卷三十，中华书局1997年版，第511页。
⑤ (元)泰不华：《顾北集》，李伟、吴建伟主编：《回族文献丛刊》第4册，上海古籍出版社2008年版，第1772页。
⑥ (元)虞集著，林纾选评：《虞道园集》，商务印书馆1924年版，第34页。
⑦ 对江南范围的划定，本书遵循李伯重提出的"八府说"，即"应天、镇江、常州、苏州、松江、杭州、嘉兴、湖州八府"(李伯重：《简论"江南地区"的界定》，《中国社会经济史研究》1991年第1期)，江宁驻防、京口驻防、杭州驻防都在此范围内。

清末，随着辛亥革命的一声枪响，杭州驻防化作历史尘埃。而驻防旗人群体留下的诗歌作品，真实展现了旗营的文化盛事，对于检视旗人生存状况和文明发展程度有积极意义。本书即以杭州驻防文人诗歌为切入点，在民族、地域、时代等多元视角下探讨民族文学的发生、发展乃至融汇的全过程。

一 民族迁徙流动背景下的杭州驻防文学

首先要表明的是，本书是将八旗这一群体当作民族来看待的，因为它兼具了一个民族拥有的基本特征，即共同语言、共同地域、共同经济生活和共同心理素质。① 但又不能仅作为单一民族来论说，它的内部包含着现代意义上的满族、蒙古族、汉族以及部分东北地区的其他少数民族。而这些民族都有各自的历史，以不同路径汇聚。在形成八旗这一民族共同体之后，又被安置到不同地域，受到不同环境影响。因此，将这一族群置于民族研究基础上再兼以地域族群的考量更为合理。杭州驻防于顺治二年（1645）建立，那么此前驻防旗人经历了怎样的历史？他们的文化发展到什么程度？是否真的像汉族文人笔下所记载的是蛮夷未开化之人？② 对旗人入关前历史的探寻能够让我们更清晰客观地把握他们的文化发展脉络。

元代，东北少数民族"逐水草为居，以射猎为业"③，尚处于松散的部落社会中。明代始形成建州女真、海西女真、东海女真三部，最终由建州女真首领努尔哈赤统一各部。他以八旗制度管理域内归顺和征掠而来的人口，将东北地区分散的民族部落予以整合，并建立后金政权，初步形成与明朝的对峙局面。在此基础上，文化也获得初步发展。努尔哈赤命兼通蒙古文和汉文的额尔德尼和噶盖借用蒙古文创制满文，由此产生最早的一部描写本族历史的并带有些许文学色彩的《满文老档》。此期也出现学校教育，由专职的"八旗师傅"进行教授。皇太极在天聪九年十月庚寅（1635年11月22日）下令："一切人等，止称我国满洲原名，不得仍前

---

① ［俄］斯大林：《马克思主义与民族问题》，新华书店1949年版，第5—8页。
② 黄宗羲反对清朝入主中原，声称："以中国治中国，以夷狄治夷狄，犹人不可杂之于兽，兽不可杂之于人"［（清）黄宗羲：《留书·史》，《黄宗羲全集》第11册《南雷诗文集》（下），浙江古籍出版社2012年版，第12页］；吕留良也写有"以夷狄比于禽兽"［（清）雍正著，张万钧、薛予生编译：《大义觉迷录》，中国城市出版社1999年版，第5页］。
③ （明）宋濂：《元史》卷五十九，中华书局1976年版，第1400页。

妄称"①，正式由"女真"改称"满洲"。这意味八旗民族共同体的最终形成和自立自强意识的出现，意义非同小可。② 此时的文化也获得长足发展。天聪、崇德年间，皇太极设立文馆，以巴克什翻译汉文典籍并记录本朝政事。此外，儒臣达海创制新满文以使满文表意功能更丰富；任用汉官以完善统治制度；移风易俗，规范民间殉葬制度和服制。同时规定，"自今凡子弟十五岁以下，八岁以上者，俱令读书"③，也开始以科举取士，满族第一位用汉文写诗的鄂貌图即是举人出身，他被王士祯称为"满洲文学之开，始自公始"④。皇太极也由最初的"仅识字"⑤ 到系统学习汉族文化，于"听政之暇，观览默会，日知月积，身体力行，作之不止，乃成君子"⑥。天聪九年（1635）至崇德七年（1642）期间，满蒙汉二十四旗规制逐渐固定，八旗制度走向完善。蒙八旗主要由主动来归或战争中俘获的蒙古人口构成。汉军八旗由明代驻守东北的军民、归降汉人和被俘获汉人组成，他们本身具有较高文化起点，在清初八旗文坛上有较多身影。

　　一个民族自我意识的产生是在与外族交往中形成的。满蒙汉八旗具有"相同性与一致性"，"促使他们产生了一种超越各自母体民族的心理与意识，即'八旗意识'"⑦。旗人在八旗意识的形塑及八旗制度的制约下成为独立而有凝聚力的群体。当他们进入关内，并不是松散的，而是有严明管理体系、有自己语言文字和民族精神的。也正是高度的组织纪律性，使八旗军队能够以少胜多，迅速地控制中国广阔疆域。此时的八旗文化，虽无法与中原文化相比，但一个新兴民族拥有的好学精神、游牧民族本身具备的文化张力，使旗人在与汉人⑧短暂冲突对峙后，便自然而然地开始学习汉族文化。八旗在入关前已有较为成熟的族群体系，视为多民族间的第一重文化融合。入关后，与汉族文化产生交汇，是第二重文化融合。而由

---

① 《清实录·太宗实录》卷二十五，中华书局1985年版，第331页。
② 参见张佳生《满族的女真意识与"满洲"意识——清代满族民族意识的形成发展》，《满语研究》2013年第1期。
③ 《清实录·太宗实录》卷十，第146页。
④ （清）鄂貌图：《北海集·序》，国家图书馆藏，清钞本。
⑤ "惟红歹是（皇太极）仅识字"，李民寏：《建州闻见录校释》，辽宁大学历史系，1978年，第44页。
⑥ 《天聪朝臣工奏议》卷上，辽宁大学历史系，1980年，第21页。
⑦ 张佳生：《满族的八旗意识与国家意识——清代满族民族意识的形成发展（续）》，《满语研究》2013年第2期。
⑧ 本书所指的"汉人"，是指除"汉军旗人"以外的汉族人。汉军旗人则归属到旗人群体中。

于中国疆域广阔，散入其中的旗人群体面临的境况不尽相同。杭州驻防在第二重文化融合中既具有普遍性、典型性也带有特殊性。

目前留存的杭州驻防旗人文学作品都用汉语写就，诗歌占绝大部分，80余人[1]有诗歌存世，15人[2]存有完整诗集。这一数量相当于除杭州驻防外的直省驻防文学成就的总和。杭州的人文环境为旗营文人写诗作文提供了丰富的典籍、儒学根柢深厚的塾师以及诸多可切磋文艺的诗文大家。而杭州驻防内部的制度、教育环境以及旗人教育观念也对驻防文学的形成非常重要。尤其是八旗制度流变与杭州驻防文学兴衰关联密切，它控制着旗人的流动，也间接影响文学发展。

清初，统治者为控制形胜要地设置直省八旗驻防。杭州驻防在顺治二年（1645）设立，康熙二年（1663）设杭州将军[3]管辖。顺治年间，杭州驻防出兵平定东南浙闽地区的残明势力；康熙年间，协助平定三藩之乱，兵员流动较大。此后，国家战事虽趋于平定，但受到归旗制度约束，旗人与驻地间的交往一定程度上被阻断。直至乾隆二十一年（1756）归旗制度废除，驻防旗人才真正介入杭州社会。

京师对驻防旗人而言是一个重要的地点，它不仅是清朝皇都，也是旗人籍贯所在地。八旗制度规定在外驻防旗人遇官员升黜、官兵亡故均需回归京师本旗。顺治年间，有"外省八旗驻防之兵丁身故，每用火化骨殖，及其妻子携解回京，归其故旗。……盖八旗皆隶京师，外省特遣驻于一时，无子孙永留之例，并禁在驻防处置坟茔田产也。汉军同"[4]。旗人是职业军人，南征北战是职责所在，那么，在战争时期，归旗制度更利于国家统一调配。当进入和平发展阶段后，它也有助于防止驻防旗人沾染更多

---

[1] 这一数据主要基于《国朝杭郡诗三辑》卷九十三，此外又依据三多《柳营诗传》、完颜守典《杭防诗存》及潘衍桐《两浙輶轩续录》杭州驻防部分作了补充。因参加科举考试式子的朱卷后附有试帖诗文，能够搜寻到朱卷的杭州旗人也算其中。目前留存的杭州驻防文人诗歌中，常常在诗题或诗歌小注中提到一些驻防文人，这些人未有诗歌存世但能够作诗，因此杭州旗营中能够写作汉诗的文人远不止八十余人。

[2] 观成《语花馆诗拾》、福申《澍棠轩诗钞》、裕贵《铸庐诗剩》、赫特赫讷《白华旧馆诗存》、善能《自芳斋吟草》、瑞常《如舟吟馆诗钞》、瑞庆《乐琴书屋诗集》、贵成《灵石山房诗草》、凤瑞《如如老人灰余诗草》、三多《可园诗钞》《可园诗钞外》《东游诗词》《粉云庵词》、完颜守典《逸园初集》《逸园二集》、杏梁《榴荫阁诗剩》、金梁《壬子记游草》《壬子自述诗》《瓜圃述异》《瓜圃丛刊叙录》、成㐀《雪香吟馆诗草》、王韶《冬青馆吟草》。

[3] 各地驻防规模大小不一。规模最大的派驻将军，次一级派驻副都统，再次一级派驻城守尉。

[4] （清）萧奭撰，朱南铣点校：《永宪录》卷二上，中华书局1959年版，第101—102页。

汉习。然而，归旗制度在实施过程中逐渐受到越来越多的阻力。首先，驻防旗人在驻地生活年久，兵丁故去后家属也要跟随回归京旗本旗。家属回京后不一定能得到妥善安置，因为和平年代的京旗本就生齿日繁，增加的人口必然会缩减它的赡养能力。加之驻防兵丁家属也与京旗有较深隔膜。其次，驻防旗人归旗由国家负责遣送，其中环节复杂，花费较多人力、物力、财力。因而，此制度在康雍年间逐渐松动，旗兵故去后，家属如在驻地有赡养之处可不回京，但旗兵死后不得在驻地安葬的规定不容松动。其间屡有官员请求取消归旗制度和归葬制度，雍正帝言，此类奏章"重见叠出，不下百余次"，雍正十年（1732）专门发布上谕称："驻防兵丁身故之后，其骸骨应准在外祭葬，家口亦应准在外居住。独不思弁兵驻防之地，不过出差之所，京师乃其乡土，本身既故之后，而骸骨家口不归本乡，其事可行乎？若照此行之日久，将见驻防之兵皆为汉人，是国家驻防之设，竟为伊等入籍之由，有是理乎？"① 防止驻防旗人沾染汉习、忘掉满洲根本是统治者不愿妥协的原因。然而，归旗制度显现的弊端越来越突出，至乾隆二十一年（1756）终被取消。乾隆谕令："朕思国家承平日久，在内在外俱已相安一体，若仍照例办理，则在外当差者，转以驻防为传舍，未免心怀瞻顾，不图久远之计，而咨送络绎，亦觉纷烦，地方官颇以为累。嗣后驻防兵丁，著加恩准其在外置立产业，病故后，即著在各该处所埋葬，其寡妻停其送京。"② 此后，驻防旗人开始就地安葬，是驻防族群土著化的标志之一③。在杭州有记载称："三年送骨殖回京，此或是清初之制。其后旗人死者，或即葬于杭州，故杭俗遗风有城墙上看靰二奶奶上坟之说"④。杭州驻防文人诗歌中展现的乡愁多指杭州而非京师。文人贵成在道光三十年（1850）中翻译进士后去京师任职。咸丰元年（1851）次女玉昭在京逝世，贵成有诗云："五岁来京国，心伤谶不差。乡才离半载，命竟似昙花。地下好随姐，天涯忍撇爷。祝儿瞑目去，定送汝还家。"⑤ 此处"家"显然是指杭州。由以往旗人去世后需归葬京师到

---

① 《清实录·世宗实录》卷一二一，中华书局1985年版，第593页。
② 《清实录·高宗实录》卷五〇六，中华书局1986年版，第379页。
③ 参见潘洪钢《清代八旗驻防族群的社会变迁》，人民出版社2018年版，第71页。
④ 钟毓龙，钟肇恒增补：《说杭州》，王国平主编：《西湖文献集成》第11册，杭州出版社2004年版，第335页。
⑤ （清）贵成：《灵石山房诗草》，《清代诗文集汇编》第695册，上海古籍出版社2010年版，第484页。

现在即使在京师去世也要归葬原驻地，显现出驻防旗人对驻地的深度依恋。

与归旗制度互为一体的驻防科举制度、户籍及案件管辖制度，在最初都由京师本旗管理。随着旗营与驻地交往日深，这类制度的不合理性逐渐凸显，被逐一废除。由此，驻防八旗完成了土著化进程。那么，京师对驻防旗人来说究竟意味着什么？东北是八旗的根本之地，承载着旗人的勇武精神。"长白山"不是作为地点而是成为一个象征符号。很多旗人并未去过长白山，但在诗文中常见对长白山的精神远游。驻防文人文秀有诗《乍浦骁骑校该公碑后》云："我亦长白莽男子，太息碑前不能已"①，表现了八旗男儿的忠勇善战。而在汉族文人的话语表达中，"长白"与八旗也有紧密关系。王廷鼎为旗营文人三多《可园诗钞》作序称三多为"长白三多六桥"②；俞樾为三多《柳营诗传》作序也提到长白。在话语的形塑中，长白成为八旗的代言。于此，东北代表着旗人的精神故乡。驻地是旗人实际的、能够蕴生出乡愁的故乡。京师更像是权力和功名的符号，常常与仕宦相结合，是实际上的也是精神上的"他乡"。

旗人本职为兵，但国家承平日久，生齿日繁，有限的兵额势必无法养活众多兵丁及家属。因此，一方面为缓解旗人生计压力，另一方面也为巩固以满洲为主体的国家政权，统治阶级允许驻防旗人参加科举考试。由最初考试必须入京，后逐渐松动，直到嘉庆十八年（1813）规定"各省驻防官兵子弟，准其于本省就近考试入学，因乡试必须来京，道途遥远者，每以艰于资斧，裹足不前。见在驻防旗人并议准就近应武童试。嗣后各省驻防子弟入学者，即令其于该省一体应文、武乡试，于造就人材之道较为有益"③，杭州驻防实际自嘉庆二十一年（1816）方开始实施④。杭州驻防取中举人进士共58人，其中26人有诗歌存世。而杭州旗营中未取得功

---

① （清）张大昌辑，白辰文点校：《杭州八旗驻防营志略》卷二十五，辽宁大学出版社1994年版，第334页。

② （清）三多：《可园诗钞》，《清代诗文集汇编》第792册，上海古籍出版社2010年版，第581页。

③ 刘锦藻编：《清朝续文献通考》卷八十五，商务印书馆1955年版，第8441页。

④ "二十一年丙子科为始，各省驻防生员于本省乡试编立'旗'字号，另额取中。"（清）张大昌辑，白辰文点校：《杭州八旗驻防营志略》卷九，第98页。杭州著名藏书家丁氏兄弟编有《国朝杭郡诗三辑》，卷九十二及九十三为杭州驻防卷，丁申在序言中有"二十一年丙子，杭乍驻防举行乡试……日新月盛，文教昌明。"（清）丁申、丁丙：《国朝杭郡诗三辑》卷九十二，国家图书馆藏，光绪九年（1883）刻本。

名但拥有诸生资格的旗人也不在少数,其中 14 位有诗存世。因而,驻防科举本地化对杭州驻防文学繁盛起了重要推动作用。

随着驻防科举制度本地化的落实,越来越多旗人开始选择通过科举求取功名,京师由此成为他们追逐的对象。驻防旗人在本地乡试通过后就踏上去京师参加会试的路程。他们或者取得进士功名或者落第,有的旗人落第后选择继续应考,如瑞常在道光三年(1823)、六年(1826)、九年(1829)均落第,诗歌《寄内》①中有"回顾青袍泪欲弹,年来三度困征鞍。春闱阻隔谁能遣,秋思缠绵强自宽"的苦闷,道光十二年(1832)会试通过后发出"频年名落孙山外,忽看泥金喜报通"②的感慨。仅有少数旗人能够取得进士功名,大部分在中举人后便开始任官。官员选任和进士考试一样,都需赴京进行。因此,归旗制度虽被废除,但京师与旗人仍旧存在密切关联。杭州与京师在杭州旗人诗歌中大都作为对举的意象出现,流露出相对立的情感。瑞常官至翰林院大学士,是杭州驻防文人中官位最高者。他诗中的京师是冷色调的,充斥着人事的纠葛和理想的失落,如"一别孤山经岁月,七年京邸殢功名"③,而"曾记家乡二月时,满堤花柳日迟迟。如何京国春来缓,仍是围炉冷不支"④,写天气冷暖实则反映了内心的情感取向。裕贵友人为他的诗集题诗中有"一官冷京国,时序忽已迁。西湖好明月,乡思溢华笺"⑤,也表达了相似意绪。进京候选的瑞庆诗中有"此日燕台才小住,梦魂时觉绕湖西"⑥句。旗营文人诗笔下的京师似乎自带让人无法亲近的气场。地域流动增加了旗营文人诗歌中的情感厚度,但随着时代变化,这种感情也在变化着。

光宣时期,中国面临更为严峻的内忧外患,有识之士在经历痛苦迷茫之后,开始走向寻求变革、自立自强的道路。此时清朝统治阶级因在处理种种内外问题上的失策,对立者迭起,统治岌岌可危。革命派倡导的"排满革命"将对立推向高潮,由此激发了旗人收缩式的族群认同。就杭州驻防来看,三多、金梁、贵林以及为办女学而殉身的惠兴等人都积极地

---

① (清) 瑞常:《如舟吟馆诗钞》,《八编清代稿钞本》第 374 册,广东人民出版社 2017 年版,第 41 页。
② (清) 瑞常:《如舟吟馆诗钞》,第 48 页。
③ (清) 瑞常:《如舟吟馆诗钞》,第 78 页。
④ (清) 瑞常:《如舟吟馆诗钞》,第 87 页。
⑤ (清) 裕贵:《铸庐诗剩》,国家图书馆藏,光绪间石印本。
⑥ (清) 瑞庆:《乐琴书屋诗集》,国家图书馆藏,清钞本。

投身到改革事业中，致力于维护八旗统治。在此背景下，京师具有了与以往不同的意义，成为汇聚八旗的核心之地。此时杭州驻防文人诗歌中多对动乱中的京师生发出关切和惋惜，如三多有"二百余年旧帝京，重来不觉泪纵横"①，"无端烽火弥京国，遍地黄巾杀不得"②，金梁有"十年漂泊忆京华，又见黄沙万里遮"③。此时，作为八旗统治根本的东北地区对旗人具有更重要的意义。旗人以"旧京""故京"来称呼盛京，本身就带有物是人非的观感。如三多"旧京多俊杰，同护树青青"④；金梁"遥向长城望旧京，声箫歌舞想升平""惘惘出国门，茫茫归故京"⑤。此种茫茫然无所依凭的情感与清初八旗入关时的豪气形成鲜明反差。

清代驻防旗人的流动现象并非只在杭州驻防内出现，在直省驻防中普遍存在。杭州驻防文人诗作中展示的地域流动为我们提供了更为具象的材料。杭州驻防旗人经历东北、京师、驻地之间的流转，每一次流动都意味一次文明的撞击。而杭州在驻防文人的诗作中，不只是一个地点，更成为他们认识异域的介体。"我们对现在的体验在很大程度上取决我们有关过去的知识。我们在一个与过去的事件和事物有因果联系的脉络中体验现在的世界。"⑥ 从同质的角度出发，把异地与故乡的风景加以类比，透过这种回返故乡的方式，牵引出巨大乡愁。而从异质的角度，通过书写京师与杭州之异，辨识与表述诗人们所认识与感受的异地，并透露旅人虽置身异地，但故乡杭州却如影随形。在历史的脉络中，杭州驻防文人的地域流动让我们看到了情感的流动。而杭州驻防作为一个介体，在中央和地方之中处于什么位置，在文学上会产生怎样的火花呢？

二 "中心"与"边缘"的互化：民族文学融汇的中间地带

所谓"中心"与"边缘"，在这里是一个复合的、相对意义的概念。在地理维度上，"边缘"常指边地、边疆，而又习惯性地和民族地区相联系。杭州地处江南腹地，无疑是地理上的"中心"，而八旗群体

---

① （清）三多：《可园诗钞》，第610页。
② （清）三多：《可园诗钞》，第612页。
③ （清）金梁：《东庐吟草》，国家图书馆藏，民国间铅印本。
④ （清）三多：《可园诗钞》，第641页。
⑤ （清）金梁：《东庐吟草》。
⑥ ［美］保罗·康纳顿：《社会如何记忆》，纳日碧力戈译，上海人民出版社2000年版，导论第2页。

来自北方边疆地区，代表着"边缘"。杭州驻防处于八旗统治之下，又置身江南文化中，同时受到两种不同文明的冲击和影响，成为一个融汇满汉文化的中间地带①。在地理维度之外，仅在统治与被统治的维度上，毫无疑问，八旗统治阶级是"中心"，而杭州是被统治的"边缘"。杭州驻防则成为连接中央与地方的中间地带。那么，在这两层维度上，同样作为中间地带的杭州驻防处于什么位置？在文化的抉择上遵循着怎样的路径？或许我们可以通过对这一中间地带的考察找到观察"中心"与"边缘"以及多民族文学融汇的新视角。这是此节要讨论的主要问题。

（一）地理维度上的"中心"与"边缘"

"边缘"应是与"中心"同等重要的。但无论是长久以来的历史发展还是较早时期的学术研究，都忽视了边缘或将其置于次要位置上。正如杨联陞所言："中国的世界秩序常被描绘为一个以中国为中心的等级体系。从理论上说，这个体系至少有三方面的层级：中国是内部的、宏大的、高高在上的，而蛮夷是外部的、渺小的和低下的。"② 实际上，在唐以后，北部边疆少数民族此起彼伏地替代并改写着以汉族为主体的国家政权，来自边缘的力量和重要性凸显出来。就像"当我们在一张纸上画一个圆形时，事实上是它的'边缘'让它看来像个圆形"③。各民族文明虽处在不同的发展水准上，但对其文学乃至文化的清晰认知与表述应是建立在与其他民族平等对话的基础上。

杭州旗营是杭州城内的独立区域，它选址在紧靠西湖的城西一带。城西此前是杭州最繁华的区域，南宋时许多富商大贾和文化名家都聚居于此，风景与名胜俱佳。八旗以武力攻下杭州并夺占富贵繁华的城西，此举必然激起杭州百姓的怨恨。"中心"与"边缘"在最初便产生了冲突。杭州旗人群体在地理位置上虽是独立的，但它毕竟远离京师八旗的管控置身

---

① 美国学者理查德·怀特在其著作《中间地带：太湖区的印第安人、帝国和共和国》中，提出了"中间地带"（Middle Ground）的概念，旨在讨论印第安人与法国、英国、美国等外来者的互动，其中将印第安人置于中心地位，呈现出一个在互动中形成的跨文化、跨区域、多语言的中间地带。[美]理查德·怀特：《中间地带：太湖区的印第安人、帝国和共和国》，黄一川译，中信出版社2021年版。

② 杨联陞：《从历史看中国的世界秩序》，[美]费正清编：《中国的世界秩序——传统中国的对外关系》，杜继东译，中国社会科学出版社2010年版，第18页。

③ 王明珂：《华夏边缘：历史记忆与族群认同》，上海人民出版社2020年版，第28页。

于汉人群体中，就不可避免地与杭州本地发生联系。旗人作为职业军人，兵丁及家属不得从事农工商业，那么，为维持旗营社会的正常运转，与汉城人发生交往并和平相处是必要的也是互益的事情。旗营文化的发展便离不开汉城社会的助力。旗营内梅青书院初设立时即聘请钱塘马芬明经以汉学教授八旗子弟，八旗子弟也可在汉城书院读书。据杭州旗人朱卷履历，受业师有相当多都是杭州汉城儒生。杭州发达的书籍印刷业和流通业也为旗人提供最新的、最优质的书目，旗营文人诗作中常可见他们对读书的喜爱，瑞常"不觉岁时残，摊书眼界宽"①、"笔尖秃尽尚吟句，家计贫时还买书"②；瑞庆"下吏匆匆别帝乡，残书一束付琴装""挑灯学得欧阳子，蟋蟀声中夜读书"③；三多"爱坐图书府，如对古贤豪"④；盛元"论文去陈言，读书味至理"⑤；贵成酷爱读书，诗歌中常见他读书、买书、带书出游的场景，如"夜夜月明闻读书"⑥、"倾囊买异书"⑦、"一船书载出杭州"⑧、"依然公退只耽书"⑨、"挑灯还读书"⑩、"老作蠹书虫"⑪等。杭州为旗人提供了的充足的文化环境，使诸多旗人能够通达诗书，部分旗营文人又作用于汉城社会。贵成有诗《留别及门朱丹山、兰舟昆季》，说明朱丹山及朱兰舟兄弟曾受业于贵成。这一现象在杭州旗营文献中仅见此一条，个中情由不可知，但在侧面证明旗营中有习儒学较为出色的人物。咸丰十一年（1861），旗营因粤乱被毁，三多及完颜守典等人积极致力于保存旗营文献，这一举动部分地受到杭州汉城丁氏兄弟及俞樾等人整理并重建杭州文献的影响。由清初至清末，江南人文对杭州旗人的涵化经历由浅入深、由表及里的过程，充分展示了中国文化核心区域的影响力。

另外，杭州旗人在受到江南文化涵化的同时，本身也带有东北渔猎民

---

① （清）瑞常：《如舟吟馆诗钞》，第33页。
② （清）瑞常：《如舟吟馆诗钞》，第109页。
③ （清）瑞庆：《乐琴书屋诗集》。
④ （清）三多：《可园诗钞》，第588页。
⑤ （清）盛元：《逸园初集·题词》，完颜守典：《逸园初集》，国家图书馆藏，光绪间刻本。
⑥ （清）贵成：《灵石山房诗草》，第460页。
⑦ （清）贵成：《灵石山房诗草》，第469页。
⑧ （清）贵成：《灵石山房诗草》，第482页。
⑨ （清）贵成：《灵石山房诗草》，第486页。
⑩ （清）贵成：《灵石山房诗草》，第489页。
⑪ （清）贵成：《灵石山房诗草》，第491页。

族的文化特征及民族心理。① 最典型的是对满洲根本"国语骑射"的维持，即八旗子弟要会讲满语、会骑马射猎，"国语骑射"在科举考试和官员任职时都是必须考察的内容。杭州旗人完颜守典诗《题六桥柳营谣》中小注载三多"读清文书"②，俞樾为三多《粉云庵词》③作序中载三多"善骑射"。游牧民族的习俗是在特定环境中形成的，入关后，尤其是进入江南或其他中原农耕地区，实际上，已经没有了存在土壤。而八旗统治者反复坚持和强调旗人的"国语骑射"技能，以此保持旗人特性，说明统治者对自身文明程度有清醒认知。即如果全力学习汉文化，势必会快速泯灭本民族原有文化，从而融汇进入中华文化共同体内。如果保持"国语骑射"根本和作为龙兴之地的东北地区，即使有一天失败，也有自己的族群和基地。在这一考量下，八旗子弟被要求保持民族特征，展示着来自"边缘"的活力。杭州驻防作为两种文明接触的中间地带，向"中心"展示异质因素，带来新奇的观念和习俗，也承接着来自"中心"的文化涵育。

（二）统治维度上的"中心"与"边缘"

八旗入关后，迅速成为中国的实际统治者，定都京师，京师成为权力"中心"。江南地区作为统治"边缘"，却不是一个普通的边缘区域。江浙是中国最大的人才输出地区，在一个以科举为最重要立身之阶的社会中，这里无疑在中国疆域中拥有相当大的话语权。因此，当他们观念中的"蛮夷"占据华夏地区，所激起的反抗是最激烈的。清初东南闽浙地区抗清起义此起彼伏。同时，许多明遗民聚居在江南地区，在生与死、节与义、出世与入世之间进行辩论、选择，文人社会中充斥着浓重的反清情绪。无论是抗清的具体行为还是思想叛逆都严重影响着国家的统一稳定。杭州驻防在此背景下迅速设立，代表中央来镇压和威慑地方。清初杭州遗民"西泠十子"、张岱等人以书写湖山寄托故国之思。地方在文化上的强势必然引起中央的重点关注，从而采取一系列针对江南的文化措施。

康熙年间开始，统治者通过一系列恩威并施的举措加紧了对江南文人思想的控制。康熙十七年（1678）首开博学鸿词科，修《明史》。大批江

---

① 这一维度上的探讨是基于文化程度的，所以"边缘"对杭州驻防的影响方面只限于文化层面，关于制度层面则在下一维度讨论。
② （清）完颜守典：《逸园初集》。
③ （清）三多：《粉云庵词》，国家图书馆藏微缩文献 2010 年。

南士人在被逼无奈、被迫或者自愿等多种复杂心态下去往京师进行图书修纂的工作。《古今图书集成》《四库全书》等书籍具有保存文化的重要功能，但也销毁了相当多有违统治的书目。对图书的征集、选择、录用及储藏，每一环节都渗透着文化权利的构建。乾隆年间《四库全书》修成后，储藏于仿照浙江宁波天一阁修建的南北七阁中。借用天一阁的形式，另置七座用以安放这一有着明确文化意图的图书工程，意味着对天一阁天下文宗地位的消解。南三阁指杭州文澜阁、扬州文汇阁及镇江文宗阁，集中于江南腹心，是统治者对江南文化主权的宣示。图书事业是文化的基础，统治者通过对天下图书的掌控一步步将文化话语权移置到自己手中，其政治意图是隐含在行动过程中的。而文字狱则明确打击了江南士人的异己思想。江南的庄氏明史案、吕留良案等具有明显针对性，令江南士人产生畏惧心理，一定程度上抑制了异端思想的出现。在中央对地方施加影响的过程中，作为中央附庸的杭州驻防也在亦步亦趋地保证中央权力的执行。如在庄氏明史案中，归安县知县吴之荣因贪污罢官后为报私仇，将庄廷鑨及所刊《明史》违逆一事禀明杭州将军松魁，随后"魁咨巡抚朱昌祚，昌祚牒督学胡尚衡，廷鑨并纳重贿以免。乃稍易指斥语重刊之。之荣计不行，特购初刊本上之法司"①，此事引起朝廷的重视，后以松魁未事先禀报，削官。查嗣庭案发生后，旗人也参与搜查其故居。杭州驻防可以直接对话中央并管控地方，是中央权力在地方的代表。

　　杭州旗营规制由中央设定，必须在八旗制度框架内行走，如上一小节中提到的归旗制度等。而杭州驻防与地方也绝不是互不相容，杭州地方也在为旗营发展向中央建言献策。嘉庆九年（1804），浙江巡抚阮元上《奏请议定章程准浙江等省驻防生员就近乡试事》②折，嘉庆帝以"各省应试人数多寡不齐，若纷纷奏请另立中额，实于体制未协，并恐驻防八旗竟思以文艺进身，转置骑射于不问，必致抛荒本业，流为文弱，渐失旧风，殊有关系。况京师为八旗子弟世居，顾名思义，岂可入外省乡试乎？此事若系满洲大臣陈奏，尚当加之惩处，姑念阮元系属文臣，未能通晓八旗政务，尚可不加责备"③予以驳斥。阮元任浙江巡抚多年，在杭州创办诂经

---

① 徐珂编撰：《清稗类钞》，中华书局1984年版，第999页。
② （清）阮元：《奏请议定章程准浙江等省驻防生员就近乡试事》，嘉庆九年（1804）十月十二日，第一历史档案馆藏，档号：03-2166-033。
③ （清）张大昌辑，白辰文点校：《杭州八旗驻防营志略》卷九，第98页。

精舍，集合浙省文人编纂书目，于地方文教事业功劳甚大。杭州旗营生员日渐增多，而生员个人无力承担路途花费，驻防财政有限，使多数生员难以赴京应考。以往旗籍官吏的奏请如有违八旗制度，大都受到苛责。阮元以巡抚兼文臣的身份为驻防旗人发声，说明杭州驻防与地方相互协助，总体上处于和谐状态，也侧面表明阮元欣赏旗营子弟的好学。中央、地方以及代表中央的地方（杭州驻防），三者之间的联系呈现多向的复合态势。

　　八旗统治者采取一系列文化措施似乎已将文化控制权收入囊中。那么，江南文人是否真的已经臣服，还是因恐惧而进行的伪装呢？咸丰十一年（1861），太平天国战争导致杭州失守被毁。文澜阁藏书、文人著作及文化建筑都遭到重创，在克复后掀起重建热潮。最有名的文化事件是丁丙、丁申二兄弟对文澜阁散佚图书的搜寻、整理及抄录，过程之曲折艰难及耗费时间精力之多，侧面证明杭州汉城文人对这一有着明确政治意图的文化建设的认可。汉城文人也多写诗称赞丁氏兄弟保存图书之功。光绪六年（1880），时任浙江巡抚的谭钟麟主持重建文澜阁，使这一有着黄色琉璃瓦的皇家建筑继续在孤山南麓熠熠生辉。虽然没有明言，但"重建"行为本身就意味着对过去的认可。杭州旗营在粤乱中同样遭到毁灭性打击，汉城文人王廷鼎及张大昌以私人身份分别编纂了《杭防营志》及《杭州八旗驻防营志略》两部志书。在汉城文人的影响及助力下，旗营文人也对旗营文献加以搜寻辑录，出现了三多《柳营诗传》、完颜守典《杭防诗存》两部旗营文人诗歌选集。旗营文人相对汉城文人而言是文化弱势群体，因而他们始终追随着汉城文人的脚步。于此，中央、地方及杭州驻防三者之间又形成了多向关系。杭州驻防作为连接中央与地方的中间地带，受制于中央，但在文化上却受惠于地方。这表明文化与权力之间不存在绝对关系，文化是相对独立的存在。

　　以不同维度审视"中心"与"边缘"的互动，"中心"的独特地位得到凸显，"边缘"具有的文化多元性也更清晰地呈现出来。杭州驻防作为中间地带，其发展过程中的动力和机制无不来源于"中心"及"边缘"两种文明的共同作用，从而呈现多元的文化图景。农耕文明厚植于土地易于形成偏向于保守和稳固的心态，缺乏一种外向的张力。而游牧民族逐水草而居，致使文化因子具有流动性。两种文明的遇合能够推陈出新。即"社会倘永为一种势力——一种心理之所支配，则将成为静的、僵的，而无复历史之可言"①。杭州虽处在农耕区域内，但长久以来已演变为多元文化汇聚之区。杭州驻防的介入再次为它提供新的文化活力，这种活力最终也反哺于杭州驻防。杭州驻防作为中间地带所受到的交互影响，不仅向我们展示处于同一区域的旗营与汉城的关系，也向我们展示中央与地方之间的连接，继而形成对满蒙少数民族与汉族文明融汇的深入认识。

唐代以后的边疆民族"尽管被称为夷，其民族观中也继承了先秦时期夷夏观的某些内容，只是这种继承不是简单地承袭，而是批评地继承，总的发展趋势则是不断冲击'华夷之辨'观念，并最终打破了这种观念的束缚"②。清代"华夷之辨"内涵发生重要转变。华夷观念在统治者的正统性建构及近代以来外敌入侵过程中，其中包含的民族对立情绪渐趋弱化。"华"的所指扩大至中国疆域内的少数民族，而"夷"的所指则由少数民族转变为外国入侵者。这意味着中华区域内少数民族联系的加强和深入，也表明中华民族多元一体格局的逐渐形成。对"中心"与"边缘"互动的关注能够使我们了解统一多民族国家的形成，但作为融汇中心的中间地带，对观察内外互动和连接机制更具特殊意义。因此对中间地带文化生成的细致描述和抽象概括，有助于去发现和叙述多民族文学交融交汇的真实图景。无论是从杭州驻防文学历史流动态势中去把握其文学发展脉络，还是以杭州驻防作为中间地带去分析"中心"与"边缘"对它的交互影响，大都是从外部环境予以解读。而杭州驻防文学本身又具有怎样的特性，它在多民族文学融汇的概念上是如何突出独特性的，也是本书必须加以说明的问题。

三 杭州驻防文学的开放性与独特性

语言是民族文化的载体，也是一个民族区别于其他民族的重要特征。八旗文学大都以汉语写就，加上总体创作成就不高，被认为是汉语文学的附庸，因此没有得到学界充分关注。那么，满语何以在民族文学发展初期就被弃用，而大规模地使用汉语呢？满语尤其是书面语，创制时间较短，语言机制不够成熟，"不能满足交际的需要，语言活力逐渐降低。即使有

---

① 梁启超：《中国历史研究法》，华东师范大学出版社1995年版，第158页。
② 李大龙：《传统夷夏观与中国疆域的形成——中国疆域形成理论探讨之一》，《中国边疆史地研究》2004年第1期。

的事物满文可以表达,与汉文相比又比较繁琐"①,满语"自身不足,影响了某些内容的详尽表达,从而导致清廷时时刻刻离不开汉语文"②。诚如时人所云"满字少,故不顾文义"③,又如乾隆帝所言:"所奏之事太繁,清字不能尽意,必须汉字者,亦应兼缮清文。"④ 满语本身带有的缺陷加上统治阶级对儒家文化的倡导,促使旗人学习汉语,出现语言态度⑤的转轨。正如恩格斯所言:"在长时期的征服中,比较野蛮的征服者,在绝大多数情况下,都不得不适应征服后存在的比较高的'经济情况';他们为被征服者所同化,而且大部分甚至还不得不采用被征服者的语言。"⑥ 八旗作为文化上的被征服者,对汉族文化的吸收是全面而深入的。但如果就此判定旗人彻底"汉化",他们的文学不过是汉族文学的扩大或再生产,就陷入了"文化一元论"或"文化中心主义"中去,泯灭了八旗族群的特性。旗人学习汉族文化是寻求有利生存的有效手段,是征服者根据被征服地区的文化环境所做出的正确调适,从而使八旗文化实现跨越式发展,形成更适合族群发展的文化体系。在承认中原文化具有博大统摄力、灵活吸收力、兼容并蓄的包容力以及延绵不断的传播力的前提下,以八旗文学为中心视点来重新审视旗人对汉文化的学习,可见,这一族群是极具开放性的群体。正如严迪昌所言:"如果轻忽满洲民族自身具备有强毅而又敏颖之整体素质,不审度开国初几代雄主不惮历史形成的族群差异以至潜存的威胁,放胆接受汉族种种文明包括政体机制为我所用,进而强力实施首先以宗室子裔为重心的教育投入与人材培殖;同时在威慑与怀柔相兼权术运用下,不极端排斥汉族文士介入其族群人文圈,那么,八旗集

---

① 戴克良:《清代满语文及其历史影响研究》,博士学位论文,东北师范大学,2013年,第95页。
② 季永海:《满语文衰落的历程》,戴庆厦主编:《中国濒危语言个案研究》,民族出版社2004年版,第532页。
③ (清)谈孺木:《北游录》,周光培编:《清代笔记小说》第32册,河北教育出版社1996年版,第384页。
④ 《清实录·高宗实录》卷六九五,第787页。
⑤ 语言态度是"一个由认知、感情、行为倾向等因素组成的有机组合体"(王远新:《中国民族语言学:理论与实践》,民族出版社2002年版,第91页),它具有一定的稳定性,也"可能成为一股强大的力量,既能促进语言的发展,也可以导致语言消亡"(联合国教科文组织濒危语言问题特别专家组:《语言活力与语言濒危》,《民族语文》2006年第3期)。
⑥ [德]恩格斯:《反杜林论》,《马克思恩格斯选集》第三卷,人民出版社1972年版,第222页。

群的'汉化'程度必不能有此气象。"① 聚焦于开放的语境,八旗文学的特征及价值才能最大限度地凸显出来。杭州驻防文学具有鲜明的开放性特征,其汉语文学创作之盛及与汉城文人间广泛深入的交流都证明这是一个外向而富有张力的群体。

开放会带来民族间的交往,从而发生融汇。而融汇并不意味着无法葆有自身独立意义,所谓"和实生物,同则不继"②。消解了个体特征的融汇无异于取消自己的存在。杭州驻防乃至整个八旗驻防由清初至清末始终以独立形式存在,说明他们与汉族在本质上有较大区别。"一次战争,或者一个条约也许可以改换一个国家的君主,一种很厉害的瘟疫也许可以影响他们的经济状况;但是在历史上看起来,没有一次骤然的变化改变了大部分人类的习惯、风俗和制度。"③ 一个民族群体的文化特征对个体的影响自幼年时期就开始,是浸入骨髓,追随一生的。于旗人而言,其满洲特征在统治者的制度强化下不断巩固,间接使八旗文学的生成机制有别于汉族文学。即在相似的文学表征下隐含着不同的理路导向。杭州驻防文学是八旗文学的重要组成部分,它既具有八旗文学的共性又独有自己的特点。八旗文学自有自己的魂魄,杭州驻防文学也有专属的精魂。在以开放性为特点的"融汇"背后,"未和"的部分也有待于进行阐释。杭州驻防文学的独特性主要表现在四个方面。

(一) 勋贵阶层的文学

八旗属军事群体,完全由国家出资养育,旗人的婚丧嫁娶、衣食住行等一例由国家补贴。士兵的俸银也足够养活家口,例如,清前期④杭州驻防兵丁还有余资向民人放贷。八旗内的普通兵丁尚可如此,旗营将军、副都统、参领、佐领、骁骑校、笔帖式等官员的生活之优渥可以想见。旗营官员掌握的资源和财富必定是普通兵丁不能企及的。乾隆二十一年(1756)归旗制度废除,明确准允驻防旗人在驻地置立产业。田产、房产的购置加速旗营内世家大族的形成。凤瑞的曾祖珠隆阿雍正七年

---

① 严迪昌:《八旗诗史案》,《西北师大学报》2004年第3期。
② 陈桐生译注:《国语》,中华书局2016年版,第304页。
③ [美]詹姆斯·哈威·鲁滨孙:《新史学》,齐思和等译,商务印书馆1964年版,第107页。
④ 清代中后期八旗生计问题凸显,主要原因在于社会安定,旗人的出生率大于死亡率,旗兵俸饷及兵额数固定,国家逐渐无力养活增加的人口。不过清廷始终未放弃对这一群体的恩养,直至清亡。

（1729）被调往乍浦水师营，他的祖父查琅阿、父亲观成均生活在乍浦，至凤瑞时回到杭州。凤瑞诗歌中有"祖遗田亩索租归"①"租米收来未满车"②"催租门外客"③句。金梁每年定期跟随父亲凤瑞前往乍浦收租，成为他童年时代的美好记忆。此外，杭州旗营内因祖辈有军功可以袭爵的亦不在少数，如杭州驻防三多，"承其世叔父难荫，得袭三等轻车都尉，食三品俸"④，三多叔祖为隆铿，"记名副都统，辛酉巷战阵亡"⑤。文光因祖父辈均在辛酉战乱中阵亡而袭云骑尉世职⑥。驻防旗人袭爵后，生活得到保障，为学习文事以及形成文学家族提供了有利环境。

　　就目前有诗歌存世的杭州驻防文人生平资料，并以姻亲关系为参照⑦，驻防文人半数以上出身于将领之家。这些家族掌握着丰富的教育资源也能够为子女提供优质的文学创作环境，属于旗营中的勋贵阶层。此处以满洲乡试举人熊贤朱卷为例，稍作分析。苏完瓜尔佳氏熊贤⑧为光绪二十六年（1900）、二十七年（1901）恩正并科举人，其曾祖观成官四川川南县知县，有政声；祖父凤瑞少有四方志，游迹遍天下，辛酉难后从绿营效力；父杏梁为正黄旗满洲协领兼镶蓝旗满洲头佐领。胞叔祖麟瑞为领催，辛酉巷战阵亡，赐恤云骑尉世职；胞叔椿梁为正红旗满洲协领兼管镶黄旗满洲头佐领事务印务，协领八旗武备学堂总办；胞叔金梁中进士，是民国年间的重要人物。这一家族在旗营内属中上层阶级，也兼具文学家族⑨的特点。从家族女性出嫁信息看，大都嫁与具有协领、佐领或拥有爵位身份的旗人。熊贤的一位胞姑母嫁与镶蓝旗满洲协领兼镶白旗满洲头佐领文元，文元字济川，杭州文人王堃称其"诗书琴剑，冠绝吾曹"⑩。文元子完颜守典，有诗集及诗歌选集留世。据凤瑞诗歌

---

　　① （清）凤瑞：《如如老人灰余诗草》，《清代诗文集汇编》第658册，上海古籍出版社2010年版，第579页。
　　② （清）凤瑞：《如如老人灰余诗草》，第579页。
　　③ （清）凤瑞：《如如老人灰余诗草》，第583页。
　　④ （清）三多：《可园诗钞》，第581页。
　　⑤ （清）王廷鼎：《杭防营志》卷二，国家图书馆藏，光绪十六年（1890）稿本。
　　⑥ 顾廷龙主编：《清代朱卷集成》第295册，成文出版社1992年版，第351页。
　　⑦ 驻防旗人的婚姻局限于旗营内部且讲究门当户对，因此即使某位文人的出身无法判定，根据姻亲关系大致可以判定他的社会地位。
　　⑧ 顾廷龙主编：《清代朱卷集成》第296册，第263—270页。
　　⑨ 杏梁《榴荫阁诗剩》、凤瑞《如如老人灰余诗草》、观成《语花馆诗拾》、金梁《东庐吟草》《壬子记游草》等。
　　⑩ （清）完颜守典：《逸园初集》。

《六桥外孙婿来以可园诗草索题》可知三多娶凤瑞孙女为妻。三多属勋贵阶层，在杭州驻防文人中留存诗作最多。他属蒙古八旗，表明满蒙联姻现象不仅出现在皇室，驻防内的满蒙八旗基于相同阶级也以联姻壮大彼此的力量。上述熊贤家族具有的特征，在杭州驻防内较为常见，值得我们深入探究。

杭州驻防文人多属勋贵阶层，正是在他们的带领下，旗营文学才以强劲势头发展开来。而部分杭州将军及副都统喜好文事，进行相关的文化建设，也在一定程度上激起旗人雅好文学的风尚。杭州旗人去往其他驻防地担任都统、副都统职务，也将这股文气带往他地。正是在由上至下、由此地到彼地的传播中，旗营文学走向繁盛。

(二) 兼具"武"的特质[①]的诗歌写作

清朝统治虽然在很多方面都承接明朝制度，但有别于前朝的重文轻武。正如《清文献通考》载："八旗人士，能开数石弓，以技勇称最者，总萃林立……我朝举士，文武并重。"[②] 在统治者发布的上谕中常见"文武兼资""文武皆备""文通武达"的表述。清朝的各个职能部门中都分布有旗人且占据重要职位，是统治阶级巩固统治的重要举措。在八旗官员任用上，为巩固少数对多数人的统治，也为便于八旗文武官员不受限于严苛的官吏升迁制度，出现历代以来极为少见的文武官员互转现象，即"汉官文武殊科，满官则文武互用"[③]、"国朝旗员，不拘文武出身，皆可致身宰辅，或文武互仕"[④]。文武官员互转现象大都发生在旗人之间。有学者根据《清代官员履历档案全编》统计，有清一代共发生文武互转102例，以旗籍文官和将官互转为主体，且这一现象主要出现在乾隆朝以后[⑤]。杭州驻防三多最初袭武职，在光绪三十二年（1906）署杭州府知府，同年署归化城副都统[⑥]，即是由武官转为文官再转为武官。文武官员

[①] "武"的特质具体指驻防文人的武将身份，或以诗歌来记录亲历的战事。
[②] 刘锦藻编：《清朝文献通考》卷五十三，浙江古籍出版社1988年版，第5352页。
[③] 《清实录·世祖实录》卷八十三，中华书局1985年版，第657页。
[④] "满洲掌院"条，(清) 福格撰，汪北平点校：《听雨丛谈》，中华书局1984年版，第12页。
[⑤] 王志明：《清代职官人事研究——基于引见官员履历档案的考证分析》，上海书店出版社2016年版，第196—213页。
[⑥] 秦国经主编：《清代官员档案履历全编》第8册，华东师范大学出版社1997年版，第319页。

互转表明八旗军事职能的减弱，总体上促进了八旗官员的文官化趋势。各地驻防以武备为主，而将领的文官化势必会为旗营风气带来新变。此外，清廷本就重视对旗人的军事教育。八旗兵丁除日常的骑射训练外，各旗都设有官学，"向与箭厅同设，习满洲文字、语言"①。清代还有诸多由官方翻译成满文的儒家经典、兵书或史书等，有助于提高旗兵文化素质。这在以往朝代对武官的培养中是不受重视的。因此，康熙帝有"因有满书，满洲武官翻阅史书，通达义理者甚多。汉人武官读书者甚少，竟有一字不识者"②的感叹。驻防旗人自身具备一定的儒家文化素养，又长期处于汉族包围中，闲暇之余对汉语文学有所掌握，也是自然而然的事情。由此袁枚惊讶于"近日满洲风雅，远胜汉人，虽司军旅，无不能诗"③。旗营将领在尚武的同时兼具了文气，开始写作诗歌。基于此种背景下的诗歌创作，必然也兼具"武"的特点。

在杭州旗营内，武将兼习文事是非常普遍的现象。固庆道光二十三年（1843）任杭州副都统，为政务实，"劝募官绅集巨款存库司生息，为兵之贫者置葬地数区"，又雅好文事，"善书画，爱花成癖，有文风。……听秋书屋率其子弟诵读其中，洵勋贵之杰出也"④。松龄嘉庆二十四年（1819）任杭州驻防都统，处理营事"悉依旧章，兵吏安之"，余暇时则"诗酒自适，耽书画"⑤。富尔荪为杭州将军，"弱冠缀读从军"，于军营事"按期训练，赏罚严明"，余暇时则"莳花种药，时集绅耆儒士觞咏其间"⑥。杏梁由乍浦调入杭州，官佐领，"尤工琴，能审音律，性静细，有儒者风"。驻防将领调琴吟诗，与我们观念中的军人形象存在巨大反差。在驻防将领身上，文与武融为一体，呈现了旗营文化的异质性。

保卫疆土是驻防旗人的职责，"食君之禄忠君事，烈丈夫乃有此志"⑦、"恭人非有守土责，死以报夫兼报国"⑧表达了旗人本为国家豢

---

① （清）张大昌辑，白辰文点校：《杭州八旗驻防营志略》卷十七，第182页。
② 徐尚定标点：《康熙起居注》第3册，东方出版社2014年版，第320页。
③ （清）袁枚：《随园诗话补遗》卷七，人民文学出版社1982年版，第742页。
④ （清）王廷鼎：《杭防营志》卷三。
⑤ （清）王廷鼎：《杭防营志》卷三。
⑥ （清）王廷鼎：《杭防营志》卷三。
⑦ （清）张大昌辑，白辰文点校：《杭州八旗驻防营志略》卷二十五，第334页。
⑧ （清）张大昌辑，白辰文点校：《杭州八旗驻防营志略》卷二十五，第335页。

养，理应为国效劳。记载战事的激烈与惨痛也是驻防旗人诗歌中的常见主题。如咸丰十一年（1861），统兵于旗营内的乍浦副都统杰纯"以粮尽援绝，而公犹杀马饲士，日夜坚守"，至十二月初一日失守后，杰纯"跨马驰骤贼中，手刃十余贼，身披刀矛殆遍，死于梅青书院前"[①]。他的果敢勇武屡为旗营文人称赞，善能有"旌旗百万镇湖山，羽檄交驰握英荡。血战相持阅二年，援绝粮空枉吁天。食人食马何所恤，涕誓孤军志益坚"[②]，展现出战事的惨烈和杰纯的视死如归。而"浩叹捐躯日，将军报国忠。人心危社稷，天意困英雄"[③]（完颜守典《杰果毅祠题壁》）则有着对英雄逝去的惋惜和为国捐躯的赞叹。诗歌传达了旗人勇武精神和个人纤细幽微的内心情感。对军事训练的描写也为旗人诗歌注入了英姿飒爽之气，如"炮声殷地三山动，何处长鲸敢出头"（善泰《海操诗》）[④]、"海上军容船若马，谁云绝技属吴人"（于东昶《满洲水操诗》）[⑤]。

杭州旗营与汉城的融汇日渐深入，但属于统治阶级的"武"的性质却从未消失，这一特性为杭州驻防文学注入了新的质素，也为八旗文学研究提供了新的解释空间，更真实地还原了驻防文人诗歌创作的背景与环境。

（三）独立文学圈层的形成

旗营专为旗人建立，有自己的制度规则和运行法则，城门开启关闭及旗人离开旗营的里程数都有明确规定。总体上说，旗营社会在日常生活中虽离不开汉城的补给，但能够自成体系。从旗营文人诗歌交游看，交游主体是旗营文人，由此形成一个相对独立的文学圈。除了受到独立空间的影响，旗营内的姻亲关系网则为独立文学圈的形成添加了"亲密"因素，使文人间的联系更加紧密。旗营文人具有独立生活环境、相互间多存在姻亲关系，促动了旗营内独立文学圈层的形成。这是基于共同身份、习俗文化等自然而成的聚合形态。

检视杭州驻防文人诗歌作品，他们常常相约游览湖山、纵情吟诗。"西园"在旗营内，"奇石林立，树木古秀，皆南宋旧物。桥亭池榭，足

---

① （清）王廷鼎：《杭防营志》卷三。
② （清）张大昌辑，白辰文点校：《杭州八旗驻防营志略》卷十九，第210页。
③ （清）张大昌辑，白辰文点校：《杭州八旗驻防营志略》卷十九，第210页。
④ （清）张大昌辑，白辰文点校：《杭州八旗驻防营志略》卷二十五，第328页。
⑤ （清）张大昌辑，白辰文点校：《杭州八旗驻防营志略》卷二十五，第329页。

备燕赏。登楼凭眺，则湖山晴雨，浓淡多宜，花竹蔚然，鱼鸟翔泳"①。旗营文人廷揆，字希贤，"尤钟爱菊，黄华紫艳，遍栽东篱……自辅国公迁斋将军镇杭，招入军署，主持西园花木"。由此吸引旗营文人前往赏菊，并留下诸多题咏，如宁德《廷希贤园观菊》、连喜《重阳后三日廷希贤园观菊》、昭南《廷希贤园观菊》、丰绅图《廷希贤园看菊即成》、明忠《赏菊赠廷希贤》、音善《同人集希贤园赏菊作》，等等。出色的写作素材吸引了旗营文人，从而形成了吟咏之盛。旗营文人在杭州时，以旗营文人为交往主体，离开杭州后，这一联结仍会继续。《柳营诗传》载贵成"同时为唱和友者如文冠梅、文仲莲、白吉云、禄缦庭诸公"②，相唱和的大都为旗营文人。他出仕后去往京师，与杭州旗营文人瑞常、裕贵、赫特赫纳等交往最亲密，而在京的瑞常、裕贵的诗作中也同样可见这一现象。可见，杭州旗营内形成的这一独立文学圈并不受限于空间，空间内养成的情感联结才是聚合的主要原因。

"要判断一民族在文学领域是否步入了整体成熟，一个相当重要的标志，是要观察其本民族的作家群体出现与否。"③ 从这个意义上说，杭州旗营内形成了一个相对独立的作家群体，标志着旗营文人在文学领域取得了一定成就。

（四）西湖山水氤氲下的秀美诗风

杭州旗营"地近西湖，最擅湖山之胜"④，占据左拥西湖、右邻汉城的优越位置。杭州汉城人去西湖需要穿过旗营，如俞樾为三多《柳营谣》所作序中有"余春秋佳日必至西湖，由钱塘门入城必取道满营"⑤。以旗营为中心，旗人向右出迎紫门到达汉城，在与汉城文人交往中提高了诗歌技艺，向左出钱塘门到达西湖，以诗歌记录西湖带给自己的美感享受。瑞庆"西湖咫尺羡人游"⑥、完颜守典"绿杨城郭近西湖"⑦，都说明西湖与

---

① （清）张大昌辑，白辰文点校：《杭州八旗驻防营志略》卷十七，第175—176页。
② （清）三多：《柳营诗传》，国家图书馆藏，光绪十六年（1890）刻本。
③ 关纪新：《满族小说与中华文化》，社会科学文献出版社2014年版，第28页。
④ （清）潘衍桐序，（清）完颜守典：《杭防诗存》，国家图书馆藏，光绪十六年（1890）刻本。
⑤ （清）三多：《可园诗钞外·柳营谣》，《清代诗文集汇编》第792册，上海古籍出版社2010年版，第655—656页。
⑥ （清）瑞庆：《乐琴书屋诗集》。
⑦ （清）完颜守典：《逸园初集》。

旗营距离之近，为旗人游览湖山提供了便利。西湖山水全方位地培养了旗营文人的诗歌创作。它的独特美感及历代以来形成的文化底蕴首先消磨了旗人气质中的英豪之气，继而以万象形态提供写作空间及素材。面对如此浑然天成的美景，旗人全身心地投入其中。凤瑞"莫负西湖水一湾"①、三多"家住西湖三百年"②，瑞常《如舟吟馆诗钞》题名为"生长西湖芝生氏"③，贵林曾有言"勿夺我湖山之乐"④，西湖成为他们安放心灵的地点。旗营文人受到西湖山水的氤氲化成之效，诗风一变为秀美。曾任杭州将军的果勒敏为三多《可园诗钞》题词有"朔方之英奇，西湖之灵秀"⑤句，是对北方少数民族诗人受江南山水濡染而兼具两种气质的形象概括。江南秀美精致的山水不同于北方的粗犷，使旗人诗歌变得精致秀丽，如瑞常"萍浮嫩绿鱼儿喋，花落轻红燕子飞"⑥、贵成"楼下垂杨拂钓矶，楼前烟锁远山微"⑦、完颜守典"沿堤十里垂杨路，断续蝉声唱柳枝"⑧，等等。

杭州旗营文人诗歌中的西湖山水是他们区别于其他驻防地的标志。就像京口驻防诗人笔下的金、焦、北固三山，广州驻防诗人笔下的越秀山，都是专属的文化标识。不同地理环境养育的文学也各不相同，即杨义所谓"区域地理赋予文学以乡土的归属"⑨。自然景观造就了一个地区特定的生产生活方式，又继而形成独有的精神氛围。杭州地域在方方面面影响着旗人的文学创作，是形成杭州驻防文学的根本所在。

杭州驻防文学具有与中华文学融汇的开放性特点又有自己的独特之处，因此，我们用"融而未合"或"和而不同"这样的字眼来形容貌似更为恰当。不过，这一系列独特性大都隐而未现，需研究者深入八旗制度文化中去寻绎。对杭州驻防文学独特性的探讨有助于全面挖掘驻防文学的价值，追索多样、多元的驻防文学生成机制。对丰富少数民族文学及中华

---

① （清）凤瑞：《如如老人灰余诗草》卷二，第575页。
② （清）三多：《可园诗钞》卷四，第619页。
③ （清）瑞常：《如舟吟馆诗钞》，第9页。
④ （清）宋恕：《中权居士协和讲堂〈演说初录〉叙》1905年9月，胡珠生编：《宋恕集》，中华书局1993年版，第364页。
⑤ （清）三多：《可园诗钞》，第582页。
⑥ （清）瑞常：《如舟吟馆诗钞》，第44页。
⑦ （清）贵成：《灵石山房诗草》，第462页。
⑧ （清）完颜守典：《逸园初集》。
⑨ 杨义：《文学地理学会通》，中国社会科学出版社2013年版，第7页。

文学研究具有重要价值，也是中华多民族文学研究的题中应有之义。

一个文学群体，不论个体书写处于怎样的水平，当它以群体的姿态进入我们的视野，意义方得以呈现。杭州驻防文学自有它的历史渊源、形成轨迹及重要成就，其独特价值值得我们去探索。"诗是作者心灵的投影，心事不易窥识，只有从创作的时、地、人、事各外缘的关系去考察。"① 杭州驻防文学创作全部用汉语写就且具有中国传统诗歌典雅秀美的特点，但在诗歌细节之处却展示着八旗文化，这就要求我们深入到作品表象背后，从制度史及文化史的角度重建解读诗歌的参考系，以恢复作品本有的文化意蕴。

游牧文化与农耕文化的互动融合始终是中国北方民族史研究的核心所在。二者间的碰撞引动文明交汇的火花，从而丰富了各自的文化因子。陈寅恪在分析李唐氏族的崛起和兴盛时有言："李唐一族之所以崛兴，盖取塞外野蛮精悍之血，注入中原文化颓废之躯，旧染既除，新机重启，扩大恢张，遂能别创空前之世局。"② 中华文化的广博精深首先受益于中原文化的稳固性及汇聚力。此外，少数民族带来的异质文化对中原文化形成冲击，从而逼视出新的文明质素，致使中华文化不断经历新生。清代旗人带着莽莽而来的英雄气进入中原，从而壮大中华多民族文化，而旗人文学的独特也使中华文学呈现更多元的图景。对各民族文化文学的互相尊重、理解、沟通是我们研究中华多民族文学的基础，也是构建中华民族共同体的重要步骤。

诚如潘洪钢所言："在这样一个国度中，你想要什么样的结论，都能找得到证据。比如你想证明满族早已汉化了，你肯定能够找出许多非常有力的证据，在这类证据中，满族似乎早已消融于汉族的汪洋大海之中了；相反，如果你想找出满族根本就没有汉化，他们仍然保持着自己的族群特征与强烈的心理，你也能在历史与现实中找到无数的事例。……正反两方面的历史遗存与资料都相当的丰富，清代以来各种不同形式保存下来的文本，穷尽一生也未必能读其万一，这就是中国民族关系问题的复杂性所在。"③ 在杭州驻防留存的丰富史料中，也

---

① 黄永武：《谈诗的研究途径》，黄章明、王志成编：《国学方法论丛·分类篇》，学人文教出版社1979年版，第306页。

② 《李唐氏族之推测后记》，陈寅恪：《金明馆丛稿二编》，生活·读书·新知三联书店2001年版，第344页。

③ 潘洪钢：《清代八旗驻防族群的社会变迁》，第304页。

可见这种复杂性。但从长时段①来看，民族融汇是必然结果，它构成中国历史发展的第二条基本线索②。因此，我们从民族融汇的视角去研究杭州驻防文学是符合历史发展趋势的。本书的研究试图将杭州驻防文学的个案带到中国民族文学研究中两个更广泛的主题上来：一是少数民族文学与中原文学的对抗冲突、交融互动及共生共存；二是少数民族文学对自身特质的保留。

第二节 学术史回顾

历史研究是文学研究的基础。充分的历史考证能够为文学研究建立参考系，提供翔实的史料和更广阔的视野。基于此，本部分拟先呈现杭州驻防相关的历史研究进展，继而对杭州驻防文学研究现状进行具体概述。而杭州驻防属八旗制度的重要组成部分，因此，在具体的论述中，也纳入八旗驻防历史和八旗文学的综合性研究论著。

一 杭州驻防历史研究

杭州驻防的历史研究是跟进在八旗驻防历史研究之后的。那么，本书率先对八旗驻防历史的研究历程进行总结，以期通过对"源"的总体把握达到对"流"的深刻认识。学界对八旗制度的研究最早始于孟森，他在《八旗制度考实》③一文中率先指出八旗制度的重要性。此后，莫东寅、郑天挺以及王锺翰都对八旗制度多有论及。韩国学者任桂淳的《清朝八旗驻防兴衰史》④是第一部专门研究八旗驻防的专著，论述了八旗驻防由兴起到衰落的演变历史及内部形态，具有开创意义。定宜庄的《清代八旗驻防研究》⑤是一部以官方文献和档案材料为依据的八旗驻防研究

---

① 历史时间可称之为短时段、中时段和长时段。所谓长时段，主要指历史上在几个世纪中长期不变和变化极慢的现象，如地理气候、生态环境、社会组织、思想传统等。只有长时段才构成历史的深层结构，构成整个历史发展的基础，对历史进程起着决定性和根本的作用。[法]费尔南·布罗代尔：《论历史》，刘北成、周立红译，北京大学出版社2008年版，第27—60页。

② 参见李治安《民族融汇与中国历史发展第二条基本线索论纲》，《史学集刊》2019年第1期。指出在中国的特定环境下社会经济固然充当主要原动力或主线，同时还应格外重视民族融汇第二条基本线索。

③ 《八旗制度考实》，孟森：《明清史论著集刊》，中华书局1959年版。

④ [韩]任桂淳：《清朝八旗驻防兴衰史》，生活·读书·新知三联书店1993年版。

⑤ 定宜庄：《清代八旗驻防研究》，辽宁民族出版社2003年版。

著作，但仅论述到乾隆时期。她的《满族的妇女生活与婚姻制度研究》①对满蒙联姻、旗女婚嫁及满族妇女的社会地位等论述对研究驻防女性文人提供参考。杜家骥的《八旗与清朝政治论稿》②及《清代八旗官制与行政》③都对八旗制度进行深入考察，对了解八旗官员仕宦问题提供助益。潘洪钢的《清代八旗驻防族群的社会变迁》④以人类学概念中的"族群"定义八旗驻防这一特殊群体，对八旗驻防研究中的土著化、婚姻、生计、民族交往以及在太平天国、辛亥革命中旗营走向问题都做了具体而详细的阐释，在运用诸多文献资料的同时也加入了田野调查及口述史的研究方法。潘洪钢专注于八旗驻防研究多年，这一著作是对过往研究的集合同时又有所创见，可称之为八旗驻防制度研究的一部集大成之作。此外，朱永杰《清代满城历史地理研究》⑤、张威《清代直省驻防城对其所依附城市形态演变的作用研究》⑥以及学界涌现的一批青年学者对八旗制度的单篇研究论文，都对本书的写作提供了帮助。

在八旗驻防制度、历史业已展开的研究脉络下，杭州驻防历史研究也在推进，且成果显著。《清代杭州八旗驻防史话》⑦是一部由历史学出身的学者写就的非学术化专著，兼具材料运用严谨和文字通俗易懂的优点，其中对杭州驻防历史的整体叙说为本书的写作提供了广阔的背景知识。此外，杭州驻防的建置及其与杭州地方社会的关系、对清末重要历史事件的参与等问题引起了学界注目，研究者们选用的视角和得出的结论都具有参考价值。如陈喜波、颜廷真《清代杭州满城研究》⑧一文考察了杭州驻防营的设置、军事编制、行政管理及旗民交往情况。余雅汝《〈杭州八旗驻防营志略〉研究》⑨针对《杭州八旗驻防营志略》的内容，探索杭州驻防八旗的制度沿革、设置过程等，并梳理驻防制度框架下由矛盾转向融合的旗民关系。汪利平《杭州旗人和他们的汉人邻居：一个清代城市中民

---

① 定宜庄：《满族的妇女生活与婚姻制度研究》，北京大学出版社1999年版。
② 杜家骥：《八旗与清朝政治论稿》，人民出版社2008年版。
③ 杜家骥：《清代八旗官制与行政》，中国社会科学出版社2015年版。
④ 潘洪钢：《清代八旗驻防族群的社会变迁》，人民出版社2018年版。
⑤ 朱永杰：《清代满城历史地理研究》，知识产权出版社2017年版。
⑥ 张威：《清代直省驻防城对其所依附城市形态演变的作用研究》，中国建筑工业出版社2019年版。
⑦ 陈江明：《清代杭州八旗驻防史话》，杭州出版社2015年版。
⑧ 陈喜波、颜廷真：《清代杭州满城研究》，《满族研究》2001年第3期。
⑨ 余雅汝：《〈杭州八旗驻防营志略〉研究》，硕士学位论文，华东师范大学，2013年。

族关系的个案》① 则将杭州旗民关系的考察置于双方在不同时期的互动中，得出旗民关系经历了对抗、融合、一体化进程加深、冲突直至旗营解体的过程。郑宁《清初江南的八旗驻防与地方应对——以杭州满营建设为中心》② 一文以杭州旗营建设中的圈房、扩建、增建等事件为中心，观察地方官府、士绅百姓的态度及应变，得出由地方官府主导、绅民出资，以金钱换空间是清初江南地方社会应对驻防八旗索求营房的普遍选择。潘洪钢《杭州驻防八旗与太平天国》③、陈可畏《辛亥革命与杭州驻防旗营》④ 则分别从太平天国和辛亥革命两个历史事件中，以杭州驻防营的参与过程、结果进行叙述分析。

杭州驻防的历史研究也着眼于在晚近民初产生重要影响的个体旗人，如三多、金梁及贵林等。对三多的研究大都着力于他边疆任职时期的政治作为和影响，如台湾学者刘学铫《清季末任驻库伦办事大臣三多》⑤、翟培佳《三多与清末蒙古地区新政研究》⑥、尹书强《辛亥革命时期沙俄与蒙古地区的"独立"事件》⑦ 及张力均《清代八旗蒙古汉文著作家政治思想研究》⑧。金梁的革命思想、与《清史稿》版本的关系受到较多关注，如贾小叶《〈杭州驻防瓜尔佳氏上皇太后书〉作者考析》⑨ 从多方面找到《杭州驻防瓜尔佳氏上皇太后书》为金梁所作的直接证据，重点分析了金梁激烈的革命思想和与康梁新党的密切往来；陶亚敏《论金梁入馆与〈清史稿〉版本之争》⑩ 一文结合相关史料、时人日记、评论等，还原了金梁在《清史稿》刊印中的历史地位，认为他对《清史稿》的修改功大于过。此外，金梁改革东北旗务及筹办东三省博物馆的作为也受到部分关

---

① 汪利平：《杭州旗人和他们的汉人邻居：一个清代城市中民族关系的个案》，《中国社会科学》2007年第6期。
② 郑宁：《清初江南的八旗驻防与地方应对——以杭州满营建设为中心》，《苏州大学学报》2019年第3期。
③ 潘洪钢：《杭州驻防八旗与太平天国》，《江汉论坛》2013年第12期。
④ 陈可畏：《辛亥革命与杭州驻防旗营》，《历史教学问题》2011年第6期。
⑤ 刘学铫：《清季末任驻库伦办事大臣三多》，《中国边政》第172期。
⑥ 翟培佳：《三多与清末蒙古地区新政研究》，硕士学位论文，中国人民大学，2010年。
⑦ 尹书强：《辛亥革命时期沙俄与蒙古地区的"独立"事件》，硕士学位论文，内蒙古师范大学，2006年。
⑧ 张力均：《清代八旗蒙古汉文著作家政治思想研究》，辽宁民族出版社2007年版。
⑨ 贾小叶：《〈杭州驻防瓜尔佳氏上皇太后书〉作者考析》，《近代史研究》2017年第6期。
⑩ 陶亚敏：《论金梁入馆与〈清史稿〉版本之争》，《北京社会科学》2019年第6期。

注。有关贵林的研究以沈洁《从贵林之死看辛壬之际的种族与政治》①一文论述极佳，它以贵林之死为切入口，将死因中内涵的旗民之间、革命党人之间、革命党与立宪派之间种种错综复杂的矛盾呈现出来，并从中窥视旗人在辛亥革命后的艰难境况。此文立论巧妙，资料翔实，为我们打开了历史瞬息中的多个面向。上述有关个体旗人历史的研究为驻防旗人文学的研究提供了更为详细深入的背景材料。而在20世纪80年代末已在海外出版，近年来才被译介的《孤军：满人一家三代与清帝国的终结》②一书，从杭州驻防旗人观成、凤瑞、金梁一家三代人入手，在整体上把握晚清时期由盛转衰的历史，以及满洲族群认同怎样在经济、文化、政治多方面被"形塑"或者"内生"的。此书的论述由一家及一国，其"见微知著"的方法及对族群问题的细致观照值得参考。清末民初变局中的杭州驻防旗人多参与到时事中，去往北疆、东北或者在存亡之际贡献自己的生命，他们的社会阶级、民族身份与当时政治走向之间的关系比以往任何时候都紧密。相应地，其文学作品呈现的情感也更显复杂多样。

在上述研究论著中，大都可见对旗民关系的讨论，侧面说明二者始终是不同的群体，只是不同时期融汇的深浅程度不一而已。旗民关系在不同时期有不同境况，作为杭州驻防文学发生的重要背景，是绕不过去的话题。因此，本书拟将杭州驻防文学置于杭州旗民关系演进的背景中加以考察，以期在更为恰切的时空中探讨这一群体的文学创作。

二 杭州驻防文学研究

与杭州驻防历史研究一样，其文学研究也是在八旗文学研究业已展开的情形下进行的。八旗文学研究虽不与杭州驻防文学研究直接相关，但其中的基本观点、研究方向无不为本书的整体把握提供重要助力与支撑。在此做整体概述。

以下诸位学者均已研究八旗文学有年，对八旗制度文化的掌握颇深，因而对八旗文学的特质、演进都有精炼而准确的体认。张菊玲的《清代满族作家文学概论》③是首部整体论述满族文学的著作，具有开拓意义。

---

① 沈洁：《从贵林之死看辛壬之际的种族与政治》，《史林》2013年第4期。
② ［美］柯娇燕：《孤军：满人一家三代与清帝国的终结》，陈兆肆译，人民出版社2016年版。
③ 张菊玲：《清代满族作家文学概论》，中央民族学院出版社1990年版。

张佳生是目前对八旗诗歌研究最多且成就最高的学者,自20世纪80年代至今仍旧笔耕不辍,四十余年来,刊发的有关八旗文学研究的论文近百篇,著作有《清代满族诗词十论》①《清代满族文学论》②《独入佳境:满族宗室文学》③《满族文化史》④《八旗十论》⑤等。他对八旗文学发展分期及八旗诗歌风格等方面的讨论有开创之功。然而,他又不仅仅关注八旗文学,在制度、文化等方面亦有深入探索。正是由于谙熟八旗制度及统治阶级的文化政策,遂在文学研究中能够打通并深入到八旗文学的本质,脱离了表面化的论述。关纪新是另一位对八旗文学研究有着重要贡献的学者。虽然他的研究大都集中在满族小说方面,对诗歌涉猎较少,但其学术观点和具有的问题意识都值得学习。首先,他肯定费孝通提出的中华民族多元一体格局的观点,要在中华多民族文学史观的视域下研究中国文学,这在学界无疑具有开启先声的作用。其次,又指出,民族文学发展的多元性根本不在于语言的使用,由此提出了"后母语"阶段的话题,即用汉语书写本民族文学。上述学者研究的共同点是对满族文学都有着深切的热爱,具有"生命学派"的基本特征,即"学术研究的生命特质,研究者与研究对象以及研究成果的接受者读者之间的'生命的交融',是具有普遍性的,至少是构成了学术研究的一个派别"⑥。这种源出于生命热情的研究,为本书提供诸多范式。由赵志辉、马清福、邓伟主编的《满族文学史》⑦是第一部全时段论述满族文学的著作,无论是在历史脉络上还是文体形式上都最为全面。但此书在文人族属的选取上不严密,以"满族"这一现代民族概念命名,在论述中又选入八旗汉军文人,却弃八旗蒙古文人,存在概念的混淆。诚如张佳生所言:"'八旗制度'虽然是满族人创造的,但是'八旗文学'却不是'满族文学'所能代替的。'八旗文学'不仅仅是一个时代的文学,也不仅仅是一个民族的文学"⑧。

21世纪以来,部分研究清诗史的学者注意到八旗诗歌的研究价值。

---

① 张佳生:《清代满族诗词十论》,辽宁民族出版社1993年版。
② 张佳生:《清代满族文学论》,辽宁民族出版社2009年版。
③ 张佳生:《独入佳境:满族宗室文学》,辽宁人民出版社1997年版。
④ 张佳生:《满族文化史》,辽宁民族出版社1999年版。
⑤ 张佳生:《八旗十论》,辽宁民族出版社2008年版。
⑥ 钱理群:《"知我者"走了,我还活着——悼念富仁》,《文艺争鸣》2017年第7期。
⑦ 赵志辉、马清福、邓伟:《满族文学史》,辽宁大学出版社2012年版。
⑧ 张佳生:《八旗十论》,辽宁民族出版社2008年版,第280—281页。

严迪昌在《清诗史》[①] 一书中专设"八旗诗人史略"一章，主要叙述了乾隆时期八旗诗人群体的游离心绪。他的《八旗诗史案》[②] 一文则明确提出，"八旗文学应自成专著，其中以诗一体言尤可独撰诗史"，并对八旗文学的"汉化"论调予以驳斥，指出其独具自己的文学气象。朱则杰在《清诗史》[③]《清诗考证》[④] 等著作中已注意到八旗文人以及八旗统治者为清代文学带来的独特贡献，因而在《清代八旗诗歌丛考》[⑤]《清代八旗诗人丛考》[⑥] 等文中都指出，八旗诗歌研究应受到应有的重视。继而他的研究生李杨撰写《八旗诗歌史》[⑦]，以上中下三编分别论述八旗诗歌的兴起学习期、繁荣演变期、异化尾声期，弥补了八旗诗歌研究的前后期失衡现象。她也关注到京口驻防延清及杭州驻防三多，二人以独立章节呈现。清诗史研究者对八旗诗歌的关注肯定了这一领域的研究价值，学界理应予以足够的重视。

蒙古八旗文学是清代八旗文学研究中的重点。清代蒙古族汉文创作研究的兴起使蒙古八旗文人得到了较早关注，资料搜寻整理及后续研究都在有序且深入地展开。《八旗艺文编目》[⑧] 是由清末蒙古文人恩华整理的有关八旗文人生平及著述的书目，于保存八旗文献有开创之功，后续论著大都以此书为基点展开研究。20 世纪末，古代蒙古族汉文创作得到几位蒙古族学者的关注，如赵相璧《历代蒙古族著作家述略》[⑨]、云峰《蒙汉文化交流侧面观——蒙古族汉文创作史》[⑩]、云广英《清代蒙古族人物传记资料索引》[⑪]、白·特木尔巴根《古代蒙古作家汉文创作考》[⑫]、云峰《蒙汉文学关系史》[⑬]，以及荣苏赫、赵永铣主编《蒙古族文学史》[⑭] 等，其

[①] 严迪昌：《清诗史》，浙江古籍出版社 2002 年版。
[②] 严迪昌：《八旗诗史案》，《西北师大学报》2004 年第 3 期。
[③] 朱则杰：《清诗史》，江苏古籍出版社 1992 年版。
[④] 朱则杰：《清诗考证》，人民文学出版社 2002 年版。
[⑤] 朱则杰、吴琳：《清代八旗诗歌丛考》，《西北师大学报》2010 年第 6 期。
[⑥] 朱则杰、卢高媛：《清代八旗诗人丛考》，《苏州大学学报》2013 年第 2 期。
[⑦] 李杨：《八旗诗歌史》，博士学位论文，浙江大学，2014 年。
[⑧] 恩华：《八旗艺文编目》，辽宁民族出版社 2006 年版。
[⑨] 赵相璧：《历代蒙古族著作家述略》，内蒙古人民出版社 1990 年版。
[⑩] 云峰：《蒙汉文化交流侧面观——蒙古族汉文创作史》，天津古籍出版社 1992 年版。
[⑪] 云广英：《清代蒙古族人物传记资料索引》，内蒙古大学出版社 1998 年版。
[⑫] 白·特木尔巴根：《古代蒙古作家汉文创作考》，内蒙古教育出版社 2002 年版。
[⑬] 云峰：《蒙汉文学关系史》，新疆人民出版社 1997 年版。
[⑭] 荣苏赫、赵永铣主编：《蒙古族文学史》，内蒙古人民出版社 2000 年版。

中对杭州驻防蒙古文人瑞常、瑞庆、贵成、三多等人的著述和作品做了简介，可视为杭州驻防文学研究的开端，但仅是从族属出发对个体的提及，论述并不深入。

21世纪第二个十年是清代蒙古族汉语文学创作研究的深入发展时期。内蒙古大学的米彦青老师是这一研究领域的领军人物，在十余年中成果显著。她的《蒙汉文学交融视域下的乾嘉诗坛》①《时代变局中的中华民族文学书写——以道咸同时代蒙古文学思潮为视角》②《光宣诗坛的蒙古族创作与蒙汉诗学思潮》③ 等文是对清代蒙汉文学交融研究的进一步深化。此三文在时间的"流"中将蒙古族文人汉诗创作置于汉族诗坛的演进中，以此来寻绎蒙古族汉文创作的"变"。乾嘉诗坛的蒙古族汉文创作是在清代"大一统"观念确立的背景下进行的，对汉族主流诗学的接受乃至互通互融都激发了诗坛中华多民族文学认同。道咸同时代是中国历史上发生重大变革的时代。外敌的入侵致使清初以来的华夷之辨的主体由汉民族与少数民族转变为中华民族与西方列强，由此蒙汉文人共同担当起国变中的重任，在经世思潮的背景下谱写了中华多民族文学。而光宣时期的蒙古文人大都有任职边疆的经历，他们在内外困局中积极奔走并发出批判的声音，成为这一时期"觉世之诗"写作的重要组成部分。此时在思想领域出现的新变也共同出现在蒙汉文人的创作中。杭州驻防文人的创作与上述各个时期蒙古文人汉诗创作的思想背景相符合。米彦青老师所做的先期研究在整体上精准把握了不同时段的时代背景及思想意识，对某些文学史问题的重新审视具有重要的学术价值，且在如何构建少数民族文学与汉族文学交互影响的研究体例上具有典范作用。

米彦青老师的著述中涉及的清代蒙古文人及创作较全面，杭州驻防蒙古旗人及创作因此受到更多关注。《接受与书写：唐诗与清代蒙古族汉语韵文创作》④ 一书无论是对清代蒙古族汉语韵文创作的整体把握还是对跨文体的唐诗接受都做出了新的探索。书中专章研究八旗驻防起家的蒙古诗人的唐诗接受，是学界首次注意到八旗驻防文学群体的研究价值，认为

---

① 米彦青：《蒙汉文学交融视域下的乾嘉诗坛》，《民族文学研究》2016年第4期。
② 米彦青：《时代变局中的中华民族文学书写——以道咸同时代蒙古文学思潮为视角》，《民族文学研究》2019年第1期。
③ 米彦青：《光宣诗坛的蒙古族创作与蒙汉诗学思潮》，《文学遗产》2018年第2期。
④ 米彦青：《接受与书写：唐诗与清代蒙古族汉语韵文创作》，中国社会科学出版社2014年版。

"驻守在不同地区的八旗子弟，虽然被严令不得与'民'交流，但华夏文化的影响却依然在潜移默化间改变了生活在其间的士人心态或精神气质，并且使他们深爱所处地域的汉族文化"①。杭州驻防蒙古文人瑞常、贵成、三多的唐诗接受在书中被详细论述，他们因对唐代诗人取法的不同、生活经历及背景的差异而呈现出不同的接受风貌。《中国古代蒙古族汉诗研究》② 一书以历史、文献、思想史等多个维度对元明清时期的蒙古族汉诗创作展开讨论，杭州驻防蒙古旗人瑞常、瑞庆、贵成、三多、成堃的身世经历、著作流播、文学交游等得到更为全面的论述。米彦青老师在《清代草原丝绸之路诗歌文学的特质》③ 一文中则以三多诗歌用满蒙俚语入诗为例来论述清代少数民族诗人在语言形式上的推陈出新，认为文学创作语言的多样性促进了多民族文化的融合。《清代八旗安养制度下的驻防蒙古文学》④ 一文是学界首次将八旗驻防制度与文学共同进行探讨。论文指出，驻防八旗满汉分居体制、营葬体制与旗籍体制是八旗安养制度的核心，而这些制度的维持和变化也引动了驻防诗文的变化。制度与文学互为表里，共同呈现了驻防八旗的军事生产、生活经验和人文情感。除八旗安养制度之外，八旗科举制度与八旗文学更具有密不可分的关系。她的这一研究无疑开启了同一体系研究的先河。无论是唐诗接受史的研究、少数民族文学与汉族文学的二元碰撞交融研究还是八旗制度与文学的关系研究，米彦青老师都以切实的研究态度、独特的切入视点、深入的分析论述以及精炼而有韵味的语言风格取胜，为本书的论述提供了依据及诸多可以思考的问题。

同时，基于米彦青老师较好的学术规划意识，她的学生率先对杭州驻防个体蒙古文人逐一展开研究。李桔松《清末民初三多诗词研究》⑤ 一文以文史互证的方式对三多生平家世、文人交游及诗词渊源风格展开深入探讨。另外，《论清末民初蒙古族词人三多的词与词风》⑥《从〈可园诗钞〉看三多任库伦办事大臣前后之心路历程》⑦ 两篇文章同为李桔松所作，内

---

① 米彦青：《接受与书写：唐诗与清代蒙古族汉语韵文创作》，第193页。
② 米彦青：《中国古代蒙古族汉诗研究》，中国社会科学出版社2021年版。
③ 米彦青：《清代草原丝绸之路诗歌文学的特质》，《民族文学研究》2017年第5期。
④ 米彦青：《清代八旗安养制度下的驻防蒙古文学》，《民族文学研究》2020年第5期。
⑤ 李桔松：《清末民初三多诗词研究》，硕士学位论文，内蒙古大学，2013年。
⑥ 李桔松：《论清末民初蒙古族词人三多的词与词风》，《民族文学研究》2015年第1期。
⑦ 李桔松：《从〈可园诗钞〉看三多任库伦办事大臣前后之心路历程》，《中国边疆史地研究》2016年第2期。

容多取自硕士学位论文。在对三多文学创作的研究之后，他转向对杭州驻防文献的关注，从杭州八旗群体的交际网络以及自我身份认同等处着手，撰写博士学位论文《文化互动与身份认同——清代杭州驻防旗士人的书写研究》[1]，具有文献考证翔实、论述严密的特点。《记忆、塑造和认同——清杭州〈城西古迹考〉〈柳营谣〉解读》[2] 一文以廷玉《城西古迹考》和三多《柳营谣》两书的分析为基础，指出两部作品在不同的时代背景下都达成了对旗营文化的塑造和对杭州的认同。后续研究可在此文的基础上，将杭州驻防历史书写文献置于整个杭州城的历史背景中，进而深入考察旗营文化构建与杭州汉城之间的关系。《国图藏〈杭防营志〉稿本及文献价值考述》[3] 一文则对《杭防营志》的文献流传及著者详细考证，指出它在人物传记部分尤有价值。而《清末杭州八旗驻防士人的族群意识——以金梁和惠兴为考察中心》[4] 以金梁上书、办学和惠兴为办女学而殉身等事迹进行分析，探讨他们在时代变局中的变革意识和族群意识。他的上述研究从文献角度为本书提供了诸多可靠的资料。张博《瑞常诗歌研究》[5] 以杭州驻防文人瑞常及其诗歌为研究对象，从家世生平、交游、诗歌内容及特色三方面进行解读，全面展示了瑞常诗歌的丰富性和多面性。作者对文献的考证之细微，使此文最大限度地还原了诗歌创作场景。笔者的硕士学位论文《蒙汉文学交融视域下的驻防诗人贵成研究》[6] 从文人经历、地域、时代三方面入手对贵成诗歌进行论述，以彰显其创作在蒙汉文学交融视域下的独特意义。继而，笔者的研究范围扩大至整个杭州驻防文学群体，满洲作家由此进入视野，写作了《民族文化场域中的继承与坚守：晚清满洲凤瑞家族的文学创作》[7] 一文。此文探讨瓜尔佳氏凤瑞

---

[1] 李桔松：《文化互动与身份认同——清代杭州驻防旗营士人的书写研究》，博士学位论文，北京师范大学，2016年。
[2] 李桔松：《记忆、塑造和认同——清杭州〈城西古迹考〉〈柳营谣〉解读》，《贵州社会科学》2019年第2期。
[3] 李桔松：《国图藏〈杭防营志〉稿本及文献价值考述》，《北京教育学院学报》2018年第4期。
[4] 李桔松：《清末杭州八旗驻防士人的族群意识——以金梁和惠兴为考察中心》，《北京教育学院学报》2017年第2期。
[5] 张博：《瑞常诗歌研究》，硕士学位论文，内蒙古大学，2015年。
[6] 李珊珊：《蒙汉文学交融视域下的驻防诗人贵成研究》，硕士学位论文，内蒙古大学，2018年。
[7] 李珊珊：《民族文化场域中的继承与坚守：晚清满洲凤瑞家族的文学创作》，《内蒙古社会科学》2020年第3期。

文学家族中的四代文人在诗歌写作中映现的家学传承和经世书写,是学界首次关注到杭州驻防内的满洲作家群体。《清代驻防八旗科举参与方式的流变与诗歌创作》①一文延续了米彦青老师关于八旗制度与文学关系的研究方法,分析了驻防八旗科举参与方式与驻防旗人诗歌创作的深层关系,把握到杭州驻防文学生成的重要动因。米彦青老师带领下的这一团队的写作都以知人论世、诗史互证为研究方法,具有考证细密、论述兼顾文学内部研究与外部研究的特点,为他们后续研究的进行打下了良好的学术基础。杭州驻防内的满蒙文人群体除有诗集存世的外还有众多文人有散诗存世,因此,对他们作品的研究应全面展开。个体呈现的力量是单薄的,在群体中意义才能最大限度地凸显。

  杭州驻防文学研究正在渐成规模,近年来也受到其他学者的关注。如曹诣珍《清代杭州驻防八旗的文学生态》②是首篇对杭州驻防文学进行整体论述的文章。此文指出,占尽湖山之胜、得科举之助、与汉族文士的交游及旗营内部的师友姻亲交游网络是造成杭州驻防文学繁盛的四个因素,但对相关问题的阐释还略显粗疏。三多是杭州驻防文人中最丰产的作家,他拥有较高的社会地位和复杂的仕宦经历,因而受到较多关注。如任聪颖《湖上常留处士风——晚清民初的西湖隐逸文学研究》③一文指出,三多受到杭州汉族文士王廷鼎、俞樾和谭献等人隐逸情结的影响,因而在文学创作中具有仕隐二元的特质。上述两位学者的研究与前述的杭州驻防蒙古文人研究者相比,脱离了从族属或民族出发,得出的结论看似更为客观,实际上,并未完全把握八旗文人诗歌创作因民族性而彰显的独特内蕴。

  从以上论述可知,学界对杭州驻防研究现呈起步阶段,未全面展开。基于这一群体由清初至清末诗歌创作渐趋繁盛的状况,理应在历时流变中审视其文学的兴起、发展乃至繁盛的全过程。而旗营独立空间的形成也易于从空间的维度上把握其内部文学生成及与外部文学的联系。杭州驻防文学的研究无疑能够弥补八旗文学研究的不足,壮大八旗文学研究的队伍。因此,对杭州驻防文学进行研究是有意义且有必要的。

---

  ① 李珊珊:《清代驻防八旗科举参与方式的流变与诗歌创作》,《民族文学研究》2021年第3期。
  ② 曹诣珍:《清代杭州驻防八旗的文学生态》,《中南大学学报》2019年第2期。
  ③ 任聪颖:《湖上常留处士风——晚清民初的西湖隐逸文学研究》,博士学位论文,华东师范大学,2015年。

第一章

顺康雍——杭州驻防文人诗歌创作的发轫期

顺治元年（1644）至雍正十三年（1735），历时92年，是杭州驻防文人诗歌创作的发轫期。这一划分主要基于以下考虑：首先，顺康雍时期杭州驻防处于初创阶段，旗兵因战事频繁而流动较大。驻防八旗规制也不完善。其次，此期杭州驻防文人数量少，仅有3位，作品内容也直接或间接地受到战争影响。在诗歌风格上却与京师八旗文人诗歌保持了一致①。总体上，这一时期的杭州驻防文人诗歌是一个较为独立的单元。

顺康雍时的杭州驻防文人诗歌仅有几首，那么，是否值得专门探讨？即本章的价值怎样体现？这是我们论述的起点也是焦点。清初满汉文明发展程度存在较大差距，杭州驻防文学与汉城文学也处在不平衡的位置上。江南文化此时已发展到非常成熟的地步，它承接着来自现实层面的武装冲突和遗民思想世界的暗流涌动，经受着异族入侵带来的震颤并给予有力回击，展现出这一地域文化体系内在的坚固力量。满汉民族矛盾、文明差异等因素，构成了杭州驻防文学发展的背景，也是清代满汉文学融汇的起点。因而，此时杭州驻防诗歌创作切实地展现了满汉文学交汇初期的态势，为民族文学融汇提供了更广阔且具有丰富意义的阐释空间。

第一节 汉族文人诗笔下的杭州旗营

民族间的征服与被征服通常是通过武装冲突来完成的。征服者在完成

---

① 张佳生在论述八旗文学分期时将顺康雍作为八旗入关后的第一期，认为这是八旗文学崛起并逐渐繁盛的阶段，出现了诸如纳兰性德、曹寅等诗词名家。诗歌具有雄健清俊的风格。参见张佳生《论八旗文学之分期》，《满族研究》1996年第2期。

征服后，通过一系列秩序的构建，将自身利益最大化，以保证权力的实施与进行。驻防八旗的设立即是以镇守战略要地来实现由中央到地方的管控。杭州处在长江、钱塘江交汇处以及京杭大运河的南端起点，是非常重要的经济和军事据点。顺治二年（1645），清兵南下镇压南明王朝的抵抗，在杭州"清泰、望江、候潮三门一带，悉驻兵垒"，是为杭州驻防设立之始。此时驻兵一为震慑江南社会，二为方便调动军队镇压抗清起义。旗兵被征调或阵亡使此时的杭州驻防处于"更番驻防"[1]时期，人员流动较大。顺治五年（1648），方以"江海重地，不可无重兵驻防，以资弹压。于是，下圈民屋之令"[2]。顺治七年（1650），因"旗兵与民杂处，日久颇有龃龉者"，在巡抚萧启元等人谋划下，"始定城西隅筑城以居，俾兵、民判然，不相惊扰"[3]。旗民冲突是设置驻防营的原因之一，而旗营选址又一次激化了二者的矛盾。据徐映璞《杭州驻防旗营考》载，最初总督张存仁及巡抚萧启元以杭州北部的梅家桥、水星阁等处"多场圃园囿，较为疏旷"，拟于此处建旗营，但最终清廷经"礼、工二部会议，于西城濒湖中段，圈定市街坊巷而版筑焉"[4]。杭州濒湖一带最为繁盛，将此地僻为兵营，除用水方便外，于军营的建立实为不符。西湖北南西三面均环山，旗营处于地势平坦的湖东，于作战不利。旗营选址更像是征服者的蛮横示威行为。在圈地等具体实施环节，旗兵行为更令人难以接受，"圈田所到，田主登时逐出，室中所有，皆其有也"[5]。被圈民户也未进行妥善安置，迫使他们"栖止于神庙、寺观及路亭、里社中"[6]，"扶老携幼，担囊负橐，或播迁郭外，或转徙他乡，而所圈之屋，垂二十年输粮纳税如故"[7]。杭州旗营在顺治七年（1650）建成后，又进行扩建与增筑，对杭州百姓造成相当大程度上的扰攘，从而采取由官方主导、绅民出资，以金钱换空间的方式来应对驻防八旗索求营房。[8]直至康熙八年（1669），清廷下令

---

[1]《清实录·世祖实录》卷三十，第246页。
[2]（清）张大昌辑，白辰文点校：《杭州驻防八旗营制略》卷十五，第154页。
[3]（清）张大昌辑，白辰文点校：《杭州驻防八旗营制略》卷十五，第154页。
[4] 徐映璞：《杭州驻防旗营考》，《两浙史事丛稿》，浙江古籍出版社1988年版，第321页。
[5]（清）史悙：《恸余杂记》，中华书局1959年版，第90页。
[6] 徐映璞：《杭州驻防旗营考》，第321页。
[7]（清）赵世安等：《（康熙）仁和县志》卷二十七，康熙二十六年（1687）刻本。
[8] 参见郑宁《清初江南的八旗驻防与地方应对——以杭州满营建设为中心》，《苏州大学学报》2019年第3期。

驻防旗兵远不得居住民房[①]，此问题才得到最终解决。杭人有诗《兵屯已定，故庐无恙，感赋》[②]，诗题后注：割钱塘、涌金二门为满洲城，他写自己"十年临枭兀，两地总沉浮。身惯随行灶，家因逐戍楼"，书写时代乱离中个体生命的彷徨不定。而"朝廷雄镇在，是处看吴钩""万帐穿城邑，三军逼市尘。火旗春不卷，霜角昼仍传"在对八旗军队雄健姿态的客观描写外，"逼""不卷""仍传"都传达出弥漫杭州的紧张氛围。接下来的"鹅眼藏金少，鱼鳞故册悬。县官严赋役，量免更何年"则以隐晦方式表达了杭州百姓的不满。鹅眼钱指劣质钱币，也代指人的吝啬，而鱼鳞册是指土地登记簿。由此结合城西百姓在被驱逐出住所后仍缴纳房税粮税二十年如故的事实，此诗的纪实性及讽刺意味就呈现出来。杭州旗营建立激起的民愤只是清初杭州城内旗民矛盾的一角，随后旗人放贷、勒索、抢劫等事件层出不穷。他们欺行霸市、凌弱老幼，加剧了旗民关系的紧张。此时的旗兵普遍文化素质较低且长期征战带有杀伐之气，在征服者身份的加持下，以及汉人持有的鄙视情绪的刺激，具有强烈的对抗心理。

清初，杭州旗人取城西濒湖一带作为营址，导致大量居民迁出，原有的建筑被拆毁重建。旗营作为一个突发空间楔入杭州城的中心地带，改变了城市生长轴及道路网络，使原有的城市居民生活样态被打破，重塑了杭州城市空间系统。清代杭州城是由高大城墙围起来的空间，有城门供出入。旗人负责杭州各城门的关启，由此产生的盘剥勒索事件层出不穷。旗人也在西湖畔饮马放马，引发了汉城文人的集体声讨。

西湖在历代文人的吟咏中变得名声大振，成为地标性景观。从地理因素看，西湖具有的灌溉疏导功能较观赏功能对地方民生是更有益的。"湖为主，江为客；湖为清，江为浊；湖昼夜灌注，江则候有潮汐，是则防江以却其泥沙，通江以受其灌溉，固不可废。而湖之为利，尤深矣"[③]，湖水对农业发展至关重要，因此，历代杭州长官大都悉心治理西湖。白堤、苏堤、杨公堤以及阮公墩都是由排淤筑堤而形成的。北方人与南方人因生活环境的差异，各自都养成了与环境相适应的生产方式和行为习惯。北方

[①] （清）赵世安等：《（康熙）仁和县志》卷二十七。
[②] （清）丁丙、丁申编：《武林坊巷志》，王国平主编：《杭州文献集成》第30册，浙江人民出版社2014年版，第300页。
[③] （清）吴农祥：《西湖水利考》，王国平主编：《杭州文献集成》第12册，杭州出版社2014年版，第6页。

多山地草原而少大江大湖，多放牧而少农耕，因此，旗人固然知道水源的重要性，却不通晓水利建设。旗人营造的水道"互相排窄"，且因"所居官屋，戍满即归，非子孙授受之产，非金钱市易之券。责其从公开浚，势必苟且塞责。如锄未能豁客土，锸不及错土石，建不得高梁桥，芰不欲倾马厩。有一于此，其成将败。水之性，迅而就下；土之性，疏而善崩。必将由浅及深，因高临下。春霖秋潦，灏涣礧击，渗淫委输，不必一年，又将阻塞。阅历岁月，弊且仍前"①。清初驻防旗人处于流动状态，是驻防地的客居者，临时性驻扎使他们在驻地建设上应付塞责。历代杭州人为保护西湖生态，多在岸边植以桃柳、芙蓉、松柏，不只为"饰游观、追啸傲"，更为"坚堤堑、翼根基"②，从而坚固水中泥沙保持水质清澈。而在清初"渊泉百道，久多抑没，而湖中时长阴沙，如昔所谓息壤者。隆崇崔嵬，坡陀曼衍，处处峙起。湖中三潭，昔云深不见底者，波光云影，可得俯浴。城中日暮，小儿吹角，导马出城，万蹄驰突，往往浑浊水色，腐败菱草。阅历岁月，或变桑田"③，可见西湖生态遭到严重破坏。陈寅恪曾引汪然明写给周靖公的尺牍有："三十年前虎林王谢子弟多好夜游看花……一树桃花一角灯，风来生动，如烛龙欲飞。较秦淮五日灯船，尤为旷丽。沧桑后，且变为饮马之池。昼游者尚多猬缩，欲不早归不得矣。"他后面分析说："盖清兵入关，驻防杭州，西湖盛地亦变而为满军戎马之区……举明末启祯与清初顺治两时代之湖舫嬉游相比论，其盛衰兴亡之感，自较他人为独深"④。清初西湖的衰败自与旗人沿湖牧马、不加保护关系甚大。江南地区多丘陵河湖，本不适合牧马，马匹所吃草料也需从北方大量购进。旗人意识到这种状况，就逐渐减少了旗营马匹数量，并将牧场转移到萧山江东等地，西湖的衰败态势得到缓解。皇帝的南巡进一步恢复了西湖景观。

易代之际，本就作为书写焦点的西湖因记忆与现实的巨大反差激起文人内心的悲慨，他们或通过直观感受展现残破西湖带来的怅惘，或以梦回的方式返回繁华西湖现场进行一场充满悲情的时空之旅。尤侗《六桥泣柳记》是他时隔三十年又一次来到西湖，三十年前的西湖是诗中"晴光

---

① （清）吴农祥：《西湖水利续考》，王国平主编：《杭州文献集成》第12册，第9页。
② （清）吴农祥：《西湖水利续考》，王国平主编：《杭州文献集成》第12册，第9页。
③ （清）吴农祥：《西湖水利续考》，王国平主编：《杭州文献集成》第12册，第9页。
④ 陈寅恪：《柳如是别传》中册，上海古籍出版社2020年版，第377—378页。

潋滟""雨色空蒙",是画中的柳浪莺闻、花港观鱼,是梦中的"三秋桂子""十里荷花",又一次相见则"兴尽而返。所见不逮所闻,则与其在目中,反不若诗中情、画中景、梦中人哉"。这次探访让尤侗最为痛心的是西湖的柳树,"今乃为官军斫伐都尽,千丝万絮,无一存者。荒草之中,断根偃卧而已。遥望湖心亭,倾欹几欲坠水,四围台榭,半就湮芜。昔之锦缆牙樯,香车宝马,紫箫公子,红粉佳人,不知化为何物?眼前所见,唯有寒鸦几点,梳掠斜阳,征鸿数行,哀鸣孤渚",而除去柳树其余景象都可尽快复原,唯有"数十年之杨柳,一旦伐之,风流倾尽,为可痛也!虽使今日即树,不更阅十年,欲睹其长条依旧,岂可得哉"[1]。无复昔容的景色和无法返回的故国增添了他内心的呜咽感,继而以文字记载下返回现场的马嵬魂断、红颜憔悴的哀戚。钱谦益于顺治七年(1650)去往浙江金华,游说策反金华总兵马进宝,无功而返,东归经过杭州,目睹西湖遭受战乱蹂躏的景象,写下《西湖杂感》[2]二十首。他在诗序中慨叹"旧梦依然,新吾安往""嗟地是而人非,忍凭今而吊古",诗作在现实与记忆的对照中行进,充斥着个体命运携带的变节之苦与亡国之痛。"板荡凄凉忍再闻,烟峦如赭水如焚"(其一);"鹰毛占断听莺树,马矢平填放鹤台"(其三);"鹦鹉改言从鞑鞨,猕猴换舞学高丽"(其九);"匼匝湖山锦绣窠,腥风杀气入偏多"(其十一),用尖锐激愤的词汇表达清兵的残暴。他在诗中营造一种凄厉的氛围,如"地戛龙吟翻水窟,天回电笑闪湖光"(其六);"罗刹江边人饲虎,女儿山下鬼啼莺"(其十五),在夸张隐喻的笔触之下也许隐含的不只是对清兵的恨意,更是对自己经历的悔恨,从而在诗作中展现将自己推向万劫不复之渊的快感。朱观光为清初浙江海宁人,肆力于经学,被举荐博学鸿词科,力辞不入,有《西湖杂咏》诗云:"表忠祠畔柳毵毵,霸业犹余古剑潭。不信弩强潮可退,更无一矢射朱三"[3],含有对故国难以割舍的情愫和对八旗以武力取天下的不屑。张岱是由明入清的文人,其小品文集《西湖梦寻》以梦中返回的方式重新构建了西湖景观,带有对清初西湖景观的逃避式表达和挥之不去故国情思。"回忆具有根据个人的回忆动机来构建过去的力

---

[1] (清)尤侗著,杨旭辉点校:《尤侗集》,上海古籍出版社2015年版,第86页。
[2] 《有学集》卷三,(清)钱谦益著,钱曾笺注,钱仲联标校:《钱牧斋全集》(四),上海古籍出版社2003年版,第89—106页。
[3] (清)丁丙、丁申:《国朝杭郡诗三辑》卷二。

量，因为它能摆脱我们所继承的经验世界的强制干扰，在'创造'诗的世界的诗的艺术里，回忆就成了最优模式。"① 他于顺治十一年（1654）、十四年（1657）返回现实中的西湖，发现故居已成瓦砾，其"梦中所有者，反为西湖所无"，断桥一带"凡昔日之弱柳夭桃、歌楼舞榭，如洪水淹没，百不存一矣"，因而"急急走避，谓余为西湖而来，今所见若此，反不若保我梦中之西湖，尚得完全无恙也"②，情辞之哀婉无助令人悲叹。西湖的残山剩水带给他极大的震撼，其中蕴藉的黍离之悲更是无法承受的重量。因此，张岱选择回到梦中去封存记忆，在灯烛下的劫后，他与似是家园眷属一般的梦里西湖四目相对，一往情深，留下千古绝唱。八旗的强权与武力纵然能破坏汉族文人心中的圣地，但却夺不走他们的情感与记忆。

而旗营作为紧邻西湖的独立空间，也在汉城文人笔下的西湖书写中以具象的形态出现，在鸟语花香、微风细雨的秀丽景色中注入猎马健儿的号角，平添了几许异质色彩。"钱塘门外水平湖，饮马健儿马上呼。打仗西山今日去，掠钱同醉酒家胡"③，对清初旗人的张扬姿态及恶劣行径予以记载，带有讽刺意味。"路转西泠听马嘶"④、"猎骑嘶从黄鸟路"⑤、"钱塘门旁满州城，出到湖头眼乍明"⑥ 等诗句都表明清初满汉民族矛盾固然激烈，但旗营已不可避免地出现在汉城文人诗歌书写中，作为西湖的特异部分呈现出来。"日暮军营出健儿，窄衫袒臂走离披。横担鸟铳双环眼，野鸭鸬鹚那得知"⑦，通过旗人装束、打猎工具这些在江南人眼中具有陌生化特点的符号，在视觉、感官上强化了旗民间的不同。乍浦驻防在雍正年间设立，是为水师营。汉族文人诗笔下乍浦驻防具有明显的军事特点，如"雉堞参差枕海邦，移从崇德建麾幢。十家营外寻常燕，

---

① ［美］宇文所安：《追忆：中国古典文学中的往事再现》，郑学勤译，生活·读书·新知三联书店2004年版，第149页。
② （清）张岱著，林邦均注评：《西湖梦寻注评》，上海古籍出版社2023年版，第1页。
③ （清）朱一是：《西湖竹枝词》，潘超、丘良任、孙忠铨等编：《中华竹枝词全编》（四），北京出版社2007年版，第167页。
④ （清）蔡仲光：《西湖竹枝词》，潘超、丘良任、孙忠铨等编：《中华竹枝词全编》（四），第184页。
⑤ （清）胡尔槐：《湖上春色》，《国朝杭郡诗三辑》卷四。
⑥ （清）祝尚矣：《西湖竹枝词》，潘超、丘良任、孙忠铨等编：《中华竹枝词全编》（四），第202页。
⑦ （清）秦松龄：《西湖竹枝词》，潘超、丘良任、孙忠铨等编：《中华竹枝词全编》（四），第173页。

飞入三旗队队双"①。旗人为汉城文人诗歌注入了异质力量。

顺康雍时期，杭州旗营因选址圈地以及旗人对民人的勒索掠夺引动了民族间的对立冲突。在文人社会中，旗人以异族入主再加上对湖山胜地的污染，令汉族文人在诗文中感慨黍离之悲的同时也悲痛家园的失落，民族情感隐匿在字里行间。而即使汉族文人对旗人有着强烈的排斥情绪，旗营也开始以反面的、令人惊异的形象进入他们笔下。

第二节　杭州驻防文人诗歌的昂扬之态

清初八旗以外族入主中原，引动了江南士人思想世界的多元裂变，进而造成文学创作的多元化。易代之际的思想涌动更易于让我们看到江南文化的承载力和丰厚度。江南是杭州驻防文学最初扎根的土壤，其中涌动的民族精神和文学力量也许从那时开始就潜移默化地影响着杭州驻防旗人。此时，京师八旗的文学创作开始呈现较为繁荣的姿态，以汉军八旗文人为主体间以满蒙文人的文学创作群体走上清初文学的舞台。旗人南下征战，一路势如破竹。征服者的诗歌与江南文人诗作中的黍离之悲不同，具有刚健昂扬、豪迈奔放的特点。旗人诗作与汉族文人诗作风格虽截然不同，但不可否认二者具有的因果关系。杭州驻防旗人属征服者，诗作风格与京师八旗诗歌风格保持了一致。

"八旗诗歌的风格主要在雄浑豪放和清旷疏俊两个方面。用笔多倾荡磊落、沉著刚隽，抒写的内容和情感也与这种笔调相适应。"② 这一论述可谓恰切。除去部分宗室诗人因统治阶级内部倾轧诗歌具有寒意和游离姿态外，大部分八旗诗人的写作具有豪放、明朗的气概。究其原因，首先，八旗军队的勇武和节节胜利，使他们的诗歌充满了建功立业的豪迈。满洲文人顾八代于康熙年间从征云南，有诗《辛酉冬十月荡平滇南，赋赠绥远大将军赖公》云："数载南征七出师，貔貅百万指滇池。石门槛破直擒将，黄草坝争横夺旗。"③ 清初八旗军队所向披靡，感染了八旗文人的情

---

① （清）林中麒：《乍浦竹枝词》，潘超、丘良任、孙忠铨等编：《中华竹枝词全编》（四），第66页。

② 《论八旗诗歌的主要风格及形成原因》，张佳生：《清代满族诗词十论》，辽宁民族出版社1993年版，第180页。

③ （清）顾八代：《敬一堂诗钞》卷十四，北京大学图书馆藏，乾隆十五年（1750）刻本。

绪，写就的诗歌必然是激扬进取的。其次，地域文化性格的养成。八旗军队大都由北方游牧、渔猎民族组成，生活在寒冷、开阔、高峻的自然环境中，大都奔波迁徙，逐水草而生，养成了他们性格中的坚毅粗犷、朴实强悍。夏竦《论幽燕诸州》云："幽、燕山后诸州，人性劲悍，习于戎马，惇尚气节，可以义动。"① 文学作品是作者心灵的映现，因此清初八旗诗人的写景诗多表现粗犷的壮美。如鄂容安《山海关》云："屹立关门压九州，两京相望划营幽。冈峦西北连雄寨，渤碣东南仰上游。"② 汉人吴启元也写有《山海关》诗，其中"地临辽蓟中分界，天限华夷第一关。直绕长城东到海，凌空高障北依山"③，也是呈现高旷豪迈的诗风，但却是沉重的，其中掺杂了汉族文人内心的华夷之界，因此，对关外自带一种疏离感。这应是彼时大部分汉族文人的普遍情感。最后，民族情感的注入。正如金启孮所言："（满族）文学之作，溶入纯朴满族情感，虽一诗一词，足可见满人之思想性格，即哀感之手笔，亦流露刚健统一气魄。"④

雍正六年（1728）八月，以"平湖县乍浦地方，系江浙海口要路，通达外洋诸国，且离杭州止有二百余里，易于照应"⑤，设立乍浦驻防水师营。雍正七年（1729）杭州驻防以"满洲、蒙古余丁及康熙六十年议裁骁骑千名内，陆续开除未尽之兵，共选八百名移驻乍浦，充水师额。拨江宁驻防八百名移驻乍浦，为水师右营，自杭州移驻者为左营"⑥。在此次移驻中，杭州驻防旗人善泰⑦调往乍浦，担任乍浦左营右翼协领⑧。他写有《自杭州移驻乍浦纪事诗》，其中展露的英豪之气和喜悦心情弥漫在字里行间。诗云：

> 中原无战伐，圣德应箫韶。哲后钦垂拱，苍生戴本朝。承平添武备，相度走星轺。喜气三春雨，军声半夜潮。营开新壁垒，岸泊旧旌旄。雪意西山㠀，霜风六里桥。长怀盘石固，坐使海氛消。金鼓连天

---

① （清）黄彭年等撰：《畿辅通志》第9册，河北人民出版社1989年版，第246页。
② （清）铁保辑，赵志辉校点补：《熙朝雅颂集》，辽宁大学出版社1992年版，第905页。
③ （清）沈德潜等编：《清诗别裁集》卷二十，河北人民出版社1997年版，第394页。
④ 金启孮序，张佳生：《清代满族诗词十论》，第2页。
⑤ 《清实录·世宗实录》卷七十二，第1080页。
⑥ （清）张大昌辑，白辰文点校：《杭州驻防八旗营制略》卷十五，第152页。
⑦ 善泰，字仲宪，满洲镶黄旗人，有《草竹轩诗集》，现已不存。
⑧ 乍浦驻防最高统帅为副都统，其次为协领。

震,波涛入望遥。南溟飞舰舳,北斗缮招摇。有备真无患,葵心向帝尧。①

雍正时国家政权已基本稳固。作为八旗将领的善泰有感于国家在承平时期对武装力量的系统规划,发出了赞叹。诗作充斥着快意洒脱和淳朴的英雄气,体现了此时旗人高涨的民族自信心。乍浦水师营操练场景不同于陆地士兵,善泰有《海操诗》云:"海不扬波几十秋,楼船安稳驾春流。炮声殷地三山动,何处长鲸敢出头"②,以夸张的手法表现水师操演的震撼场面。康雍年间平湖文人于东昶有《满洲水师操》,"八旗子弟好身手,破敌弓刀说析津。海上军容船若马,谁云绝技属吴人",赞美了八旗子弟英姿飒爽之气。此时杭州驻防旗人已不用四处征战,但仍以军事训练为主要任务。善泰作为将领,其"性情闲淡,笃好吟咏,公退之暇,葛衣紃屦,乘款段出游,朣然如山翁野叟"③,展露的完全是一副江南文士模样。然而,康熙五十九年(1720)时他还"随征西藏,著劳绩",说明上马征战仍是他的本职。这一特点普遍存在于八旗将领中,集军事训练与诗歌吟咏于一体,是一个"儒将"群体。

清初的杭州驻防文人诗歌创作数量虽少,但与同期的八旗诗歌共同具有昂扬向上的态势。而杭州驻防旗人作为征服者,江南地区的汉族文人则是被征服者。征服者诗歌中的昂扬与被征服者诗歌中的低沉具有互为因果的关系。此时江南文人诗歌普遍具有憔悴枯槁之音。

清军入关后,以多尔衮为首的清政权迅速平定明朝残余势力,继而占据江南。他们一路进军西南,瓦解李自成和张献忠带领的农民政权;另一路向东南进军,直取南明弘光政权。在平定江南的过程中,清兵也展开了野蛮屠杀,攻克扬州后屠城十日,随后的三屠嘉定、金华三日,无不惨无人道。清军"怀着切齿仇恨烧毁、抢劫了城市"④。诗人李渔在金华目睹了这一惨象写下"婺城攻陷西南角,三日人头如雨落"⑤ "骨中寻故友,

---

① (清)丁丙、丁申:《国朝杭郡诗三辑》卷九十三。
② (清)张大昌辑,白辰文点校:《杭州驻防八旗营制略》卷二十五,第328页。
③ (清)丁丙、丁申:《国朝杭郡诗三辑》卷九十三。
④ [意]卫匡国:《鞑靼战纪》,杜文凯编:《清代西人见闻录》,中国人民大学出版社1985年版,第38页。
⑤ 李渔:《婺城行吊胡仲衍中翰》,(清)李渔:《笠翁诗集》卷一,《李渔全集》第二卷,浙江古籍出版社1991年版,第43页。

灰里认居停"①。清廷强制实行的剃发易服令更是给江南思想世界带来极大震动。顺治二年（1645）平定江南大部分地区后，清廷发布谕令："自今布告之后，京城内外，限旬日；直隶各省地方，自部文到日，亦限旬日，尽令剃发。遵依者，为我国之民；迟疑者，同逆命之寇，必置重罪。"② 这一强制实行的民族同化政策，激起汉族人民极端反感，"宁为束发鬼，不作薙头人"是时人的普遍心声。"外来知识、思想与信仰的刺激，在不断地磨合中，渐渐本土一些潜在的思想为确定自身的价值与意义，会被逐渐激发出来，并在与外来的知识、思想与信仰的冲突中逐渐凸显自身的内涵与界限。"③ 八旗以少数民族入主中原，本就触及士大夫思想世界中"夷夏之防"的大忌，一系列不合"礼"行为的发生更加形塑了汉族文人心目中旗人的"蛮夷"形象。此时在遗民的话语世界中充斥着"神洲荡覆，宗社丘墟""天崩地解""裂天维，倾地纪""神州陆沉"等礼乐荡尽的表达。遗民使用"蛮夷""北胡""杂种"等带有偏见性的词语指称旗人。八旗统治的严苛与江南士林精神世界的异化相辅相生，在清初几十年中上演着压制与反抗的反复。

　　清初江南社会的离乱和士人思想世界的激变，形成了一个巨大的"舆论场"。所谓"舆论场"是指一种包含若干相互刺激的因素，从而能使许多人形成共同意见的时空环境。④ 江南文人生活在特殊的历史时空下，拥有相似的价值观念，受到时局刺激进而在共同的舆论场中进行创作，产生的文学作品大都主题相似。浙江地区的遗民群体创作更具有典型性，正如严迪昌所言："正是这种弥漫于呼吸之间的浓重的悲凉之雾，加之该地域固有的文化学养性格，传统恪守的道德操持，所以，浙江遗民群体所显现的强项愤急、苦涩冷峭的情貌极其鲜明，每多出则饮刃溅血，凛然不返；守则穷伏山野，劲节难拔。"⑤ 他们诗作中的苦节哀吟大都非故作姿态，而是经历过生死磨炼的呕心沥血之作。翻检清初浙江文人诗作，映入眼帘的俱是秋虫咽露之音，如"京国烽烟满，乡关梦寐回。予怀正

---

① 李渔：《婺城乱后感怀》，(清) 李渔：《笠翁诗集》卷一，《李渔全集》第二卷，第96页。
② 《清实录·世祖实录》卷十七，第151页。
③ 葛兆光：《中国思想史》第一卷，复旦大学出版社2017年版，第387页。
④ 任增霞：《时事剧、时事小说与舆论场》，《文学与文化》2015年第3期。
⑤ 严迪昌：《清诗史》，浙江古籍出版社2002年版，第209页。

愁绝,何必更登台"(祝翼莘《客中坐雨》)①,"为别语难尽,悲来情更周。是非存狱吏,生死任孤舟"(祝翼振《送开美叔赴诏狱》)②,"不寐逢秋夜,凄清落木多。新愁排梦入,客思绕风过"(查嗣爵《不寐》)③,"清秋忘作客,选胜不辞劳。得句题红叶,遗民问碧桃"(查嗣爵《从菩提寺历庙湾诸山》)④,"处世多孤愤,因循病易成。洛阳空赋鹏,只恐不长生"(吴容《感怀》)⑤。此时的诗歌创作,"不啻士人的一种生存方式"⑥。遗民旧老在故国灰飞烟灭后,辗转于山水间,吟咏着风高气栗之音。

遗民行为方式及书写内容的特异在经历顺治年间的海立山飞之后,仍旧在江南社会广泛存在。如果继续推行强制措施,不但不能使遗民驯服,反而会激起更激烈的反抗,那么江南这个巨大的遗民舆论场会继续扩大,于统治必然是不利的。因而在康雍年间,统治者一方面从正面进行引导,开博学鸿词科以修史名义招纳遗民入朝。开科的原因即为"明室遗臣,多有存者,居恒著书言论,常慨然有故国之思。帝思以恩礼罗致之"⑦。此科之开,虽在遗民舆论场中又引起轩然大波,针对出与处、节与义的讨论层出不穷,但大批遗民还是以自愿或非自愿的方式接受了朝廷礼遇。这成为"汉、满之融合关纽"⑧,部分地消解了遗民话语中的"狂言悖论",收到了"揽心"之效。时人有诗作称:"此举良旷典,盛事久雍阏"。⑨另一方面,统治者开始大兴文字狱。雍正年间的汪景祺《西征随笔》案、查嗣庭诗题案、吕留良文选案,牵涉之广,惩罚之严,引起士林阶层惊惧。而获罪士人大都是浙江籍,触怒了雍正帝,四年(1726)以"浙江风俗恶薄如此,挟其笔墨之微长,遂忘纲常之大义,则开科取士又复何用"⑩,停止浙省乡会试。浙江为科举大省,且科举考试是中国古代阶级升转的唯一有效途径,这一惩罚是极其严厉的。针对清初

---

① (清)丁丙、丁申:《国朝杭郡诗三辑》卷二。
② (清)丁丙、丁申:《国朝杭郡诗三辑》卷二。
③ (清)丁丙、丁申:《国朝杭郡诗三辑》卷二。
④ (清)丁丙、丁申:《国朝杭郡诗三辑》卷二。
⑤ (清)丁丙、丁申:《国朝杭郡诗三辑》卷三。
⑥ 赵园:《明清之际士大夫研究》,北京大学出版社2014年版,第392页。
⑦ 黄鸿寿:《清史纪事本末》卷二十一,北京图书馆出版社2003年版,第165页。
⑧ 孟森:《明清史论著集刊》,中华书局1959年版,第500页。
⑨ 李舜臣、欧阳江淋编:《历代制举史料汇编》,武汉大学出版社2009年版,第748页。
⑩ (清)萧奭撰,朱南铣点校:《永宪录》卷四,第321页。

引起激烈讨论的"夷夏之辨",雍正编纂《大义觉迷录》云:"夫我朝既仰承天命,为中外臣民之主,则所以蒙扶绥爱育者,何得以华夷而有更殊视?……舜为东夷之人,文王为西夷之人,曾何损于圣德乎?"① 以拥有德行作为享有正统的标准。在康雍两朝恩威并施政策的演进下,随着时间推移,遗民逐渐淡出历史视野。

遗民诗歌哀感与八旗诗歌昂扬进取是处于同一时空、由同一事件激发的完全对立的诗歌风格。在看似对立的表象背后实则隐含着文明程度的差异。八旗诗歌从创作初始就采用汉语诗歌的形式,总体呈现较多学习、摹拟痕迹,表现的内容及感情大都具有表面的、纪实的特点。此时的杭州驻防诗歌承和了八旗诗歌特点,江南地域对其诗作的影响在随后的时代才慢慢显现出来。

第三节 杭州驻防文学创作的先声——女性写作

目前留下诗作的杭州驻防文人中,生活在顺康雍时期的有三位,前节所述善泰诗创作于雍正年间。而另外两位是女性文人色他哈与白晓月,各存诗歌三首。她们的诗歌创作于顺治末康熙初年,开启了杭州驻防文学创作的先声。八旗女性入关后,生活环境由迁徙走向定居,家庭收入依赖旗兵饷银,与关外时期相比,家庭经济来源的单一使女性在家庭中的地位明显下降,成为男权社会的附庸和男性意志控制下的第二性。这与汉族女性的社会地位渐趋相似,被定位为"妇者,服也,服于家事,事人者也"②。虽然仔细探究八旗女性在社会分工中的地位,会发现他们与汉族女性仍具有不同,如女子不缠足、未婚及年长女性地位高等。但诗歌中呈现出来的情感与汉族女性文人并无二致。她们的心跳律动追随丈夫征战的脚步,使诗作具有了哀怨怅惘的色调。

有关白晓月是汉人还是汉军旗人尚存疑问。《国朝杭郡诗三辑》中载其"以工缣之弱质,从负弩之良人。赋命抱衾,怀伤写韵。小名三,字仙同、蕚华。雅什七言,集收柳絮,若问姓名于陇右,旧事迷离,尚余记载。于城西梦魂怅惘,故重题驿壁蠮斋,亦述其诗,而远寄征衣燕客,莫稽其氏,聊存琼响。借吊珠沉乡,亲溯自钱塘,疑是白公遗胄。晓风还留

---

① (清)雍正撰,张万钧、薛予生编译:《大义觉迷录》,第2页。
② (清)陈立撰,吴则虞点校:《白虎通疏证》卷十,中华书局1994年版,第491页。

残月,合增柳氏新词"①,说明丁丙、丁申在辑录白晓月诗作时已对她的身世进行过考证,因年代较为久远,只能"疑是白公遗胄"。完颜守典《杭防诗存》"晓月"条载其"事迹无考或云顺治间汉军人白氏女"②。根据她为"营人某之籓室"③"顺治间某甲兵之妾"④的记载,可知她的身份是妾,推测她极有可能是汉人。因为清廷虽禁止旗民间通婚,但"所限制的,都只是正妻,对于妾,没有任何民族、门第的限制。清代旗人所纳之妾,有旗人,也有内务府奴仆,其中尤以汉人为多"⑤。白晓月丈夫去世后,正妻逼她改嫁,也侧面证明她地位低下。清初旗人所纳之妾多自汉人中抢掠而来,俞陛云《清代闺秀诗话》中就记载:"明季南都既失,江南佳丽,多被掠北行"⑥。旗兵劫掠女子,触及女性恪守的贞节观念,激发了绝命词的写作。顺治十一年(1654),湘西辰沅人,明博士员杜偕女杜小英,"为营兵所掠,立志坚贞,众莫敢犯。舟至小孤山,投江死。其尸逆流三日,浮至故居水滨,梦诉于父母。惊起迹之,获其尸,并得其怀间绝句",诗曰:"葬入江鱼浮海去,不留羞冢在姑苏"⑦,可见,清兵的嚣张气焰给传统思想世界带来的剧烈冲击,在女性写作中也引发了决绝式的生命体验与表达。

从相关记载看,白晓月与夫家不睦。白晓月、色他哈二人进行诗作唱和是缘于白晓月在康熙初年踏青半山题于庵壁上的一首诗,诗云:"万种幽愁诉与谁,对人强笑背人悲。此诗莫作寻常看,一字吟成千泪垂。"⑧此诗非白晓月作,而是明代会稽女子题于新嘉驿壁上的三首诗中的最后一首,因此,在她和色他哈的《重过半山次韵题壁三首》序中明言:"庚子岁主人远戍,黯然销魂,会踏青金堰,特借感同遇合之诗留题于壁。未几,色他哈来游,误认我作。"⑨按照序言所述,她因丈夫远戍

---

① (清)丁丙、丁申:《国朝杭郡诗三辑》卷九十八。
② (清)完颜守典:《杭防诗存》。
③ (清)三多:《柳营诗传》卷三。
④ (清)王廷鼎:《杭防营志》卷三。
⑤ 定宜庄:《满族的妇女生活与婚姻制度研究》,北京大学出版社1999年版,第354—355页。
⑥ 钱仲联:《清诗纪事·列女传》,江苏古籍出版社1989年版,第15634页。
⑦ (清)沈善宝:《名媛诗话》卷一,王英志主编:《清代闺秀诗话丛刊》,凤凰出版社2010年版,第360—361页。
⑧ (清)三多:《柳营诗传》卷三。
⑨ (清)三多:《柳营诗传》卷三。

而有伤怀之情，故而题壁。会稽女子的新嘉驿题壁诗的写作缘由在袁中道《珂雪斋集》卷八《题会稽女子诗跋》中有详细记载："予过兖东一古驿中，见壁间有字云：'余生长会稽，幼攻书史，年方及笄，适于燕客。嗟林下之风致，事腹负之将军。加以河东狮子，日吼数声。今早薄言往诉，逢彼之怒，鞭箠乱下，辱等奴婢。余气溢填胸，几不能起。嗟乎！余笼中人耳，死何足惜，但恐委身草莽，湮没无闻，故忍死须臾，候同类睡熟，窃至后亭，以泪和墨，题三诗于壁，并序出处。庶知音读之，悲余生之不辰，则余死且不朽。'"[1] 可见，会稽女子因与丈夫不能情投意合，又受到正妻虐待，抑郁难解之下以死了之。《柳营诗传》载白晓月为"营人某之箧室，所遇不淑，抑郁之怀，常形诸吟咏"[2]。白晓月自"垂髫时，即枕席唐人诗学，含英咀华，肆力弥久"，嫁与一不通文墨的旗营甲兵，又"结缡以来，金闺独处"[3]，写作的诗歌是没有知音可以欣赏的。加之正妻蛮横，相似经历使白晓月与会稽女子产生共情，以题壁诗的方式进行了"召唤式"的倾诉。会稽女子的新嘉驿题壁诗三首在明清两代引起广泛关注，诸多文人都有和作，有学者统计，明代有和者20人[4]。而白晓月的这一借用，则牵扯出一段杭州旗营内文学交融的佳话。

色他哈是旗营内"某甲兵之妻"，在白晓月题诗于庵壁之前，两人在旗营内就以"富于才，结为姊妹，时人以二乔目之，并工诗，每一诗成，互相赏析，极闺中吟咏之乐"[5]。色他哈所作《和白晓月题半山庵壁诗韵》[6]序中有："右怨别诗，妾姊白晓月作也。初姊距妾家不数武，以故得朝夕见渠，凡有感成诗，辄以见示。妾故知其才若貌，为一时巾帼冠，

---

[1]（明）袁中道著，钱伯城点校：《珂雪斋集》，上海古籍出版社2019年版，第416页。
[2]（清）三多：《柳营诗传》卷三。《燃脂余韵》中也载："任邱旅店有女子题壁云：'妾白浣月，号莲芳，家住半塘。幼失双亲，寄养他姓。姿容略异，慧业不同。非敢擅秀闺中，愿效清风林下。岂意我生不辰，所适非偶。日弹琴之相对，百恨缠绵；时卷幔以言征，一时哽咽。余爰题之驿亭，人共怜之黄土可耳。'其诗曰：'吴宫春深怨别离，风尘惨憺双蛾眉。鹃啼月落寸肠断，香消芍药空垂垂。'流黄未工机上织，生小殷勤弄文笔。新诗和泪写邮亭，珍重寒宵谁面壁？'又杭郡女子有白晓月者，遭遇略与浣月相同，尝题诗庵壁。有满人色他哈者，见而和之，订为姊妹。其诗并载《杭郡诗辑》。何白氏女之多才，而所遭又皆不幸耶？"也可侧面证明白晓月遇人不淑。（清）王蕴章撰：《燃脂余韵》卷三，王英志主编：《清代闺秀诗话丛刊》，第720—721页。
[3]（清）丁丙、丁申：《国朝杭郡诗三辑》卷九十八。
[4] 王勇：《新嘉驿"会稽女子"题壁诗新论》，《牡丹江大学学报》2018年第9期。
[5]（清）王廷鼎：《杭防营志》卷三。
[6]（清）三多：《柳营诗传》卷三。

虽古班谢辈弗之过也。岁戊戌姊以中秋对月作见示且索和，中有'边塞征人意，深闺思妇情'，妾亦口号和之有'物随秋意老，人与月同孤'句。越明年，渠良人远戍去。今年夏，妾夫、子亦从军徂闽，兰房寂寞，锦帐生寒，秋月春花，徒伴一窗萧瑟。曩者中秋对月之句，其诗谶欤？嗟乎！通于才而穷于命，丰于貌而啬于时，古今来指不胜屈。妾才若貌，固远逊姊氏，而其时命之不偶，无稍上下。今读渠壁间诗，勿禁泣数行下，因呜咽握管次原韵成三绝句。"诗云：

帐冷衾寒怨阿谁，柳烟花雨总成悲。怕看春草当窗绿，别后珠帘尽日垂。

塞外马嘶青海月，闺中人动白头悲。可怜别后庭前柳，一样黄昏带月垂。

领略春光今在谁，杜鹃声里最堪悲。香闺梦绕沙场月，曾见征人泪亦垂。

这是典型的闺怨诗，自我的思念之苦与想象中战场的寒冷寂寞形成有机联系体。别后的春光烟雨、珠帘、柳叶、黄昏，再美的景致都因少人陪伴而显得寂寥。梦中的沙场、马嘶、军帐以及边月因你的存在显得与我更亲近。其情感内涵与汉族女子写就的闺怨诗并无区别。但白晓月借用新嘉驿题壁诗表达的情感实际上超出了普通闺怨诗的范围，具有对婚姻不满的深重愁绪。因此，色他哈的和诗是误读之后加入自己情感的重新表达。时人游半山，见白晓月题壁诗，皆像色他哈一样，以为是她所作，次韵者众多。白晓月命途多舛，丈夫阵亡后，"主妇又蒙遣嫁意，犊鼻配春，计非由己"，后主妇"疮患甚遽，家人进谀，欲邀福于神，半山祠内许长生幡愿"，因而又一次来到半山，见到色他哈次韵诗，有感而发，写下《重过半山次韵题壁三首》①，云：

知我前生不是谁，小青又是此生悲。一书几欲央陈媪，寄谢夫人素念垂。

同境同情宁有谁，十分才地十分悲。个人欲识愁何样，两道蛾眉

---

① （清）三多：《柳营诗传》卷三。

八字垂。

　　三首诗成留赠谁，有心人遇自含悲。情魂莫是东风恶，吹动飘飘裙带垂。

　　第一首诗有感念旗营内固山夫人之意。色他哈在见到白晓月题壁诗后，"归语其夫，遂盛传。八旗下固山夫人遣使索稿，惟恐见嗤识者，出今别离一篇上之，大为奖励。有'江淹彩笔，独擅香奁'之评。且嘱家人看承要好，俾得雍容翰墨间与巾帼中生色，缘此满洲家姑重我能诗矣"①。此外，固山夫人还"常以钱米存问"②。可见，在清初的杭州旗营内，喜好文学的女性不在少数，固山夫人即便不能创作也懂得欣赏。男性外出征战，女性较为闲暇，则互相学习吟咏唱和。白晓月自幼习诗书，其诗歌技艺应较初入关的八旗女性高超一些，受到固山夫人爱重，也因而在家中地位稍稍得到提高。而自丈夫去世后，"主妇欲遣嫁之，晓月哭不从，主妇嫉之，禁不得与营中通问，而协领夫人亦不复晓顾其家矣。乃是年，色氏夫亦调征闽海远去"③。二人有着相似的愁绪，映现面庞的俱是垂落的八字愁眉，而白晓月还要面临正妻的刁难欺辱，生存境况更为凄楚。诗歌结句的"垂"字是情绪的垂丧、人生的垂萎。她们在男性的世界里忍辱负重，作为"失落了的主体"，以带有自传性质的文字留下生存的痕迹，诗作中的情感内核拥有动人心魄的魅力。

　　何以杭州驻防女性文学创作代替作为主体的男性文人率先留下自己的声音，这也是清初九十余年杭州驻防文人诗歌数量少的原因。首先，杭州驻防旗人初入关，自身文化基础较为薄弱，对中原文化还处在吸收学习的过程中。其次，清初东南处于战乱状态，驻守一方的杭州驻防旗人忙于战事，无闲暇时间进行诗歌创作。白晓月、色他哈二人的诗歌唱和即是以丈夫出征作为背景的。与驻防男性外出征战相反，此时驻防女性拥有更多的闲暇时间，也大都不需要为生活操劳。在关外时，男子外出征战打猎，女性大都需要从事家务劳动和养育子女，因此有"宁古无闲人，而女子为最"④的说法。再次，此时的杭州驻防男性文人不排除有诗歌创作的可能，

---

① （清）丁丙、丁申：《国朝杭郡诗三辑》卷九十八。
② （清）王廷鼎：《杭防营志》卷三。
③ （清）王廷鼎：《杭防营志》卷三。
④ 《宁古塔志》，(清)方拱乾：《何陋居集·甦庵集》，黑龙江大学出版社2010年版，第511页。

往来征战以及调动不利于诗歌留存。毕竟两位旗营女性诗歌是以题壁诗的方式被记录下来，在开放的空间内引起读者关注，从而进行唱和，使诗作有更多留存机会。《杭防营志》载"一时名人若桐城方苞及荀梦倩辈数十人，已和之满壁矣"①，查阅方苞集未见此和诗，荀梦倩和诗在三多《柳营谣》中有载。传唱的范围越广，人数越多，诗作留存下来的机会就越大。

同为旗营女性的白晓月与色他哈以诗作向我们展现了姊妹情深，三多云："姊妹才情一种长，题诗先后到山墙。骚人尽解垂青眼，艳比兰芳与蕙芳。"②荀梦倩云："新吟为我旧吟谁，姊妹遭逢一样悲。绝胜金闾楼上女，兰芳名与蕙芳垂。"③她们的唱和也是清初满汉文学融合的范例，谱写了一段旗营佳话。拥有较高文学素养的汉族女性进入旗营做妾，为初期满汉文学交融贡献了力量。这些为旗人做妾的汉女，"很多人在夫死之后又被再嫁与民人，她们在八旗之内出出进进，对于满汉民族间的交融，便别具了一层意义"④。

然而，与彼时的八旗男性文人创作的高昂情绪相比，女性诗歌则承和了汉族女性诗歌创作中的离人哀怨。在八旗制度约束、男性权力压制以及传统道德熏染的境况下，她们选择以诗歌舒展、释放自己的内心，无疑找到了一个向世人传达内心话语的绝佳途径。杭州驻防文人中的女性除白晓月与色他哈外，还有王韶、成堃、玉并、画梁、金宜等人，她们的文化素养也为杭州驻防文学家族的大量出现贡献了力量。杭州驻防女性文学创作在最初便以毫不违和的姿态进入汉族女性诗歌创作阵地，壮大了八旗女性文学创作力量，也扩展了中华女性文学创作的边界和内涵。"女性在明清时期文学发展中扮演着积极的角色，不论是作为文学的读者、评者、作者、流传者乃至于出版者，她们的活动其实都极为活跃与多元。"⑤诚如所言，八旗女性在创作主体及精神内核上都为女性诗歌创作注入了多元的生命活力。

---

① （清）王廷鼎：《杭防营志》卷三。
② （清）三多：《可园诗钞外·柳营谣》，第665页。
③ （清）三多：《可园诗钞外·柳营谣》，第665页。
④ 定宜庄：《满族的妇女生活与婚姻制度研究》，第355—356页。
⑤ 傅璇琮、蒋寅主编：《中国古代文学通论·清代卷》，辽宁人民出版社2005年版，第375页。

本章小结

　　时代的划分只是一个相对概念。顺康雍时期，满汉文学发展经历了由冲突到渐趋缓和的过程，这是历史发展的必然趋势。八旗诗歌与遗民诗歌在经历过清初的板荡岁月后，诗歌风格由对立走向统一。杭州驻防设置的功用为"无事则拱卫控制，隐然有虎豹在山之势；有事则敌忾同仇，收干城腹心之用"[①]。清初东南战乱一定程度上延缓了杭州驻防旗人文学创作进程，使这一时期的创作数量较少，但仅存的几首诗歌都映射出八旗制度演变的历史。杭州驻防文学在此后渐趋追随杭州汉城文化的脚步，与前期呈现明显的分野。正是最初的"留白"，让我们看到这一群体文学发展的总体历程，因而具有重要意义。

　　"对立"一词是本章的关键，八旗诗歌的昂扬与遗民诗歌哀感、旗营女性诗歌幽怨形成对立统一体。八旗作为征服者进取中原，因满汉民族矛盾及两性社会分工的不同，导致诗歌风格上出现"对立"现象。然而，这一文学现象是基于同一种语言、不同民族的写作，在对立的表象后是实际上的融合。满洲文字创制后未能获得充分发展，八旗便以"政治军事的迅猛崛起与疾速进入中原，没有给自身文化的长足推衍留有充裕时间"，因此，民族利益的获取伴随着自身文化库存的流失，使"清代满族的母语书面文学，一直是在有限历史空间制约之中的舞蹈"[②]。与此相反的是，八旗汉语书面文学从初入关时便呈现强劲的发展势头。在清初这一具有语辞的怅惘和空间移置意味的历史语境下，现实的荒芜与萧瑟并没有妨碍思想世界的熙攘，反而间接引动了文学表达的异彩纷呈。而民族间的对立促使不同文学情感的出现，在融合的进程中展示着复杂的多元性。在接下来的乾嘉时期，这样的"对立"现象已经在时间的推进和统治者文化羁縻政策下隐而不见，留存在历史深处，相似的情绪在朝代末期以另一种不同的形式被唤醒。

　　[①] （清）祥亨：《荆州驻防八旗志序》，（清）希元、祥亨等纂，马协弟、陆玉华点校注释：《荆州驻防八旗志》，辽宁大学出版社1990年版，第3页。

　　[②] 关纪新：《满族小说与中华文化》，第293页。

第二章

乾嘉——杭州驻防文人诗歌创作的兴起期

顺康雍时期，杭州旗人诗作数量虽少，但在内容上与汉族文人诗作明显不同。至乾嘉时期，国家进入相对和平的发展阶段，旗营机制也走向成熟。驻防旗人因国家平定，流动性减少，与驻地的联系日益走向深入。乾隆二十一年（1756）归旗制度废除，驻防旗人由驻地的客居者变为土著。嘉庆年间驻防科举制度完成了本地化进程，驻防旗人与汉人在文化层面展开正式交流，而科举制度变革对诗歌创作的影响主要表现在道咸时期，因此在下一章节中作具体论述。从乾隆元年（1736）至嘉庆二十五年（1820）共85年的时间里，杭州旗营逐渐深入杭州社会，旗营诗歌创作也开始兴起。

此期留有诗作的杭州驻防文人共29位①，其中3位②存有完整诗集。与顺康雍时期相比，实现了大幅增长。乾嘉时期，统治者及旗营将领都表现出对汉语诗歌的浓厚兴趣，为驻防旗人做出了示范，使他们开始学习写作汉诗，书写内容大都表现富贵闲适的升平之象。

---

① 此处主要依据《国朝杭郡诗三辑》卷九十二、卷九十三，辅以三多《柳营诗传》、完颜守典《杭防诗存》两部诗歌选集，对杭州驻防文人进行划分。诗歌选集中的诗人在乾嘉年间考取功名，或在小注中标注活动在乾嘉年间，即选入此期。又《国朝杭郡诗三辑》依诗人年齿排序，无法判断的则依排序并参照诗人交游进行判别。乾嘉年间存有诗作的29位杭州驻防文人为：有科名者8人：巴泰、福申、升禄、裕福、裕贵、观成、喀朗、音善；无科名者21人：杨岱彭、佛智、花沙布、额尔布、图榦斋、常书堃、唐照、色布星额、明忠、英贵、佟强谦、丰绅图、满丕、廷鼒、文庆、廷玉、连善、廷揆、昭南、佛咙武、宁德等人。

② 此期有完整诗集存世的有3位，即福申《澍棠轩诗钞》、裕贵《铸庐诗剩》、观成《语花馆诗拾》。三人均在嘉庆年间中举人或进士，但他们的诗作又不仅停留在嘉庆年间，大都拓展到道咸年间，因而在下一章节中也会对他们的诗作略有涉及。

第一节　驻防旗人视角下的乾隆南巡及文化意蕴

　　清朝由少数民族入主中原，引发了江南士林思想的震荡。至乾隆朝，民族矛盾较为缓和，但仍有违碍统治的言论出现。由此，乾隆帝继续实行怀柔与镇压并轨的文化政策，使"大一统"观念得到强化。南巡便是在这一背景下进行的带有政治意味的活动。康熙、乾隆二帝均南巡六次，沿京杭大运河南下，到达国土的富庶区域——江南。这是国家的经济命脉和文化中心①，它具有的多元性、复杂性和重要性是不言而喻的。乾隆帝南巡时曾有言："以江浙地远京畿，其民文而慧，文而知礼义，导之善可以为天下倡；慧则鲜坚持，入于恶亦可以为天下倡。"② 对江南的双向评价溢于言表。"过去是对中原地区的占有，具有象征的涵义，而对清朝而言，对中原土地的据有显然已不足以确立其合法性，对江南的情感征服才是真正建立合法性的基石。"③ 在统治阶级的立场上，南巡是一场对江南士林的情感征服活动。在江南文人视角上，南巡一方面带给他们心理震慑，另一方面，统治者塑造的儒雅爱才形象也得到了他们的认同。而从驻防旗人的角度来看，这一八旗最高首领的驾临起到了垂范作用。

　　清初西湖风景受战乱毁坏而萧条破败。康熙在二十八年（1689）第二次南巡时首次到达杭州④，写下诗作《宋臣苏轼开湖溉田，筑堤潴水，杭民利之，为政者不当如是乎》⑤，促动了地方对西湖水利灌溉功能的治理。他也借南巡之机谕令地方官员"恭先浚治西湖，辟孤山以建行宫，并疏涌金门城河以达御舟"⑥，西湖景观得以渐次恢复。在随后的雍乾

---

① "夫天下要害必争之地，不过数四，中原根本自在江南，长、淮、汴京，莫非都会，则宜移楚南诸勋重兵，全力以恢荆、襄，上扼汉沔，下撼武昌，大江以南在吾指顾之间。江南既定，财赋渐充，根本已固，然后移荆、汴之锋扫清河朔。"（明）瞿式耜：《瞿式耜集》，上海古籍出版社1981年版，第105页。
② 《恭奉皇太后驾临金山记》，（清）何绍章等修，（清）吕耀斗等纂：《光绪丹徒县志》卷首四，江苏古籍出版社1991年版，第49页。
③ 杨念群：《何处是"江南"？——清朝正统观的确立与士林精神世界的变异》，生活·读书·新知三联书店2010年版，第14—15页。
④ 康熙帝在二十三年（1684）首次南巡，到江宁祭拜明太祖陵后返回北京，未到杭州。
⑤ 《圣祖仁皇帝御制文第二集》卷四十九，《清代诗文集汇编》第192册，上海古籍出版社2010年版，第589页。
⑥ （清）李卫等修，（清）傅王露等纂：《西湖志》卷二，成文出版社1983年版，第137页。

时期，尤其是乾隆南巡①，对西湖的整治更为全面。乾隆对西湖喜爱尤甚，据学者统计，南巡诗中描写西湖（包含西湖十景）的诗作多达108首，在南巡江南的"湖"类诗歌中位居榜首，位居第二的是苏州的石湖，仅15首②。这还不包含他对西湖周边景观的描写。西湖景观包含西湖及周围山水在内，是一个大范围的山水园林风景群，所谓"滨湖佳景多，不可偻指数"③。乾隆的西湖风景诗兼具写景、抒怀的特点，虽在思想意趣上乏善可陈，却也不乏佳作，如"烟丝风片拂溟茫，荡桨平湖生薄凉。虽值闰春三月近，过多兼虑碍蚕桑"④（《西湖雨泛五首》其四），"片石玲珑依碧峰，英英常带岫云浓。山庄别室斯津逮，对此依然仰圣踪"⑤（《龙井八咏·一片云》）。他的写景诗总是在结尾一句陈述身为君主的职责，这种切换纵然是身份使然，却限制了诗歌的艺术水平。写景诗在乾隆南巡诗中占大部分，可见，风景游览是皇帝个人极为推崇的项目。而他常常声明自己并未沉溺于美景，如"南巡岂为赏泉林，佳处无端亦寄吟"⑥（《沈德潜纂西湖志成呈览因题□□》），"前岁灾鸿今稍安，观民不为事游观"⑦（《再依皇祖巡幸杭州诗韵》）。他对西湖风景的大规模礼赞不仅是炫耀诗才，很多时候是受到秀美风景感染而发出了真正属于诗人而非帝王的声音，如"花木昌如候，名园小有天。面湖澄净影，背岭蔚晴烟。何碍高楼起，翻成一览全。兴心尚龙井，诗就便吟鞭"⑧（《小有天园》）、"春雨连宵傍晓晴，进舟宛在小蓬瀛。千重水树印葱翠，四面云岚互送迎。那有波涛惊俗眼，每因澹泊悦神情。湖光设拟明如镜，此是中心纯粹精"⑨（《湖心亭》）。当他行走园林、泛舟湖上的时候，也暂时抛却了繁杂的天下诸事。

---

① 康熙时期，时常有战事发生，驻防旗人流动性较大。加上旗人入关时间较短，满洲习俗保留较多，彼时的民族矛盾较为激烈。因此，对杭州驻防旗人来说，乾隆南巡营造的文化氛围对他们的影响更为深入。本章主要探讨乾隆南巡对驻防旗人文学创作的意义。
② "乾隆帝南巡江南景观资源类型按南巡诗统计名单表"，吴建：《江南人文景观视角下的康乾南巡研究》，博士学位论文，苏州大学，2017年，第278页。
③ （清）爱新觉罗·弘历：《初游龙井志怀三十韵》，（清）龚嘉儁修，（清）李榕纂：《杭州府志》首卷之三，成文出版社1974年版，第77页。
④ （清）龚嘉儁修，（清）李榕纂：《杭州府志》首卷之四，第96页。
⑤ （清）龚嘉儁修，（清）李榕纂：《杭州府志》首卷之四，第92页。
⑥ （清）龚嘉儁修，（清）李榕纂：《杭州府志》首卷之二，第59页。
⑦ （清）龚嘉儁修，（清）李榕纂：《杭州府志》首卷之二，第62页。
⑧ （清）龚嘉儁修，（清）李榕纂：《杭州府志》首卷之四，第92页。
⑨ （清）龚嘉儁修，（清）李榕纂：《杭州府志》首卷之三，第65页。

乾隆南巡对西湖风景的意义在于，一方面进行了现实层面的营建，即修复维护西湖的生态环境，并全方位地提升了西湖的美感；另一方面又进行了虚拟的营建，即通过叠诗和韵、题额赐名、赏书鉴画等行为赋予西湖风景广泛的认同度和知名度。"御题""御赐"以"御"这一君主专用字眼，予景观以权威认证，对景观的形成、发展乃至传播意义重大。乾隆帝通过现实层面和虚拟层面的举措，将杭州及江南乃至南巡所经过的区域都置于自己的"御用"场域之中，扩大了皇权的影响力。御制诗歌书写建构了既作为君主又属个体诗人的皇帝的文学世界，是属于政治又游离于政治的。关于南巡，乾隆在《御制南巡记》中说："予临御五十年，凡举二大事，一曰西师，一曰南巡"①，其政治目的不言而喻。除与西湖风景的互动外，乾隆也通过崇奖名士、巡幸书院、修建文澜阁等行为部分地重建了清初以来的杭州文化生态。杭州位于江南腹心，是一个文化底蕴深厚多元之地，也是有违统治的异端思想涌现之地。因此，南巡的文化建设与思想钳制互为表里。清朝皇帝将儒家思想奉为正统，在其中寻找支撑自身统治合理性依据的同时，也通过对儒学的深入把握将满汉民族共同纳入到同一的价值体系之内。乾隆南巡多次巡幸敷文书院，写有"崇儒因广学，设教幸敷文"②（《敷文书院六韵》其一）、"庸民先迪士，筹治在崇文"③（《敷文书院叠旧作六韵》其一），展现了对儒家文教事业的尊崇。同时，大加礼遇杭州籍儒士，对在杭丁忧并前来迎銮的大学士梁诗正，写下"依然桥梓欣来觐，不老春秋阅正豪。成汝孝名娱爱日，且饶山水得清陶"④（《赐梁诗正》）；对归里的大学士陈世倌，作有"夙夜勤劳言行醇，多年黄阁赞丝纶。陈情无那俞孔纬，食禄应教例郑钧"⑤（《赐休致大学士陈世倌归里诗以饯之》）。探讨乾隆南巡中的文化举措，一方面是为指出南巡确实为杭州文化社会发展做出了贡献，为士人就学、读书提供了优渥资源，也通过对山水的整治给予文人士子优质的文化氛围；另一方面，则指出南巡的真实意图，即强化清朝入主中原的合法性。满汉民族虽被置于共同的思想体系下，在政治立场、民族利益和价值观念等方面仍存在不同，正因"不同"导致了"同"的结果的建构。

---

① （清）龚嘉儁修，（清）李榕纂：《杭州府志》首卷之二，第39页。
② （清）龚嘉儁修，（清）李榕纂：《杭州府志》首卷之三，第68页。
③ （清）龚嘉儁修，（清）李榕纂：《杭州府志》首卷之三，第82页。
④ （清）龚嘉儁修，（清）李榕纂：《杭州府志》首卷之三，第61—62页。
⑤ （清）龚嘉儁修，（清）李榕纂：《杭州府志》首卷之三，第70页。

对江南文人来说，乾隆南巡既是对自身文化的肯定也是否定，带来的结果是正负两方面的。对驻防旗人来说，乾隆大兴江南文教事业，为他们创造了一个极好的学习汉文化的契机。旗人思想中本不存在夷夏之分，书籍的禁毁与思想的钳制与他们自身文化的发展关系不大。因此，乾隆南巡为杭州旗人文化社会的发展带来垂范。

皇帝是八旗最高统领，他的到来鼓舞了驻防旗人的士气，继而增强了旗人内心的自豪感和使命感。杭州驻防是镇守江南的重要武备力量，因此，检阅驻防官兵骑射是皇帝南巡的一项基本任务。康熙六次南巡中五次到达杭州，均阅视驻防官兵骑射，康熙二十八年（1689）写下《阅浙江驻防将士射》，诗云："羽林旧将分防重，吴越名区古要疆。讲武正宜清晏日，人人自擅技穿杨。"① 此时杭州旗营建立四十余年，还由清朝开国将领统领，将士们有着娴熟的骑射技艺。乾隆帝六次南巡均至杭州，六次阅视驻防官兵也都写下诗作。乾隆十六年（1751）第一次检阅旗兵时写下"承平世恐军容弛，文物邦应武备明……羽林旧将今谁是，七萃材官古莫衡"②（《阅杭州旗兵》）。此时距清初已百余年，旧将已逝，国家太平无战事，乾隆诗作已流露出对驻防旗人荒废骑射的担忧。他在乾隆二十二年（1757）阅视时写下"百年偃虽可，一日备须明"③，乾隆二十七年（1762）写下"时巡江国驻行骖，武备于今阅已三。敢际定遐忘要政，实关计久讵常谈"④；乾隆三十年（1765）写下"诘戎要务政攸关，驻跸宣程执戟班。列阵旌旗特亲阅，统军甲胄总躬擐"⑤；乾隆四十五年（1780）写下"祖制真垂远，杭州驻八旗。鸿猷惟慎矣，武备可疏之"⑥，时刻向驻防将士强调武备的重要性。然而驻防日久，受到驻地文化的濡染，旗人的"国语骑射"水平日渐下降。他在乾隆四十九年（1784）最后一次南巡时写下"已此百年久驻防，侵寻风气渐如杭"⑦ 的慨叹。嘉庆帝曾回忆"朕于甲辰年随驾南巡至杭，营伍骑射，皆所目睹。射箭箭虚

---

① （清）龚嘉儁修，（清）李榕纂：《杭州府志》首卷之一，第26页。
② （清）龚嘉儁修，（清）李榕纂：《杭州府志》首卷之二，第52页。
③ （清）龚嘉儁修，（清）李榕纂：《杭州府志》首卷之三，第62页。
④ （清）龚嘉儁修，（清）李榕纂：《杭州府志》首卷之三，第75页。
⑤ （清）龚嘉儁修，（清）李榕纂：《杭州府志》首卷之四，第90页。
⑥ （清）龚嘉儁修，（清）李榕纂：《杭州府志》首卷之五，第112页。
⑦ （清）龚嘉儁修，（清）李榕纂：《杭州府志》首卷之五，第127页。

发，驰马人坠地"①。由康熙到乾隆，不到百年的时间，驻防旗兵已渐失本业。乾隆以诗歌这一"文"的形式表现驻防旗人的"武"的特征，但在江南的文化场域中，乾隆的"文"的行为在一定程度上压倒了"武"。"武"的特质被淡化，"文"的特质在不同场合得到重复。这种多次大量的"复制"拥有惊人的力量，使得乾隆成为一个广为人知的十足的汉人皇帝。

  乾嘉时期杭州驻防旗人的诗歌写作中，鲜见对乾隆南巡的描写。那么，南巡所带来的文化繁盛是否真正影响了驻防旗人的诗歌创作？答案是肯定的。首先，皇帝积极地投身诗歌创作，弭平了"文"与"武"之间的隔阂，给驻防旗人带来文化范式。其实在乾隆南巡前，杭州驻防旗人就已开始了与帝王的文化互动。旗人杨岱彭官五品防御，工绘事，"曾于乾隆间画西湖全景图、浙江观潮图，并进呈御览，名播都下"②。他的学生廷玉作有《挽杨半岭先生诗》③，有"一枝画笔供宸鉴，片羽文华属世传""仿古画传皆授受，无声诗史悟搜寻"句。三多《柳营谣》中记载此事："杨防御画效倪迂，收拾西湖进紫都。应博上皇欣一笑，南巡并得卧游图。"④ 倪迂即元末明初有名的山水画家倪瓒，说明乾隆年间的驻防旗人学习汉文化已能取得很高的成就。乾隆帝南巡时所展现出的对文化事业的喜爱，无疑会增加驻防旗人学习汉文化的热情。虽然未见彼时的驻防旗人直接描写南巡盛事，但在以"述祖德"、传旗营风俗掌故为目的的《柳营谣》中对南巡多有记载。如"灯词宠赐上皇时，会典房曾好护持。何日清寮重起废，碧纱笼护御题诗（乾隆六年颁到御制灯词一卷藏于会典房迄未复建）"⑤、"试罢弓刀日未西，更衣宫里仰宸题。天然凤舞龙飞笔，留幸杭州话雪泥（乾隆十六年高庙南巡阅兵于大教场，筑更衣宫供诗碑焉）"⑥。乾隆在杭州留下的遗文墨迹延至清末仍传唱在旗人的记忆中，侧面可见南巡影响之大。其次，乾隆南巡为杭州旗人诗歌写作提供了良好的文学氛围。这里所说的文学氛围，一方面指自然环境，另一方面指人文环境。伴随着康乾二帝南巡而来的是对西

---

① 《清实录·仁宗实录》卷三十八，中华书局1986年版，第447页。
② （清）丁丙、丁申：《国朝杭郡诗三辑》卷九十三。
③ （清）丁丙、丁申：《国朝杭郡诗三辑》卷九十三。
④ （清）三多：《可园诗钞外·柳营谣》，第665页。
⑤ （清）三多：《可园诗钞外·柳营谣》，第659页。
⑥ （清）三多：《可园诗钞外·柳营谣》，第660页。

湖景观的修复，正如《西湖志纂》所说，二帝"省方幸浙，驻跸西湖，勅几之暇，探奇揽胜，亲洒奎章，昭回云汉，而西湖名胜益大著于天壤之间，呈亿万年太平景象，诚自有西湖以来极盛之遭逢也"①。杭州旗营与西湖仅一墙之隔，旗人闲暇时走出旗营，优美的自然山水引动了他们文学创作的才情。御书楼是乾隆为西湖十景题碑而修建的观景建筑。凤瑞有诗云："南北高峰影倒垂，御书楼阁架蛟螭。湖光旭日黄金色，犹似当年驻跸时。"② 乾隆年间营构的西湖风景具有经典意义，驻防旗人对这一"御用"空间倍是推崇。旗民矛盾自清初至清末一直存在，乾隆在南巡时赐给浙闽总督富勒浑的诗作中有"漫勤供奉水及陆，应勉调和军与民"③句。南巡进行的一系列文化建设，虽带有压制异端思想的性质，但总体上营造了和谐、融洽的文化氛围。杭州汉城文人也在积极地回应着帝王的声音，和韵之作叠现。统治者倡导学习儒家思想，指引着驻防旗人的学习路径，使汉城文人与驻防文人拥有共同的思想基础，彼此接纳继而成为主调。

西湖及其周围山水是以儒家文化为核心的审美载体，是文化与风景结合的典范。乾隆帝对西湖的喜爱一方面源于其融洽和谐的风光，另一方面则是对儒家文化的接受、认同乃至臣服。西湖风景在南巡的建构下，在它原有的民间性、公共性和商业性的基础上，又增添了帝王的权威性。整个西湖风景空间成为皇权的御用空间。当南巡结束后，这种主权的宣誓并未结束，而是以文字、碑刻、建筑等形式永久地留存下来。这些留存下来的文化形式具有"纪念碑性"，即它们不仅仅依靠外在的物质形态而存在，主要依靠内在的纪念性和礼仪功能，"承担保存记忆、构造历史的功能，总力图使某位人物、某个事件或某种制度不朽，总要巩固某种社会关系或某个共同体的纽带，总要成为界定某个政治活动或礼制行为的中心，总要实现生者与死者的交通，或是现在和未来的联系"④。乾隆游览西湖留下的御制文字、碑刻，以及御书楼、西湖行宫，都承载着专属于帝王的历史

---

① （清）沈德潜辑：《西湖志纂》首一，沈云龙主编：《中国名山胜迹志》第二辑，文海出版社1971年版，第30—31页。
② （清）凤瑞：《如如老人灰余诗草》卷二，第577页。
③ 《赐浙闽总督富勒浑》，（清）龚嘉儁修，（清）李榕纂：《杭州府志》首卷之五，第124页。
④ ［美］巫鸿：《中国古代艺术与建筑中的"纪念碑性"》，李清泉、郑岩译，上海人民出版社2017年版，第28页。

记忆，以借此完成对江南士人的情感征服。彼时的江南文人是否真正认同清朝统治，我们对此存疑[①]。而杭州旗人则真正继承了乾隆南巡带来的文化遗响，他们面对乾隆帝的遗文墨迹生发出崇敬、仰慕之情，继而进行模仿，诗歌创作悄然兴起。

在对八旗文学尤其是驻防旗人文学的研究中，我们总会将汉文化对旗人的影响放到重要角度进行论述，这当然是正确的。如果没有汉族文化的滋养，八旗文学不可能会有如此的气象，但我们忽略了影响的路径。旗人属统治阶级，其文学发展必然会受限于八旗制度。如果统治者阻止旗人学习汉文化——当然无法实现真正的阻挡——但无疑会延缓他们前进的脚步。但统治者自入关初就以谦卑的态度，全力地学习汉文化，并以儒家思想教育八旗子弟，允许旗人参加科举并兴建书院、修纂图书，促进了满汉文化之间的融汇。因此，旗人学习汉文化，是在统治阶级允许下进行的，对这一视角应加以关注。杭州驻防文学创作受江南文化的影响是重要且长期的，受乾隆南巡影响虽短暂却是关键的。

第二节　旗营将领倡导下的杭州驻防文学风貌

乾隆南巡为驻防旗人学习汉文化起到了垂范作用，旗营将领的倡导则直接促动了旗营内的文学创作。旗营将领率先进行诗歌写作，与好文之士进行诗歌雅集活动，也积极推动文化建设。由此，旗营文风自上而下地弥漫开来。

翻检驻防志书，多见将军及副都统对文事的喜好与推崇。富椿乾隆四十年（1775）任杭州将军，他"遇文士尤加礼焉"[②]；明俊嘉庆九年（1804）任杭州将军，"尝诣西湖谒武穆祠，题诗慷慨，属能诗者和之，又爱画，公余尝集属吏以诗画赏析"[③]；济拉堪嘉庆十五年（1810）来杭任将军，他"爱花木，西园修葺一新，于池上构室如舫，题曰绿阴寄兴，

[①] "在清代盛世时期士大夫及一般百姓对满汉之间种族意识的实况。我曾翻查不少清人著作，但因为清代文字狱的压力太大，一般人对此问题避之唯恐不及，所以几乎找不到任何直接的材料……在过去几年，我已经从各种《燕行录》及朝鲜文人文集中抄录了不少材料，大致可以解答这个在清代中国既敏感而又充满忌讳的问题。"王汎森：《权力的毛细管作用：清代的思想、学术与心态》，北京大学出版社2015年版，第574页。

[②] （清）王廷鼎：《杭防营志》卷三。

[③] （清）王廷鼎：《杭防营志》卷三。

时集雅流觞咏其间"①；毓秀嘉庆二十二年（1817）任杭州将军，"博学多文"②；萨秉阿嘉庆十五年（1810）任杭州副都统、嘉庆二十三年（1818）任杭州将军，"于军府西园辟除花厅，选八旗子弟之有造者日讲学习射，一如家庭之礼"③；松龄嘉庆二十四年（1819）任杭州副都统，"公退之余，诗酒自适，耽书画，所题寄庐停舫，皆其手笔，亦有儒将风焉"④。清代的驻防将军大都出生于八旗著姓，为"懿亲勋旧"，"生长豪贵，阔达性成，而亦有博雅多才，恤兵爱士，具将相度者"⑤，因此他们中的大部分人虽以武职入仕但通晓文雅之事。驻防将军由他处调任而来，而驻防协领大都由本驻防内佐领升任。这些佐领中也有喜好文事之人，如佛咙武乾隆年间任正白旗协领，"既精骑射，尤好藏书，暇辄诵习不倦，礼贤下士……气度惟昭协领近之"⑥。昭协领即昭南，嘉庆间任镶黄旗协领，"温雅多文，工诗，与郡守严少峰相倡和，过从尤密……遇士人尤爱敬……曾以重金聘仁和诸生许雪香课其文孙秋谭，而万花农、裕八桥、瑞芝生皆就学焉"⑦。旗营将领掌握着更多的文化资源，他们基于自身对文事的喜好，聚集起旗营中有共同爱好的文人群体。相比乾隆南巡在文化上的垂范作用，旗营将领对文事的倡导更能使驻防旗人看到从事文学活动的可行性。

杭州旗营将领喜好文事，并依靠自身的影响力聚集起有着共同爱好的文人群体。这是一种较私人化的行为，对整个旗营的影响力是有限的。面对乾嘉年间旗营内日益兴起的文化诉求，部分将领开始注目旗营文化设施的建设。最具代表性的是嘉庆元年（1796）就任的范建中将军，他的曾祖是康熙年间浙江巡抚范承谟。范承谟对浙江文教事业的发展有较大贡献，主持修复了始建于明朝的万松书院，并更名为太和书院（康熙南巡时提名"浙水敷文"，后改为敷文书院）。范建中感念曾祖的光辉，到任后，"甫下车，即为重修范公祠，而以兴文劝学为首事"。此外，"凡官兵中有稍知文墨者，优擢之。先时，杭之士民与满营杆格，公访知杭之知名

---

① （清）王廷鼎：《杭防营志》卷三。
② （清）王廷鼎：《杭防营志》卷三。
③ （清）王廷鼎：《杭防营志》卷三。
④ （清）王廷鼎：《杭防营志》卷三。
⑤ （清）王廷鼎：《杭防营志》卷三。
⑥ （清）王廷鼎：《杭防营志》卷三。
⑦ （清）王廷鼎：《杭防营志》卷三。

士，亲拜之，时邀入署，以诗酒投赠，使相习过从，于是官绅以下皆爱敬之"。范将军优先拔擢旗营知文墨者，促使将士学习文墨之事。他也率先在文化层面上打破杭州旗民之间的抵触情绪，使杭州名士进入旗营，带来文化上的互动。在对旗人子弟的教育上，"始奏设汉教习"，于嘉庆五年（1800）创建梅青书院，"延仁和明经马湖湘（芬）以汉学诗文为教授，复设义塾，亦延杭士为之师"，在"朔望率僚吏诣正殿拈香，后诏诸生环立，听讲书亲刻，勤惰分别奖励，一时营中皆知"。杭州旗人在范将军的带领下系统学习汉文化，"其后文学辈兴"[①]，使旗营内原有的军事文化基调被打破，"文"的气息逐渐渗入。旗民间的文化交流变得常态化。

范建中将军受到先辈教育理念的影响而进行旗营文化建设。从表面上看，他的举措有违于驻防设置的初衷，于保持国语骑射是不利的。但从长远看，他的举措有助于维护八旗统治。自乾隆二十一年（1756）驻防旗人归旗制度废除后，旗营与驻地交往变得紧密。驻防旗人学习汉文化成为不可阻挡的潮流，这一现象不利于职业军人群体的发展。统治者对此虽不提倡，却也未明令禁止，只是说"不得转荒本业"。统治阶级推行儒家文化教育，此举是快速稳固统治的有效途径。清代杭州旗人与汉城人有不同的历史渊源、生活习俗、价值观念和社会地位等，这是导致二者间屡屡发生矛盾的主要原因。范建中将军在杭州旗营内创办书院和义塾以汉文教八旗子弟，优先拔擢通文墨者，并邀汉族文士入署，一系列的措施是为提升杭州旗人的汉文化水平，从而缩小旗人与汉城人之间的文化差距，进而使二者实现有效沟通，最终达到缓和双方矛盾的目的。而旗人通过汉城人学习汉文化，汉城文士也得以进入旗营，这一交往推动杭州城内的民族关系向良性发展。范将军此举是立足于旗人日益增长的汉文化诉求和杭州城内的民族矛盾而生发的长治久安之计，有助于创造稳定的社会环境和良好的民族关系。

相较其他驻防地，杭州驻防内的人文气息最厚重。这得益于地域文化的滋养，但有见识、有魄力的旗营将领的倡导也是不可或缺的原因。嘉庆四年（1799）始驻防旗人子弟可在驻地应童试，嘉庆五年（1800）范将军就设立梅青书院协助旗人中的好学者"以应科岁试、乡试"[②]。清代很

---

① （清）王廷鼎：《杭防营志》卷三。
② （清）龚嘉儁修，（清）李榕纂：《杭州府志》卷十六，第483页。

多驻防营都建立教授旗人的汉文书院,杭州驻防的梅青书院设立较早①,广州驻防的明达书院在同治八年(1869)由将军长善协助创建,荆州驻防的辅文书院迟至光绪五年(1879)才在将军希元的筹办下设立。因而,杭州旗人很早就能够系统学习汉文化。咸丰十一年(1861)梅青书院在战争中受到损毁,后盛元(由南康知府卸任)、富乐贺(时任福建福宁知府)出资重建。直到清亡,梅青书院都是杭州旗人主要受教育场所。三多《柳营谣》中有"梅花重补聘名师,教育恩深大树滋。寄语八旗佳子弟,报崇应建范公祠"②句,后注:范将军礼贤下士,创立梅青书院,补梅延师,以汉学教授八旗子弟,至今因之。教育是惠及千秋万代的大事,三多由此感念范将军的恩德。梅青书院所在位置相传为"林和靖未隐孤山时旧居"③。林逋隐居孤山,喜植梅养鹤,被称为"梅妻鹤子",他是士大夫心中的人格典范。梅青书院也因此多植梅树。马芬明经嘉庆五年(1800)受范将军之邀在梅青书院讲学。他撰写《补梅记》④有言:"院中旧有梅株,今废已久,但见叠石隆然而秀,小池窈然而深。雉堞回环,杂树苍蔚。今年春,曾手植数本以补其阙",继而指出无论何人在此居住,"可境足移人,神与古契贤哲高风几见旷远欤",表达了自己对贤哲高风的景仰。梅青书院因兵燹被毁后经盛元等人重建,"每院试入泮新生,令植梅二株,积成密林焉"⑤。梅花成为沟通历史和现实及旗人与汉城人的媒介。完颜守典有诗云:"梅青院里荒凉久,复旧何人补种梅。解识树人如树木,十年看取不凡材(梅青书院为八旗子弟肄业之所,恺廷山长曾议使诸生补种梅花)"⑥,三多有诗云:"梅青古院好滋培,一秀才捐一树梅。一自逋仙骑鹤去,十分清丽为谁开。"⑦清丽的梅花、孤高傲世的林逋与旗营文人三者在梅青书院中构成了一个有机的联系体。梅花大都生长在中国南方,花期在早春时节。杭州旗人来自北方,初至杭州时对这一植物应没有太多认知,到乾嘉年间,他们以梅花寄托内心志向,说明

---

① 据顾建娣统计(《清代的旗人书院》,《近代史研究》2015年第6期),清代驻防旗营中教授旗人汉文的书院以宁古塔驻防的龙城书院创建最早,在康熙十五年(1676),接下来就是嘉庆五年(1800)杭州驻防创建的梅青书院。
② (清)三多:《可园诗钞外·柳营谣》,第663页。
③ (清)张大昌辑,白辰文点校:《杭州八旗驻防营志略》卷十七,第181页。
④ (清)张大昌辑,白辰文点校:《杭州八旗驻防营志略》卷十七,第182页。
⑤ (清)张大昌辑,白辰文点校:《杭州八旗驻防营志略》卷十七,第182页。
⑥ 《杭防竹枝词》,(清)完颜守典:《逸园初集》。
⑦ (清)三多:《可园诗钞外·柳营谣》,第661页。

中国传统文人的价值观念此时已融入旗人思想体系中。"借得参廖榻,禅房别有天。小诗花里咏,长铗月中弹。携酒招僧醉,留茶待客煎。幽深尘不到,何用羡神仙"①(兆熊《读书梅青院》),展示了一幅典型的文士咏诗弹琴品茗图。然而,在梅青书院中读书的旗营子弟并非全部钟情诗酒琴棋,也学习汉人的军事理论,如"止渴勋华古将风,笑他煮酒论英雄。新书一卷读《孙子》,梅子青青小院中"②(文慧《梅青书院读书杂咏》)。范建中建立梅青书院,引入汉文教育,提高了旗营子弟的汉文化素养,缓解了杭州地区的军民矛盾,为稳固清朝在江南地区的统治做出了贡献。

旗营将军多喜吟咏。据记载有五位杭州将军存有诗集,花色③(不详)《承仁堂诗集》、特依顺(道光二十二年任)《余暇集》、连成(同治五年任)《喜闻过斋诗稿》、果勒敏(光绪三年任)《洗俗斋诗稿》、志锐(宣统三年任)《张家口至乌里雅苏台竹枝词》。其余将军虽未有诗集但大都能诗,《杭防营志》记载杭州将军明俊、济拉堪、萨秉阿、富尔苏均喜吟咏。他们是旗营人文社会形成的主导力量,也是旗营文化诉求上升至朝廷的重要渠道。《清实录》记载杭州将军萨秉阿(嘉庆二十三年任)道光二年(1822)四月奏请资助杭州旗籍举人会试④。同年十二月,萨秉阿由杭州将军调任福州将军,也针对此事就福州驻防进行上奏⑤。光绪年间杭州将军吉和奏请"以牧租发典生息,作为满营梅青书院膏火"⑥。

驻防将军、副都统由国家从他处调配,有一定任期,期满后再派往别处。地域的流转丰富了他们的诗作内容。在驻防将领的升转中,副都统大都自协领升任。协领升任副都统后,清廷统一调配至其他驻防地。杭州驻防中的多位协领升为其他驻防地的副都统,也有少数几位由副都

---

① (清)丁丙、丁申:《国朝杭郡诗三辑》卷九十三。
② (清)丁丙、丁申:《国朝杭郡诗三辑》卷九十三。
③ 铁保《熙朝雅颂集》载花色"字介眉,满洲人,累官杭州将军。有《承仁堂诗集》。朱轼诗序云:介眉诗,清而不瘦,腴而不浮",并收录他在杭州写作的诗歌《吴山晚眺》。[(清)铁保辑,赵志辉校点补:《熙朝雅颂集》卷十,第472—473页]检视《杭州八旗驻防营志略》《杭防营志》《杭州府志》等相关志书中杭州将军任职表,未见有名"花色"者,此人存疑。
④ 《清实录·宣宗实录》卷三十四,中华书局1986年版,第607—608页。
⑤ 《清实录·宣宗实录》卷五十二,第934—935页。
⑥ 《清实录·德宗实录》卷三〇七,中华书局1987年版,第4页。

统升至将军。他们中的大部分能诗且有诗歌流传，如善泰由协领升任乍浦副都统，有《草竹轩诗集》（不存）；双成，由杭州协领升任西安副都统，后升任宁夏将军，有《听雨集》《归田草》（不存）；额尔布升任福州左翼副都统；色布星额升任荆州副都统；花沙布升任江宁副都统；穆郎阿升任京口副都统；岱林升任江宁副都统；东纯升任福州副都统、西宁办事大臣、福州将军、成都将军；杰纯升任乍浦副都统，等等。杭州旗营将领虽非人人能诗，但占有相对丰裕的文化资源，使诗歌吟咏成为较为普遍的现象。他们离开杭州去他地任职，带去杭州的文学因子，自身也接收着异地文化。而其他驻地将领来到杭州，创作的作品也带有他地的文化质素，从而使杭州旗营文学创作更加丰盈。拥有文学素养的驻防将领在驻地与驻地之间流转，造成文学上的流动态势。他们的文学创作以原驻地为基点，辐射开来，构成了一个交错重合的文学网络。在众多驻防地中，杭州驻防所铺就的文学网络最为广泛。由杭州驻防文学所波及的其他驻地文学也应进入视野，才能更全面地把握驻防八旗文学。

在八旗驻防体系中，旗营将军、副都统等高级将领直接听从八旗最高统治者的安排调遣，负责传达并执行八旗制度。而普通旗营子弟则在旗营将领的管理下进行军事训练与日常生活。旗营将领在八旗最高统治者和旗营子弟间起到上传下达的作用。清朝统治阶级奉行儒家思想，旗营将领进行相关的文化建设，带来旗营人和汉城人精神文化上的传导相通。旗营文化建设最初由旗营将领主导，后来驻地汉族官员也积极地参与进来，共同成为旗人文化诉求上升的有效途径。对杭州驻防旗人而言，乾隆南巡为他们展示了一幅绝美的文化图景，但却是看得见摸不着的。而旗营将领则为旗人学习汉族文化创造条件，带来更真实的文学体验，推动了杭州驻防文学创作的兴起。

第三节　杭州驻防文人诗作的升平之象

到乾隆年间，杭州驻防已建立百余年，原有的制度弊端已一一显现，急需调整。因而，乾嘉年间也是驻防制度的变革时期。随着国家战事减少，八旗人口出生率大于死亡率，给国家经济带来负担。清人有言："夫国家之大，所赖以办事者官，所赖以捍患者兵。官俸、兵粮，势不可减。

而我朝于满兵尽人而养之，自乾隆时论者已忧焉，无善计耳。"① 八旗入关后，统治者禁止旗人从事军事活动以外的职业。八旗制度日渐成为控制旗人的牢笼，也加剧了国家负担。为解决这一问题，统治阶级出台了一系列缓解旗人生计问题的举措。汉军出旗在此背景下展开，最初在京师八旗内进行，乾隆十九年（1754）扩大至各驻防地②，乾隆二十年（1755）始，杭州驻防"四旗汉军悉陆续出旗"③。三多有诗云："四旗裁去近千人，万顷沙田泽沛春。此即盛时司马法，兵当无事本为民"④，后注：乾隆廿八年裁去汉军四旗九百余人，赐以萧山沙田万亩，有不耕者准其外补营勇。杭州汉军旗人虽被裁汰，但与旗营内的满洲、蒙古八旗子弟仍保持联系。杭州驻防志书及旗人诗歌中有记载出旗后汉军旗人的琴棋书画等文艺活动。喀朗有诗《题李朝梓采桑图》⑤，诗序云："朝梓，汉军人，裁汰后改名如梓，居潘阆巷，善丹青，乾隆间名播于两浙，获者虽片纸尺幅如珍宝之，所专者翎毛花卉，其宫妆美人尤佳……吴凤池，镶黄旗人，能继其学，益工于云龙，同时营中镶蓝旗娄少昆亦善画龙，正红旗唐俭职居佐领专画虎，武林周坤尝为唐代笔，其时有娄龙唐虎之称。""国初以来仕女图，神妙独数禹鸿胪。李公得名两浙久，笔无点尘真仙乎。"可见，李朝梓画技之高超，其声望已播至两浙。明忠有诗《赠画友黄梦奇》⑥，序云："梦奇名九如，汉军人，其叔德培名履中，居坍牌楼西，俗呼黄天荡，小有园圃之胜，善画，寿八十余卒。梦奇继其传，一日梦中遇古衣冠人，告之曰：汝画紫牡丹，用苏木汁，如制胭脂法制之为佳。醒而如法试之与真色无二，驰名于时。"以诗句"布衣落拓过年年，袖里狼毫画本妍。不揖王侯居陋巷，西风送冷上双肩"对黄梦奇的画技和高洁品行予以赞美。杰纯有怀人诗五首⑦，《怀王东冷》后注："汉军人，协领王度之裔。游幕四方，善书"，《怀梁得楞》后注："汉军人，精于围棋。裁汰

---

① （清）方浚师撰，盛冬铃点校：《蕉轩随录》卷五，中华书局1995年版，第205页。
② "八旗奴仆受国家之恩，百有余年，迩来生齿甚繁，不得不为酌量办理。是以经朕降旨，将京城八旗汉军等，听其散处，愿为民者，准其为民。现今遵照办理，至各省驻防汉军人等，并未办及。亦应照此办理，令其各得生计"《清实录·高宗实录》卷四五九，中华书局1986年版，第968页。
③ （清）张大昌辑，白辰文点校：《杭州八旗驻防营志略》卷十五，第152页。
④ （清）三多：《可园诗钞外·柳营谣》，第662页。
⑤ （清）丁丙、丁申：《国朝杭郡诗三辑》卷九十二。
⑥ （清）丁丙、丁申：《国朝杭郡诗三辑》卷九十三。
⑦ （清）丁丙、丁申：《国朝杭郡诗三辑》卷九十三。

后，游大江南北，以棋雄于时。"此外，还有王端揆"裁汰后寓弼教坊萧王庙行医作画，画师宋元双钩法，精肖入微，得者宝之"①；赵讬金"好植盆树……能一一优为之，当时无有能出其右者，并能画，所作树石小幅，苍秀入古，亦雅流焉"②。都是对裁汰后的汉军旗人从事文艺活动的记载，而裁汰前的情况未见。我们所见的杭州驻防志书和诗歌选集大都出自光绪年间，推测汉军出旗前的情况因年代较为久远，不易追索。那么，杭州驻防内的汉军旗人与满洲、蒙古旗人从事文艺活动是否有先后、高下之别？是否存在影响与被影响的关系？在上述材料中无法得到确切回答。汉军旗人于满洲、蒙古八旗及汉人而言是一个特殊群体。"当游移于满、汉之间时，在利益与荣耀驱使下，他们更多地向满族靠拢，而普通汉族民众错误地将八旗与满族视为一体并采取无分别的态度时，更推动着汉军向满文化融合。"③ 因而使汉军旗人呈现"满洲化"倾向。但汉军旗人本为汉人，较满洲、蒙古人对汉文化有更深的认同。结合清初八旗诗人以汉军籍居多，推测杭州驻防应是汉军旗人率先进行了文艺活动，并对满洲、蒙古旗人产生影响。这一论断并无充足论据，姑且大胆假设。

驻防旗人最初依附京旗本旗，官员升黜、官兵亡故均需回归京师故旗，即"外省八旗驻防之兵丁身故，每用火化骨殖，及其妻子携解回京，归其故旗……盖八旗皆隶京师，外省特遣驻于一时，无子孙永留之例，并禁在驻防处置坟茔田产也。汉军同"④。归旗制度在执行过程中对归旗个人、驻防旗营、京旗本旗都造成困扰。因此，请求废除归旗制度的奏议不断出现，直至乾隆二十一年（1756）归旗制度正式废除。杭州旗人金梁在言及旗人丧葬习俗时有言："其初皆行火葬，盖驻防本不为久计，故各以布囊贮骨，待归故土。久而重迁，始葬近地。"⑤ 驻防旗人原属北方游牧民族，迁徙流动是生活常态。当他们进入中原，原有的生活环境、方式由此改变，随着驻防日久，生活观念也与驻地汉人趋同。此外，乾隆年间驻防旗人户口管理、案件管辖权由京师转移到所驻省份。⑥ 嘉庆十八年

---

① （清）王廷鼎：《杭防营志》卷三。
② （清）王廷鼎：《杭防营志》卷三。
③ 王景译：《清初八旗内部的民族融合》，《北方文物》2001 年第 4 期。
④ （清）萧奭撰：《永宪录》卷二上，第 101—102 页。
⑤ （清）金梁：《旗下异俗》，王国平主编：《西湖文献集成》第 14 册，杭州出版社 2004 年版，第 313 页。
⑥ 参见潘洪钢《清代八旗驻防族群的社会变迁》，第 74—80 页。

(1813)，驻防旗人乡试考试地点由京师转移到所驻地，驻地旗民在文化层面上正式展开交流。① 至此，驻防旗人归旗制度废除、科举乡试地点由京师转移到驻地、户口和案件管辖权分别由京师转到驻地，此四项是驻防旗人土著化的标志。② 因此，乾嘉年间，驻防旗人经历了重要的制度变革，日常生活的方方面面都逐渐向驻地靠拢，由外来人口渐变为本地人。驻地由此成为旗人实际上的故乡，自乾嘉以后，驻防旗人诗歌中显见这一特点。乾隆十四年（1749），白衣保由京师派往荆州驻防，嘉庆四年（1799）去世后葬在荆州。③ 他自幼生长于京师，诗歌中常见有家难回的哀叹，如"南来四十年""望云怀故土""有客居南国"④等。而乾隆以后，杭州驻防文人以杭人自居、在外去世要归葬杭州，杭州已然成为他们生养死葬的故乡。

杭州驻防文人诗歌创作在此背景下兴起，诗歌创作主体为满洲、蒙古旗人，汉军旗人因出旗未留下诗作。乾嘉时期，清朝统治稳固，国家经济繁荣发展。此时汉族诗坛上盛行沈德潜的格调说、翁方纲的肌理说以及袁枚的性灵说，写作内容和风格大体上属歌咏盛世太平一类。此时的杭州驻防文人大都以散诗存世，仅观成、福申、裕贵三人存有诗集。他们的诗作笼罩在盛世文治的光环下，生活在旗营内的文人创作大都具有悠闲自适的情态，而外任官员以猎奇之眼写作的异域风光也是积极向上的，总体上呈现升平之象。

一　廷撰等人的闲适之作

闲适诗在白居易笔下得到重要发展。白居易在《与元九书》中解释闲适诗的内涵有言："或退公独处，或移病闲居，知足保和，吟玩情性者一百首，谓之闲适诗。"⑤ 这里强调了闲适诗创作的场合，即"退公独处"之"独"及"移病闲居"之"闲"，"知足保和"则基于道家的人之天性

---

① 对驻防旗人科举考试的论述，详见下一章节。
② 参见潘洪钢《八旗驻防族群土著化的标志》，《中南民族大学学报》2011年第5期。
③ 《鹤亭诗稿》富谦序载白衣保"幼孤贫……初来荆时，太夫人即就养官舍，殁葬于樊姬墓之左，迨己未先生捐馆，从葬太夫人墓旁，遵治命也"。樊姬墓在荆州，说明白衣保及其母亲去世后都葬在荆州。"遵治命也"指乾隆二十一年（1756）归旗制度废除，驻防旗人死后须葬在驻防地。（清）白衣保：《鹤亭诗稿》，国家图书馆藏，道光十六年（1836）刻本。
④ （清）白衣保：《鹤亭诗稿》。
⑤ （唐）白居易著，谢思炜校注：《白居易文集校注》卷八，中华书局2017年版，第326页。

说而来，知足才能免于"罪祸"，也才能免于"苦心劳形以危其真"，才能守护身心内那份得自天地大道的和气。① 白居易闲适诗表现出悠然自适的人生态度，对后世影响深远。乾嘉时期杭州驻防文人诗歌创作传承了白居易闲适诗写作中的"闲"，并继承了白诗中悠然自适的情趣与心态。旗营将士在军事训练之余徜徉于西湖山水间，写下了大量的闲适诗作。

乾嘉年间的西湖在经过整治与疏导之后，重现了美丽景色，已完全不同于清初时湖堤柳树尽毁的残破景象。西湖在驻防旗人的诗笔下也呈现多样形态，升禄写雨西湖云："格格痴雷风满湖，狂麑荷芰战菰蒲。远迷水面云光暗，乱溅船头雨点粗。画鹢未归游子舫，骊龙来戏小方壶。晚凉更打三潭桨，掬得波中明月珠。"②（《湖上遇雨》）雨中的动与雨后的静呈现鲜明对比，无论是浓是淡，都是一幅奇丽的景象。喀朗写雾西湖云："浅晕黏鸥梦，平铺抹鹭拳。缠绵无尽意，柔倩橹声传。"③（《苏堤新霁湖烟未散即景成吟》）飘渺无形，宛若仙境。西湖的柳枝也是驻防旗人常见的写作题材，如"绿云遮满赤阑桥，摇碧斋轻两桨摇。叶叶经春展青眼，枝枝蘸水斗纤腰"④（图翰畚《西湖柳枝词》）、"绿遍长桥更短桥，春风催舞小蛮腰。芒鞋未踏孤山路，先觅垂杨系画桡"⑤（英贵《西湖柳枝词》）、"几行翠黛趁新晴，倒影清波照眼明。浴鹄湾头春意减，只闻斜日乱啼莺"⑥（佟强谦《西湖柳枝词》）、"长条短跳地垂，春波秋波明漪漪。阿侬爱看腊前雪，当作风中飞絮时"⑦（满丕《西湖柳枝词》），婀娜多姿的柳枝和明丽的西湖在驻防旗人诗笔下得到全方位呈现。杭州驻防协领额尔布乾隆四十二年（1777）任福州驻防副都统⑧。他在福州写有《西湖载酒图自题》，诗云："乡亲久别老林逋，冷落西泠旧酒徒。天下西湖三十一，可能游宦尽西湖。依旧湖波湖月明，防秋奉命驻榕城。此生宜号西湖长，我与东坡一样情。"⑨ 西湖作为中国山水风景的

---

① 叶跃武：《适性与白俗：论白居易闲适诗及其诗史意义》，《北京大学学报》2020 年第 2 期。
② （清）丁丙、丁申：《国朝杭郡诗三辑》卷九十二。
③ （清）丁丙、丁申：《国朝杭郡诗三辑》卷九十二。
④ （清）丁丙、丁申：《国朝杭郡诗三辑》卷九十三。
⑤ （清）丁丙、丁申：《国朝杭郡诗三辑》卷九十三。
⑥ （清）丁丙、丁申：《国朝杭郡诗三辑》卷九十三。
⑦ （清）丁丙、丁申：《国朝杭郡诗三辑》卷九十三。
⑧ 《清实录·高宗实录》卷一○三九，中华书局 1986 年版，第 922 页。
⑨ （清）丁丙、丁申：《国朝杭郡诗三辑》卷九十三。

模范，声名远播，以至很多地方的湖泊都叫作"西湖"。额尔布诗中所指的西湖应是福州西湖，他面对着描绘福州西湖的"西湖载酒图"，想念的却是杭州的西湖。此时归旗制度已废除，驻防旗人的乡思已由京师转移到驻地①。升禄写有《和麟见亭忆西湖诗》，诗末句云："浙东燕北长相忆，不若重来载酒行。"麟见亭为麟庆，满洲镶黄旗人，嘉庆十四年（1809）中进士，曾在江南任河道总督十余年，写有《忆西湖》诗。可知麟庆任职江南时曾与杭州驻防旗人升禄交好。浙东与燕北虽有着遥远的地理暌隔，但二人基于共同的文学爱好在千里之外仍能产生联结。乾嘉年间杭州驻防旗人笔下的西湖已不仅仅是一方山水，也是承载情感的重要载体。国家太平且强盛，旗人又处在风景秀丽、文化繁荣的环境中，写作的风景诗大都是欢快的。他们无论看山还是看水，展露的情绪里都看不到哀愁，如"露出青山意态雄"②（巴泰《西山晴雪》），"渔笛幽腔新气朗"③（升禄《和麟见亭忆西湖诗》），"日听流莺枝上啼"④（常书堃《西湖柳枝词》），"对面层岚列画屏"⑤（唐照《冷泉亭题壁》），"日落好风来"⑥（文庆《得月亭即景》），都是因风景而生发的人生快意与适意。

廷揆为杭州驻防满洲正红旗人，字希贤，巴尔达氏⑦，被时人称作"巴希贤"。他居满营花园巷，"爱莳花卉，尤钟秋菊，黄华紫艳，栽遍东

---

① 《清实录·高宗实录》卷一〇七五载乾隆四十四年（1779）"福州副都统额尔布，年已衰迈，著原品休致。福州有将军一员、副都统一员，足敷办事，此缺著即行裁汰。额尔布，本系杭州驻防之人，伊愿赴原驻防处居住，即令其前往，如愿来京居住，亦听其便"（第426页）。此时归旗制度已废除二十余年，按照规制，不须回归京旗。此条信息中额尔布既可回原驻地杭州又可回京，与规制不符。乾隆二十一年（1756）发布的诏令中有"各省驻防兵丁字样"，因而推测归旗制度适用于旗兵，而驻防高级将领仍有选择权。

② （清）丁丙、丁申：《国朝杭郡诗三辑》卷九十二。
③ （清）丁丙、丁申：《国朝杭郡诗三辑》卷九十二。
④ （清）丁丙、丁申：《国朝杭郡诗三辑》卷九十三。
⑤ （清）丁丙、丁申：《国朝杭郡诗三辑》卷九十三。
⑥ （清）丁丙、丁申：《国朝杭郡诗三辑》卷九十三。
⑦ 廷揆为廷玉兄。《杭防营志》载廷玉为"满洲镶黄旗人，巴鲁特氏"，完颜守典《杭防诗存》载廷玉为"巴噜特氏，正白旗满洲人"，三多《柳营诗传》载廷玉为"巴尔达氏，满洲镶黄旗人"，《国朝杭郡诗三辑》仅载廷玉为"满洲人"，未记载姓氏。据以上资料可知廷玉系为满洲人。巴鲁特氏实为蒙古姓氏，"世居喀喇沁，所冠汉姓白、苏"（赵力：《满族姓氏寻根辞典》，辽宁民族出版社2012年版，第333页），巴尔达氏为"满族大姓，清初10户，世居荤优城、巴尔达等地。后冠汉姓巴、英"（赵力：《满族姓氏寻根辞典》，第186页），推断廷玉、廷揆二人都为巴尔达氏。

篱","自辅国公迂斋将军镇杭,招入军署,主持西园花木,妙手生春,不虚所好矣"①。廷玉因而写有《访西园菊呈济迂斋将军》②,诗云:"万紫千红后,东篱菊又黄。闲情娱老圃,正色压群芳。此性如人淡,伊谁送酒忙。爱花凭护植,冒雨访重阳",对菊花不与群芳争艳的淡然品格予以赞美。由此可见,济拉堪在任时,以花木为吟咏对象,以将军署内的西园为吟咏地点,通过自身的影响力在旗营内掀起了一波吟咏盛事。廷玉爱花成癖,自家园内种菊"凡百数十种,花时雅流墨客觞咏其间,留题之诗,每秋得一卷也"③。廷撰园中菊花吸引了旗营子弟的观赏及诗歌题咏,"客至看花,题诗满壁,以为笑乐"④。现存的杭州驻防文人题咏廷撰园中菊花的有五人,他们或对菊花的形态姿貌进行描述,如"白萼黄英挺丽质,长生久视著奇形"⑤(丰绅图《巴园看菊题壁》)、"千点冶容分异色,百般夭丽弱腰支"⑥(昭南《过巴氏园亭观菊》);或描写菊花的美好品质,如"菊似古人多雅操,屋如湖舫更无哗。萧疏只合陶潜隐,劲节遥思楚客嗟"⑦(明忠《赏菊留题巴氏园壁》)、"尘洗秋容淡,盼留晚节芳"⑧(连善《重阳后三日观菊巴园》)、"不羡韶华满眼新,试于霜后别传神。清贞分与斋头客,色相休寻洞口春"⑨(宁德《廷希贤园观菊》)。菊花在深秋百花肃杀的时节凌霜盛开,常被赋予君子劲直的品性。杭州旗人在廷撰的号召下生发出集体赞礼菊花的行为,表明了他们对中华文化的喜爱与认同。

乾嘉年间,旗营文人雅士活动多有汉城文人参与。廷撰园中的菊花除旗营文人前来观赏吟咏外,也吸引了汉城文士"蔡木龛、沈鉴沧、赵仁寿、陈瑟堂辈相与品题"⑩。蔡木龛,名焜,"居于武林门内之斜桥河下,

---

① (清)丁丙、丁申:《国朝杭郡诗三辑》卷九十三。迂斋将军为辅国公济拉堪,简亲王子孙,嘉庆十五年(1810)来镇浙江,"爱花木,西园修葺一新,于池上构室如舫,题曰绿阴寄兴,时集雅流,觞咏其间"[(清)王廷鼎:《杭防营志》卷三]。
② (清)张大昌辑,白辰文点校:《杭州八旗驻防营志略》卷十七,第176页。
③ (清)王廷鼎:《杭防营志》卷三。
④ (清)丁丙、丁申:《国朝杭郡诗三辑》卷九十三。
⑤ (清)丁丙、丁申:《国朝杭郡诗三辑》卷九十三。
⑥ (清)丁丙、丁申:《国朝杭郡诗三辑》卷九十三。
⑦ (清)丁丙、丁申:《国朝杭郡诗三辑》卷九十三。
⑧ (清)丁丙、丁申:《国朝杭郡诗三辑》卷九十三。
⑨ (清)丁丙、丁申:《国朝杭郡诗三辑》卷九十三。
⑩ (清)丁丙、丁申:《国朝杭郡诗三辑》卷九十三。

身为盐务司会计，而往来皆文士"①。旗营文人昭南"彬彬儒雅，居马军桥，与严少峰太守相唱和……初受业于汉军全赞亭，后馆许雪江敬于署之书巢，课其孙"②。严少峰太守为嘉庆年间杭州太守严荣，严荣与汉族名士吴锡麒、翁方纲等人交好。旗营文人与汉城文人来往，相应地，也会参与到由汉城文人组织的吟咏唱和中。随着归旗制度的废除，旗民间的交往心态也在发生变化，旗营人逐渐将杭州看作自己的故乡，而汉城人至此也不得不接受这一外来邻居。二者间的交往变得常态化，文学交流也呈现益加深入的态势。

二 福申等人的异域猎奇书写

杭州山水的温润秀丽使旗人诗作具有柔美的气质，而在乾嘉年间也有旗人去往他地，从而记载了异域的风土人情。与杭州极为不同的地理环境和风俗习惯刺激了他们的感官，诗作具有猎奇之感。

佛咙武乾隆年间任杭州旗营协领，他"既精骑射，尤好藏书，暇辄诵习不倦，礼贤下士，本于至诚"③，后"任广平参将，旋调喜峰口，后派塞外巡边五载，所历瀚海火焰山，又至和阗、西藏、星宿海、雪山诸部落暨新疆回国，周行几遍"，年迈归杭，"时宦橐萧然，惟古书奇石耳，所著瀚海雪山游记八卷，惜燹后散佚无存"④。清朝比以往朝代更重视对边疆地区的掌控。中国疆域北部和西部俱是高原，地广人稀，多雪山、沙漠、草原，地势多样、地形奇特，这样的自然环境带来高旷渺远的直观感受，写作出来的诗歌大都是奇丽磅礴的。佛咙武《塞下曲》云："雪色斗银甲，风声劲角弓。将军来夜猎，野烧满山红"⑤，描写将军在塞外夜猎的场面。塞外的土地上一片白雪皑皑，风声雄劲，将军身穿银色铠甲拿着角弓，夜晚的雪色与银甲融为一体，角弓声因风声益加振动，照明的火把使整座山都变成了红色。此诗运用红白色彩的反差、风声与角弓声的相互映衬，呈现了别样的美感。与唐代诗人王维《观猎》一诗中的"风劲角弓鸣，将军猎渭城。草枯鹰眼疾，雪尽马蹄轻"，有异曲同工之妙。佛咙

---

① （清）梁绍壬撰，庄葳点校：《两般秋雨庵随笔》卷四，上海古籍出版社1982年版，第192页。
② （清）丁丙、丁申：《国朝杭郡诗三辑》卷九十三。
③ （清）王廷鼎：《杭防营志》卷三。
④ （清）丁丙、丁申：《国朝杭郡诗三辑》卷九十三。
⑤ （清）丁丙、丁申：《国朝杭郡诗三辑》卷九十三。

武喜爱古书奇石，他在塞外行旅中寻觅奇石进行收藏。《双南金石》即是他得到奇石之后所作的一首，诗云："塞北得奇石，名曰双南金。黄似木樨染，青添古藓侵。载归原痼癖，娱老有园林。础润蒸梅溽，涓流势作霖"①，表明自己期望晚年把这些藏品都放回到故乡杭州的园林中，内心对杭州的眷恋昭然可见。色布星额为杭州驻防满洲镶黄旗人，嘉庆八年（1803）任荆州驻防副都统②，他曾去往北方作战，写下《北征》③一诗，以"北征良苦役，鞍掌劳晨暮。驱车方栉风，触热更沐雨"写出了旅程的苦累，"习闻气候殊，仲春尚寒冱。今来逢上巳，炎蒸若端午"句则写北征地点实际温度与想象温度的差异，"仆马亦劳止，日斜谋所驻。悲哉故乡月，复照关山路"表达了对故乡的思念。佛咙武与色布星额身为武将，因守卫或征战在异域行走，对塞外恶劣气候的感知更为直接深切。而这些诗作的情感不是悲伤哀愁，大都带有盛世文人的豪壮之气。

福申（1780—?）④，字保之，号禹门，满洲正黄旗人。嘉庆十三年（1808）乡试举人，十六年（1811）会试进士⑤，以翰林院庶吉士用。嘉庆十九年（1814）授检讨，二十四年（1819）以詹事府少詹事为詹事，二十五年（1820）升任大理寺卿，道光五年（1825）以大理寺卿充任江西乡试正考官、提督江西学政，六年（1826）升任都察院左副都御史，七年（1827）升任内阁学士兼礼部侍郎，仍留江西学政任，同年，因家

---

① （清）丁丙、丁申：《国朝杭郡诗三辑》卷九十三。
② （清）希元、祥亨等纂，马协弟、陆玉华点校注释：《荆州驻防八旗志》，第127页。《荆州驻防八旗志》中"左翼副都统"部分有"色卜星额，杭州驻防旗人，嘉庆八年任"，《国朝杭郡诗三辑》卷九十三载色布星额官荆州副都统，可知色卜星额与色布星额为同一人。
③ （清）丁丙、丁申：《国朝杭郡诗三辑》卷九十三。征战的地点不确知，但根据诗作中"仲春尚寒冱"一句推测应是北部边塞地区。
④ 福申《澍棠轩诗钞》卷上有诗《甲申除夕感怀》，诗云："卅五光阴瞬息过"［（清）福申：《澍棠轩诗钞》，国家图书馆藏，道光七年（1827）刻本］，推断福申出生于乾隆四十五年（1780）。道光八年（1828）福申在江西学政任上因家人萧三放赌债置产，因而被解职，道光十七年（1837）的记载中还有"即有牵涉福申之处，亦须严行查办，不可因福申业已革职，有意开脱，则大负委任之意也"（《清实录·宣宗实录》卷三〇〇，第671页），说明福申卒年应在道光十七年（1837）之后。
⑤ （清）刘声木《苌楚斋三笔》卷一载"禹门戊辰中乡试"（中华书局1998年版，第492页），戊辰年即为嘉庆十三年（1808）。《杭州八旗驻防营志略》卷十载福申为嘉庆十六年（1811）"会试中式，殿试三甲第一百十六名"（第104页），"乾隆顺天乡试举人"（第106页）。嘉庆十八年（1813）驻防乡试完成了本地化，此前驻防旗人赴京参加顺天乡试。巴泰、福申、观光均为顺天乡试举人，但《杭州八旗驻防营志略》中仅记载巴泰为乾隆二十一年（1756）乡试举人，福申与观光未标明具体年份。

人萧三在江西有招摇勒索情事被参劾，八年（1828），福申因此事解任。福申被革职后赋闲家居，以辑书、录文为快事，辑有《诗序传说编珠》《路史编珠》《诸子编珠》《山海经分类编珠》《清异录编珠》《方舆类聚》《方舆类异》《增删干支便览》《干支类编》《古锦囊》《俚俗集》等，存有诗集《澍棠轩诗钞》二卷。福申为鲍桂星学士及门弟子，鲍学士序《清异录编珠》有云："禹门太史从予游最久且笃，貌清弱而胸有积卷，扣之霏霏如屑玉"①，其学识之广、用力之勤由此可见。

福申《澍棠轩诗钞》二卷存诗174首，写作时间自嘉庆二十三年（1818）至道光七年（1827）。从福申现存的诗歌中很难看出他属杭州驻防，仅可从个别诗句中依稀感之，如《过阿鲁诺尔》有"本是瀛洲客，今来北海游"②，《记梦》一诗有"髫年何幸到江南，卅载回头意惘然。昨夜江南来枕上，梦呼虎阜夜行船"③，《两过匡庐未见真面作》有云："予生始垂髫，登临已成癖。弱冠之吴门，虎邱寻遗迹。中道经武林，西湖淹朝夕。"④"虎阜""吴门""虎丘"均代指苏州，可见，福申青少年时期到过苏州，后来去往杭州，而非一直生活在杭州满城。福申有诗《奉命后谒英煦斋年伯、鲍觉生夫子闻谈旧事诗以纪之》《赐齐秋帆年伯立春偶成韵》。英煦斋即英和（1771—1840），乾隆五十八年（1793）进士，官至大学士。齐秋帆，名嘉绍，直隶天津人，乾隆五十五年（1790）进士。"年伯"是对有世交的父辈友人的称呼，可知福申父辈与京城文士交好，推测其家族应属勋贵阶层。福申诗作与其他杭州驻防文人诗歌相比具有一定特殊性，他极少回忆杭州，也未见与杭州驻防文人甚至是汉城文人的唱和之作。究其原因，推测福申因父辈任职的缘故，仅在杭州驻防待过较短的时间，未能培养起深厚的乡关之感。又因彼时驻防乡试须赴京参加，使他在京师就学，因而诗作中呈现的是京师的师友网络。⑤另外，福申最早的诗作

---

① （清）张大昌辑，白辰文点校：《杭州八旗驻防营志略》卷二十一，第257页。
② （清）福申：《澍棠轩诗钞》卷上。
③ （清）福申：《澍棠轩诗钞》卷上。
④ （清）福申：《澍棠轩诗钞》卷下。
⑤ （清）刘声木《苌楚斋三笔》卷一载"嘉庆癸亥，满洲福禹门太史申，偕同志二十人，倡立城西文社。谒鲍觉生侍郎桂星，称弟子。当从游之时，惟常轩荔岩已举于乡，余皆诸生。未几，同社十九人皆登科第，亦熙朝之盛事，科名之佳话，师生之美谈"（第492页），文中所举中第之人如钟祥、福保、宗室奕溥、穆彰阿等皆为京师旗人。嘉庆癸亥年为嘉庆八年（1803），此时福申尚未中举，但已在京师发起文社，说明他主要活动在京师而非杭州。

也要在嘉庆二十三年（1818），此时距他步入仕途已有七年，一定程度也导致诗作中极少记载杭州。

平实晓畅、质朴无华是福申诗歌的主要特点。他在诗集自序中有言："为诗贵曲，余好直；诗贵文，余好质；诗贵不尽，余好意竭""好我者谓老妪可解，追步香山"①，如写景诗《十里河早渡》有云："浓淡炊烟穿树罅，两三渡艇泊河干。分明一幅天然画，留与行人马上看。"②将清晨十里河上浓淡有致的优美风光以简洁的语言进行叙述，并从画面中跳脱出来，以置身画外的视角结束，凸显出景色的生动。怀人诗《丙戌中秋前三日得陈晓村都中书示见怀绝句三章即次原韵奉答》有云："灵谷山边夜泛舟，梧桐叶落逐波流。无人共赏良宵月，辜负长江万里秋"③，以景怀人，通过对眼前景的如实叙写，传达出对友人的思念。福申诗不好用典，语言直白浅近，多口语。这样的诗作虽在一定程度上缺乏古典诗歌应有的"言有尽而意无穷"的意蕴，读起来稍显干枯无味，但由琐碎细微物象的叠加所呈现的生活化的、带有平和特点的美感也是其他类型的诗作不曾具有的。

福申在嘉庆二十三年（1818）奉命出塞前往杜尔伯特（今属黑龙江大庆市杜尔伯特蒙古族自治县）致祭札萨克和硕亲王固鲁札普，往返三月余，沿途写下42首诗歌，具有强烈的纪实性，是非常典型的平实晓畅类的诗作。福申自幼生长在关内，并在江南地区生活多年，塞外的风土民情于他而言是新奇的。塞外地势多高旷广远，福申有言："放眼直穷千里外，浑忘凉露湿吟鞭"④（《塞外早望》）、"鸦飞低似燕，马卧小于羊。千里龙沙外，苍茫又夕阳"⑤（《远望》）。气候恶劣荒寒，如"连日斜飞雨，秋深着意寒。为经风凛冽，酿作雪迷漫。夜气凝全厚，朝暾照未残。牛衣僵卧处，直欲傲袁安"⑥（《雨雪》）。北地深秋时节，早晚温差大，导致天气多变。塞外物产与关内有很大差别，福申在诗作下加注予以说明，写《乘架杆车》有云："辕内空无马，车前大木横（其木长八尺，用生牛皮系车辕两端，横辕外二马架之行）。两骖真似舞，二御不闻声（辕

---

① （清）福申：《澍棠轩诗钞》自序。
② （清）福申：《澍棠轩诗钞》卷上。
③ （清）福申：《澍棠轩诗钞》卷下。
④ （清）福申：《澍棠轩诗钞》卷上。
⑤ （清）福申：《澍棠轩诗钞》卷上。
⑥ （清）福申：《澍棠轩诗钞》卷上。

外马上有蒙古人乘之，车前大木即横施于鞍上，婉转自如，不闻有叱驭声)。路较乘槎稳，船同下水轻。草平铺绿毯，瞬息百余程（一时可行七八十里）"①，《喀拉茶》有云："迥殊日铸嫩芽鲜，剩有枯枝粪火煎（俗名棍茶）。不信凤团能破睡，微加牛乳为延年。色元浓比金壶墨，饮少珍同玉井泉（土人不多饮）。男妇一餐同啜米（饮数杯啜米少许即抵华人一餐），分尝差幸胜腥膻。"②此外还写有《蒙古包》《哈布拉纳（华言红草也，可以染红，去赛尔乌苏里许皆是）》等。北地的自然环境塑造了适宜当地居民生活的物产，福申以赞叹的口吻予以记述。

  乾嘉时期，杭州驻防文人书写塞外的诗歌都充满了异域猎奇之感，不同的是，作为武将的佛咙武、色布星额的书写有一种豪迈之气，而福申的写作更多着眼于对异域风情的如实记载。在对塞外的书写中，陌生的原乡与熟悉的故乡都被催生并得到强化。书写者的少数民族身份也与异质环境形成另一种看不见的对比，使诗作呈现的意蕴是汉族文人对塞外的书写中不曾有的。佛咙武行走边地，收藏奇石以期致休后将所得奇石放置到故乡杭州的园林中。色布星额面对北方的极端气候，只能对月怀归。福申则将自己的身份置于塞北居民的对立面，如前述以"华人"对称"土人"，并以蒙古语入汉诗。毫无疑问，福申即属"华人"，所言为"华言"，并自称"本是瀛洲客，今来北海游"③（《过阿鲁诺尔》）。他们三位俱为满洲人，祖先是逐水草而居的游牧民族，后从龙入关，然而，当他们回到塞外的草原大漠，写作的诗歌俱是一种陌生化的表达，全然没有了对祖居地的亲切感。他们自幼生长汉地并深受汉文化濡染，福申此时已将自己认同为"华人"，这种观念在彼时的八旗文士中应普遍存在。到光宣年间，同为杭州驻防的蒙古旗人三多来到蒙地，所书写的也俱是对原乡的疏离之感。然而光宣时期的塞外已处于各方势力的角逐之下，三多任职的外蒙古更是如此，他在诗歌中展示蒙地新异的同时也忧心于内外蒙古情势。清初，统治阶级在北方蒙古地区建立盟旗制度，在新疆南北路设置驻防将军与伯克制，在西藏创设驻藏大臣，在西南地区推行改土归流政策，从而改变了历代王朝对少数民族地区的羁縻制度，使边疆地区纳入中央政府的直接管辖

---

  ①（清）福申：《澍棠轩诗钞》卷上。
  ②（清）福申：《澍棠轩诗钞》卷上。
  ③（清）福申：《澍棠轩诗钞》卷上。

下，巩固了统一多民族国家。福申前往拜祭的杜尔伯特①札萨克亲王②即是由清朝政府在蒙地设置的官职，他在诗歌中有言："北塞壮雄藩，频年受国恩"③（《杜尔伯特》）、"藩邦归命荷栽培，万里犹劳星使来。蒙古高宣文一过，大宾立奠酒三杯"④（《杜尔伯特致祭》），既有对杜尔伯特部的看重又宣誓了中央王朝的权威，表明乾嘉时期北方少数民族与中央王朝保持着良性互动，呈现繁荣互惠的发展局面。因而，杭州驻防文人去往北地写作的诗歌，或激昂豪迈，或平实晓畅，都整体呈现了积极向上的写作风貌。

文学是时代发展的一面镜子，它能够或深或浅地展现时代环境。乾嘉时期是清朝统治的顶峰，社会经济、文化呈现繁荣局面。统治阶级在江南地区执行的文化一统政策，对江南士人起到了震慑作用，从而在诗歌表达中几乎没有了清初那种真气淋漓的声音，转向或温柔敦厚或书写性灵的醇雅之作。此时的杭州驻防旗人正处于统治阶级刻意营造的盛事图景中，他们作为另外的群体，感受不到汉人思想世界中民族情感、价值观念的变动。归旗制度的废除也使他们在日常生活层面与汉城建立了正式依存关系。在盛世之下，杭州驻防文人的诗歌写作总体呈现升平之象。他们在诗歌中运用的意象、营造的意蕴均呈现出对汉语文学传统的继承，并开始以"华人"自称。对汉文化表现出积极的靠拢姿态的同时，也依稀透露出八旗统治阶级掌控全局的豪迈自信。

本章小结

乾嘉时期，杭州驻防文人的诗歌创作呈现出主动介入汉族文学的姿态。此时的杭州驻防文人与汉城间的交往日渐增多，面对乾隆南巡带来的

---

① 清厄鲁特蒙古四部之一。原牧耕于额尔齐斯河两岸。曾服属准噶尔。乾隆十八年（1753）冬，车凌、车凌蒙克和车凌乌巴什率部归清，编为赛音济雅哈图盟，定牧于科布多、乌兰固木一带，后分左右两翼共十四旗。郑天挺等主编：《中国历史大辞典》（上卷），上海辞书出版社 2000 年版，第 1333 页。

② 札萨克，官名。蒙古语音译，意为"藩封掌印"，即"一旗之长"。清制，外藩蒙古及哈密、吐鲁番回部每旗一人，由理藩院于每旗之王、贝勒、贝子、公、台吉、塔布囊等贵族内拣选请旨充任，掌一旗之政令，仍受理藩院及当地将军、大臣等节制。郑天挺等主编：《中国历史大辞典》（上卷），第 642 页。

③ （清）福申：《澍棠轩诗钞》卷上。

④ （清）福申：《澍棠轩诗钞》卷上。

文化影响力以及旗营将领对汉文化的倡导，开始积极地进行汉语诗歌的写作。他们在旗营内部开展文人雅集活动，以同一题材赋诗，从而形成了一个稍具规模的文学创作团体。他们也走出旗营，与汉城文人进行文学上的互动，形成了满蒙汉多族文人交游圈。廷撰在旗营内种菊吸引汉城文士相与品题。福申在京师就学，与京师的蒙古旗人、汉族文士交好，诗作中呈现了多民族文人之间的文学交流。他在嘉庆二十三年（1818）出使杜尔伯特，途经察哈尔时拜访了在此任都统的蒙古文人松筠，写下《至察哈尔松湘浦相国厚遇作此志感》，有云："山斗倾怀久，瞻颜过所闻。饮和醇似酎，被德暖如熏。礼乏琼琚报，情偏骨肉殷（与先祖至好，待余如子侄焉）。此行真不负，依恋转难分"①，显现出满蒙旗人间代相延续的情谊。此后，还写有《余定于十七日出口，松湘浦相国饯行，席有烧猪，戏吟一绝仿昭君扶玉鞍作》云："今日关内人，明朝塞外客"②，此时的满蒙旗人俱为关内人，塞外是未知的，充满了不确定性，因而出关前需要一种仪式感来缓解内心的忧惧。嘉庆二十五年（1820）松筠因罪降职被贬为骁骑校，当年秋天新帝登基，看到年迈的松筠，不胜悲悯，君臣二人相对而泣，后松筠又得以重用。福申有诗《庚辰冬日上松湘浦相国》有言："至今走卒知名字，半载何妨暂左迁""一寸丹忱何处诉，朝朝暮暮泪长流""对泣殿廷无别语，此心要可质先皇"③，显现了二人之间深厚的情谊。福申与汉族文人之间多以同年进行唱和，如《桃山驿南遇刘眉生同年喜而有作》《次黄壶舟同年万寿宫朝贺恭纪原韵》《题周芸皋同年均阳纪游集》。在稳定和谐的社会环境下，民族属性与民族意识是被淡化的，而文学在最大限度上发挥着它的交往功能。

此期杭州驻防文人诗作内容和风格较为单一，总体创作水平不高。与同期京师八旗文人诗作相比更是如此。此时京师八旗文人创作队伍不断壮大。满洲文人铁保辑录《熙朝雅颂集》收录八旗文人诗歌，共134卷，展现了八旗诗歌创作的繁盛局面。在诗作内容上，京师八旗文人不仅创作了具有温柔敦厚特点的醇雅之作，也在儒家伦理教化下关注现实民生，如英和《煤窑民》、梦麟《舆人哭》《哀临淮》、伊汤安《捞石谣》等表现盛世悲音的作品。此时的八旗文人已开始通过撰写诗歌理论作品表达自己

---

① （清）福申：《澍棠轩诗钞》卷上。
② （清）福申：《澍棠轩诗钞》卷上。
③ （清）福申：《澍棠轩诗钞》卷上。

的诗学观点，逐步介入主流诗坛，如法式善《梧门诗话》《八旗诗话》、恒仁《月山诗话》、杨霈（汉军旗人）《筠石山房诗话》等。"他们的诗学思想体现了乾嘉诗坛多民族诗人间密切的诗学交流和文学创作理论的互动，影响着清代诗歌发展的轨迹。而乾嘉诗坛的主流诗学思想，经过蒙古诗人的接受、揄扬、辨析，也得到进一步的彰显。"[①] 总体而言，此期的八旗文学积极追步于汉族主流诗坛，并与汉族文士频繁互动，呈现出强劲的发展势头。相比之下，杭州驻防文学创作较单薄，但其呈现出来的特点是追步于京师八旗诗坛的。在福申的诗歌创作中能够明显看到这一点。在随后的时代里，杭州驻防文人诗歌创作走向繁盛，更加深入地向汉城文学靠拢。与京师八旗文学虽不能相提并论，但地域特点凸显，愈加成为一个独立的文学群体。

[①] 米彦青：《蒙汉文学交融视域下的乾嘉诗坛》，《民族文学研究》2016年第4期。此文从清代蒙古八旗文人汉诗创作的角度进行探讨，但其观点也同样适用于整个八旗文人群体。

第三章

道咸同——杭州驻防文人诗歌创作的繁盛期

乾嘉时期杭州旗人处在稳定繁荣的社会环境中，诗歌写作呈现升平之象。至道咸同时期，中国社会受到来自外部和内部的双重冲击，致使社会局势更为复杂。在此背景下，杭州驻防文人诗作内容呈现多样性。在上一章节的论述中，我们指出，驻防科举考试在嘉庆十八年（1813）完成了本地化进程，从而吸引了更多旗人参加科举考试，间接推动了杭州驻防内诗歌创作的繁盛。而这一繁盛局面在道咸年间呈现出来。

咸丰十一年（1861），杭州驻防受到太平天国军队的攻击，旗营及旗人损失惨重。同治年间国家调配其他驻防地兵员至杭州，来自各处的旗人具有参差不齐的文化素养，因而此时杭州驻防文人数量明显减少。仅有部分杭州驻防文人在外任官者得以幸存，在同治年间继续进行诗歌写作。这导致道咸同时期杭州驻防诗歌创作数量前后分布不均，但诗歌情感因时局影响具有相似性。因而此章将道咸年间及同治年间作为整体进行论述。

道光元年（1821）至同治十三年（1874）共54年的时间里，杭州旗营有41位文人存有诗歌，其中28人有科举经历，6人有完整诗集存世。[①] 与乾嘉时期的29位文人相比，实现了跨越式增长。杭州驻防诗歌

---

① 道咸同时期杭州驻防有诗歌存世的文人有41人，其中28人有科举经历，即赫特赫讷、善能、瑞常、瑞庆、贵成（以上五人有诗集存世）、喀福尔善、万清、伊勒哈图、桂衡、顺成、庆瑞、恒泰、苏哷讷、盛元、文瑞、文秀、塔尔翰图、成胜、德光、喀燉、兆熊、西喇充阿、禄庆、文朗、文慧、富乐贺、固鲁铿、恒瑞；无科举经历者13人，即凤瑞（有诗集存世）、穆朗阿、双成、裕康、喀图尔善、赓音讷、岱龄、萨弼尔翰、升音讷、东纯、杰纯、王拭、玉昌。此处数据主要依据《国朝杭郡诗三辑》卷九十二、卷九十三，辅以三多《柳营诗传》、完颜守典《杭防诗存》。有科举经历是指《杭州八旗驻防营志略》记载中过举人、进士，以及诗歌选集中记载有过诸生身份的文人。乾嘉年间杭州驻防文人福申、裕贵等人也有科举经历，他们的诗作也延伸到了道咸年间，因此在本部分的论述中也会涉及他们的诗作。

创作为何在此时呈现繁盛局面？文学创作的繁盛又是怎样体现的？这是本章要讨论的主要问题。

第一节 驻防八旗科举制度演进与旗人诗歌创作

驻防八旗科举制度与京师八旗科举制度是什么样的关系？它又是怎样衍变的？只有对这些问题进行详细阐述及深入探讨，才能明晰杭州驻防旗人诗歌创作的生成环境以及对汉语诗歌的学习接受过程。此部分中，因驻防科举制度的覆盖面不仅指杭州驻防，还包括其他驻防地，也会用到其他驻防地的材料加以佐证。

驻防八旗科举专指驻防子弟参加的科举考试，在嘉庆年间驻防科举制度本地化完成后此名称才有了实指。在此之前，驻防八旗与京师八旗子弟参加的科举考试统称为"八旗科举考试"，驻防旗人需要远赴京师应考。嘉庆四年（1799），驻防旗人可在驻地参加童试，十八年（1813）可参加乡试。驻防旗人在驻地的科举考试与汉城士子考试时间、内容基本相同，只是要另编"旗"号，走专为旗人而设的录取途径。驻防八旗科举是八旗科举的分支，只不过考试地点发生变化，在录取名额、考试形式等方面与京师八旗子弟参加的科考一致。另一个需要阐释的概念：本书所指的驻防科举制度是指驻防旗人参加的文科举（包括文闱考试和翻译考试），而非武科举。[①] 驻防八旗分布在国土的各个重要地方，形成以四方拱卫中央之势，以达成对汉族权力的制衡。对此，雍正帝特意强调了驻防的武备功能，"在京师则文武并用，是以文武兼收；在驻防则武备是资，应以武途为重"[②]。驻防旗人以文科举入仕，尤其是文闱科举，与统治阶级对八旗驻防的定位是相违背的。这致使驻防旗人走科举入仕一途屡遭阻滞，对此决策中央与驻防地方之间进行了一场长达百余年的博弈。二者之间经历了由地方抗争到中央妥协、由中央权力强加到中央与地方意志相统一两个历史阶段。

清初，统治者从京师八旗各旗抽调兵丁组成八旗驻防，而驻防旗人仍

---

① 驻防旗人自嘉庆十八年（1813）始，可参加武科举考试，由武举人、武进士晋身，主要在绿营任职。与文科举比较，武科举的地位较低。《杭州八旗驻防营志略》未记载旗人参加武科举一事，在《杭州府志》中记载较全面。杭州驻防自嘉庆至光绪年间，共有武举人101人，无武进士。

② 《清实录·世宗实录》卷一五二，中华书局1985年版，第874页。

由京旗本旗管辖。因此规定："各省驻防弁兵子弟能读书者，诣京应试。"①驻防士子归顺天府管辖。进京赴考办理的手续也颇繁杂，"该将军城守尉预先取具本人三代、年貌，造满汉清册，声明某旗、某佐领下人，出具保结咨送该旗。再将该生之年貌注明，出具印文，给发本人亲身投递在京本旗。本旗凭印文查对，造册报部考试"②。八旗科举制度仿照业已成熟的汉族科举而来，应试者先经童试考取生员，方能进入官方教育体系，继而可参加岁试、科试，还有乡试及会试。表明驻防旗人得中进士需进京多次，而落第是常事，屡屡赴京应考必然会加重他们的经济负担，致使应考者无几。广州驻防汉军旗人樊梦蛟以"'驻防百年，无一人由科目进身，为可耻事'，乾隆丙午，徒步赴京应童子试，以阅射愆期，未获……先是，北闱报罢归，次南昌，资斧垂罄，附一商船"③。"驻防百年，无一人由科目进身"的根本原因不在驻防旗人学问不佳，而是进京考试耗费的时间、精力和资费与取得科名的概率不成正比。杭州驻防巴泰为乾隆二十一年（1756）顺天乡试举人，观光为嘉庆间顺天乡试举人，福申为嘉庆十六年（1811）进士④。荆州驻防复蒙为嘉庆十二年（1807）顺天乡试举人⑤。检视《杭州八旗驻防营志略》《京口八旗志》《福州驻防志》《绥远旗志》《驻粤八旗志》《荆州驻防八旗志》等驻防志书，在乡试本地化之前仅有以上四人取得科名，与之后中式人数的激增形成鲜明对比。杭州驻防福申是驻防科举本地化之前唯一一个取得进士功名的驻防旗人。通过解读他的诗歌作品，可知他属八旗勋贵阶层，父辈在八旗社会中有较高声望且与京师文士交好，推测父辈在京任职。福申为杭州驻防旗人，参加科举考试需在京进行，他有足够的条件能够长期留居京师就学，因而在他的诗作中展示的俱是与京师文人的师友网络。像福申这样拥有便利条件的驻防旗人很少，大部分人只能在京师与驻地之间奔波往返，有向学之心却无奈被现实条件摧毁。

　　随着时间推移，驻防旗人中喜经好文之士日渐增多。同时，八旗生计

---

① 赵尔巽等撰：《清史稿》卷一〇六，中华书局1976年版，第3116页。
② 李洵等校点：《钦定八旗通志》卷一百，《学校志七·驻防考试》，吉林文史出版社2002年版，第1602页。
③ （清）长善等纂，马协弟、陆玉华点校注释：《驻粤八旗志》，辽宁大学出版社1992年版，第534—535页。
④ （清）张大昌辑，白辰文点校：《杭州八旗驻防营志略》，第104—106页。
⑤ （清）希元、祥亨等纂，马协弟、陆玉华点校注释：《荆州驻防八旗志》，第135页。

第三章 道咸同——杭州驻防文人诗歌创作的繁盛期

问题凸显。旗人是国家的职业军人，不准从事农工商业，使现有兵额满足不了日益增长的人口需求。在这一境况下，科举成为解决八旗生计问题的另一途径。而摆在驻防旗人面前的科举道路显然不是坦途，旗营内日益增长的科举需求与现有的制度性措施间的矛盾逐渐增大。早在雍正元年（1723），福建巡抚黄国材奏请允许驻防旗人就近考取生员，世宗朱批："外省驻防当以武备为要，科场原系格外之恩，若举行此典，恐各各不以习武为事，争尚虚文，非美政也。"[1] 乾隆三年（1738），参领金珩奏请驻防旗人就近参加岁科试，乾隆答曰："国家之设驻防弁兵，原令其持戈荷载，以备干城之选，非令其攻习文墨，与文人学士争名于场屋也。在弁兵之子弟有能读书向学、通晓文义者，原听其来京应试，以广伊等进取之途，并未尝禁其从事文学，今若悉准其在外考试，则伊等各从其便，竞尚虚名，而轻视武事，必致骑射生疏，操演怠忽，将来更有何人充驻防之用乎？……数年以来，陈奏于朕前者，重见叠出，不下百余次。其识见甚为庸鄙，朕悉置之不论，未曾降旨申饬。乃近日仍有不知而妄渎者，是以特行宣谕，以觉愚蒙。"[2] "重见叠出，不下百余次"之语可见驻防旗人对科举的迫切需求。统治者拒绝商议此事是因如果允许驻防旗人就地科考，久之，势必会冲击驻防军事体系，不利于国家的战略部署。但时势所迫，又不得不做出妥协。嘉庆四年（1799），统治者允许驻防旗人就地参加童试。而后，以阮元为代表的地方官员又开始了争取就近乡试的征程。最终，在嘉庆十八年（1813）以"各省驻防子弟入学者，即令其于该省一体应文、武乡试"[3]，完成了驻防科举的本地化。

驻防科举本地化进程的完成使驻防旗人享有了便利的考试条件，吸引了更多八旗子弟参与。按照规制，"自二十一年丙子科为始，各省驻防生员于本省乡试编立'旗'字号，另额取中。学政录送十名，准取中一名，其零数过半者，亦准其照官卷例再取中一名。将来人数增多，总不得过三名，以示限制"[4]。嘉庆二十一年（1816），驻防旗人乡试第一次在驻地举行，杭州、广州、荆州三地驻防各录取三人，表明每地至少有 26 名驻防

---

[1] 《福建巡抚黄国材奏请准驻防官兵子弟应试折》（雍正元年三月初六日），中国第一历史档案馆编：《雍正朝汉文朱批奏折汇编》第 1 册，江苏古籍出版社 1989 年版，第 138 页。
[2] 《清实录·高宗实录》卷七十二，中华书局 1985 年版，第 156—157 页。
[3] （清）张大昌辑，白辰文点校：《杭州八旗驻防营志略》，第 98 页。
[4] （清）张大昌辑，白辰文点校：《杭州八旗驻防营志略》，第 98—99 页。

生员参加考试，而这 26 名是在近百名的生员群体中筛选出来的。①

升禄为杭州驻防满洲镶黄旗人，"嘉庆甲子（1804）科时犹弱冠，以第三名补弟子员"，嘉庆二十一年（1816）参加本省乡试得中秋闱，后"公车数上，皆不得志，遂纵情诗酒"②。他的诗歌清朗有声，如"渔笛幽腔新气朗，僧钟余响晚烟晴。浙东燕北长相忆，何日重来载酒盟"③（《和麟见亭忆西湖诗》）。诗作的遣词用韵和营造的情感意境与汉族文人创作无异，可见诗人能熟练掌握中国古典诗歌，而这在同时期的杭州驻防旗人诗歌写作中不是个别现象。驻防旗人对汉文化进行深入揣摩学习，使得他们选择以科举仕进成为可能。与升禄同年中举的杭州驻防满洲旗人裕福写有《丙子元日试笔》，诗云："太岁逢柔兆，钧天凤纪更。履端符夏建，比户庆春正。喜剪悬门采，欢闻击壤声。共瞻鹓鹭侍，来贺泰阶平。"④"丙子元日"为嘉庆二十一年（1816）正月初一，乡试一般在秋天举行，说明此时裕福还未中举。他在描绘新春喜乐祥和的同时也以"共瞻鹓鹭侍，来贺泰阶平"祈愿天下太平。"鹓鹭"比喻百官朝见时秩序井然，也代指有才德的人，由此结合裕福要在本年乡试，他希冀自己名列"鹓鹭"的愿望得到昭示。这一年是驻防乡试本地化的第一年，不用舟车劳顿远赴京师也为他增添了新年的喜悦。

然而，喜悦并未持续太久。道光帝在二十三年（1843）谕令："近年以来，各驻防弁兵子弟，往往骛于虚名，浮华相尚，遂致轻视弓马，怠荒武备；其于应习之清语，视为无足轻重，甚至不能晓解……（驻防子弟）应文试者，必应试以翻译，庶不至专习汉文，转荒本业。"⑤ 应试内容的更改与驻防旗人汲汲于功名有一定关系，但主要源于彼时翻译科举的衰落态势。这一举措又一次阻断了很多驻防旗人的仕进。科举之路并非一

---

① 驻防旗人童试以五名取中一名，"各省驻防约取十余名或数名不等"（商衍鎏：《清代科举考试述录》，生活·读书·新知三联书店 1958 年版，第 16 页）。如果按照各省驻防每次童试均取中十名计算，童试三年举行两次，由嘉庆四年至嘉庆十八年共 15 年的时间，排除相关的不确定因素，再加上嘉庆四年以前也应有部分驻防旗人取得了生员的头衔，粗略估算一些文风繁盛的驻防拥有的生员数近百名。近百名驻防生员在嘉庆二十一年乡试之前需经过科试，获得一、二等才可参加乡试。

② （清）丁丙、丁申：《国朝杭郡诗三辑》卷九十二。

③ （清）丁丙、丁申：《国朝杭郡诗三辑》卷九十二。

④ （清）丁丙、丁申：《国朝杭郡诗三辑》卷九十二。

⑤ 中国第一历史档案馆编：《嘉庆道光两朝上谕档》第 48 册，广西师范大学出版社 2000 年版，第 391 页。

朝一夕铺就，往往要经过十数年的勤学，所谓"一首文章书万卷，三更灯火业千秋"①（凤瑞《望子》）。道光二十三年（1843）以前，驻防旗人按照文闱考试的内容进行练习，一经更改必然带给他们极大的失落。京口驻防蒙古旗人燮清即因"数战秋闱未捷，道光乙巳制改文科为翻译"，"遂无意进取"②。他在诗集自序中说："余幼未曾习，加之愚钝之资，年过三十，况业素平寒，不克学习翻译，日以训蒙为业。"③《养拙书屋诗选》中有《无题》诗30首④，描写女子的幽怨与情事，朦胧含蓄的意蕴和李商隐的无题诗有相似之处。燮清似将女子的美貌不被欣赏与自身科举之途受阻相联系，隐晦地传达出怀才不遇之情，如诗句"惆怅东君不相顾，空留夜夜短长吁""一缕灵思万虑侵，茫茫何处觅知音"等。

改试翻译科后，多数驻防在最初的应试之年都因"人数未敷，停设中额"⑤，即应试人数未达到规定的数额而停止。荆州驻防在道光二十六年（1846）中翻译举人一人，广州驻防及杭州驻防自道光二十九年（1849）始中二人，京口驻防则在咸丰元年（1851）才有一人，说明各地驻防旗人对满语的掌握水平存在差异。在驻防翻译科举行进中，请求恢复文闱科举以广驻防士子登进之阶的奏议不断出现，如道光三十年（1850）安徽学政李嘉端以恐读书之士日稀奏请，但终以"似属太骤"⑥被驳回。直至咸丰十一年（1861）大学士祁寯藻以"现在翻译考试，各省遵行已历有年，其驻防八旗中通达汉文积学之士，不克观光，诚为可惜"⑦，奏请恢复旧例，后予以准行。同治元年（1862）始，各省驻防"文闱与翻译兼行"⑧。自此，中央与地方意志达成统一。

雍乾年间涌现的驻防科举问题，经过地方与中央的反复抗争与妥协之后，在同治初年达成和解。这场由驻防旗人、地方官员、统治阶级共同参

---

① （清）凤瑞：《如如老人灰余诗草》卷四，第587页。
② （清）延钊：《养拙书屋诗选跋》，（清）燮清：《养拙书屋诗选》，国家图书馆藏，项氏晚香堂民国二十五年（1936）影印本。
③ （清）燮清：《养拙书屋诗选自序》，（清）爱仁纂修：《重修京口八旗志》卷六，国家图书馆藏，民国十六年（1927）绿格钞本。
④ （清）燮清：《养拙书屋诗选》卷上。
⑤ （清）张大昌辑，白辰文点校：《杭州八旗驻防营志略》，第109页。
⑥ 《八旗贡监生笔帖式等科举》，《钦定科场条例（第1册）》卷六，《近代中国史料丛刊三编》第48辑，文海出版社1989年版，第389—390页。
⑦ （清）长善等纂，马协弟、陆玉华点校注释：《驻粤八旗志》，第338页。
⑧ 《清实录·穆宗实录》卷三十八，中华书局1987年版，第1026页。

与的持续性制度变革，显现了制度完善过程中权力各方的诉求，其中有对传统文化的坚守，也有对新文化的深度认同。在相互交织的语境中，满洲文化与汉文化通过科举在驻防旗人身上部分地实现了统一。他们虽缺乏选择权，却也奋力在有限的历史时空里追逐着另一种生命的光辉，希冀通过科举实现报国的理想。在制度衍变的过程中，也显现了驻防旗人对学习汉文化的渴求。而科举使驻防旗人进入汉文化的场域中，间接推动了旗营诗歌创作的繁盛。

乾隆二十一年（1756）归旗制度废除[①]和嘉庆十八年（1813）驻防科举本地化进程完成是驻防旗人土著化的重要标志[②]，意味着与驻地联系紧密而与京师八旗渐趋疏远。驻防科举本地化完成后，更多的驻防旗人选择走科举一途。在驻防科举考试中试帖诗是必考内容，驻防旗人因此更为热衷汉诗写作。纵然清代试帖诗具有格式限制严格、内容以歌功颂德为主的特点，其"八股腔调"在一定程度上压抑了文人的性情，但如果着眼于驻防旗人诗歌创作的"有"或"无"的层面，那么它对驻防内诗歌创作的兴起乃至繁盛起了重要的推动作用。举业的完成是一项长达十数年的持续性活动，举子苦读经书并练习诗赋，从而具备了写诗作文这一中国古代文人的基本文化素养。在通向举人、进士的道路中要经过不同层级的考试，绝大部分的应试者都会落选，而被淘汰掉的群体虽未能进入国家权力系统但其持有的儒家文化素养却构成了地方文化社会的重要支撑力量。在驻防旗人群体中，这一规则同样适用。仅取得低阶功名即诸生的举子在整个驻防士子群体中占据绝大多数，他们是构成旗营文化社会的主力。而驻防旗人选择以科举入仕，在士子周围形成了一个以诗文相交的师友网络，进而塑造了一个互相切磋诗歌技艺的环境，建构起有着共同爱好的文学群体。道咸同年间杭州驻防文人中有科举经历的约占全部文人总数的4/7[③]。在杭州旗营内，文人间的交游往往是基于师友、姻亲、同学、血缘关系中的两种或两种以上，因而没有科举经历的驻防文人与有科举经历的共存于一个彼此熟识的环境中。那么举业对杭州驻防文学创作的推动不仅表现在

[①] 乾隆二十一年（1756）谕令："嗣后驻防兵丁，著加恩准其在外置立产业，病故后，即著在各该处所埋葬，其寡妻停其送京。"《清实录·高宗实录》卷五〇六，第379页。

[②] 参见潘洪钢《清代八旗驻防族群的社会变迁》，第65—80页。

[③]《国朝杭郡诗三辑》卷九十二载杭州驻防文人有科名者26人，卷九十三载无科名者43人，在无科名者中有14人拥有诸生身份。因而具有科举经历的共40人，约占全部文人总数的4/7。

参加科举的旗人身上，未参加科举的文人也受到这种波动的影响。所以科举对杭州驻防诗歌创作繁盛的影响是全方位的。不可否认的是，即便没有驻防科举制度，杭州旗人处于杭州地区极富人文气息的环境中，随着与汉城文人交往的深入，也会有相当多的旗人能够写作汉诗。但如果没有驻防科举制度，杭州驻防旗人必然会步入武职，虽然武将写作诗歌不是稀奇的事情，但脱离了科举具备的文人雅士写诗作文的创作环境，诗人诗作的产出数量、留存数量①会大为减少。就此，杭州驻防诗歌创作在道咸同年间出现繁盛的局面，科举在其中所起的重要推动作用是不容忽视的。丁申在《国朝杭郡诗三辑》序言中云："（嘉庆）二十一年丙子②，杭乍驻防举行乡试，加额三名，日新月盛，文教昌明。"③

杭州驻防旗人诗歌创作的生成受到举业的影响，而他们的生活道路、思想样貌及感情形态也随之表现在诗歌作品中。诗歌的内容风格及情感内蕴呈现多维化图景。

第二节　杭州驻防文学圈的形成与多族文人的交融互动

杭州旗营内的诗歌创作自清初就已展开，在相对闭合的空间内逐渐建立起独立于汉城文人的文学圈。旗营文人与汉城文人的交往，在顺康雍及乾嘉时期处于较为松散的状态。至道咸同时期，因为驻防科举制度的本地化，与驻防旗人有关的科举教育体系也相应地本地化。驻防文闱科举考试内容与汉城士子考试内容相同，使旗营士子与汉城士子能够共享教育资源。二者共同接受儒家思想的教诲，促使驻防旗人也渐渐走向"儒"的一端。这一"儒化"过程显现了旗营文人与汉城文人交往的渐趋深入。当旗营文人经由科举入仕，他们的活动范围由旗营延伸到任职地，交游圈也随之扩展。以杭州驻防旗人为中心的文学交游圈由驻地拓展到他地，由

---

① 乾嘉及道咸同年间有完整诗集留存下来的9位杭州驻防文人中有8位经科举入仕。驻防旗人步入仕途后，脱离了原有的军事环境，认识到写诗作文的重要性，也开始有意识地保存自己的诗作，最终大都在家族后人的整理下刊印成集。

② 驻防旗人可就地参加乡试的诏令在嘉庆十八年（1813）颁布，但政策的执行具有延后性。检视《杭州八旗驻防营志略》（第106页），杭州驻防在本地进行乡试始于嘉庆二十一年（1816）。

③ （清）丁丙、丁申：《国朝杭郡诗三辑》卷九十二。

此呈现了多族文人的文学交融与互动。

一 杭州驻防文学圈的形成

乾嘉年间，杭州驻防文人纷纷对廷撰园中菊花进行吟咏，形成了针对同一事件的集体性文学创作。但在规模上较为单一。至道咸同时期，杭州驻防内已经形成了覆盖面较广、参与人数众多的文学圈，且这一文学圈内有着层叠多样的社会关系，又相对独立于汉城文人群体。

此时，旗营内依然有基于同一物象的吟咏。禄庆（？—1861），字缦亭（又作庭或廷），满洲镶蓝旗人，郡诸生，有《怡花馆小草》（已佚）。他于道光十九年（1839）受知于李国杞学使并以第一名入学，后放弃举业，往返于西湖山水间，以写诗作文为乐事，成为旗营中的雅士也是隐士。贵成有"欣然从事惟糟邱，放醉不肯随庸流""酒杯在手心悠悠，除却吟诗百不求"①（《赠缦亭》）、"矫矫如君信绝伦，情怀坦率任天真"②（《寄缦亭》）句，瑞庆有"焚香煮茗足清娱，镇日吟窗影不孤"（《题缦廷红袖伴吟图》）、"娟娟修竹涤尘襟，闲趣多从静里寻"（《夏夜忆缦廷》）③，表现了禄庆潇洒出尘的情貌。禄庆宅内有"怡花馆"，多竹，旗营文人对此多有吟咏。瑞庆有《怡花馆乞竹诗》《怡花馆看新竹限经醒青庭丁韵》、贵成有《偕冠梅、蓉卿、仲莲过怡花馆看新竹限韵》、恒海有《怡花馆看新竹听主人禄缦庭秀才弹琴》。竹具有清雅、坚挺的人格精神，《礼记·礼器》有云："其在人也，如竹箭之有筠也，如松柏之有心也。二者居天下之大端矣，故贯四时而不改柯易叶。"④除菊与竹之外，兰与梅也是旗营文人经常吟咏的物象。他们在学习汉文化的过程中将梅兰竹菊的美好品性移植到自己的创作中，使其诗歌的内质及外核都与汉族文人同类型的诗作无二致。此时，旗营文人的吟咏唱和内容也更多样。善能有诗《文吟香孝廉即席听盛恺廷太守、禄缦亭茂才弹琴有作》是以琴集会，贵成《题丰农寒与梅花同不睡图》及文秀《题余丰农舍人寒与梅花同不睡图》是以画集会，贵成《湖上同冠梅缦亭即景偶成》《偕冠梅、缦亭、蓉卿游南屏山限韵》是以游览西湖风景而成的集会。杭州驻

---

① （清）贵成：《灵石山房诗草》，第469页。
② （清）贵成：《灵石山房诗草》，第485页。
③ （清）瑞庆：《乐琴书屋诗集》。
④ 《礼器第十》，（元）陈澔注，金晓东校点：《礼记》，上海古籍出版社2016年版，第269页。

防文人掌握了诗书琴画等文艺形式,以之进行交往,并以诗作进行记载。

从道咸同时期杭州驻防文人诗歌唱和来看,交游主体是旗营文人,也有少部分汉城文人的加入。在杭州时期的诗歌唱和多表现为小范围的聚集。他们走出杭州去往他地任职,在陌生的环境中面临仕途的艰难困苦时,乡愁得以衍生。当他们在异乡重聚,所叙述的话题及写作的内容大都离不开故乡。此时,杭州驻防文人交游圈才真正凸显出来。杭州驻防文人在京者人数众多,大都官居中下级,普遍面临着生活困顿和升转繁难的困境,在诗歌中大都呈现抑郁难解的情绪。当有着共同经历的乡人重聚,故乡虽不在场,却建构了彼此亲近的场域。这一方式使故乡的在场感更加强烈,乡愁从而得到缓释。他们诗歌中的情感大都是愉悦的,如"更喜飘蓬客,同来就菊觞。难忘闾里事,约略话余杭"①(裕贵《重阳瑞芝生学士招同扎云柯比部、连心斋同年、喀清堂表兄、赫藕香、苏笑梅伯仲作茱萸会兼为陆研耕洗尘爱赋一律》)、"雁序联今夕,鸿泥证凤缘。举杯问诸子,谁是酒中仙"②(瑞常《重九柬石硕庭、隆华平诸乡友同饮》)、"宵残不觉漏声迟,高会华筵乐可知。父子相依来远道,弟兄得见几多时"③(瑞常《远行有日同乡王蔼堂、赫藕香、裕乙垣、贤乔梓、万花农、伊萼楼、苏宝峰并爱新楣八人公饯于敝庐邀玉亭弟同饮,诗以志感》)、"路出重城远市嚣,柳阴深处橹声摇。一船都是杭州客,指着长堤话六桥"④(瑞庆《七月既望同苏笑梅水部、裕乙垣泛舟庆丰闸》)等。此时的故乡不仅是一方有限的水土山河,也成为一片无际的精神原野。杭州旗人在京者拥有共同的对孩提时代的欢乐记忆,出仕后面临相似的仕途困境,因而当以乡人的身份重聚时,所追寻的必然是内心深处纯粹的、平静的、舒适的情感,即对杭州进行一场时空移动,以重温过去来抚慰当下。驻防旗人最初的原乡是东北或蒙古,京师是统治阶级定下的名义上的故乡,而二地作为故乡应有的亲近感都已消逝。他们偶然出使塞外写下的异域风光都是隔膜的,京师则带来心理上的寒冷。驻地在乡思的流转中被寄托了更深厚的意念,蕴含的乡思也是耐人寻味的,其中必定包含持久的汉文化因子。这些来自地域的文化质素成为驻防旗人割不断的印记。

---

① (清)裕贵:《铸庐诗剩》。
② (清)瑞常:《如舟吟馆诗钞》,第116页。
③ (清)瑞常:《如舟吟馆诗钞》,第119页。
④ (清)瑞庆:《乐琴书屋诗集》。

"在每一个作家心灵深处，它（故乡）是方言声音、自我惯习乃至性格特征形成的原始根据，是精神上与异质文化进行比较、判断的原初理由，同时也是群体交往的心理动能，艺术想象的经纬源力，文学创作的原生符号。"① 这一特质须得作家离开故乡，在与他地的对比中才能清晰显现。杭州驻防文人交游圈由驻地转移到他地，唱和诗歌的内容也多表现对故乡杭州的怀念。杭州驻防文人在京者所形成的文学交游圈不仅基于同一族群，也注入了相当多的地域因素。这表明驻防八旗已经愈加向驻地靠拢。

二　杭州驻防文人与汉族文人的交流

清朝旗民之间遵行满汉分居体制。杭州旗营与汉城之间即便有城墙的阻挡，也无法避免产生交流。三多《柳营谣》记载杭州元宵时节旗民共祝的盛况，诗云："锣鼓敲开不夜天，龙灯高耸马灯前。娇痴儿女贪相看，坐守春宵倦不眠"，诗后注："杭俗春宵有龙马灯会，必先入营参各署，以领赏犒。"② 乾嘉年间，八旗驻防安养制度的最终确立使驻防旗人在日常生活层面与驻地建立了正式的依存关系。③ 与此同时，驻防科举本地化进程完成就使得八旗驻防真正与驻地在文化层面展开更加深入的交流。当越来越多的驻防旗人介入科举，相应地，旗营文人与汉城文人的交流互动也愈加频繁。

嘉庆四年（1799）始，驻防旗人童试在驻地举行，应试童生"五六名取进一名，佐领约束之。训习清语、骑射，府学课文艺"④，意即经各省学政录取的旗营生员需进入府学与汉城生员共同接受教育。《杭州八旗驻防营志略》载童试"于杭州府考，乍浦驻防于嘉兴府考，录送学政，取入杭、嘉府学"⑤。嘉庆五年（1800），杭州驻防子弟首次就近应童试，满洲旗人图翰奋"首膺是选"⑥。裕贵在"嘉庆丁丑（1817）岁试，李学使宗昉录取第一名入泮"⑦。学使掌一省之教育、考试诸事。嘉庆二十一

---

① 罗时进：《基层写作：明清地域性文学社团考察》，《苏州大学学报》2012 年第 1 期。
② （清）三多：《可园诗钞外·柳营谣》，第 664 页。
③ 参见米彦青《清代八旗安养制度下的驻防蒙古文学》，《民族文学研究》2020 年第 5 期。
④ 赵尔巽等撰：《清史稿》卷一○六，第 3117 页。
⑤ （清）张大昌辑，白辰文点校：《杭州八旗驻防营志略》，第 97 页。
⑥ （清）丁丙、丁申：《国朝杭郡诗三辑》卷九十三。
⑦ （清）丁丙、丁申：《国朝杭郡诗三辑》卷九十二。

年（1816），李宗昉学使督学浙江，写下《丙子秋奉命视学浙江恭纪》，其中有"天语宠褒文第一，师恩泣感士无双。搜才期副丹宸望，继响难赓白雪腔"①句。在学政的统一管辖下，驻地旗民士子共同被纳入国家的"搜才"计划，担当起文化命脉传承的重任。而他们"同城二百余年，同列黉案，同举秋闱，京师公会久联乡谊"②，显现出旗民矛盾在举业的感召下得到舒缓。

清代书院是儒学传播的重要场所。驻防士子不仅与汉城士子共受府学管辖，也可进入汉城书院学习，实现了教育环境共享。四川成都的锦江书院有记载称："今肄业诸生多至数百人，中有旗士之肄业者。"③杭州紫阳书院是清代浙江四大书院之一，旗人裕贵与赫特赫讷曾在此读书，裕贵有"追思共砚紫阳时，半是知交半是师"④（《柬藕香仪曹》）句。驻地文化社会接纳着旗人中的好学者，又对旗营教育进行反哺。旗营内设立的书院大都依靠驻地的协助而建。⑤杭州旗营的梅青书院在嘉庆五年（1800）建立，并延请汉城文人教授驻防子弟诗文。旗营书院的设置导源于驻防旗人应试科举的文化诉求，在旗营将领倡导、地方官员支持和汉族宿儒助力下合力完成，是一项满汉共举的标志性文化事件。除书院外，有能力的旗人家庭也对子弟进行私塾教育，如瑞常、裕贵、万清都曾在旗营协领昭南为其孙秋潭所请的家塾中受教。在驻地官学及私家教育体系的共同带动下，旗营内的人文气息愈加浓厚。而共享教育环境给旗人提供了多族多样的文化交游圈，使驻防城市的文人之间衍生出不分民族的师生网络、同窗网络，在出仕后又形成基于同一地域的同乡网络。旗营与驻地文化社会通过科举建立起正式的交流纽带。

驻防士子与汉城士子能够共享教育环境，是基于二者受教育内容的一致。而受教育内容取决于驻防旗人科举考试内容。驻防旗人文闱科举与汉

---

① （清）李宗昉：《闻妙香室诗》卷五，《清代诗文集汇编》第530册，上海古籍出版社2010年版，第512页。
② （清）丁申序，丁丙、丁申：《国朝杭郡诗三辑》卷九十二。
③ 《钱公教士纪略》，《锦江书院纪略》中卷，赵所生、薛正兴主编：《中国历代书院志》第6册，江苏教育出版社1995年版，第673页。
④ （清）裕贵：《铸庐诗剩》。
⑤ 光绪五年（1879），荆州驻防将军希元协同"湖广总督李瀚章、荆州府知府倪文蔚、江陵县知县柳正笏"，在荆州旗营内兴办了"辅文书院"，并拟延聘宿儒为山长，以使八旗士子于"骑射之外兼能从事诗书……振士气而励儒修"。（清）希元、祥亨等纂，马协弟、陆玉华点校注释：《荆州驻防八旗志》，第111—112页。

人科举考试内容相同,"承明制用八股文。取四子书及《易》《书》《诗》《春秋》《礼记》五经命题"①。翻译科考则"试以四书文清字论题一道,满洲、蒙古翻译题各一道"②。由此可见,他们无论应试文闱还是翻译,在十余年的基础教育阶段都以儒家四书五经为备考指南。这意味着儒家思想成为统摄八旗士子的核心价值观念。虽然应试语言是有差异的,但都承载着相同的"道"的内容,即乾隆帝所阐发的"天下之语万殊,天下之理则一"③,在义理层面上能够达成一致。清朝的"同文之治"即导源于此,以多语文为表征的多元族群与文化共存于同一统治框架之中,共奉大清声教④。而这种考试内容要求的多语言教育,在客观上讲,既能共享普遍价值观又能保护不同族群的文化多样性,是培养国家共同体意识的有效手段。从宏观上看,驻防士子学习儒家经典,虽然在理解感悟上较汉城士子稍差一些,但无疑在思想文化层面拉近了二者之间的距离,有利于缓和旗民矛盾、加强民族融合。

因而,在驻防科举本地化的背景下,杭州驻防文人与汉城文人在文化上正式展开交流,二者之间的文学交往随之增多。贵成诗集中常见他与杭州汉城诸生的酬唱赠答之作,如《赠陈青湖秀才》《湖上放舟同沈二溪、马蓝桥、成蓉卿诸同年,曹西坪秀才即席成咏》等。旗营士子与汉城士子共享教育环境使得旗营士子能够走出旗营,在更宽广的环境中学习汉文化。贵成写给朱篢友秀才的诗歌中有"晓出东城路,行行不觉赊"⑤(《同朱篢友秀才江塘散步次见赠韵》)句,旗营位于杭州城西,汉城位于城东,所以贵成说走上去往东城的路。城西与城东在清代的杭州城内不仅指方位,也是不同族群的代称。旗营文人与汉城文人的互动产生的影响不容小觑,丰富了各自群体的文化内蕴。瑞常有诗《哭杨晴皋师》,其中有"几席荒凉岁序骎,满堂弟子涕沾襟。梅花院落凄风甚,从此音容何处寻"⑥句,展示了师生间的真挚情谊,已然超越了民族界限。在科举所

---

① 赵尔巽等撰:《清史稿》卷一〇八,第 3147 页。
② (清)长善等纂,马协弟、陆玉华点校注释:《驻粤八旗志》,第 328 页。
③ 《御制满珠蒙古汉字三合切音清文鉴》御制序,《景印文渊阁四库全书》第 234 册,台湾商务印书馆 1986 年版,第 7 页。
④ 参见马子木《论清朝翻译科举的形成与发展(1723—1850)》,《清史研究》2014 年第 3 期;马子木、乌云毕力格《"同文之治":清朝多语文政治文化的构拟与实践》,《民族研究》2017 年第 4 期。
⑤ (清)贵成:《灵石山房诗草》,第 464 页。
⑥ (清)瑞常:《如舟吟馆诗钞》,第 24 页。

塑造的满汉共通的文化环境之外，旗营文人与汉族文人也因文字结缘。《国朝杭郡诗三辑》卷93载，满洲人王拭，因避庚申之难去往塘栖（塘栖镇，属今杭州市余杭区），改满洲名为汉名。他"善舞剑、吟诗、弹琴、写花卉，器宇不凡"，"旧与劳季言为文字交"①。劳季言为劳格，清代浙江仁和著名藏书家，所藏书目后多为丁丙等人购走，推测丁氏兄弟因此对王拭的身世所知较多。此时的旗民文化交流是基于共同爱好，而非民族身份。

当杭州驻防文人因科举出仕或任职去往他地，地域的迁转使他们面对更广阔的文化环境，交际的人物也更多样。在旗营文人交游圈之外又聚集起不同民族、不同身份的文人群体。杭州驻防文人出仕后的交游圈中，交游主体多是同年或同官。同年关系融友情、亲情于一体。诚如王水照所言：同年关系"是封建时代的一种重要关系，无论对个人今后的仕途顺逆、政治建树、学术志趣和文学交游都产生不同程度、不同性质的复杂影响"②。因而在科举时代，同年关系是士人非常看重的，杭州旗人中以科举入仕者也是如此。瑞常道光十二年（1832）中进士，写与同年进士京师八旗蒙古文人花沙纳、西安驻防满洲文人舒与阿的诗歌中有"花样翻来谁绮丽，木天清处共登临"③（《柬花松岑、舒云溪两同年》），表达了同时登第的喜悦。贵成《挽洪张伯给谏同年》中有"故园归去言成谶，华发添来梦早惊。知己同年今有几，难禁泪雨向风倾"④，洪张伯为杭州钱塘人洪昌燕，既是同乡又是同年加深了二人间的情感。此外，与同官的唱和也是杭州驻防文人外任者诗歌书写中的重要部分。瑞常有《赠金可亭侍讲即用其韵（时与可亭同主试江南）》，其中有"天资学力惟公擅，岂止胸藏记事珠""持鉴真同秋水朗，论文仰见泰山高"⑤ 句。他的弟弟瑞庆依此诗和韵，有言："文衡大地才华富，伴有词人兴会豪。我在燕山慕珠玉，一编且幸韵先叨"⑥（《意有未尽再步金可亭侍讲同年韵并请代呈

---

① （清）丁丙、丁申：《国朝杭郡诗三辑》卷九十三。
② 王水照：《嘉祐二年贡举事件的文学史意义》，《北宋三大文人集团》，上海古籍出版社2021年版，第179页。
③ （清）瑞常：《如舟吟馆诗钞》，第50页。
④ （清）贵成：《灵石山房诗草》，第493页。
⑤ （清）瑞常：《如舟吟馆诗钞》，第128页。
⑥ （清）瑞庆：《乐琴书屋诗集》。

侍讲》）。贵成《赠崇文山驾部》有"笔爥云霞气吐虹，是真名士是英雄"①，《赠李竹汀孝廉即以送别》有"文章司马惊流俗，豪气元龙压竖儒"② 句。他们写与同官的诗作大都充满推崇之语。驻防文人外任者因长期居留任职地，也逐渐与任职地衍生出更为亲近的社会关系。瑞常侄女嫁与舒与阿第五子益龄，长子文晖娶琦善女。盛元（？—1887）道光十六年（1836）中进士后以知县分发江西，补余干县知县，后官至江西南康府知府，同治年间归杭。盛元子瑞恒朱卷中载其胞兄瑞康妻孙氏为"镶黄旗汉军人，礼部笔帖式选授江西南康府通判加捐知府，历署江西袁州、南康、抚州等知府候选道元善公之女"③。当驻防旗人走出驻地，面对另一种文化环境，往往会激起对驻地的强烈认同。然而，驻防旗人离开驻地也意味着他们必然会在新的环境中建立新的认同以及新的社会关系。在这个过程中，驻防文人遵循着汉族文人间的交往规则，重同门、同乡关系。但又部分地带有八旗族群交往的特征，即交往文人主要为八旗文人，也多在八旗内部建立姻亲关系。

　　杭州驻防文人所构建的文学交游圈具有两个基本特征。首先，这一文学圈是自成体系的，以旗人为创作主体，相互间进行酬唱赠答。同时，此文学圈也兼顾了民族性和地域性的特点，共同的民族身份和对杭州的认同使这一集体更加坚固。因而，当他们离开杭州去往他地，原有的文学圈也随之转移。其次，这一文学圈由点及面、层层扩展，呈现了满蒙汉多族文人交融互动的场景。驻防旗人的汉诗写作是在与汉族文人交流的过程中展开的。当旗营文人去往他地，地点和身份的变化也使社交空间发生变动，随之带来交游人员的变化。以旗营文人为中心的文学交游圈由驻地扩展至任职地，呈现了辐射状的文学交游图景。

　　驻防八旗本是一个多民族群体，驻防文人写作汉诗并与汉族文人及驻防外的满蒙文人进行诗歌唱和，表明多民族文人处在共通的文化语境中。在多民族文人的交游唱和中，"互相交流、互相影响，就引起了各自视界的某种改变或扩大，各自吸收了对方视界中的某些自己原先没有的因素，从而使双方的视界在某一点或某一局部上达到了迭合和交融。不同读者个

---

① （清）贵成：《灵石山房诗草》，第486页。
② （清）贵成：《灵石山房诗草》，第486页。
③ 顾廷龙主编：《清代朱卷集成》第292册，第296页。

人、群体之间，因而就有了某些共通之处，也就有了可以对话的共同语言"①。因驻防科举本地化使杭州驻防文人与汉族文人间的对话能够在官方允许的正式层面开展，科举也使更多的驻防文人产生地域流动，扩大了对话的范围，从而使道咸同时期杭州驻防文人群体文学交游呈现繁荣局面。通过对这一群体文学交游情况的再现，能够清晰地看到清代驻防八旗文人与汉族文人文学对话的行进路径。而少数民族文学的多样化存在方式，也为研究文学的外部规律与内部规律，提供了极为鲜活的材料和极大的阐释空间。②

第三节 杭州驻防文人诗作的多元化

道咸同时期的杭州驻防文人大都有过科举经历，因而无论是诗作的思想内蕴还是内容风格都与汉族文人更加趋近。这一时期的杭州驻防文人也不再局限于杭州城内的一隅，大都因科举出仕走向全国各地，眼界的开阔也丰富了诗作内容。诚如袁枚所言："无科名，则不能登朝，不登朝，则不能亲近海内之英豪，受切磋而广闻见；不出仕，则不能历山川之奇，审物产之变，所为文章不过见貌自臧已耳，以瓮牖语人已耳。"③此时的中国社会正在经历巨大变化，杭州驻防文人身处其中，诗歌内容也具有了强烈的现实主义特点。以下选取这一时期的代表性诗人及诗作进行论述，具体展示道咸同时期杭州驻防诗歌创作的繁盛。

一 瑞常等人诗作中的儒学色彩

驻防科举考试内容以儒家四书五经为主，使驻防旗人诗作受到儒学话语的影响。在儒学思想的感化下，驻防士子并不仅把科举入仕当作谋生的机会，而是像中国传统士人一样抱有"治道合一"的政治理想，以儒生自居，切实地承续着儒学命脉也践行着儒者操守。杭州驻防文人瑞常历仕三朝、屡司文柄，他的诗作中具有明显的儒学色彩。

---

① 周圣弘：《接受诗学》，中国传媒大学出版社2011年版，第105页。
② 朝戈金：《如何看待少数民族文学的价值》，《光明日报》2017年4月10日。
③ （清）袁枚：《与俌之秀才第二书》，《小仓山房续文集》卷三十五，王英志编纂校点：《袁枚全集新编》第7册，浙江古籍出版社2015年版，第728页。

瑞常（1804—1872）①，字芝生，号西桥，石尔德特氏，蒙古镶红旗人。道光二年（1822）中乡试，十二年（1832）中进士，获殿试二甲第七名。他在道光三年（1823）、六年（1826）、九年（1829）均会试不第，写下"捧来千佛竟无名，依旧长安策蹇行"②（道光六年《四月十一日出京》）、"回顾青袍泪欲弹，年来三度困征鞍。春闱阻隔谁能遣，秋思缠绵强自宽"③（道光九年《寄内》）表达科举落第的苦闷，道光十二年（1832）中进士后写下《春闱报捷》，诗云："频年名落孙山外，忽看泥金喜报通"④，内心的喜悦溢于言表。瑞常步入仕途后，由翰林院庶吉士授编修，擢侍讲，转侍读，后升任翰林院侍讲学士，后历官光禄寺卿、兵部右侍郎、刑部左侍郎、都察院左都御史、刑部尚书、户部尚书、总管内务府大臣等职，升授文渊阁大学士、文华殿大学士⑤。与此同时，他在诗书礼教上取得了令人尊崇的地位，多次参与到国家的抡才大典之中⑥，写下"龙门高耸谁烧尾，燕垒重寻已隔年"⑦（《闱中事毕竟日无事得诗三首》其一）、"龙门高百尺，小住棘闱深。搴网争搜宝，披沙共拣金"⑧（《分校秋闱》）等诗句。据《清穆宗实录》可知，同治七年（1868）、八年（1869）、十年（1871）、十一年（1872），他都以大学士的身份行礼于先师孔子。康熙曾在二十三年（1684）至鲁地，有言："朕幸鲁地，致祭先师，特阐扬文教，鼓舞儒林，祀典告成，讲明经书文义，穷究心传，符合大典"⑨，表明统治者将以儒家为代表的文教放在了维持统治长久的重要地位上。瑞常祭礼孔子的行为

---

① 瑞常生年在相关资料中未见，据《如舟吟馆诗钞》癸丑年（1853）诗作《五旬初度》及诗句"忽忽光阴五十年""负他四十九年春"可知这一年瑞常50岁，推算生年为1804年。《清史列传》载瑞常同治十一年（1872）卒。
② （清）瑞常：《如舟吟馆诗钞》，第27页。
③ （清）瑞常：《如舟吟馆诗钞》，第41页。
④ （清）瑞常：《如舟吟馆诗钞》，第48页。
⑤ 《清代科举人物家传资料汇编》第24册，学苑出版社2006年版，第353—356页。
⑥ "历充道光癸卯科顺天乡试同考官，甲辰科福建乡试正考官，乙巳恩科会试知贡举，己酉科山东乡试正考官，咸丰辛亥恩科江南乡试正考官，壬子恩科会试知贡举，己未恩科顺天乡试副考官……同治戊辰科优贡朝考阅卷大臣，同治乙丑科制科孝廉、方正阅卷大臣、大考翰詹阅卷大臣、考试试差阅卷大臣、汉御史阅卷大臣、汉荫生阅卷大臣，咸丰己未辛酉科同治壬戌癸亥甲子戊辰科武闱乡会试监射大臣，道光乙巳丙午丁未己酉科武闱乡会试较射大臣。"《清代科举人物家传资料汇编》第24册，第354—356页。
⑦ （清）瑞常：《如舟吟馆诗钞》，第131页。
⑧ （清）瑞常：《如舟吟馆诗钞》，第97页。
⑨ 《清实录·圣祖实录》卷一一七，中华书局1985年版，第231页。

第三章 道咸同——杭州驻防文人诗歌创作的繁盛期

既是儒生身份使然，旗人身份又赋予了他维护和巩固满洲统治的责任。在自身职责和儒生身份的双重作用下，瑞常高度践行着内心葆有的儒生政治抱负，有诗句云："从今更励儒生品，新换头衔愧素餐"①（《大考二等蒙赏鞋匹》），是对自我身份的认同与期许。在写给弟弟瑞庆的诗中有"努力爱春华，儒业须珍重"②（《书寄雪堂弟》），可见儒业成为兄弟二人的共同选择。

瑞常的文坛身份部分地塑造了他的诗歌主张，与统治者所倡导的清新雅正、温柔敦厚的诗歌论调更加趋近。他在《国朝正雅集》序言中云："古者大小雅之材，其人类皆治闻殚见，蓄道德而能文章，雍容揖让，播为诗歌，黼黻乎休明，光昭乎政事，彬彬乎儒雅之遗也。下至里巷歌谣，輶轩所采，圣人删诗，仍录而不废者，盖将以验政治之得失，民俗其淳浇，其用归于，使人得性情之正。故曰：诗与政通，道与艺合，此三百篇之大义也。后世此义不明而诗教愈晦，自汉魏六朝唐宋元明，求其不背温柔敦厚、兴观群怨之旨，始卓然可以名家。否则无益身心，无裨政治，纤僻乖滥之音，其去诗教也实远。"③ 指出了诗歌具有教化功能，应回到诗三百的本意，即蕴蓄人伦道德以淳化民俗，传达儒家温柔敦厚、兴观群怨之旨。瑞常称《诗经》"三百篇之体格不必一一模拟之也，而三百篇之奥窔则以正性情为根本"，进一步强调《诗经》具有的"雅正"范式，去除后世赋予《诗经》的驳杂之义。在具体的诗作中，他经常化用《诗经》中的典故④，丰富了作品意蕴，也展示了醇厚的儒者风范。夏同善在《如舟吟馆诗钞》序言中有云："夫温柔敦厚，诗教也。《四牡》《采薇》诸篇，一则曰：岂不怀归？再则曰：岂不怀归？古人王事贤劳，而眷怀父母之邦，有根于性、发于情，而不能自已者。公以身依禁近，匪躬蹇蹇，不克优游于六桥、三竺间。于是，顾瞻桑梓形之咏歌，一往情深若此。呜呼！何其缠绵悱恻，如与古诗人相语于一堂也。"⑤ 指出瑞常以桑梓为念，重乡谊⑥。他的诗歌写

---

① （清）瑞常：《如舟吟馆诗钞》，第53页。
② （清）瑞常：《如舟吟馆诗钞》，第54页。
③ （清）符葆森：《国朝正雅集》，咸丰七年（1857）北京半亩园刊。
④ 参见张博《瑞常诗歌研究》，硕士学位论文，内蒙古大学，2015年。
⑤ （清）瑞常：《如舟吟馆诗钞》，第6—7页。
⑥ 《柳营诗传》载"瑞文端公既贵，礼贤爱士，于乡谊尤笃。"《国朝杭郡诗三辑》载"公在京邸杭人公车北上者厚敦乡谊，款待极周。"《如舟吟馆诗钞》序中有"窃见公之厚于吾杭人，与吾杭人之敬公爱公也！"

得含蓄蕴藉、情感真挚，诗歌风格以清新俊逸见长，非常典型地呈现了"雅正"的诗学脉络。

同为杭州驻防的福申在道光五年（1825）以大理寺卿的身份担任江西乡试正考官，同年提督江西学政。① 写有诗歌《乙酉六月望日拜典试江西之命恭纪》，诗云："西江典试乍宣麻，吉语飞传入早衙……自问不将心靖献，隆恩何以答天家"，喜悦之情飞扬在诗句中；随后写作的《奉命后谒英煦斋年伯、鲍觉生夫子闻谈旧事诗以纪之》有云："一日儒林佳话遍，师生衣钵后先因"，后注："房师筠圃夫子辛巳年典试江右，时亦官大理寺卿，觉生夫子戏言江西主考竟为棘寺所占。"② 在儒生群体中担任学政一职是无比荣耀的事情，意味着一省的士子都将处于自己的训习教导下。除杭州驻防外，其他的驻地旗人诗作中也表达了对儒学的推崇。京口驻防清瑞初为镇江府学生员，20岁放弃举业转而专力为诗，写下大量吟诵镇江山水的诗作。他在诗中多次表达对先儒的仰慕，如"天生大儒继道统"③（《拟韩昌黎谒衡岳庙》）、"瞻拜仰先儒"④（《雨宿先儒寺同颜问梅戴雪农作》）、"儒门传道统"⑤（《谈禅》）等。自幼接受的儒家教诲已不自觉地成为思想的一部分，与清奇峻秀的镇江山水一起辉映在他的诗笔下。旗营内也出现诸多科举家族，如广州驻防正白旗汉军商衍鎏家族、京口驻防镶红旗蒙古善广家族等。科举成为一个聚合点，国家利益、家庭声望和个人愿望都汇到一处。由个体旗人举业的成功逐渐营造起家族内部的科举文化场域，反过来又激励着家族成员对儒业的揣摩学习。这样逐次扩大的文化圈带动了旗营文风的兴起，部分旗营将领受到濡染，也开始喜好文事，"儒将"由此出现。旗人双成，字就园，道光间任杭州驻防镶黄旗协领，累官至西安副都统，著有《听雨轩诗草》（已佚）。他是驰骋疆场的武将，所谓"矍铄精神夸马援，腾骧魄力似票姚"⑥（瑞常《双就园述职入都即赠》），而闲暇之余却喜好吟咏。三多《柳营谣》称他

---

① 《清实录·宣宗实录》卷八十三有"大理寺卿福申为江西乡试正考官"（第347页）；卷八十七有"大理寺卿福申提督江西学政"（第387页）。
② （清）福申：《澍棠轩诗钞》卷上。
③ （清）清瑞：《江上草堂诗集》卷二，国家图书馆藏，民国六年（1917）铅印本。
④ （清）清瑞：《江上草堂诗集》卷一。
⑤ （清）清瑞：《江上草堂诗集》卷二。
⑥ （清）瑞常：《如舟吟馆诗钞》，第149页。

"就园先辈最能文,儒将多才更博闻。听雨一编无觅处,天防著述掩功勋"①。由儒生乃至儒将,都是对儒家伦理道德体系的深度认同,是大清声教浸润下的显著成效。

科举营造了儒家文化的场域,使儒学思想成为统摄杭州驻防文人的核心价值观念。瑞常自幼习得儒家经典,步入仕途后以对儒家伦理教化的深入把握成为彼时文坛上的执牛耳者。他虽属蒙古八旗,但自幼生长汉地并主动学习汉文化,在文坛上能够与汉族文人并驾齐驱,说明此时民族文化融合的深入。少数民族文人不仅仅是简单地模拟学习儒家思想,而是内化于心乃至外化于行,将自己塑造成了标准的儒生。

二 裕贵诗作中的悲慨之气与豪壮奇丽之音

杭州驻防文人裕贵为嘉庆二十三年(1818)举人,所以将他划作乾嘉年间文人。而他的诗歌创作始于道光十八年(1838),诗歌内容具有道咸同时期的时代特点,所以在此处进行分析。

裕贵(1801—1860)②,字乙垣,号八桥,巴雅拉氏,满洲镶红旗人。幼时颖悟,负神童名。嘉庆二十三年(1818)举人,后屡困春闱③。《铸庐诗剩》有诗《庚子科题名碑工告成上大司成花松岑师》有"八试春官志莫酬"④,说明他曾八次参加进士考试均落第。道光十八年(1838)他北上就职⑤,写下《正月十三日北上留别西湖四首》有"此去燕台每南望,最难忘却是花朝""可怜无限勾留意,只学江淹赋绿波""纸钱麦饭

---

① (清)三多:《可园诗钞外·柳营谣》,第664页。
② 三多在《铸庐诗剩》后撰写"谨志"载裕贵"年十八登贤书"。裕贵于嘉庆二十三年(1818)中举,据此推算他生于嘉庆六年(1801)。又载裕贵"咸丰庚申英法犯京津,目击时艰,愤恨成疾,旋归道山……明年杭城陷,外王母率阖门自焚以殉",杭州城于咸丰辛酉年(1861)陷落,说明裕贵于咸丰庚申年(1860)就已去世。
③ 三多在《铸庐诗剩》后撰写"谨志"载裕贵"幼时颖悟,负神童名……屡困春闱,遂就官京曹"。丁丙、丁申《国朝杭郡诗三辑》卷九十二载"八桥幼慧,读书过目成诵,有神童之目。嘉庆丁丑岁试,李学使宗昉录取第一名,入泮既膺乡荐,春闱不第,以国子监典籍,由主事补员外郎"。
④ (清)裕贵:《铸庐诗剩》。
⑤ 裕贵有诗《丙申岁四月初九日,先君子因患时感而逝,越半月予一病垂危,死者数日,忽闻儿女啼声,骤惊起曰:予死矣乎。目视众人,泪痕满脸,予知病之不可瘳也,爰口占绝命词四章,殆亦乌之将死其鸣也哀之意。迄今痛定思痛,痛更甚焉,于默坐时追忆录之》,"一官未就犹如此"句后注:"三月八日接奉部文咨补光禄丞。"丙申年为道光十六年(1836),说明裕贵在此年已被授职,遇父丧守制,直至道光十八年(1838)北上。

先人陇，盼咐雏丁好替爷""鹭友鸥朋闲谢却，吟魂犹系总宜舟"① 等句，表达对西湖的留恋。裕贵官至礼部员外郎，官京时，不携眷属，寄居萧寺二十余年②。善棋精医③。他喜吟咏④，在京时与杭州驻防文人结二分春吟诗社⑤，去世时命侍者将等身著作尽纳棺中，以致流传诗作甚少。后由外孙三多将留存诗作整理成集，刊为《铸庐诗剩》⑥ 行世。三多在《柳营谣》中有云："八桥居士放而狂，襟带飘然学老庄。老病天涯归未得，一生著作并身亡"⑦，概括了外祖游离世外的情貌。

裕贵虽具有庄子的洒脱出尘，但内心依旧遵守儒家奉儒守官的传统。他写有"为贪紫诰金章，反赢得孤鸾、长依萧寺"（《西湖月·寄内》），剖白了自己对功名的渴望。至咸丰十年（1860）英法联军攻陷北京，火烧圆明园，裕贵目击时艰，愤恨成疾而亡，更是展现了儒者的家国情怀。然而，混乱的时代里，诗人内心的政治抱负无法实施，转而以出尘世外之姿表达自己的绝望。其诗作中的悲慨之音，实多由此而来。

裕贵官阶微小，官俸微薄，而晚清官员普遍面临升迁繁难的困境，导致他常常以"冷官"自称，也多发出类似于郊寒岛瘦式的苦吟。如"两

---

① （清）裕贵：《铸庐诗剩》。
② 俞樾《铸庐诗剩序》云裕贵"不携眷属，赁居萧寺中，以吟咏自娱，风节甚高，所作诗亦甚多"。三多在《铸庐诗剩》后撰写"谨志"载裕贵"就官京曹，寓法华寺中十余年，诗酒自娱，泊如也"。《铸庐诗剩》卷首有瑞常题诗云："芝兰臭味十分深，同宦燕台岁月骎。千里梓乡如隔世，廿年萧寺寄长吟。"《铸庐诗剩》中有诗《漫兴》，有"古寺为家仕隐兼，诗成献佛当参禅"句，有词《西湖月·寄内》"为贪紫诰金章，反赢得孤鸾、长依萧寺"。瑞常在道光二十一年（1841）有诗《乙垣移寓法华禅林即赠》、贵成诗《裕乙垣仪曹以感怀诗索和即步原韵》中有"一官萧寺身同寄（时同寓法华寺），五夜围棋兴独赊"句。
③ 三多《柳营诗传》载裕贵"善棋精医"。丁丙、丁申《国朝杭郡诗三辑》卷九十二载裕贵"善医，寓京师时，活人无算"。瑞常《如舟吟馆诗钞》有诗《二月雪堂赴选来京作此以赠即和其韵》，其中有"从今寒暖怜同气，不独调停仗友生"句，后注："余小病，服八桥药即愈，至今铭感。"
④ 裕贵《铸庐诗剩》有诗《好吟》云："俗虑全无只好吟，霜髭捻断费功深"；《吟诗》云："万象罗在旁，日日耸吟肩"，可见裕贵对吟咏诗歌的喜爱。
⑤ 三多《柳营诗传》载旗营文人万清诗歌《甲辰花朝与赫藕香、裕八桥、瑞芝生、元锦堂诸君子作二分春吟诗社即席赋呈》。
⑥ 他本有《亦是吾庐诗》《蕉竹山房词》，但去世之时"命侍者将等身著作尽纳棺中"，其外孙三多后从"瑞文端公之孙丛兆丹兄处忽得此册"，即《铸庐诗剩》。《铸庐诗剩》存诗66首，词6首。另裕贵有为黄治《春灯新曲》题词二首：《苏武慢》《永遇乐》。《国朝杭郡诗三辑》存裕贵诗21首，为《铸庐诗剩》中所不载。
⑦ （清）三多：《可园诗钞外·柳营谣》，第663页。

番词馆成春梦，六品头衔奈冷官"（《柬赫藕香仪曹》）、"冷宦生涯娱翰墨，中年世味辨虀盐"（《三叠前韵感怀》）、"乙官聊慰藉，未改旧寒酸"（《送鹏云茂才之浙省令祖将军》）、"心事可知惟片石，头衔虽冷亦千秋"（《庚子科题名碑工告成上大司成花松岑师》）、"官如芥子形原小，冷似梅花貌太癯"（《予以冷官并不才第一暨可怜生等字属于莲波茂才镌印，既就，附以诗来有"莫道不才君第一，冷官而外有寒儒"之句，不禁吟诵再三，低徊不置，遂依韵奉答》）、"热处何能容我辈，冷官直合作诗人"（《自仓场回原衙门行走》）①，等等。道咸年间，京师处在混乱震荡的局面中。裕贵身处官场底层，对世变的感受更为直接，面对现实困境却无力改变也加重了内心的抑郁难遣之情。这种愁绪在他的词作中表现更为明显，如"芳草外，绿波隈，鹃声打叠催。销魂最是可怜枝，余红坠地迟"（《阮郎归·春暮》）、"听蒲牢百八，尘心警梦，楝吹廿四，客鬓成丝"（《沁园春》）、"客艺偏精。绘出西泠蓑笠形。小像似予予亦寄，浮萍。浪迹东风滞玉京"（《南乡子·自题小照》）②，形成了浓重的感伤基调。这一基调在杭州驻防在京文人贵成的诗作中更为突出，如"妖氛闻尚恶，尽扫望苍苍"③（《常润伯学士过寓斋夜话》）、"劫火光红念念灰，频年笑口几曾开"④（《频年》）。贵成在诗歌中多用"梦"意象书写悲秋主题，从而表现了时代的悲音⑤。杭州驻防文人在京遭受的苦闷也激起了他们对故乡杭州的忆念，写下了大量的乡愁诗，如"故乡大好不归去，梦绕孤山路几叉"（《叠尖叉韵》）、"梦里西湖记不真，关情最是倚楼人"（《春日感怀和莲波韵》）、"宦途偃蹇思银鲛，乡梦缠绵冷玉蛛"（《瑞芝生学士复叠前韵见示亦叠韵奉酬》）、"我今鞄系等浮尘，梦绕江南已六春"（《琉球学教习孙琴西以梅花诗思图索题赋绝句二首》）、"闻钟疑到南屏路，醒后才知客里听"（《清明后一日作》）⑥。西湖以梦的形式出现，加深了诗作的悲慨力量。

裕贵诗作多营造豪壮奇丽的景象，正如赫特赫讷所言："笔似游龙

---

① （清）裕贵：《铸庐诗剩》。
② （清）裕贵：《铸庐诗剩》。
③ （清）贵成：《灵石山房诗草》，第490页。
④ （清）贵成：《灵石山房诗草》，第494页。
⑤ 参见李珊珊《蒙汉文学交融视域下的驻防诗人贵成研究》，硕士学位论文，内蒙古大学，2018年，第32—37页。
⑥ （清）裕贵：《铸庐诗剩》。

升丹霄，词如鲸鱼掀波涛。三日不鸣何寥寥，一鸣老鹤冲天皋。鸿文无范具奇超，规唐矩宋谁纷晓。有时意匠空尘嚣，奔驰直向高山高。有时险语如孟郊，少陵太白来相招。忽而旖旎春花娇，忽而雄壮参离骚。"①如裕贵诗"绿酒论文开口笑，红镫说剑展愁眉"（《柬赫藕香仪曹》）、"一天香雨醒残梦，十丈红尘澹俗缘"（《漫兴》）②，在诗句中多运用对比强烈的意象，以巨大的反差带给读者感官上的冲击。他诗作的豪壮风格不仅源于意象的选取，也善用夸张拟人的手法，营造一种既豪迈又奇丽的景象。如"浩气直涌三峡水，刀光横掠银潮起"（《拟李长吉雁门太守行并用元韵》）、"墨染龙鳞淡复浓，水藏鲸口含还吐"（《五月六日作》）③，将一幅雄壮开阔的画面以动态的感觉呈现出来。此外，裕贵身在官场却二十余年寄居寺庙，他的身上具有仕隐二元的特质，"仕"的一面使他无法摆脱时代环境、儒生身份的影响，"隐"的一面使他的诗歌带有了萧然自得之致。诗中有"水流花放从容地，鱼跃鸢飞活泼天。寂处情怀原不俗，一觞一咏兴陶然"（《亦是吾庐即事》）、"黄金色未改，新庐额曰铸。但凭造物意，谁毁复谁誉"（《送西山大使之官粤东诗》）④。

裕贵诗歌展示了他多元的思想以及多样的诗歌风格。道咸同年间，驻防文人面对种种复杂的人生境况，使他们多向中华文化的纵深处去寻找解决方法，从而安放苦闷的心灵。裕贵有诗云："古寺为家仕隐兼，诗成献佛当参禅"（《漫兴》），可见，此时八旗文人对中国传统文化有着深入把握。

三 凤瑞等人诗笔下的感时伤世之作

"无论什么时代，理想的作品必然是现实生活的缩影。"⑤道咸同年间，乾嘉盛世图景已然消逝，随之而来的是在内外冲击中摇摇欲坠的古老中国。此时杭州驻防文人也被裹挟进时局中，创作了一系列具有现实主义特征的诗作，介入了晚清诗史创作的潮流。

---

① （清）赫特赫讷：《白华旧馆诗存》，南京图书馆藏，红格钞本。
② （清）裕贵：《铸庐诗剩》。
③ （清）裕贵：《铸庐诗剩》。
④ （清）裕贵：《铸庐诗剩》。
⑤ ［法］丹纳：《艺术哲学》，傅雷译，生活·读书·新知三联书店2016年版，第316页。

第三章 道咸同——杭州驻防文人诗歌创作的繁盛期

凤瑞（1825—1906）[①]，字桐山，自号一味懒、如如老人，瓜尔佳氏，满洲正白旗人。本属乍浦驻防，同治年间奉旨归并杭州驻防。道光十年（1830）随父观成赴蜀，二十二年（1842）观成因病解职回籍[②]，凤瑞跟随返回乍浦。幼聪敏，有神童之目，七岁能诗，九岁能书画，受业于李太和夫子[③]。因驻防科举改试翻译，无缘功名，考取七品笔帖式。[④] 咸丰辛酉（1861）之难，凤瑞兄麟瑞誓死报国，凤瑞以全宗族为重，携眷避难江南，家得以全。[⑤] 后从李鸿章军，佐助李鹤章部，转战江、浙，攻和州、含山，以百骑计破贼万余，鸿章尝称为非常人。英勇有谋略，克太仓等处皆有功，累保至二品，赏花翎，赠将军。克复后，同治甲子（1864）奉旨归并杭州驻防，隐居不仕[⑥]。凤瑞战功卓著，如果就此走向仕途，前途不可限量。他归隐的具体情由不确知，猜测有以下原因：首

[①] 凤瑞《如如老人灰余诗草》卷六有诗《钝居士四十生传道情》，有"乙酉子月生泷湫"句。乙酉即为道光五年（1825）。《清代朱卷集成》第91册载金梁于光绪三十年（1904）参加会试中式的朱卷，父亲凤瑞条载"今年仲冬为八十寿辰，著有梦花馆诗集八十自述"。由此推算凤瑞生于道光五年（1825）。《清史稿》卷四九九，载凤瑞"卒，年八十有二"，推算他卒于光绪三十二年（1906）。

[②] 凤瑞父观成道光十年（1830）授四川川南县知县。凤瑞《如如老人灰余诗草》卷六有诗《钝居士四十生传道情》，有"五龄痘瘄尚未疗，从父西蜀登官舟"句，可知凤瑞五岁随父赴蜀。《瓜圃丛刊叙录·道光庚子壬寅乍浦驻防殉难录序》为观成所作，其中载"（道光）二十二年……方告养回籍"。

[③] 凤瑞《如如老人灰余诗草》卷一有诗《余八龄业师李太和先生画瞽目叟抱筑命咏》。《清代朱卷集成》第91册金梁朱卷"凤瑞"条载"幼聪敏，有神童之目，九岁能诗书画"。

[④] 凤瑞道光二十二年（1842）随父回籍，驻防改试翻译科举的诏令在道光二十三年（1843），凤瑞《如如老人灰余诗草》卷六有诗《钝居士四十生传道情》，有"陈门肄业夫子扬（谓陈鹤轩夫子），二子冲斗文有光。他日青云期庙廊，天子不准立宫墙（道光间荆州旗士闹考诏停天下驻防科举）。当时一念属沧浪，伊皋事业付汪洋"。驻防八旗改试翻译与湖北荆州驻防文生员联名滋事案件有关。这一案件成为导火线，而有全面改试翻译的决策。凤瑞此前在四川的受业师俱是汉族文士，应是按照参加文闱科举的路线来规划的。而凤瑞回籍后，这一计划很快就被打破，遂放弃功名一途，转为考取文官笔帖式。

[⑤] 《清代朱卷集成》第91册金梁朱卷"凤瑞"条载"性孝友，庚申之难，先伯父霭人公誓死报国，勉弟以全宗族为重，弟兄分任忠孝，遂挈眷避难江南，家赖以全"。

[⑥] 《清史稿》卷四九九，载凤瑞"改隶李鸿章军，转战江、浙，屡有功，而太仓一役尤著。初，李军以乏饷不用命，凤瑞力保盗魁贺国贤，国贤本盐商，官诬杀其兄，乃为盗。凤瑞与其兄善，责以大义，立出十万金助饷，并率所部奋攻城，遂克太仓州。国贤后官至总兵，凤瑞以笔帖式积功累保副都统，赏花翎。"金梁《瓜圃述异》"先将军"条载"凤瑞以七品笔帖式，军功改武，累保至二品，赏花翎，赐将军，颇著战绩……壮从从戎，兵临敌骤却，将败，先将军独骑前镇敌，至坚勿动，敌疑有伏，不敢逼，出不意挥队反攻，遂得大胜，谓不动心之效也。"《瓜圃丛刊叙录·述德记序》载凤瑞"从李文忠杀贼江南，克太仓，攻和州，战绩甚著，功成不受赏，长揖归田庐"。

先，以武入仕非他所愿。凤瑞自幼年便熟读经史，希冀走科举入仕之路而非以武职入仕。其次，他参军的主要目的是报家国之仇。辛酉之难导致乍浦、杭州旗营均沦陷，凤瑞兄弟及诸多亲友在战役中丧生。于他而言，对抗太平军是为报国仇家恨，而不是求取仕途功名。再次，对政局不满。这点在他的诗句中有些许线索，《如如老人灰余诗草》卷六有诗《辛酉叹》，诗中有"近闻家事多妇策，堂堂国政皆吏画"[1] 句。因此，他在《钝居士四十生传道情》中写道："我不劝君归卧龙，何必苦苦劝我出茅蓬。阅历半世往事空，牛马四十霜鬓蓬。此时不乐走尸同，出入湖山如游龙。各行其志我性慵，庙堂岂容鸣寒蛩。"[2] 最后，凤瑞的归隐情怀部分源于他对道教的尊崇。他著有《老子解》一书，诗中也常有见道之意，如"茅屋诗情淡，菜羹饭味甘"（《书怀》）、"时衰文字贱，道在布衣尊"（《步慧太史原韵，太史印成号小屿，嵩文定公讳龄公之长公子也，时以柬诗迫余出山，作此答之》）等。凤瑞现存诗集《如如老人灰余诗草》十卷、《梦花馆诗存》（此集存于《贵和堂三代诗存》中，集内并无诗，仅录入俞樾、杨葆光二人的题诗）。

《贵和堂三代诗存·梦花馆诗存》有俞樾题诗云："频年笑傲寄壶觞，更复忧时抱热肠。洗涤兵氛挟南海，敷陈民隐叹东塘。"杨葆光题诗云："北海类洗兵马，东塘如石壕吏。漫夸诗史奇才，此是先生血泪。"[3] 凤瑞亲历咸丰辛酉之难，后又参与到战争中，在诗歌中记录了战事的惨烈和战后的荒芜。这类诗作具有现实主义特征，在如实的记载中展示了诗人内心的哀戚。如《辛酉叹》云："太岁辛酉之三月，月之九日乍城没。十万狂贼来仓猝，西门一战尸如积。勇者之力力已竭，忠者之战战场殁。死事妇女冰霜洁，骂贼义士猛火烈。难得满城俱豪杰，此是心头一点血。至今芳草血凝碧，潮来犹带声哀咽。"[4] 将旗营城破时旗人奋勇抗敌的英勇凸显出来。凤瑞与兄麟瑞、侄柏梁俱参战，麟瑞、柏梁以死报国，凤瑞为全其家族存活下来。他在《自号瓦全生》一诗的序言中说明事情原委，云："道光辛酉，粤匪犯乍城，先兄霭人公麟瑞誓死报国，深夜诀别泣谓余曰：死易生难，愿我弟以全宗族为重。天未明，匆匆赴敌遂巷战阵亡，时

---

[1] （清）凤瑞：《如如老人灰余诗草》，第592页。
[2] （清）凤瑞：《如如老人灰余诗草》，第594页。
[3] （清）凤瑞：《梦花馆诗存》，国家图书馆藏，民国间铅印本。
[4] （清）凤瑞：《如如老人灰余诗草》，第592页。

为辛酉三月初九日也。余挈眷出避难，流离湖海，艰苦倍尝，今幸重归故里，全家无恙。宁为玉碎，不为瓦全，吾愧我兄多矣，因自号瓦全生，以志吾感云。"① 麟瑞代家族以身报国，践行了驻防旗人守卫疆土的职责，而凤瑞则承担起保全宗族的重任，实现了对家族的孝。"孝的内涵本来就有忠的要求，所以忠与孝是一致的，于是从家族讲，要移孝作忠，从国家讲，是求忠臣于孝子之门，并要臣下移忠作孝，因此宗族讲孝道，包涵了忠与孝的双重内容。"② 凤瑞《申江携眷避乱至海门口占》之"回首白云深锁处，沧桑何地是侬家"③ 句，有着战乱仓促之中流离失所的哀叹。而《吊亡兄一》《吊亡兄二》分别有"最痛裹尸无马革，招魂城上起悲风"④ "一语问天惆怅甚，七千忠骨有兄无"⑤ 之悲语。在晚清的硝烟之下，无论是旗人还是汉人都是无法抽离的，自身命运无法亲自主宰的惶恐感弥漫在晚清文人的心间。

道光二十年（1840）鸦片战争爆发，瑞常在二十一年（1841）写下《岁除日抒怀》云："更盼海疆春雨渥，洗兵早惬兆民欢"⑥，期盼战争早日结束。咸丰元年（1851）太平军开始席卷大半个中国，瑞常写下《感怀》一诗，有"疾痍满目怜人苦，时事关情度岁难"⑦，身为儒者，天下苍生的苦楚让他忧心。乍浦驻防骁骑校该尔杭阿抗击太平军时战死，时人为他立碑，杭州驻防文人文秀写下《书乍浦驻防骁骑校该公尔杭阿碑后》，诗云："骁骑手持北门筦，豕突狼奔众星散。海隅飞炮动天来，群策张皇无一展。矢死靡他大节操，一腔热血付靴刀。奋然先上无鞍马，怒拂弓衣短后袍。贼围冲突出复没，英姿爽飒人惊绝。一夫叱咤敌万人，矢竭弓摧鼓声绝"，将该尔杭阿誓死奋战的场面予以细致描摹，最后发出了"我亦长白莽男子，太息碑阴不能已。国家养士尽斯人，何患甲兵今未洗"⑧ 的感慨，侧面指出国家兵力的积弱。晚清鸦片输入中国，摧残着国人的身体和精神，贵成在《闲赋》一诗中予以讽刺，云："独有阿芙

---

① （清）凤瑞：《如如老人灰余诗草》，第584页。
② 冯尔康：《中国宗族的历史特点及其史料——〈清代宗族史料选辑〉序言》，《社会科学战线》2011年第7期。
③ （清）凤瑞：《如如老人灰余诗草》，第574页。
④ （清）凤瑞：《如如老人灰余诗草》，第575页。
⑤ （清）凤瑞：《如如老人灰余诗草》，第575页。
⑥ （清）瑞常：《如舟吟馆诗钞》，第91页。
⑦ （清）瑞常：《如舟吟馆诗钞》，第129—130页。
⑧ （清）丁丙、丁申：《国朝杭郡诗三辑》卷九十二。

蓉,昏昼镇相守。任以富贵易,暂抛终不负。问其何故欤,苦乐今难剖。离恐断厥肠,忍肯绝诸口。只好共死生,与之随暂久"①,表达了自己对时人吸食鸦片的痛心。另一首《罂粟》同样遣责鸦片的种植,"罂粟摇风灿似霞,栽来利想胜桑麻。好官果是从民便,也算河阳满县花"②。袁祖光《绿天香雪簃诗话》评价:"咸、同以后,中省种粟者连阡接畛,农家习为故常,官吏亦倍利也,而听之。贵镜泉驾部诗云云。语婉而讽。"③凤瑞在《阿芙蓉》一诗中则指出了鸦片输入的实质,诗云:"西方美人心何毒,毒心毒药偏师攻。黄金换大土,中国财赋穷。中国黄金去不返,民不聊生徒岁丰。"④这样的表述说明晚清旗人对时局也有着清醒认知。他们并非终日提笼架鸟、沉迷鸦片,也有很多的有识之士能够揭露时弊,发出清醒的声音。

此时的杭州驻防文人积极投身到时局中,并以诗笔记载了普通百姓流离失所及社会的失范,写下了像杜甫"三吏""三别"这样血肉饱满的"诗史"类诗作。凤瑞写河塘决口,百姓因此"春花无收成,仓箱空空谷无存",而"哭声遍野官无闻",官员"不闻振饥荒,但见下乡催征忙"⑤,鞭挞了官员的丑恶嘴脸。穆朗阿在《驱车谣》中描写因道路崎岖不平导致车辆拥堵引起争吵,而"忽闻巡城来,赤棒前驱至。挥鞭若白雨,去来各相避",对官员治理社会问题的残暴方式提出质疑。贵成有《敝裘》诗云:"一领羊裘已十年,着来虽敝暖依然。昨朝风紧街头过,尚有号寒人未绵"⑥,不难想到"朱门酒肉臭,路有冻死骨"仍在发生着。

道咸同时期,杭州驻防文人"致意经世有用之学,思为国家致太平……本其所学,一发于诗,而诗之内质外形,皆随时代心境而生变化"⑦。他们的诗集中常见记载战事、讽刺时政以及关怀民生疾苦的诗作,其中蕴含的骨鲠之气和对弱者的同情使诗作超出了表面化的叙述,将读者带入史事的同时又超脱于史事而进入深层次的精神感化阶段。"诗史"类创作在杜甫笔下表现最为得力,被后世文人继承。杭州驻防文人作为少数

---

① (清)贵成:《灵石山房诗草》,第487—488页。
② (清)贵成:《灵石山房诗草》,第498页。
③ 钱仲联主编:《清诗纪事》,江苏古籍出版社1989年版,第11463页。
④ (清)凤瑞:《如如老人灰余诗草》,第600页。
⑤ (清)凤瑞:《如如老人灰余诗草》,第600页。
⑥ (清)贵成:《灵石山房诗草》,第475页。
⑦ (清)汪辟疆:《汪辟疆说近代诗》,上海古籍出版社2001年版,第9页。

民族文学群体，游离于主流诗坛之外，但他们的诗作中显现出的对社会现状的敏锐洞察力和对时局的清醒认知与汉族文人不相上下，这无疑壮大了晚清文坛"诗史"创作的力量。

四 赫特赫讷诗作中的雅意

赫特赫讷是杭州驻防文人中古体诗写作的集大成者，他写作的诗歌以五言古诗和七言古诗为主，整体上呈现了雅致的情调。

赫特赫讷（？—1861）[1]，字蔚堂，号伯棠，一字藕香。赫舍里氏。满洲镶黄旗人。道光元年（1821）浙江乡试举人，二年（1822）会试进士[2]，以翰林院庶吉士用。三年（1823）散馆归班候选[3]。十三年（1833）选授詹事府主簿，升授赞善，旋改礼部主事，转员外郎，拣发南河，以道员用，权淮海道事，以劳加按察使衔。[4] 咸丰八年（1858），在江南清江筹办防务，又于江南蒋坝浮山等处抗击太平军。九年（1859）奉委赴浙催饷。十年（1860）以协守驻防城功赏加二品顶戴，旋奉旨授苏松常镇粮储道，仍留浙帮办军务。十一年（1861）粤匪围攻驻

---

[1] 善能诗集《自芳斋吟草》有诗《赫藕香夫子观察南河六十寿诞恭祝三十二韵》。赫特赫讷的仕途履历中有"拣发南河，以道员用，权淮海道事"，具体任期不确知。在《清实录》咸丰八年（1858）的史料中赫特赫讷以"道员"的身份出现。而善能诗集依年排序，此诗后有《戊午季冬将赴迤有作》，戊午为咸丰八年。综上，善能《赫藕香夫子观察南河六十寿诞恭祝三十二韵》至迟作于咸丰八年，推测赫特赫讷生于嘉庆四年（1799）。《赫藕香夫子观察南河六十寿诞恭祝三十二韵》前有诗《双就园upload护命和原唱勉成四绝》，双就园为双成，杭州旗人，后升至西安副都统，咸丰四年（1854）抗击太平天国军队于东平，战胜后以年老乞休。《清实录》咸丰六年（1856）九月有"西安右翼副都统双成原品休致"（《文宗实录》卷二〇七，中华书局1987年版，第259页）。在这首诗中有"红羊劫后残灰冷""十载还山理旧篇"句，说明善能此诗作于双成乞休后之后。那么《赫藕香夫子观察南河六十寿诞恭祝三十二韵》一诗最早作于咸丰六年。因此，赫特赫讷的生年当在1797—1799年间。

[2] 张大昌《杭州八旗驻防营志略》卷十载赫特赫讷为"道光辛巳恩科浙江乡试中式第二十五名""道光壬午恩科会试中试，殿试三甲第四十五名"。

[3] 散馆即清代"翰林院庶吉士肄业三年期满，通过甄试考试，谓之散馆"，"文理优等者，原为二甲进士者授编修，原为三甲进士者授检讨，散馆第一名，则授武英殿协修；成绩属于次等者、改任各部主事或知县。对于学业荒怠的庶吉士，有再教习三年的，有归班选用的，也有革职的"（俞鹿年编著《中国官制大辞典·下卷》，黑龙江人民出版社1992年版，第1178页）。可知赫特赫讷在散馆考试中出现了差错，被归入归班选用一类。他的诗集中有《古意》一诗，其中有"一朝误引羽，半字留猜疑"句似与归班候选一事有关。由此猜测，赫特赫讷在散馆考试中的文字有犯规或谬误之处。

[4] 赫特赫讷《白华旧馆诗存》序言中有"改庶吉士，癸未散馆归班候铨，癸巳选授詹事府主簿，升授赞善，旋改礼部主事，转员外郎，拣发南河，以道员用，权淮海道事，以劳加按察使衔"。

防营，赫公主张以城内兵粮换取武器，后城内粮绝，旗营陷落，赫公殉亡①。赫公以粮换取军械导致旗营因缺粮而被攻破，他因此被时人诟病，对此，王廷鼎评论："余闻诸营中人曰满城之陷误于出粟致饥饿不能固守，至今衔之。窃谓粤逆之焰，虽重关严邑，粮如山积者，莫不弃如焚。如一满营欲徒恃粮备充裕，谓可与贼始终相持者，吾不信也。况赫本江苏之官，苏城陷，官民退避沪上图恢复，赫以桑梓之谊，纵或心怀功利，自诩智能，然捐躯城下，合门殉节，亦可答圣朝而谢父老矣，悠悠之口，岂笃论哉。"② 此说可谓公道。赫公喜吟咏，他在诗歌中说："十三十四学吟诗，吟成便觉神苍莽"③（《寒食吟》）。另有《诗品十二则》④，以《多读》《勤咏》《起懦》《循阶》《阙疑》《量力》《补过》《脱胎》《入变》《归一》《慎施》《约存》分别题写。他指出诗歌创作应以多读、勤咏为基本训练法则，即"读破万卷，称八斗才"（《多读》）、"匪曰务得，熟则巧生"（《勤咏》）。继而有一个循序渐进的过程，即《起懦》，从低水平开始步入学诗门径，然后《循阶》而上。在诗歌创作上，要有《阙疑》《量力》《补过》的态度，不能一味地模拟古人，要有"青出于蓝，冰寒于水"（《脱胎》）、"笔具千毫，一毫万彩"（《入变》）的"贵变"精神。最后，他主张诗歌创作应该形成自己独特的风格，并且应回归到创作的本心，不盲从附和，即"如行三军，主者大将"（《归一》）、"珍之祕之，惜墨如金"（《慎施》）、"非百炼金，不敢矫举"（《约存》）。赫特赫讷是杭州驻防中唯一一个系统表达自己诗学观点的文人，这些学诗法则虽在前代文人的诗学理论中早有论述，但赫公基于自身经验对此深表认同，是民族文学深入交流融合的显例。

《八旗艺文编目》载赫特赫讷著有《白华馆诗存》八卷。但辛酉"乱

---

① 王廷鼎《杭防营志》有赫特赫讷传，载"咸丰九年以催饷来浙。时值军兴，经将军瑞奏留办营务。十年三月贼破杭城，偕协领杰公固守满城三昼夜。适张军门兵援浙，内外合势，贼败遁去，以功保加二品顶戴，旋授江苏粮储道，仍留浙营。十一年六月贼又至，公创议军制军械以资战守，时营中饷绌粮足，欲出谷以置器。而都统关与东紫来将军皆以粮储为急务，公力排之。公盖狃于庚申之役，围三日即击退。故谓我营止须善守，援兵一至，贼可不击自退，使徒事足食而乏守备，虽有援师，何以待之。将军瑞不能决夺，从其计，尽出储谷，广购炮火滚木铁菱梅签旗灯诸具，金鼓炮角，终夜有声。贼果惊疑，未几粮尽，常仰给于外城。九月贼众悉力合围，其粮道绝。于是外城之粮亦罄，营中惟杀马以食。十一月杭城破，公与杰果毅督众出击，死伤甚众，遂退保满城两昼夜亦溃，骂贼死，合门同殉节"。
② （清）王廷鼎：《杭防营志》。
③ （清）赫特赫讷：《白华旧馆诗存》。
④ （清）赫特赫讷：《白华旧馆诗存》。

第三章 道咸同——杭州驻防文人诗歌创作的繁盛期

后无存,其存者及门文秀所手录及鳞鸿传寄之作,于全稿十不及一也"①。现存《白华旧馆诗存》一卷为红格钞本,藏于南京图书馆,共收诗42首。卷首标为"受业文秀录存、盛元校刊"。此外,《国朝杭郡诗三辑》赫特赫讷部分有诗《郊行即事》《读淮阴传》《寓济即事》为《白华旧馆诗存》所不载。赫特赫讷诗歌现存45首。他的诗歌中古体诗写作占绝大部分,以七言古诗居多,其次是五言古诗。五言古诗总体上呈现一种古朴自然的雅致意趣。如《闲意》云:"秋风苦萧瑟,吹我身上襟。不如天上月,照我平生心。我心不可说,起坐弹素琴。心中亦何有,琅琅高山音。高山复流水,含意犹未申。"《中秋夜雨坐》云:"明月四时有,秋心今日多。无端作风雨,着意妒嫦娥。响动潇潇竹,光潜潋潋波。阵云遮玉宇,飞瀑下银河。"②七言古诗多叙事抒情,意蕴深厚,如《寒食吟》一诗先叙及自己的生平往事,继而发出"昂藏我独非丈夫,将与草木同荒芜。穹隆华表古人在,百年以后谁知吾。我正愁多睡欲死,萧萧寒雨亦难止。城外有青谁踏来,来唤先生春梦起"③的感慨。《红杜鹃词》有云:"当我三月游芳郊,子规叫彻樱桃梢。野人不识是啼血,烂漫一束生柴挑。君不见南山北山皆岩峣,红霞开出黄垆坳。美人颜色纵老死,犹化胭脂待九招。"④将杜鹃花开之时漫山红遍的烂漫景象与"杜鹃啼血"的典故相联系,在拟人化的表达中营造浪漫的意境。赫特赫讷写作的律诗较少,《西湖晚归》云:"薄暝众山香,蓬窗明月来。隔桥一灯火,四面几楼台。人影举杯见,波心随桨开。天风下玉宇,送我胜游回。"《旅行》云:"暝散旅行急,秋高初日寒。野风啸原木,败叶打征鞍。山市闻樵语,邮亭劝客餐。乡关几千里,云树隔漫漫。"⑤通过意象的叠加,营造了生动、悠远的雅致意趣。《老大吟》其六云:"三十年光汗漫游,今年仍付水东流。青袍影里徒存我,黄叶声中易感秋。得失几番成塞马,浮沉半世近沙鸥。独怜湖海元龙气,高卧难忘百尺楼。"⑥感慨时光流逝中自我身世的浮沉变幻。他的诗作多有读史书或史事而生的慨叹,如《书吴逆乞师事》《读汉书有感》《书长恨歌后》《读淮阴传》等,以对过去的追索使诗歌呈现

---

① (清)赫特赫讷:《白华旧馆诗存》。
② (清)赫特赫讷:《白华旧馆诗存》。
③ (清)赫特赫讷:《白华旧馆诗存》。
④ (清)赫特赫讷:《白华旧馆诗存》。
⑤ (清)赫特赫讷:《白华旧馆诗存》。
⑥ (清)赫特赫讷:《白华旧馆诗存》。

古朴意趣。

赫特赫讷诗歌因经兵燹只存45首，但从中也可看出他深厚的学养。杭州驻防文人善能和文秀尊他为师，善能诗中有"师生惊白发"①（《除夕前二日抵袁浦喜谒藕香夫子》）句，文秀写有《书奉仪部赫藕香师》。此时，杭州旗营已能够独立于汉城而构建起师生传承体系。身为旗人子弟，学习汉文化，继而向旗人传承汉文化，这种本族群内部的文化传播因民族、身份的相似性能够使交流更通畅、播迁更为迅捷。

五 瑞庆等人对异域②风景的描绘

道咸同年间，杭州驻防文人大都有科举经历，他们以科举出仕，去往他地任职。在未出仕以前，杭州风景是他们风景诗写作的主体，而在出仕后，异域风景也进入写作视野。"五方地气有寒暑燥湿之不齐，故民群之习尚悉随其风土为转移"③，当杭州驻防文人离开杭州，行走在广阔的疆域上，面对不同地区的自然环境及人文环境，写下的诗歌及风格也不同于在杭时期的风景诗写作。本部分以杭州驻防文人瑞庆为切入点，进而论及杭州驻防文人万清、善能、富乐贺对异域风景的描绘以及其中呈现的文化内蕴。

瑞庆（1813—1871）④，字雪堂，石尔德特氏，蒙古镶红旗人。道光十四年（1834）浙江乡试中式第四十一名，十六年（1836）恩科殿试三甲第五十八名⑤。瑞庆兄瑞常分别写有"不怕龙门高百尺，果然鱼化出沧溟"⑥（《雪堂弟得捷秋闱》）、"叩门忽听泥金报，得珠果从龙渊

---

① （清）善能：《自芳斋吟草》，南京图书馆藏，清钞本。
② 此处的异域是指除故乡以外的他地。
③ 刘师培：《南北学派不同论》，《刘师培清儒得失论》，吉林人民出版社2012年版，第197页。
④ 第一历史档案馆藏《题为议准直隶请以瑞庆调补宣化县知县事》（咸丰六年五月十三日）中载"查有灵寿县知县瑞庆，年四十四岁"，可推算瑞庆生于嘉庆十八年（1813）。《杭防诗存》卷三"乡贤"中瑞常小传最后有"弟瑞庆，字雪堂，登甲午浙榜，丙申进士，铨授湖北郧县知县，官至直隶候补道，同治七年卒"。第一历史档案馆所藏瑞庆档案载"查得遵化州直隶州知州瑞庆捐升道员交卸来省，兹于同治十年十一月初三日在省寓病故"（档案号：02-01-03-11325-018）。
⑤ 《杭州八旗驻防营志略》卷十"乡、会试题名表"载瑞庆为"道光甲午科，瑞庆，浙江乡试中式第四十一名""道光丙申恩科，瑞庆，会试中式，殿试三甲第五十八名"。
⑥ （清）瑞常：《如舟吟馆诗钞》，第57页。

第三章 道咸同——杭州驻防文人诗歌创作的繁盛期　　111

回"①（《雪堂春闱报捷》），以此庆贺弟弟能够鱼跃龙门。而中进士之后的殿试阶段，瑞庆则以归班铨选②回乡。商衍鎏言："朝考后授官……其有殿试朝考文字谬误或犯规者，则以知县归班，不予分省。"③因此推测瑞庆因"朝考文字谬误或犯规"不予授职，回籍铨选。瑞常因而有诗云："泥金虽报喜，炉火未成丹"④（《七月朹盛恺廷明府偕雪堂买舟南旋》）、"云程暂阻莫徘徊，旧业重寻一卷开"⑤（《九月朔接雪堂袁江信》），在劝慰的语言中隐含着瑞庆学问不济的事实。此后直至道光二十三年（1843）瑞庆方进京赴选，瑞常写下《二月雪堂赴选来京作此以赠即和其韵》。二十五年（1845）任湖北郧县知县⑥。二十七年（1847）瑞庆抵杭⑦，三十年（1850）进京候选⑧。咸丰三年（1853）任灵寿县知县⑨。五年（1855），任宣化县知县，七年（1857），赏顶戴蓝翎⑩。八年（1858），任直隶州知州⑪，十年（1860），办理团练。十一年（1861），任易州知州⑫。同治元年（1862），任清苑县知县⑬。四年（1865），任遵

---

① （清）瑞常：《如舟吟馆诗钞》，第63页。
② 盛元与瑞庆同为道光十六年（1836）进士，《宣宗实录》道光十六年载"引见新科进士……盛元……俱著交吏部掣签分发各省，以知县即用。余著归班铨选"（《清实录·宣宗实录》卷二八三，第361—362页）。瑞庆未在所列名单内，因此应属"归班铨选"一类。
③ 商衍鎏：《清代科举考试述录》，第127页。
④ （清）瑞常：《如舟吟馆诗钞》，第64页。
⑤ （清）瑞常：《如舟吟馆诗钞》，第66页。
⑥ 《郧县志》卷五，职官，知县，"道光二十五年，瑞庆，镶红旗进士"。
⑦ 《清史列传》卷四十六，瑞常传载"二十六年五月，丁父忧，八月，百日孝满。十二月，承袭恩骑尉。旋丁母忧，二十七年四月，百日孝满。"可知瑞常父卒于二十六年五月，瑞常母卒于二十七年正月。因此二十五年至二十八年期间瑞庆应有两次丁忧。诗集及相关资料中未见记载。《如舟吟馆诗钞》道光二十七年有诗《八月十七知雪堂抵杭》中有"楚山浙水三千里，莫怪羁人返棹迟"，可知由湖北返回，应是回乡丁忧。《两浙輶轩续录》有"选湖北郧县，丁忧，服阕，改直隶"，可作为此次回乡缘由的佐证。
⑧ 《如舟吟馆诗钞》道光三十年（1850）有诗《九月雪堂弟赴京候选》。
⑨ 《灵寿县续志稿》卷六，官师志，知县，"瑞庆，镶红旗蒙古进士，咸丰三年任，调署安肃，十月回任"。
⑩ 《如舟吟馆诗钞》咸丰五年（1855）有诗《雪堂调任宣化作诗勉之》。《清实录》咸丰七年（1857）三月，"乙丑以直隶开州等处办团出力，赏知州刘煦花翎，知县瑞庆蓝翎"（《文宗实录》卷二二一，第464页）。
⑪ 因《清实录》咸丰十年（1860）载瑞庆以直隶州知州的身份办理团练。那么，据上一条，三年期满应是到咸丰七年（1857）截止，所以推算咸丰八年到十年，瑞庆为直隶州知州。《清实录》咸丰十年（1860）十一月，"以直隶知州瑞庆等，随同候补内阁学士桑春荣，分办京畿南北路团练"（《文宗实录》卷三三五，第994页）。
⑫ 《畿辅通志》卷三十，咸丰朝，易州知州"瑞庆，蒙古镶红旗人，进士，十一年任"。
⑬ 《清苑县志》卷二，职官，知县，"瑞庆，镶红蒙古杭州驻防，同治元年任"。

化知州①。十年（1871）捐升道员交卸来省，在省寓病故。

瑞庆现存《乐琴书屋诗集》一卷，有诗113首，由侄孙丛桂整理。② 诗集中以风景诗居多，尤以西湖风景写作最丰富。他的西湖风景诗具有淡远幽深的飘逸之姿。如《雨后登望湖楼》云："玉局仙踪渺，西泠剩此楼。淡烟千树柳，疏雨半湖秋。风细荷香度，泉甘茗味幽。翰经传胜迹，相对足勾留。"③ 烟、雨、风、泉是他诗中组织的四个具体物象，围绕这四个物象进行诗作的营构，以"淡""疏"二字抓住雨后西湖的总体丰神，继而以风送荷香、清泉煮茗使西湖具有了动态之感。《湖堤小步》云："白云三径湿，绿树半村稠。碍石篁斜出，随波鸭倒游。"④ 以动静结合的写作方法呈现灵动的意态。此外，瑞庆西湖风景诗常以清冷的意象入诗，从而表现幽深的意境。如《古荡道中》云："烟外一声橹，渔舟出小溪。芦花吹雪冷，秋水涨桥低。叶落满山碎，虫吟两岸齐。何来鸦数点，飞过竹林西。"⑤ 秋天本就是萧飒的，此时溪烟里的渔舟、水中雪白的芦花、满山的黄叶以及虫的哀鸣、竹林中的飞鸦，在多种清冷意象的叠加下，幽深的意味不断得到强化。《秋雨》一诗也是如此，"竟日雨何急，宵来凉更侵。暗潮生别浦，落叶响寒林。灯影一帘照，虫声四壁吟。芭蕉无赖甚，滴碎是秋心。"⑥ 瑞庆在杭州时与杭州驻防文人禄庆往来唱和最频繁，禄庆放弃举业，徜徉在西湖山水间，"听莺约客同春宴，洗马携奴趁晚凉"⑦（禄庆《柳村小隐》）成为他的生活状态。瑞庆与他交好，说明二人互为知音，有着共同的价值取向。他常在诗中表达对禄庆雅士生活的赞美，如"娟娟修竹涤尘襟，闲趣多从静里寻"（《夏夜忆缦廷》）、"焚香煮茗足清娱，镇日吟窗影不孤"（《题缦廷红袖伴吟图》）⑧。从与禄庆的交往能够看到瑞庆的人生意趣，而这种精神追求使其风景诗具有淡远幽深的趣味。

瑞庆离开杭州去往他地也书写了异域的风景，与杭州时期的风景诗写

---

① 《畿辅通志》卷三十，同治朝，遵化知州"瑞庆，蒙古镶红旗人，进士，四年任"。
② 《乐琴书屋诗集》现以钞本藏于国家图书馆古籍馆，封面页有"孙丛桂谨署"字样。据《清代科举人物家传资料汇编》所载丛桂朱卷，可知丛桂父为文晖，文晖为瑞常子。
③ （清）瑞庆：《乐琴书屋诗集》。
④ （清）瑞庆：《乐琴书屋诗集》。
⑤ （清）瑞庆：《乐琴书屋诗集》。
⑥ （清）瑞庆：《乐琴书屋诗集》。
⑦ （清）丁丙、丁申：《国朝杭郡诗三辑》卷九十三。
⑧ （清）瑞庆：《乐琴书屋诗集》。

作具有一定的传承关系，但诗作内容及风格意蕴有所变化。瑞庆在京时曾去往居庸关一带，写下"不识重关险，崎岖路乍经。水穿新石白，雨歇乱峰青。地有争雄势，山留画界形。长城碑许觅，车向夕阳停"①（《居庸关》），仍是围绕水、雨、地、山四个具体物象展开书写，延续了在杭风景诗的写作方法，但因居庸关自然地貌与杭州极为不同，呈现的诗歌风格完全不同于在杭风景诗淡远幽深的特点，而是旷远雄壮的。居庸关是长城上的关隘。在中国历代文人的书写中，关外具有固定的观感，即黄沙、塞草、大漠、胡人。出关是决绝的、痛苦的，走向一个未知的世界。瑞庆身为蒙古文人，塞外是他祖先生活的故乡，然而站在关隘之上，面对重关峻岭，表达的却是汉族文人至此常常发出的荒凉之感。瑞庆在道光二十五年（1845）任湖北郧县知县，他先到达武汉，登上黄鹤楼，写下"黄鹤去何处，白云空此楼。烟波江汉水，玉笛古今秋。树拥晴川阁，烟迷鹦鹉洲。登临无限意，还欲挂帆游"②（《黄鹤楼》）。崔颢的《黄鹤楼》闻名天下，使黄鹤楼声播千里。瑞庆登高望远仿照崔颢诗歌写下自己的感慨，他没有像崔颢一样书写对故乡的愁思，而是表达了自己要在任职地有所作为的雄心壮志。瑞庆从武汉坐船走水路去往郧县，将要到达时写下"山多预想民风劲，水疾应知地势高"③（《将入郧邑境喜成》），是诗人根据自己的知识储备对未知事物做出的推想。继而瑞庆写下《郧阳杂兴》，以"郧阳县僻介三边，直似居乡别有天。草屋俨然称巨户，山坡大半当良田"指出郧阳的地理位置及自然风貌，"世无科举生常老，地少精华盗亦怜。唯有西关晨市上，途人来往尚摩肩"则暗指当地文化经济的贫乏，"汉江多少著名滩，久历风波胆亦寒。顺水须知随地险，逆流更比上天难""到此踟蹰只畏途，下乡历遍路崎岖。悬崖一命舆夫寄，险地同声仆吏呼"则是写山川的险峻。瑞庆成长在山川秀美、地势平缓以及经济文化发达的江南地区，当他来到地势高耸险峻、经济文化较为落后的郧阳地区时，诗作中虽然没有杭州，但却自然而然地呈现了一种兼及自然和人文的对比。因此，异域书写中写作本体是异域，但其实与作家的原生地存在着内在关联。这种关联的呈现不是刻意为之的，而是受到熔铸在作家血脉中的原生地域文化因子的影响。但异域书写确使诗人的诗作内容更加丰

---

① （清）瑞庆：《乐琴书屋诗集》。
② （清）瑞庆：《乐琴书屋诗集》。
③ （清）瑞庆：《乐琴书屋诗集》。

富，诗歌风格更加多样，比如瑞庆在郧阳写有"船头乱沸潮声壮，浪里斜穿石缝宽"①（《郧阳杂兴》），与杭州的淡烟疏柳写作截然不同。

在其他杭州驻防文人诗笔下也可见对异域风景的描绘，呈现出不同的文化内蕴。万清②为道光二年（1822）举人，任江西萍乡县知县，他写有《望庐山》一诗，诗云："千寻瀑布胜龙湫，五老峰高云际浮。今日遥窥真面目，胜他天姥梦中游。"③龙湫为浙江雁荡山的大瀑布，天姥山也在浙江境内，诗人将异域风景与家乡风景进行对比，进而突出异域风景的雄奇壮美。善能曾于同治元年（1862）奉使去往张家口，以"一沟才过一沟横，怪石奇峰万态呈"（《由关沟踰八达岭》）、"水吞龙背没（俗名老龙背，两山夹涧，陡险难行），风里马蹄回"（《宣化道中》）④展示了塞外地理环境的雄奇险峻。"到此阴森分气候，雄关自古少人行"（《由关沟踰八达岭》）、"人烟隔断分南北，六月边关似暮秋"（《抵张家口》）⑤阐释了关内关外自然环境的巨大差异。《抵张家口》一诗中有"四面山环一水流，天生雄峻障皇州"，可见雄关的作用是为保障统治中心不受侵扰，隐含着内外之别。善能在同治七年（1868）前往台湾淡水写下《抵淡水署》，云："瀛屿夙称雄，孤悬闽海东。夜寒榕树雨，日暖蔗林风。绵亘分南北，膏腴列上中。榛狉釀化浹，声教讫鸡笼"⑥，写淡水处于国土边缘，拥有独特的亚热带植物，本是满地榛狉的化外之地，但此时已置于中央王朝的声威教化下。诗人完全站在汉族中心主义的立场上，虽未明指华夷之别，但区别的意味十分明显。此时已是清末，在外敌的入侵下，传统的华夷之辨虽已消解，但个体文人思想中的"中心"观念仍然存在，当他们偶然到达国土的边缘地区，不可避免地流露出居高临下的意味。而杭州驻防文人富乐贺在同治九年（1870）任福建福宁知府，同治末光绪初曾前往台南的赤嵌⑦，写下《赤嵌晚眺》云："赤嵌城外路漫漫，瞻望瀛滨天地宽。楼橹久闻横海盛，蒿莱应记故藩刊。鱼龙倒吸星

---

① （清）瑞庆：《乐琴书屋诗集》。
② 万清，号花农，满洲正白旗人。
③ （清）丁丙、丁申：《国朝杭郡诗三辑》卷九十二。
④ （清）善能：《自芳斋吟草》。
⑤ （清）善能：《自芳斋吟草》。
⑥ （清）善能：《自芳斋吟草》。
⑦ 赤嵌为城名。顺治十年（1653）荷兰殖民者于今台湾台南市筑普罗文查城，华人称为赤嵌城，亦作红毛城。顺治十八年（1661）郑成功收复台湾，改置承天府。史为乐主编：《中国历史地名大辞典》（上），中国社会科学出版社2005年版，第1196页。

辰影，岛屿遥看日月寒。回首可怜征战地，渔灯几点浸狂澜"①，回望了荷兰人占领台湾的历史。《红毛楼题壁》一诗中有"欲问红夷当日事，西风鼓角动人愁"②，则以"夷"称荷兰侵略者。富乐贺在诗歌中虽是追忆清初历史，但结合晚清外敌入侵的背景，"夷"的指向性是非常明确的。善能与富乐贺在华夷观念上的不同主要受制于个人经历及书写内容。异域风景不仅表现风景本身，在异质文化的激发下，文人思想才会得到更多元的呈现。

梁启超在《近代学风之地理的分布》一文中有"气候山川之特征，影响于住民之性质，性质累代之蓄积发挥，衍为遗传……物质上生活，还直接间接影响于习惯及思想，故同在一国同在一时而文化之度相去悬绝，或其度不甚相远，其质及其类不相蒙，则环境之分限使然也。"③对杭州驻防文人而言，杭州地域赋予了他们持久的文化性格，当他们在他地回望杭州或以杭州的视角去探视他地，所产生的风景诗都不再是单纯地表现风景，而是包含多重的文化意蕴。杭州驻防文人在不同地域文化的影响下也愈加走向汉文化的深处。

道咸同时期，杭州驻防文人数量及诗歌数量与乾嘉时期相比有了大幅增长，但仅从数量上进行评判并不能真正展示此期杭州驻防文学创作的繁荣。通过对上述具体文人诗作的分析，可见，此时杭州驻防文人创作有着多样的诗作内容、多变的诗歌风格以及较为深入的诗学思想。杭州驻防文人也走出杭州步入其他文化区域，使诗作的思想内蕴更丰富也更深刻。

本章小结

张佳生将道光二十年至宣统三年（1840—1911）列为八旗文学最后一个时期，他指出，此时"矢志报国、同情民众之疾苦，成为八旗文学创作的主调"，带来"沉郁悲壮、哀婉凄清的艺术风格"④。在八旗文学中涌现了一大批反映社会现实的作品，如满洲文人宝廷的《冬日叹》、志润

---

① （清）丁丙、丁申：《国朝杭郡诗三辑》卷九十三。
② （清）丁丙、丁申：《国朝杭郡诗三辑》卷九十三。
③ 梁启超：《近代学风之地理的分布》，《梁启超全集》，北京出版社1999年版，第4259页。
④ 张佳生：《八旗文学分期论》，《八旗十论》，第276—277页。

的《捉车行》等。这一分期与杭州驻防文人诗歌创作分期虽不一致,但诗作特点基本相符。不同之处在于:杭州驻防文人一般在离开杭州后开始书写社会现实,而此前大都写作风景诗。因而杭州驻防文人创作具有既追步八旗主流诗坛,又游离于主流诗坛外的特点。此时的杭州驻防文学是向外扩展的,旗营文人与汉城文化社会因科举建立起正式的交流纽带,继而又因科举出仕去往他地。而这一以驻防旗营为基点进而放射到他地的文学网络,又呈现出明显的内部聚合。即驻防内部形成了独立的文学交游圈,这一交游圈随着旗人去往他地也随之转移。此种既向外部扩散又向内部收缩的特征表明杭州驻防文人在广泛学习汉文化的同时仍旧保持着独立且鲜明的族群认同。

"多元"是本章的关键词。在杭州驻防文学创作由一元走向多元的过程中,我们不能仅仅关注在他们如何学习汉文化并与汉族文人进行交往,而是要去深究这种影响的途径,即汉文化究竟以怎样的形式进入驻防旗人的视野。通过本章的讨论,笔者认为,科举是影响驻防旗人学习汉文化的重要路径。驻防科举本地化的完成,使更多旗人介入科举,继而热衷于写作汉诗,最终带来杭州驻防文学创作的繁盛。"多元"既指诗作的多元化呈现也指文学创作环境的复杂,而在多元背后呈现的却是儒学一体乃至中华一体的格局。

第四章

光宣——杭州驻防文人诗歌创作的衰落与重建期

道咸同时期，中国文人面对内忧外患的局势，在诗歌中已开始描写现实情状并表达救世思想。光宣时期，在甲午战争及庚子事变等历史事件的冲击下，使道咸同时期发酵酝酿的变革思想走向深入，由此带来文学思想的多元新变，诗歌写作也进入了一个新的历史时期。杭州驻防文人诗作也顺承了此时的诗学思想，与前期呈现不同面貌。而杭州驻防在咸丰辛酉年（1861）的战乱中被毁，原有的旗人大都殉亡，致使文学创作走向衰落。同治年间，杭州驻防经历了重建，文学创作也经历了重新崛起的过程。因而，光宣时期在杭州驻防文学演变过程中是一个独立的文学单元。

自光绪元年（1875）至宣统三年（1911）共37年的时间，杭州驻防内有7位文人存有诗作，其中6人留有完整诗集①，部分文人的文学创作活动延续到了民国年间。在相关的讨论中，民国年间的诗作也偶有涉及。此期的文人数量较前期骤减，但诗作数量多于其他时期②。同时，旗营女性文人创作渐成规模，她们在诗作中展现的悠游之态与参与时事的男性文人创作截然不同。

第一节 辛酉之难影响下的杭州驻防文学

辛酉之难的发生中断了杭州驻防的文学发展，又直接影响了光宣年间

---

① 三多《可园诗钞》《倦游集》《柳营谣》《北行诗录》《缀玉集》《粉云庵词》《东游诗词》《柳营诗传》；完颜守典《逸园初集》《逸园二集》《燕支草》《杭防诗存》；成塈《雪香吟馆诗草》；杏梁《榴荫阁诗剩》；金梁《东庐吟草》《壬子记游草》《金息侯先生壬子自述诗》；王韶《冬青馆吟草》。画梁存有《题画》诗一首。

② 三多诗作在杭州驻防文人群体中留存最多。

杭州驻防的建设及人员构成，继而间接塑造了杭州驻防文学的内部及外部特征。因而，对这一事件进行概述。

驻防八旗是清朝军事部署中的重要组成部分，因而当驻地遭受外来侵扰或他地需求军事支援时，驻防旗人需听从军令在驻地或去往他地作战。杭州旗营"自顺治五年驻杭以来，其时南疆未靖，闽广云贵频年征遣，继以三藩反侧，台湾负固。凡兹征戍，无役不及，至康熙季年始得宁宇"①，此后便没有大规模的调动，主要固守杭州地区。太平天国军队自咸丰元年（1851）在广州金田起义后一路北上，咸丰三年（1853）攻下江宁，并在此建都，称之为天京。他们以天京为大本营，东征西讨，相继攻破"江南大营"及"江北大营"，一派进取之势。至咸丰六年（1856）太平天国发生内乱。两军作战形式发生转变。浙江地区作为天京的外围，自此屡受攻击，太平军借此牵掣清军作战力量，以解天京之困。咸丰七年（1857），浙江"徽州、宁国等县贼踪出没"，杭州驻防将军瑞昌到任后"练士加勤，列榜城厢告士民略曰：本将军身经百战，志歼群丑，封疆有警，当即率驻防士马恭行天讨，有进无退"②。咸丰十年（1860），清军加紧围攻天京，太平军开始以夺取杭州为计谋逼迫清军回兵，自此杭州成为两军争夺的主要战场。在这一过程中，杭州旗人是守城的主力。咸丰十一年（1861）十月，太平军围困杭州，两个月后，守城将士因粮绝不得不投降。而旗人仍坚守旗营，最终不敌，"合营纵火自焚，烟焰蔽天，殉烈八千余人"③。

杭州陷落后，直至同治三年（1864）三月在左宗棠率领的湘军以及法国参将德克碑率领的常捷军的共同进攻下，太平军投降，杭州归复。杭州旗营在战乱中被夷为平地，同治四年（1865）完成了重建。营内坊巷房屋"惟大街御道及军都二署尚沿陈迹，余则通者塞之，塞者通之，称名向背，全非其旧"④。同时，"官兵自将都以下，无一土著"⑤。杭州旗营兵额均补充自他处。同治四年（1865）乍浦驻防官兵二百六十一员名，暂归杭州旗营；同治九年（1870），福州驻防调拨旗兵五百余员名；光绪

---

① （清）王廷鼎：《杭防营志》卷四。
② （清）张大昌辑，白辰文点校：《杭州八旗驻防营志略》卷十三，第123页。
③ （清）张大昌辑，白辰文点校：《杭州八旗驻防营志略》卷十三，第129页。原文"焰"作"陷"，有误，今改。
④ （清）王廷鼎：《杭防营志》，卷首"新图说"。
⑤ （清）王廷鼎：《杭防营志》，卷首"新图说"。

元年（1875），奏调德州驻防官兵一百余员名、荆州驻防官兵三百余员名；光绪三年（1877）奏调青州驻防官兵二百余员名；光绪六年（1880）奏调成都驻防闲散、官兵一百名。① 至此，兵额基本充足。与其他驻防地相比，杭州驻防的重建是十分迅速的。太平天国战争导致清朝财政体系发生变革，使不受户部监控的外销财源愈发庞大，出现了近代意义上的"地方财政"，也造成了清廷倚重外省督抚的新格局。驻防八旗的官兵俸饷起初完全依赖清政府的财政拨给，相关地方政府负责向驻防支付，地方政府则无权随意增减。② 而在太平天国战争结束后，多地旗营需要重建，在此过程中地方总督拥有了重要决定权，驻防将军则处于被动境地。江宁驻防重建中，因地方资金有限，地方督抚率先将资金用于裁军、剿捻平回、练兵、洋务企业及其他关系民生的善后措施，并未首先用于重建驻防八旗旧制，在重建中也常见消极拖延，较少积极配合③。因而直至光绪七年（1881）江宁旗营兵房还未修建完成，光绪二十四年（1898）旗营兵额还未补足。杭州驻防的财政供给在太平天国战争后也由中央转移到地方，处于浙闽总督的管辖下。旗营在战后虽未能尽复旧观，但其重建之迅速可见浙闽督抚对这一武备力量的重视。而杭州旗营将领也着力于与地方官员营造融洽友好的关系，富尔荪在光绪四年（1878）由乍浦副都统调任杭州将军，"时杭之大吏惩连将军之习，率不乐与满营将军都统亲，彼此拜谒，循例而已。公徐以诗酒连络当道，既习，始与婉商营务，必俟允许而后入奏，庶免上下掣肘，于是当道亦韪其所为，故一切营制规复不少，余可独断者亦次第奏准"④。可见太平天国战争后，各地驻防与中央之间的关系渐趋疏远而与驻地间的关系较以往紧密。旗营财政由地方督抚掌控，使旗营逐渐成为依附地方的军事力量。

重建后的杭州旗营已不复旧观，补充的旗人来自六处。三多有诗云："同承恩泽镇之江，敢享承平志气降。调自六州归一本，和亲康乐答家邦"⑤，诗后注："乱后八旗调自乍浦、福州、荆州、德州、青州、四川六处，以补旧额。"这些旗人在原驻地生活日久，养成了自己习焉不察却极

---

① （清）张大昌辑，白辰文点校：《杭州八旗驻防营志略》卷十五，第153页。
② [韩]任桂淳：《清朝八旗驻防兴衰史》，生活·读书·新知三联书店1993年版，第78—79页。
③ 顾建娣：《太平天国运动后江南驻防的恢复与重建》，《近代史研究》2020年第3期。
④ （清）王廷鼎：《杭防营志》卷三。
⑤ （清）三多：《可园诗钞外·柳营谣》，第662页。

具地域性的文化气息，使杭州旗营成为一个多元文化汇聚之所。三多《柳营谣》中有"节物于今各处殊，吾家笑作五侯厨。荆州圆子福州饺，岁暮春初相向输"①，诗后注："难后八旗皆调自六州，所以节物各殊。"光宣时期的杭州旗营文化由他们共同谱写着。收入《清代朱卷集成》的杭州旗人朱卷履历共七份，全部是光宣年间人，有3人源出荆州，4人源出乍浦②。同治四年（1865）至光绪八年（1882）浙江省举行乡试八次，但"驻防以人数未敷，停设中额"③。因应试人数不足规定的五六名，有科考意向的驻防旗人的仕进之路也被阻断。同治十二年（1873），杭州将军奏请"镶白旗满洲前锋文生钟奇，原名奇朗阿，同治七年在福州岁试取进，拨入府学。九年，奉调来杭补额，兹届癸酉科乡试，志切观光，惟杭州驻防，自遭兵燹，历届乡试，尚无应试之人，现在仅有文生二名，不敷中额。该生等本系福州驻防，调拨来杭，可否暂令仍回福建驻防应试，俟浙江驻防人数足额，再行改复旧章"④，此奏请以严防跨考被驳回。钟奇（字幼馥）的科举仕进之路虽被阻断，但身为生员，具有一定的文化素养，曾掌教梅青书院。光绪年间的杭州驻防士子大都尊他为老师。钟奇也多与时人相唱和，如完颜守典写有《和幼馥佐戎拟闺人咏落花诗》《偕幼馥佐戎，春亭、六桥两世官，萧卿、文卿、翰香、镜清诸茂才集湖山春社送筱珊大令之京》，善能也写有《辛巳春王十日偕存蓉轩三雅园小饮喜遇钟幼馥为口占一律》。他虽不能以科举入仕，但杭州为他提供了能够挥洒诗情的文学场域。来自六处的旗人聚集在杭州旗营，在西湖山水以及杭州深厚人文底蕴的影响下，他们自身潜在的文学生命也被激发着。

辛酉之难使杭州旗人集体殉难，盛元所纂《杭州驻防小志》"户口"部分有云："咸丰辛酉以前丁口老幼男妇约八千数百人。是年，杭城失陷，惟服官京外及奉差他出者不及于难，其幸免锋镝之下者分投江北及衢州军营，妇女除就养随任外，无一人免。同治三年省城克复，由军营咨送归伍，九月造

---

① （清）三多：《可园诗钞外·柳营谣》，第664页。
② 松福、长兴、金奇显三人均生于同治年间，其父辈调自荆州驻防，如金奇显父博第苏"光绪元年（1875）奉旨移驻杭防"（顾廷龙主编：《清代朱卷集成》第292册，第274页）。文光、金梁、熊贤、金镛四人源出乍浦驻防，如熊贤为金梁侄，二人所属家族在凤瑞（金梁父）时自乍浦移调至杭州。
③ （清）张大昌辑，白辰文点校：《杭州八旗驻防营志略》卷十，第109页。
④ （清）张大昌辑，白辰文点校：《杭州八旗驻防营志略》卷九，第102页。

册收集官兵四十六员名。"① 杭州驻防文学在辛酉之难前已渐成规模，辛酉难后创作主体消失，意味着文学创作的中断。而杭州旗人纵火自焚，导致旗营建筑尽化为瓦砾，作为文人诗歌重要载体的诗集也多被烧为灰烬。观成《语花馆诗拾》前有金梁所作按语云："先祖著有《语花馆诗草》六卷，咸丰辛酉之难板毁无存，此为余侄熊飞搜访所得"②，赫特赫讷《白华旧馆诗存》前载"著有《白华旧馆吟稿》，乱后无存，其存者及门文秀所手录及鳞鸿传寄之作，于全稿十不及一也"③，廷玉著有"《苍雪斋诗稿》《湖山胜迹补遗》各若干卷，尽毁于兵"④。而现存较为完整的杭州驻防文人诗集大都属外任者，留杭旗营文人诗集多不存。虽诗集无存，但据记载可想见杭州旗营诗歌创作曾有的繁盛局面。光宣年间的旗营文人三多及完颜守典分别辑录《柳营诗传》及《杭防诗存》，汉城文人丁丙、丁申辑录《国朝杭郡诗三辑》留存了部分驻防文人诗作，一定程度上再现了旗营文学的盛况。

　　光宣年间留有诗作的杭州驻防文人都属原旗营后裔，而非调自六处的旗人。重建后的杭州旗营尤以荆州驻防人数最多，但实际上仍由杭州驻防幸存者及后代和乍浦驻防旗人掌握着旗营领导权。战争中的幸存者有连（三多父），"辛酉城被围，奉檄诣定海乞援，冒险从间道达大营。未几，杭城陷，遂留营随剿。大兵收复浙境，随署将军明公首先入城。时规模草创，惟公熟于营务，故多与经画整顿"⑤，后官至记名副都统。因而有记载称三多为"满洲世家子"，能够"鲜衣怒马，驰骤往来"⑥。乍浦驻防本就是杭州驻防的分支，同治四年（1865）乍浦驻防率先并入杭州并掌控了旗营话语权。完颜守典父文元移自乍浦驻防，官旗营协领兼掌右司关防，有载完颜守典"生世臣之家"⑦。金梁家族为满洲瓜尔佳氏费英东之后，其祖父观成官至四川南川县知县，叔父麟瑞子柏梁官至乍浦副都统，椿梁官至旗营协领及武备学堂总办。惠兴是清末杭州旗营贞文女学的校长，为办女学殉身，她曾在遗书中陈述："自知力弱无能，初意在鼓励能

---

① （清）盛元：《杭州驻防小志》，南京图书馆藏，钞本。
② （清）观成：《语花馆诗拾》，国家图书馆藏，民国间铅印本。
③ （清）赫特赫讷：《白华旧馆诗存》。
④ （清）王廷鼎：《杭防营志》卷三。
⑤ （清）王廷鼎：《杭防营志》卷三。
⑥ （清）三多：《粉云庵词》。
⑦ （清）完颜守典：《逸园初集》。

事之人如三太太、凤老太太、柏哲二位少奶奶以热心创此业务,谁知这几位都厌我好事"①,三太太为三多夫人,凤老太太为金梁母亲,柏哲二位少奶奶应为金梁家女眷,说明这几位都是旗营内较有影响力的女性,侧面表明三多家族及金梁家族在旗营内有较高地位。而此时留有作品的7位文人基本上都出自这两大家族。太平天国战争后,国家财政面临严重困境,导致旗人俸饷减成发放,普通旗丁在此境况下很难有系统接受教育的机会,也无力支付长期稳定的教育投资,使文学创作这一活动更加局限在旗营世家子弟中。此时的7位文人也多具有姻亲关系。如杏梁、金梁、画梁都为凤瑞子女。完颜守典娶妻成堃,成堃为乍浦副都统杰纯孙女,广西浔州知府固鲁铿女。完颜守典的父亲文元是三多岳父。而文元娶凤瑞女为妻,因而杏梁为完颜守典舅舅。② 那么,凤瑞是三多姻外祖父。③ 王韶是福州福宁知府富乐贺妻,富乐贺父亲东纯生于杭州驻防并官至福建将军。王韶与三多也存在亲属关系,三多写有《四时杂咏奉和世叔母王乔云夫人》。可见光宣时期杭州驻防文学创作带有的家族性特点较道咸同时期更为突出。光宣时期的驻防旗人虽调自六处,但原杭州驻防蕴蓄的文化影响力仍具有明显优势。

  道咸同时期驻防科举制度本地化促动旗营文学走向繁盛,也使旗营文人经科举入仕去往他地。当辛酉之难发生时,在外任职的旗营文人得以脱险,并以诗歌记载下内心受到的创伤。④ 他们也成为杭州旗营重建过程中的重要外援力量。瑞常在辛酉难后"数次遣人还杭,采访殉难诸人,虽妇女幼丁,必摭其姓氏,两次入奏,表扬不少,其有披难入都者,公悉留养存问倍至"⑤。杭州旗人的集体殉难行为在八旗驻防体系中也较少见,时人记载称:"直省驻防各营,临难不苟,忠节如林。其最著者:咸丰三年二月,贼窜金陵,将军忠勇公宗室祥厚,副都统果毅公霍隆武,力扼满城,相持两日夜,血战捐躯。十年二月,杭州沦没,将军忠壮公瑞昌、副都统果毅公杰纯,勒兵死守,鏖战六日夜,卒复省垣。十一年十一月,全浙糜烂,杭州复失,驻防城尚坚持四日,杰公战死,瑞公纵火自焚。两省之陷,满兵皆视死如饴,万众同命,虽妇人稚子,无一偷生草间者。忠义之气,上

---

① 《惠兴女士为女学牺牲(选录申报)》,《通学报》1906年第1卷第2期。
② 完颜守典诗歌中有《校录舅氏襄侯协戎(杏梁)遗稿感赋一律》,其中"挑灯教读史(曩曾从学舅氏),对月共挥毫(舅氏尝以诗命和)"。
③ 《可园诗钞》有诗《李介节砚歌为姻外祖凤桐山瑞封翁作》《还家敬次桐山姻外祖赠诗原韵》。
④ 旗营外任者记载辛酉之难的诗作在第七章进行专门论述。
⑤ (清)王廷鼎:《杭防营志》卷三。

耀三光，下垂无竟，亦足见圣祖神宗股肱臣仆之报已"①，"满洲世仆，国家豢养之报，一见于江宁，再见于杭州，乍浦亦然。其所以仰答朝廷者，赫赫在人耳目！乱既定，孑遗少甚，向隶尺籍南粮簿录近万人，而今无考者皆为国殇矣"②。辛酉难后，外任杭州旗人也助力旗营文化的重建。富乐贺是东纯嗣子，他在难后"创复梅青书院，未竟，以知府铨赴福建，赖盛观察续成之"③。盛观察即盛元（1813—1887）④，字恺庭，巴鲁特氏，蒙古正蓝旗人，道光十六年（1836）中进士，官至江西南康府知府，著有《怡园诗草》（不存）、《杭州驻防小志》（存于南京图书馆），主持编纂《南康府志》。辛酉难后告归，"筑屋于洪福桥东"，因梅青书院在劫后荡然无存，"公首捐巨资，复为广集资斧重建，设文艺经书数塾，分延名师教之，举生童月课，扃门面试，聘山长评取甲乙分给奖银。外又设监院总办之目，以董其事，规模较前有加益焉"，"自建复后，弟子之入泮者几三十人，登贤书者六人。公之德泽，足与范公后先辉映"⑤。善能官至光禄寺丞，晚年归杭，掌教梅青书院。梅青书院是杭州驻防文人接受教育的主要地点，促进了驻防旗人仕进也提升了他们的人文素养，对它的重建意味着对其价值的认可。杭州旗人外任者深知教育对改变旗人现状的重要性，因而全力对难后旗营教育进行反哺。辛酉之难使幸存杭州旗人产生强烈向心力，积极致力于旗营发展。虽然在末世的背景下，这种努力是徒劳的。

辛酉之难是杭州旗民的共同灾难，相对于在文化和习俗上极为陌生的太平军，已经在杭州居住了近两百年的旗人则被汉城人认为是与他们共命运的邻居⑥。旗民共同抗击外来者，也拉近了二者间的距离。而此时旗营文人也走

---

① （清）陈康祺：《郎潜纪闻初笔》卷一，中华书局1984年版，第8—9页。
② （清）张大昌辑，白辰文点校：《杭州八旗驻防营志略》卷十四，第145页。
③ （清）王廷鼎：《杭防营志》卷三。
④ 《杭防营志》卷三载盛元"卒于光绪十三年正月初三日，年六十八"，《八旗艺文编目》同此说。但丁丙《松梦寮诗稿》卷五光绪八年（1882）作《九月二十四日，集固园看菊，分得胡书农学士邱氏草堂看菊韵》有"寿花寿客不期遇，尊前各祝年无涯"句，自注有："恺丈正七十"，推算盛元应生于嘉庆十八年（1813）。《琳斋诗稿》卷六本年诗歌有《挽吴筼轩、盛恺亭两观察》，其中两句及自注尤为具体："生年齐大耋（筼轩年八十一，恺亭年七十五），殁日隔三宿（筼殁于光绪丁亥正月初二日，恺即殁于初五日）"，进一步证明盛元享年七十五岁。详见朱则杰《"铁花吟社"考》，林宗正、张伯伟编：《从传统到现代的中国诗学》，上海古籍出版社2017年版，第383—408页。
⑤ （清）王廷鼎：《杭防营志》卷三。
⑥ 汪利平：《杭州旗人和他们的汉人邻居——一个清代城市中民族关系的个案》，《中国社会科学》2007年第6期。

出了较为单一的社交圈，与杭州汉城文人展开密切深入往来，如三多有诗《世丈高白叔中翰招陪谭仲修师、梦薇师、许迈孙、杨雪渔、筱甫古酝诸先生饮豁卢赏牡丹赋谢》《六月十六日俞小甫、杨古酝两先生邀同贝达夫、曹砺斋、盛伯平、程云承诸君子游湖作》。三多交往的文人以汉城文人占多数。金梁与章太炎、林纾、康有为、郭松林等人保持着密切的政治文化往来。此外，盛元"与吴筠轩观察同年又曾同官江西，最称莫逆，相与结铁花吟社，予亦添附倡和，极一时之盛"①，"铁花吟社"兴起于光绪四年（1878）止于光绪十二年（1886），前后共六十集，相与唱和者23人，大都为杭州汉城文人，如吴兆麟、应宝时、胡凤丹、丁丙、吴庆坻、高云麟、丁立诚等。② 同时，光宣年间杭州地区的文化名人俞樾、王廷鼎、张大昌、丁丙、丁申等人也都对旗营文化建设产生重要影响。这一时期是充满变革的时代，杭州旗人或主动或被动地参与其中，用诗笔写下自己的才识和胆略。

第二节　杭州驻防内的闲适安逸类书写

光宣时期，中国经历了中法战争、甲午中日战争、戊戌变法、义和团运动、八国联军侵华等事件，部分战事也波及浙江。然而，此时部分杭州驻防文人却书写着闲情雅致以及岁月静好，游离于时事之外。究其原因，与个人身世及性别有较大关系。

一　出身贵胄的完颜守典及杏梁

完颜守典（1869—1893）③，字彝斋、孟棠，号诗谭。诸生。其父是杭州驻防协领文元④，娶广西浔州知府固鲁铿之女成堃为妻⑤，与杭州驻

---

① （清）王廷鼎：《国朝杭郡诗三辑》卷九十二。
② 参见朱则杰《"铁花吟社"考》，林宗正、张伯伟编：《从传统到现代的中国诗学》，第383—408页。
③ 完颜守典《逸园初集》有盛元题诗，诗后有完颜守典自注："甲申年，余十有六岁，补博士弟子员"，据此推算他生于同治八年（1869）。完颜守典《逸园二集》有三多跋，载完颜守典去世于光绪十九年（1893）。
④ 《杭防营志》卷三载完颜守典的父亲文元，"字济川，完颜氏，乱后由乍浦调杭，官镶蓝旗协领，兼掌右司关防。体干魁硕，待下平正，工琴"。《清代朱卷集成》第282册，松福履历中"受恩师、受知师"部分载文元为"总管梅青书院"（第7页）。
⑤ 完颜守典在光绪十五年（1889）作有《新婚词》，可知他此年娶成堃为妻。成堃为固鲁铿继室所生。

防内凤瑞家族①、三多家族②俱有姻亲关系。优越的家世为完颜守典提供了良好的受教育环境。他喜吟咏,著有《逸园初集》《逸园二集》《燕支草》③,辑录《杭防诗存》。与杭州驻防文人及汉城文人结苹香诗社、红香吟社④。诗歌多以写景抒情为主。写景诗细腻生动,有苍茫之气,如"夕阳红渡水迢迢,西望余杭路尚遥"(《余杭道中》)、"苍茫云树影浮空,半是烟笼半雾笼"(《烟湖》)、"絮影沉沉流水急,游丝袅袅夕阳残"(《春阴》)⑤,抒写杭州烟水迷离的景色,营造了空灵悠远之诗境。论诗主性灵,其《偕浩然孝廉(恩长)谱弟童子明茂才(昭德)论诗口占二绝》有"性情以外本无诗,袁子斯言我不疑。煞费吟思得一句,不如随意写来时""闲意书来不计传,莫将得失问诗禅(余自号诗禅)。三唐两宋曾先我,今日能诗值几钱"⑥。《述怀》一诗奔放自如、灵活多变,典型地体现了他主张诗歌"随意书写""莫问得失"的特点,如"绿阴幽鸟静中趣,庭草妨花手自删""论古评今自得意,一杯浊酒醉春风"⑦。他的词作大都写男女情事,别致精巧,情感浓烈,如"西风庭宇黄花瘦,酒痕泪点青衫旧。容易又重阳,可怜秋夜长"(《菩萨蛮》)、"怜侬千里寄蛮笺,不是等闲相问语,仔细留看"(《浪淘沙》)⑧。也有部分词作走向了"俗"的一面,如"看他来了留还去,留也从他,去也从他,我只殷勤留着他"(《丑奴儿》)⑨。完颜守典生活在光绪年间,他的诗作多抒发自己的闲情雅兴,极少描写社会现实与民生疾苦。主要有以下两点原因:首先,他在世时间短,生活阅历不够丰富。其次,他为世家贵公子,生活较优渥,很少有机会触及社会底层。而与完颜守典同时的杏梁虽为武将,诗

---

① 文元娶凤瑞女为妻。
② 三多岳父为文元,《可园诗钞》有诗《哭外舅济川公》,外舅即为岳父。三多与完颜守典二人年龄相近,且具有姻亲关系,共同对诗歌的喜爱使他们之间唱和之作颇多。
③ 完颜守典《逸园初集》共三卷,诗歌依年排序,自光绪八年(1882)至十七年(1891)的诗歌195首。《逸园二集》《燕支草》为完颜守典去世后,三多辑存。《燕支草》为词集,收词作24首。
④ 祝庆年题诗有"白社春风修禊事(君与令妹倩六桥都尉及杨古酝、王梦薇二明府约在杭诸诗人结苹香吟社),红桥夜月照相思(见集中红桥诗)"句。《逸园初集》有《花朝日招同人集红香吟社》《闰花朝日招同人集红香吟社偕六桥联句》。
⑤ (清)完颜守典:《逸园初集》。
⑥ (清)完颜守典:《逸园初集》。
⑦ (清)完颜守典:《逸园初集》。
⑧ (清)完颜守典:《燕支草》,华东师范大学图书馆藏,清刻本。
⑨ (清)完颜守典:《燕支草》。

歌中也多游赏宴饮之作。

杏梁（？—1890）①，字襄侯，满洲瓜尔佳氏。凤瑞之子。由印务委章京领催，同治十二年（1873）奏请补放正白旗满洲骁骑校；同治十三年（1874）升补镶黄旗满洲防御，报部委前锋章京；光绪二年（1876）升补正白旗满洲四佐领；光绪四年（1878）赏戴花翎；光绪九年（1883）委署镶蓝旗满洲协领事务；光绪十三年（1887）军政保荐卓异，奉朱笔圈出，准其回任候升；光绪十六年（1890）委署镶白旗满洲协领事务，升任正黄旗满洲协领兼管镶蓝旗满洲头佐领事务，将任事而殁。前掌印务佐领管带格林炮营总，兼带陈新洋枪队中营营总。② 杏梁家族中多武将，申权《金息侯先生年谱》光绪二十二年（1896）有"桐山公以遭世变，无意功名，子弟亦皆改为骑射，至公（金梁）始令与诸侄同赴文试"③。因此在凤瑞家族谱系中，子椿梁由协领官至八旗武备学堂总办，杏梁官至佐领；凤瑞侄柏梁官至乍浦副都统，杉梁官至协领，榕梁、梓梁均为骁骑校，都从事武职。虽官武职，但家族中人对习琴作书画颇有造诣。王廷鼎《杭防营志》载杏梁："作八分书，得汉碑胎息，尤工琴，能审音律，性静细，有儒者风。"④ 杏梁诗不常作，去世后由侄熊飞辑录成《榴荫阁诗剩》，共13首。诗集后有王廷鼎题诗《哭襄侯协戎即题榴荫阁诗剩》，诗云："秋风一曲订知交，湖舫山窗兴倍豪（时同人结琴社于西湖，弹梧叶舞秋一曲尤工）。今日青湖桥畔过，有谁重奏锦江涛（君署在清湖桥西，锦江涛，君琴名也）。十年工作唐人隶，一旦翻然学八分（君工唐隶，余喜八分书，自订交后尽弃所学，而作八分，苍劲可爱）。难得中郎一枝笔，不应地下趁修文。翩翩裘带仰风怀，不独琴书冠等侪。怪底八旗齐太息，秦亭山是岘山碑（君统领格林炮，岁春秋必驻秦亭山简练士卒）。我来神气一为清，犹坐床头乞药灵。只恨青囊深扣底，绝无妙术解蓡苓"⑤，清晰展示了杏梁的儒将形象。杨葆光题诗中也有"君是大将

---

① 申权辑《金息侯先生年谱》光绪十六年（1890）载"冬十月，公兄杏梁卒"。金梁《金息侯先生壬子自述诗》载"十三始学文，读书明大义。缘痛手足伤，遂悟死生理。案先生之兄襄侯协戎杏梁善八分书，女兄织云女士精绘事，先后病故，先生为联以挽之，谓自是遂悟死生之理。"金梁十三岁即为光绪十六年（1890）。因同治十二年（1873）杏梁已补满洲骁骑校职，推测他的生年当在道咸年间。
② 顾廷龙主编：《清代朱卷集成》第296册，第214页。
③ （清）申权编：《金息侯先生年谱》，国家图书馆藏，民国间油印本。
④ （清）王廷鼎：《杭防营志》卷三。
⑤ （清）杏梁：《榴荫阁诗剩》，国家图书馆藏，民国间铅印本。

才，乃有儒将概""差幸传家多俊杰，文通武达续前修"①。杏梁留下的13首诗歌中，有三首与琴有关，《盛恺庭观察（元）招同祝安伯太守（庆年）诸同人作琴会第一集》《同诸琴友宴集湖舫》《题仲弟研香（柏梁）横琴》，侧面可见他对琴曲音律的喜爱。其他诗作清新淡雅，意蕴悠长，如"慈云楼五色，款段入群峰。浪静江横练，风回树堕钟"（《骑游云楼》）、"杨花撩乱扑楼台，欲往还飞扫不开。怪得东风温似许，一天暖玉熨春来"（《柳絮》）、"梅花三百绕山隈，昨夜应摧一树开。渡水穿林无觅处，好风忽送暗香来"（《雪霁访梅孤山》）②。杏梁身为旗营将领，积极投身军事训练，曾统领格林炮，说明他与光宣时局有着近距离接触。然而在现存诗作中却无丝毫呈现，这与他的诗作留存数量太少有关系，也与他的勋贵阶层属性有关。

二 成堃、王韶等女性文人的闲情书写

光宣时期，女性文人占据了杭州驻防文人的半数。而在乾嘉以及道咸年间，则不见旗营女性文人诗作，究其原因，认为彼时旗营女性文学创作被淹没在众多的男性文人话语之下，加之辛酉之难对旗营文学的摧毁，使得女性创作不存于世。光宣年间，旗营女性受到良好的家庭教育及江南女性文学创作③的影响，写作诗歌并有意识留存诗作。沈善宝在《名媛诗话》卷一中有云："窃思闺秀之学，与文士不同，而闺秀之传，又较文士不易。盖文士自幼即肄习经史，旁及诗赋，有父兄教诲，师友讨论。闺秀则既无文士之师承，又不能专习诗文，故非聪慧绝伦者，万不能诗。生于名门巨族，遇父兄师友知诗者，传扬尚易，倘生于蓬荜，嫁于村俗，则湮没无闻者，不知凡几。"④ 杭州旗营家族内拥有的文化场域对女性文人创作起了重要助推作用。成堃是完颜守典妻子，广西浔州府知府固鲁铿女。画梁为杏梁妹，凤瑞女。王韶为福宁知府富乐贺妻。她们在出嫁前受到父兄的教诲，出嫁后受到丈夫的濡染，使诗歌写作益加精进。而在中国古代

---

① （清）杏梁：《榴荫阁诗剩》。
② （清）杏梁：《榴荫阁诗剩》。
③ 清代是女性文学创作的繁荣时期，尤其在江南，发达的经济文化为女性创作提供了基础，社会上的有识之士对女性文人给予更多关注，女教受到普遍的重视且能够拜男性文人为师，女性文人嗜好读书著文且思想意识到了自醒的阶段，这些原因都促成了江南女性文学的大规模兴起。段继红：《清代闺阁文学研究》，南开大学出版社2007年版，第47—64页。
④ （清）沈善宝：《名媛诗话》卷一，王英志主编：《清代闺秀诗话丛刊》，第349页。

男尊女卑的社会中,无论是否出嫁,女性始终是作为男性的附庸而存在,"定义和区分女人的参照物是男人,而定义和区分男人的参照物却不是女人。她是附属的人,是同主要者(the essential)相对立的次要者(the inessential)。他是主体(the Subject),是绝对(the Absolute),而她则是他者(the Other)"①。女性文人作为他者的身份决定了其社会分工是次要的,是转向家庭内部的,也就决定了其诗作内容是被限定了的。光宣时期杭州驻防女性文人诗作大都表达的是闲情逸致,于她们而言,社会现实是作为远景存在的。而不同的女性文人作品因个人经历的不同也呈现出不同特点。

成堃,字玉卿,光绪年间人。蒙古布库鲁氏。乍浦副都统杰纯孙女,广西浔州府知府固鲁铿女,杭州驻防满洲诸生完颜守典妻②。她幼承家学,工诗能琴,著有《雪香吟馆诗草》一卷。嫁给完颜守典后,夫妇二人多联吟唱和,时人多有称赞,如《逸园初集》有祝安伯题诗,其中有"从知玉镜妆台下,应为闲吟懒画眉(尊夫人布库噜氏亦能诗)",蔡子长题诗有"谢家门第左家才(尊夫人布库噜氏,乍浦都统杰果毅公之女孙,浔州太守固画臣先生之女也,工诗能琴),佳偶联成红叶媒"③句。完颜守典诗集内有《寒夜偕内子玉卿联句》《夏夜偕内子玉卿联句》。成堃诗集有《重阳》一诗,内有"人在吴山诗得未(外子偕同社集吴山阮公祠),我于陶径酒频倾"④句,展示了夫妻二人琴瑟和鸣,谱写了一段旗营佳话。成堃诗作多写景物和节候及随之而生的心境变化,充满女子在庭院之内形成的闲情雅趣及薄愁浅恨。她诗歌中呈现的文学交游较有特点,交游主体是女性,并扩展到杭州汉城,如《读蕊珠仙史姜媚川珍诗稿题赠一律》《赠徐杏丈吉曾女史》。但她多与旗营内女性唱和,如王韶诗歌称成堃"清才丽质无双品,的是琼林第一枝"⑤,成堃《题王裔云世伯母冬青馆集》有"颂椒才调惊重见,咏絮声名信可扬"⑥。完颜守典大

---

① [法]西蒙娜·德·波伏娃:《第二性》,陶铁柱译,中国书籍出版社2004年版,作者序第4—5页。
② 《雪香吟馆诗草》后有三多题诗,小序中有"玉卿名成堃,蒙古人布库噜氏,乍浦副都统杰果毅公女孙,广西浔州府知府固画臣太守女,妻兄守彝斋茂才室也"。
③ (清)完颜守典:《逸园初集》。
④ (清)成堃:《雪香吟馆诗草》,南京图书馆藏,钞本。
⑤ (清)成堃:《雪香吟馆诗草》。
⑥ (清)成堃:《雪香吟馆诗草》。

妹琼仙善绘画，《逸园初集》有诗《大妹琼仙为余绘梅花便面》，继而成堃写有《谢琼仙绘白牡丹便面》，以琼仙所绘的梅花便面为题在家族内部形成了小规模的唱和。成堃还写有《琼仙以赠梅花诗见示索和元韵》，诗云："解捧焦桐待月明，爱将横竹犀风清。昨宵听说酬佳句，瘦损吟腰和未成"，后附琼仙《元作》云："抱琴捧砚最聪明，学楷钞书亦秀清。该得郑家诗婢子，我呼崔嫂女康成。"① 成堃诗歌交游人员也突破了身份阶级的限制，她与侍儿梅花多有吟咏，建立起深厚的文学情缘。《雪中咏梅调侍儿梅花》有"飞玉满园香，枝头春意透。冰雪影团团，谁道梅花瘦"②，《遣梅花省亲》云："生小相依十六年，那堪离别隔云天。如今携手长亭路，不是知心也黯然。欲留安忍送将行，一曲阳关泪欲倾。莫负黄花秋后约，有人无日不关情。云帆东去会何时，月夕花朝两不知。虽去如留常在念，也应看取别离诗。珍重离情忍泪言，风霜客路慎晨昏。长江水尽情难尽，此别关山欲断魂"③。完颜守典《逸园初集》中有《遣侍儿梅花之广东省亲》："尊前无语久徘徊，但说黄花开后来。帘卷西风人影瘦，陶然共醉夜光杯（内子玉卿别诗云：莫负黄花秋后约，有人无日不关情。要梅花兼调余也）"④，可见主仆情分之深及家庭内部融洽的文学创作环境。成堃生于官宦世家，与门当户对的完颜守典结为姻亲，她的物质生活是优越的，与丈夫的琴瑟相和更带来精神的富足。完颜守典诗作多呈现富贵公子的闲适，成堃诗作必然会囿于他的影响使诗歌主题及风格更加向家庭内部收缩。

画梁（？—1889），字织云，凤瑞女，佐领杏梁姐，嫁给翻译文生仁兴为室。子乃赓，光绪己丑举人⑤。她"性好诗画，曾以尺缣倩人画，经年不能得，忿甚，遂调粉赭，广购画稿，日夜临摹，期月而画成，所作花鸟翎毛，笔力超脱，无闺阁气，时人与王韶称为竞爽"⑥。著有《超范式画范》。光绪年间慈禧选善画者入宫，画梁被选中，后因病去世未得成行。⑦ 画梁

---

① （清）成堃：《雪香吟馆诗草》。
② （清）成堃：《雪香吟馆诗草》。
③ （清）成堃：《雪香吟馆诗草》。
④ （清）完颜守典：《逸园初集》。
⑤ （清）王廷鼎：《杭防营志》卷三。
⑥ （清）王廷鼎：《杭防营志》卷三。
⑦ "初，太后传旨，命江浙织造选保命妇善画者入侍，江苏织造保送一人，即缪氏；浙江保送二人，一为王韶，号冬青，一为吾姊画梁，号织云。吾姊画学南田秋岳，无脂粉气，颇擅名，适病殁不克应召。"（清）金梁：《光宣小记·缪太太》，上海书店出版社1998年版，第23页。

在绘画上取得的成就离不开父兄的引导,《清代朱卷集成》载观成"工书画",凤瑞"九岁能诗书画"①；杏梁"作八分书,得汉碑胎息,尤工琴,能审音律",柏梁（麟瑞子）"工楷善画,亦能琴"②。画梁现存《题画》诗一首,诗云："年来消瘦似诗人,写入丹青更有神。别后向谁问芳讯,孤山依旧一枝春。罨画溪边绿蔓肥,香风吹惹美人衣。二分春色知何似,为酌山家酒力微"③,描绘了一幅淡远孤寂的画面。题画诗在明清以降尤为风行。潘焕龙有言："昔人谓'诗中有画,画中有诗'。然绘画者不能绘水之声,绘物者不能绘物之影,绘人者不能绘人之情。诗则无不可绘,此所以较绘事为尤妙也。"④ 画梁以飞逸之诗思与灵动的画笔相结合,表明她有着较高的文学艺术修养。彼时的杭州旗营内,画梁与王韶都以画并称,王韶在诗作上更胜一筹,三多感云："管夫人笔擅当时,艳煞闺中画合诗。吾里效颦谁得似,织云争与乔云期。"⑤

王韶,生卒年不详,字乔云,又号冬青女士。为钱塘知州王棣之女,王棣无子,因而爱此女如子。"自幼教之读,稍长课以诗赋文词,旁及书画,无不领会,虽丈夫子不及也"⑥,后嫁与杭州驻防满洲正蓝旗旗人富乐贺。富乐贺官福建福宁府知府,"素癖书画,所藏多名人笔墨,女士因之学益进"⑦。王韶本身具有较好的文学功底,嫁与通文墨之人,诗画技艺得到进一步提高。著有《冬青馆吟草》,共两册,第一册以体裁分类,共收诗 241 首,词 15 首,赋 3 篇。第二册大体以时间先后为序,收诗 124 首,词 11 首。王韶诗大都充满岁月静好的雅致,如《春日》云："小院日迟迟,纱窗开面面。一阵杏花风,帘前过双燕"⑧,描摹出春日的灵动之姿。即便是描写秋天,也并无肃杀之气,如"凉生枕簟夜徘徊,不用蒲葵气乍开。风送万山秋籁起,疏窗月黑雨声来"⑨（《秋夜听雨》）,

---

① 顾廷龙主编：《清代朱卷集成》第 91 册,第 113—114 页。
② （清）王廷鼎：《杭防营志》卷三。
③ （清）潘衍桐编纂,夏勇、熊湘整理：《两浙輶轩续录》卷五十四,浙江古籍出版社 2014 年版,第 4301 页。
④ （清）潘焕龙：《卧园诗话》卷二,赵永纪编著：《古代诗话精要》,天津古籍出版社 1989 年版,第 127 页。
⑤ （清）三多：《可园诗钞外·柳营谣》,第 666 页。
⑥ （清）王廷鼎：《杭防营志》卷三。
⑦ （清）王廷鼎：《杭防营志》卷三。
⑧ （清）王韶：《冬青馆吟草》,南京大学图书馆编：《南京大学图书馆藏古籍珍本丛刊·稿钞本卷》第 40 册,南京大学出版社 2017 年版,第 52 页。
⑨ （清）王韶：《冬青馆吟草》,第 93 页。

在平铺直叙中描绘深夜秋雨之景,能够感知到诗人内心是平静安逸、温婉柔和的。"即景添诗料,挑灯读史书"是日常惯习,意味着她不喜繁华盛景,即"吾生耽静逸"①(《秋日闲居》)。生活空间的狭小虽然限制了她的视野,但也培养起她对细微之物的观察,使得审美倾向是向内延伸的,具有细腻婉约的特点,如《夏夜对月》有云:"避暑闲庭坐,欣然纳晚凉。清风三径竹,明月一庭霜。蛩语来瑶砌,萤辉度粉墙。夜来浑未觉,零露湿衣裳"②,词作《秋蕊香·落花》云:"芳草天涯如染,催得韶光荏苒。嫣红姹紫归流水,闲煞夕阳庭院。"③ 由于阶级及性别的限制,决定了王韶的生活空间是"闲"的,写作的诗歌必然无出其右。当然,随着眼前景色的变化,诗歌中也可见豪壮奇丽之作,如《钱塘观潮》云:"蓦惊雪练千万条,状如群马齐奔槽。越山浑在浪花摇,击鼓迎潮舟子呶……东南胜景谁为褒,广陵枚叔助挥毫。我拟持竿驾轻舠,欲向此中钓巨鳌。"④

王韶曾跟随丈夫任职去往福建,拓展了诗歌内容。富乐贺任职福宁,其间多次前往台湾。康熙二十二年(1683)平郑克塽,次年设台湾府,属福建布政使司,领台湾、诸罗、凤山三县。治台湾县(今台南市)。管辖台湾本岛及周围岛屿。光绪元年(1875)后辖境缩小;十三年(1887)改名台南府。⑤ 王韶诗集中有《中秋赤嵌对月》,诗云:"碧空无际月华满,刻烛题诗妨夜短。九天风露寂沉沉,何处城头吹芦管……圣湖负却好秋光,却对蛮天忆故乡。同此桂花明月夜,可知风景异钱塘。"⑥ 赤嵌的风景必然与钱塘不同,诗人面对赤嵌的月夜想念的却是杭州,此时景与此时情处于不同维度,这一错位加重了诗歌的情感内蕴。在这首诗中王韶将赤嵌称作"蛮",《即目》一首中也有"蛮天秋淡雨霏霏"⑦ 句,表明在她的思想意识中赤嵌是文明程度较低的化外之地。富乐贺也写有《赤嵌晚眺》,诗作通过对赤嵌历史的回望表达了对外来侵略的不满。夫妇二人面对同一片月夜,生发的却是完全不同的情思,男女社会分工的不同通过这两首诗表现出来。大甲归苗栗县管辖,清代的巡抚司设

---

① (清)王韶:《冬青馆吟草》,第126页。
② (清)王韶:《冬青馆吟草》,第139页。
③ (清)王韶:《冬青馆吟草》,第168页。
④ (清)王韶:《冬青馆吟草》,第28—30页。
⑤ 郑天挺等主编:《中国历史大辞典》,第934页。
⑥ (清)王韶:《冬青馆吟草》,第21—22页。
⑦ (清)王韶:《冬青馆吟草》,第36页。

于此，王韶写有《大甲城外即目》，其中有"雉堞云中见，熊旗野外连。荒城吹角处，回首锁寒烟"①，呈现了边城的萧索，这是成堃、画梁诗作中所没有的。王韶自幼生长在文化发达的杭州地区，当她去往台湾，面对萧索贫穷的边城，在强烈的对比中加深了对故乡的思念，"三径荒寒秋色冷，临风谁不解思家""乡思抛却方谋醉，又被云天雁唤醒"（《风雨感成七绝代道生兄和严芝卿司马韵》）②。《澎湖厅署怀乡感赋二绝》其一云："彻夜狂飙梦不成，无穷乡国别离情。闲愁万种浑无绪，卧听萧萧风雨声"③，诗人随丈夫远赴他乡，只有在梦中故乡才能真切地出现，然而狂风暴雨之夜梦也难成，只能在风雨声中独自承受思乡的苦楚。同治九年（1870）富乐贺回杭，王韶写下《庚午重到西湖》，有"笋舆重历圣湖津，花鸟都非向日春。唯有水光与山色，料应还认旧游人"④句，面对朝思暮想的西湖，诗人抚今追昔感慨时光流逝，在细腻之余添加了感伤的特质。

光绪五年（1879）富乐贺在福宁任上病逝⑤，其"居官廉洁，殁无遗资"，王韶归杭后"借笔墨供养饔飧"⑥。丧夫之痛是王韶一生无法愈合的伤口，致使此后的诗作大都布满了愁绪。她在七夕时写下"间隔重泉远莫攀，十年别恨重如山。倘教化鹤归来望，应讶闺人鬓已斑"⑦，情感之真挚，令人动容。丈夫去世也意味着家庭生活的重担落到了王韶的肩上。《丁亥人日感怀》写有"默筹家计费沉思""室无恒产强支排"⑧句。生活的变故迫使她以卖画为生，以一技之长养育家庭，显示出女性的坚韧。王韶除抚育自己的子女外，也担负着其侄孙承禧的养育之责。承禧，字筱珊，王韶在《丁亥人日感怀》中有"襁褓孤儿今冠余，谢庭兰玉幼依予"，后注："东恭介公曾孙，自幼由予抚育，赋性沉静，寡言好学，乙酉冬令其赋京候选。"⑨她对承禧的教育倾注了大量心力，期盼良多，如"自小提携一旦分，为图振翮上青云"，也以"玉树兰芽手自培，磨砻琢

---

① （清）王韶：《冬青馆吟草》，第136页。
② （清）王韶：《冬青馆吟草》，第87页。
③ （清）王韶：《冬青馆吟草》，第102页。
④ （清）王韶：《冬青馆吟草》，第69页。
⑤ 《冬青馆吟草》有诗《乙酉仲冬筱珊侄孙入都候选诗以勉之》中有"他日何惭对夜台"句，后注：时先外殁已七载矣（第204页），推算富乐贺卒于光绪五年（1879）。
⑥ （清）俞樾：《冬青馆吟草序》，第194页。
⑦ （清）王韶：《冬青馆吟草》，第234页。
⑧ （清）王韶：《冬青馆吟草》，第221页。
⑨ （清）王韶：《冬青馆吟草》，第221页。

璞渐成材。七年承嘱羞无愧,他日何惭对夜台"(《乙酉仲冬筱珊侄孙入都候选诗以勉之》)① 告慰去世的丈夫。王韶在丈夫去世后承受着生活的重压,凭借自身使子孙成为有用之才。如果按正常逻辑发展下去,她应是在一片颂扬声中安享晚年,然而,她的悲剧命运并未就此停止。

光绪十八年(1892)慈禧太后征召才女入宫,杭州织造以王韶进。她在此时写下《秋日扈驾幸静宜园登神山顶奉勅应制》《扈驾同豫轩道中作》《驾幸昆明湖扈跸应制》《登石丈亭应制》,俞樾评价这些作品"雍容华贵,中有亭亭物表、皎皎霞外之概,虽馆阁诸臣无以过之"②。王韶身入宫禁,写作的应制诗必然是歌功颂德之作。她在诗作小注中记载"壬辰春,皇太后征访书画女士,曾经应召供奉颐和园三载,幸承恩眷……缘自外子故后,诸务劳心,体弱多病,请假暂归",即在光绪二十一年(1895)前后回到杭州。金梁《光宣小记》中载王韶在京时"礼遇虽优,而宫中繁费,不足供应,皆以为苦。数年后,王不能支,先乞假归,而债家群索无以应,竟仰药死"③。也有记载称慈禧对王韶的画作十分欣赏,本想加以重用,但她的文人习气过浓,不习惯官场间的吹捧逢迎,更不善于在慈禧面前阿谀奉承,受到慈禧的冷遇。王韶因而感到压抑,回到浙江,终因穷困潦倒,欠债过多,无法偿还,服毒自杀。④ 无论何种原因,她最终都以悲剧收场。从京师回到杭州后,她写下《次申报漱玉词人吊蕊芳词史落花十首原韵》⑤,"断雨零风冷翠茗,子规声里黯魂销。剧怜花事都成梦,莫乞春阴只自嘲""蜉蝣身世可怜虫,萧瑟情怀吊落红。舞袖粘来伤夜雨,彩幡难护怨东风",实则隐喻着自我生命的华彩如落花一样只能委弃于泥土中,传达出内心难遣的愁怀与寂寞。结合王韶的经历,这首诗所包含的意蕴能够得到更深入的理解。

生活阅历的增加不断为王韶诗歌注入新内容,她在艰难的生存环境下,体验着深重的惆怅,也写下大量的优秀诗篇。诚如沈善宝所言:"诗人少达多穷,故有'穷而后工'之语,不幸闺中亦蹈此辙。"⑥ 王韶后期

---

① (清)王韶:《冬青馆吟草》,第203—204页。
② (清)俞樾:《冬青馆吟草序》,第195页。
③ (清)金梁:《光宣小记》,第23页。
④ 上官丰等编:《禁宫探秘》,中国文学出版社1997年版,第78页。
⑤ (清)王韶:《冬青馆吟草》,第273页。《申报》原诗刊登于光绪二十一年(1895)十二月二十九日,因而王韶的次韵之作当晚于这一时间。她的卒年应在此之后。
⑥ (清)沈善宝:《名媛诗话》卷三,王英志主编:《清代闺秀诗话丛刊》,第395页。

诗作大都情韵兼具，有不少上乘之作。光绪年间她与杭州汉城文人俞樾、王廷鼎等人有唱和诗歌，《和曲园太史次洗蕉老人落叶原韵》① 其三云："城南日暮倦登临，系马难寻旧柳阴。影恋夕阳飘历乱，波寒湖水半销沉。新霜细雨凋残甚，古渡寒岩积累深。一杵晨钟惊梦觉，那堪唳鹤警秋心。"俞樾原作展示的是秋天登高远望的苍茫开阔之景，而王韶诗作则描写了梦中之景：日暮时分，她拖着疲倦的身躯登上高处，眼前夕阳影乱、湖水销沉，新霜细雨与古渡寒岩都加重了心境的凄凉，然后随着晨钟的响起，这一细碎凄苦的梦境也被打断，而梦中之景所生发的情绪却在现实中弥散开来，令诗人更加低落。王韶的这首诗遗韵悠长，呈现了与俞樾原作不同的观感。她的诗歌虽具有一定深度，但身为女性的社会身份仍旧限制着诗歌创作的广度。随丈夫任职时，她也曾目睹战乱后的景象，如"岭畔兵氛熄，山前晚稻稠。肩舆聊小憩，险处已从游"② （《梨岭途中即目》），战乱于她而言是疏离的，一笔带过并无过多的感触。她在光绪十八年（1892）入宫，二十一年（1895）前后离开，此时正值甲午中日战争爆发。王韶身处慈禧近身也意味着对政局有过近距离接触，而这些都未曾出现在她的诗作中。说明她对自己的身份有清醒认知和定位，即便能够直面社会现实也选择性无视，即便遭遇不公也选择隐忍致使诗作向纵深处发展开来。

成堃、画梁、王韶三人的诗作风格虽存在差异，但都具有女性文人笔致细腻、心思幽微的特点，走向闲适婉约的一面。杭州旗人此时已入关内二百余年，旗人女性虽与汉城女性的社会地位存在一定差异，但与汉城女性的社会分工趋向一致，即转向延续子嗣与料理家庭。这使驻防女性诗作具有了远离现实的特点。

光宣年间的中国处于激烈变动的社会环境中，身处其中的文人为寻求救国之策东奔西走，以诗歌来感怀时事、抒写忧愤之情成为当时文人士大夫的普遍特征。陈三立为梁鼎芬诗集所作的序言中有"当是时，天下之变盖已纷然杂出矣。学术之升降，政法之隆污，君子小人之消长，人心风俗之否泰，夷狄寇盗之旁伺而窃发。梁子日积其所感所营，未能忘于心，幽忧徘徊，无

---

① （清）王韶：《冬青馆吟草》，第208页。俞樾《落叶》其三云："匆匆节序九秋临，无复花阴与柳阴。寒士衣裳未裁剪，美人诗句久销沉。惊沙滚滚流难塞，伏莽重重迹转深。莫向亭皋频极目，萧条千里总伤心。"（清）俞樾：《春在堂诗编》卷十二，《清代诗文集汇编》第684册，上海古籍出版社2010年版，第603页。

② （清）王韶：《冬青馆吟草》，第123页。

第四章　光宣——杭州驻防文人诗歌创作的衰落与重建期

可陈说告语者"①。而在此时的杭州旗营内，出身贵胄的男性文人或女性文人因自身经历以及性别的限制淡于国计民生，诗作与时代具有一定距离。作为时代变局中的"局外人"，这类写作的艺术价值也是单一的。而同时代的三多及金梁，曾去往蒙古、东北等地任职，他们在边疆的作为及相关书写也隐喻着清代国家疆域实体及观念的变动，具有强烈的现实意义。

第三节　杭州驻防外任者的边疆书写

三多岳父为文元，文元娶凤瑞女，因而凤瑞是三多姻外祖父，《可园诗钞》中有诗《还家敬次桐山姻外祖赠诗原韵》。金梁为凤瑞子，他与三多有姻亲关系且两人年龄相仿、生活经历相似，在清末民初都有任职边疆的经历，诗作也都或深或浅地呈现了彼时的边疆政治生态。由此，这一部分拟对二人边疆书写进行分析。

三多（1871—1941）②，号六桥，晚号鹿樵，蒙古钟木依氏，正白旗人，杭州驻防。汉姓张。祖籍抚顺③。光绪十年（1884）承世叔父难荫，袭三等轻车都尉④。十三年（1887）随父北上。二十四年（1898）入选京师大学堂学习，未几维新事败，返回杭州⑤。二十六年（1900）在京逢庚子事变⑥。二十七年（1901）任稽查商税事务。二十八年（1902）充京师

---

① （清）陈三立著，李开军点校：《梁节庵诗序》，《散原精舍诗文集》，上海古籍出版社2014年版，第824页。
② 参见李桔松《清末民初三多诗词研究》，硕士学位论文，内蒙古大学，2013年。
③ 王廷鼎《可园诗钞》序中有"于汉为张姓"。卷七有诗《壬子秋暮将赴盛京适厂肆有……为沈阳添一掌故也》，其中有"祖居此亦堪栽柳"后有小注"吾家世居抚顺城，顺治二年迁驻杭州，盛京乃第一梓桑也"。
④ 三多诗《五月初六日拜命真除恭疏谢恩再纪一律》："二十八年无补久（于光绪十年蒙恩袭世职），亿千万岁中兴才（时将立宪）。"
⑤ 光绪二十四年（1898）三多北上入京，应是入京师大学堂学习，《可园诗钞》卷三有二十四年诗《咨送京师大学堂肄业留别诗友》，即是去往京师大学堂前所作。三多诗集《倦游集》收光绪二十四年八月初一至二十一日所作诗，从诗意来看三多对维新变法失败心存痛惜，有"此行原著出位谋，翩乎过之不掉头。陡惊新政幡然休，长安不见天悠悠"（《雨中同姻兄乃和甫都尉坐马车游愚园张园赴姻丈柏研香都护招也》）。《倦游集》有诗《寄方芸孙明经》中"云龙他日约，风鹄此时情"，其后有小注：新政已废，将还杭州。
⑥ 据《可园诗钞》光绪二十五年（1899）诗作可知，这一年三多就已进京，任何职不可确知。二十六年（1900）庚子事变，三多有《纪变（五月二十三日）》《即事（七月十二日）》，后出京避难有《出京至羊格庄》《喜兆丹挈全家出险来羊格庄》，庚子事变后签订辛丑条约，三多《次韵庚子书事》中有"太平仍辇黄金买，割肉何如早补痍"语。

大学堂提调，后任浙江武备学堂总办及督练公所洋务局提调。二十九年（1903）署乍浦理事同知、浙江武备学堂校事总办及督练公所洋务局提调①。三十二年（1906）任杭州知府。三十三年（1907）任民政部参议②。三十四年（1908）署归化城副都统③。宣统元年（1909）署库伦办事大臣④。三年（1911）外蒙哲布尊丹巴胡图克图自立，三多由俄人协助出境，经西伯利亚返回⑤。民国元年（1912）返回京师，署盛京副都统兼署金州副都统，兼管三陵事务。三年（1914）由京回任⑥。九年（1920）调任侨工事务局局长⑦。十年（1921）任铨叙局局长⑧。十一年（1922）任赈务处会办；十月，任将军府将军⑨。十六年（1927）南京国

---

① 《清末民初中国官绅人名录》中载"（三多）光绪二十八年北京大学堂提调"。《东北人物大辞典》载："光绪二十八年（1902）任京师大学堂提调，后充浙江武备学堂总办及督练公所洋务局提调，杭州知事，第一标统兼候补道。"

② 据《杭州府志》卷十七载"第三所于光绪三十三年正月由前署杭州府三多及卓孝复创办，原名半日学堂"，说明光绪三十三年（1907）时三多已不再任杭州知府，那么三十二年（1906）任杭州知府符合逻辑。《清末民初中国官绅人名录》中载"（三多）三十三年民政部参议"。

③ 《清实录》光绪三十四年（1908）四月，"以记名副都统三多署归化城副都统"（《德宗实录》卷五九〇，第803页）。《可园诗钞》卷五有《权镇归化城谢恩恭纪》，卷五存诗均为任归化城副都统时所作。

④ 赵尔巽《清史稿》卷二十五《宣统皇帝本纪》，（宣统元年）命三多署库伦办事大臣。三多被任命为库伦办事大臣应在宣统元年（1909）年末，因《清实录》宣统元年十二月载三多事，其职务还为归化城副都统，宣统二年（1910）二月时已为库伦办事大臣。《可园诗钞》卷六有宣统二年诗《元旦》，其中有"马上过元旦，驰驱补不才"，意即此时三多在去往库伦任职的路上。

⑤ 《清史稿》卷二十五《宣统皇帝本纪》，（宣统三年）戊申哲布尊丹巴胡图克图自立，逐库伦办事大臣三多，诏夺三多职。《清实录》宣统三年（1911）十一月，乙丑。谕内阁、请派大员前往库伦查办事件。前因蒙佛宣布独立，三多率官兵出境，当将三多革职，听候查办。

⑥ 《可园诗钞》卷七民国元年（1912）有诗《重至京师》。赵秉钧、段祺瑞：《临时大总统令（十月初十日）：任命三多兼署金州副都统此令》，《陆军学会军事月报》1912年第2期，第10页。赵秉钧、段祺瑞：《署盛京副都统兼署金州副都统三多呈大总统报明视事日期文并批（中华民国元年十一月十八日）》，《政府公报》1912年第209期，第20—21页。《可园诗钞》卷七有《福陵》《昭陵》，关外三陵包括新宾永陵、沈阳福陵和昭陵。孙宝琦、段祺瑞：《署理盛京副都统兼署金州副都统三多呈大总统报明由京回任视事日期文并批（中华民国三年四月二十三日）》，《政府公报》1914年第707期，第27页。

⑦ 靳云鹏：《大总统令：大总统指令第二千五百二十五号（中华民国九年十月二十一日）。令调任侨工事务局局长卸任盛京兼金州副都统三多，呈报交卸盛京兼金州副都统日期由》，《政府公报》1920年第1682期，第14页。

⑧ 《铨叙局局长三多就职日期宣告：为通告事本年十二月十八日奉大总统令任命三多为铨叙局局长》，《政府公报》1921年第2096期，第15页。

⑨ 颜惠庆：《大总统令：大总统指令第二千三百三十一号。令赈务处会办三多，呈报就职日期由》，《政府公报》1922年第2272期，第18页。王宠惠、绍曾：《大总统令（中华民国十一年十月二十六日）：任命三多为将军府将军此令》，《政府公报》1922年第2387期，第2—6页。

民政府成立，三多任东北边防军司令长官公署谘议①。二十一年（1932）伪满政府成立，参加溥仪就职典礼，后任满洲电信株式会社副总裁②。二十三年（1934）赴日本③。三十年（1941），卒，终年70岁。

　　三多一生著述丰厚，存有《可园诗钞》《可园文钞》《北行诗录》《倦游集》《缀玉集》《东游诗词》《粉云庵词》《柳营谣》《柳营诗传》《库伦蒙俄卡伦对照表》。其诗学唐宋，与中晚唐诗派樊增祥、易顺鼎往来密切，好用藻丽绮艳语，有颓唐之气。其词作转益多师，词风婉媚。④ 与三多交游唱和的文士中多名流硕儒，以浙籍人士为主⑤。三多在杭时与同人结红香吟社、苹香吟社，入民国后，加入罗瘿公诗社、蛰园吟社、聊园词社。⑥ 三多由杭州去往塞北，进入民国后辗转于东北与京师之间，入伪满洲国后去往日本，地域的流转扩展了诗作内容，不同时期的诗作也都内隐着彼时的政治局势，新与旧的消长、理想与现实的冲突在他的笔下都有不同维度的呈现。将三多任职内外蒙古地区写作的诗歌置于清代的疆域观念及彼时的俄蒙关系中加以探讨，他因外蒙古独立遭受的非议也能得到客观看待。

---

　　① 参见李桔松《清末民初三多诗词研究》。
　　② 高丕琨《长春市志资料选编第三辑·伪满人物》有"三多是蒙古旗人，前清遗老。做过清朝盛京副都统。世称为三多将军，伪满建国时参加溥仪执政的就职典礼。后任满洲电信株式会社的副总裁，待遇甚优。日本人爱把像三多这样老而无用的清朝旧臣请出来捧场，给他们安置一个光拿钱没有任何权力的差事，给中国人看，让溥仪高兴。"《东北人物大辞典》："1932年3月9日，赴长春，参加溥仪伪满洲国执政就职典礼。"
　　③ 三多《东游诗记》中有《甲戌四月十日乘扶桑丸赴日本访问》。
　　④ 陈衍《石遗室诗话》卷九："六桥歌行似樊山尤似实甫，七律似实甫尤似樊山。"卷三十一："近来诗派，海藏以优爽，散原以奥衍，学诗者不此则彼矣。若樊山之工整，祈向者百不一二，六桥、合公其最也。"俞樾《可园诗钞·序》称其诗"有一唱三叹之音，而无千辟万灌之迹。合杜、韩、韦、柳而炉冶之，以自成一家"。郑逸梅《梅庵谈荟》："狄平子（狄葆贤）称其（三多）风格逸丽，不减迦陵。"《粉云庵词》序："夫温柔敦厚为诗教，而词则尤以温柔为主。韩昌黎以文为诗，非诗之至也；苏东坡以诗为词，非词之至也。"可见三多向唐人白居易、杜牧、陆游等人学习。诗歌中多用艳语，与中晚唐诗派相合。李桔松《清末民初三多诗词研究》对三多《粉云庵词》进行了分析，指出三多词作由浙西词派入手，出入于常州词派，受谭献影响大，于婉媚语中多含寄托之意。
　　⑤ 《可园诗钞》中载与三多唱和者有浙籍文人王廷鼎、俞樾、谭献、蒋学坚、俞陛云、徐珂、郭则沄，非浙籍的杨葆光、樊增祥、易顺鼎、张鹤龄等人。郑逸梅《梅庵谈荟》有"与六桥往还及唱和者，尚有赵尊楼、任卓人、陈寿松、袁巽初、嵩允中、吴学庄、邹筠波、方佩兰、李益智、何棠孙诸耆旧。相处久，人亦忘其为蒙古人也。"可见三多交游范围已远超过道咸同时期杭州驻防文人，但仍以浙籍文人居多。
　　⑥ 详见李桔松《清末民初三多诗词研究》。

在中国历史上的大部分时期，长城以外的"三北"（西北、北部、东北）地区都被排除在"大一统"范围之外。秦汉时期有"天设山河，秦筑长城，汉起塞垣，所以别内外，异殊俗也"①。宋朝受北方少数民族威胁，加强了华夷之辨的观念，有"天处乎上，地处乎下，居天下之中者曰中国，居天地之偏者曰四夷。四夷外也，中国内也。天地为之乎内外，所以限也"②。明朝时受蒙古威胁，朱元璋以"自古帝王临御天下。中国居内，以制夷狄；夷狄居外，以奉中国。未闻以夷狄居中国，治天下者也"③，高举华夷之辨的大旗。明末清初，八旗入主中原，更加激起了汉族文人心中的华夷大防。清朝统治者为使自身统治合法化，采取了一系列措施，最终使观念上的"华夷之辨"转为"华夷一体"。康熙时期修纂《大清一统志》，"至塞外地名，或为汉语所有，或为汉语所无，应察明编入一统志"④。雍正帝时更是强调"我朝既仰承天命，为中外臣民之主，则所以蒙抚绥爱育者，何得以华夷而有更殊视？而中外臣民，既共奉我朝以为君，则所以归诚效顺，尽臣民之道者，尤不得以华夷而有异心"⑤。在实际的疆域管控中，清朝在康熙年间与噶尔丹部经过激战，使内外蒙古完全统一，并在蒙古地区实行盟旗制度，设置乌里雅苏台将军、科布多参赞大臣以及库伦办事大臣进行管辖。因而清代的内外蒙古虽在地理位置上处于边缘，实际上已几乎不具有清以前"孤悬逸外"的特征，而是处于中央政府的直接或间接管理下。至晚清，外敌入侵致使华夷之辨主体由汉民族与少数民族转变为汉民族与西方列强。原有的华夷之辨消解，汉民族与少数民族愈加走向一体。历代以来长城被看作隔绝蒙古与中原地区的地理屏障，康熙三十年（1691）停修长城，认为"帝王治天下自有本原，不专恃险阻。秦筑长城以来，汉、唐、宋亦常修理，其时宁无边患？明崇祯中，我太祖统大兵长驱直入，各路瓦解，皆莫敢当。可见守国之道惟在修德安民，民心悦则邦本得，而边境自固"⑥。康熙帝更是强调"昔秦兴

---

① 《乌桓鲜卑列传》，《后汉书》卷九十，中华书局1965年版，第2992页。
② 《中国论》，(宋) 石介著，陈植锷校：《徂徕石先生文集》卷十，中华书局1984年版，第116页。
③ 《明太祖实录》卷二十六，吴元年（1367）十月丙寅，台北"中研院"历史语言研究所，1962年，第401页。
④ 《清实录·圣祖实录》卷一一一，第137页。
⑤ （清）雍正撰，张万钧、薛予生编译：《大义觉迷录》，第8页。
⑥ 徐尚定标点：《康熙起居注》第四册，第304页。

土石之工,修筑长城。我朝施恩于喀尔喀,使之防备朔方,较长城更为坚固"①。由此清朝真正形成"守在四夷"的疆域拱卫体系。三多于光绪三十四年(1908)任职归化城副都统,写有《权镇归化城谢恩恭纪》一诗,其中有"幸相温公边事少,四夷今是活长城"②句,意味着原来需要修筑长城来抵御的"四夷"而今归顺于清朝成为抵挡外部势力的新的"长城"。这样的一条"长城"较实体长城无疑更加坚固。他在《次和厚卿归化秋感八首》其六有"王封异姓双高壁,自治同风九大州"③。《史记》中有"儒者所谓中国者,于天下乃八十一分居其一分耳。中国名曰'赤县神州'。'赤县神州'内自有九州,禹之序九州是也"④,具体的"九州"在《尚书·禹贡》中作冀、兖、青、徐、扬、荆、豫、梁、雍,东夷、北狄、西戎、南蛮等边疆地区是排除在"九州"之外的。三多诗句用"九州",表明此时九州的范围已经包括了边疆的少数民族。"盛事同文沾化雨,边风尚武富青霜"⑤(《次和厚卿归化秋感八首》其二)则是指处于边陲的归化城也已经被纳入"同文之治"的文化框架内,共享着来自大清的声教。此时虽已是光绪末年,但归化城距政治中心较远,与北面的俄国也有一段距离,因此处于较为安定的状态。三多此时的诗作多带有昂扬向上的姿态,如"极边难得庆升平,莫道今吾真好酒"⑥(《三叠前韵赠厚卿》)、"关中紫气频频出,天上黄河正正来"⑦(《次和厚卿归化秋感八首》其一)、"万顷有秋真乐境,八方无事即良辰"⑧(其四)、"走马单于台上去,摇鞭高唱大风歌"⑨(其八)、"旧守新兼郡,扶摇定九边"⑩(《重过大同贺翁殁甫观察冀宁之喜并以为别》)。边塞地区虽已属清朝管辖,但三多来此仍旧带有天朝上国绥服边境的自信与高傲,这表明具体到个体文人的书写上边疆与中原的区别依然存在。

杭州与归化城(今呼和浩特)及库伦(今乌兰巴托)属不同温度带,

---

① 《清实录·圣祖实录》卷一五一,第677页。
② (清)三多:《可园诗钞》,第621页。
③ (清)三多:《可园诗钞》,第623页。
④ 《孟子荀卿列传》,《史记》卷七十四,中华书局2014年版,第2848页。
⑤ (清)三多:《可园诗钞》,第622页。
⑥ (清)三多:《可园诗钞》,第622页。
⑦ (清)三多:《可园诗钞》,第622页。
⑧ (清)三多:《可园诗钞》,第622页。
⑨ (清)三多:《可园诗钞》,第623页。
⑩ (清)三多:《可园诗钞》,第625页。

三地自然环境及生活习俗有很大的不同。三多在杭州生活多年，很不适应塞外的生活，多在诗歌中与杭州进行对比，由二者的异质性呈现陌生化效果。所谓陌生化，是强调语言的偏离与惊异："艺术之所以存在，就是为使人恢复对生活的感觉，就是使人感受事物，使石头显出石头的质感。艺术的目的是要人感觉到事物，而不是仅仅知道事物。艺术的技巧就是使对象陌生，使形式变得困难，增加感觉的难度和时间长度，因为感觉过程本身就是审美目的，必须设法延长"①。在归化城时三多写有"持蟹人为弹铗人（食无水产故云），题糕手作射雕手"②（《重九燕怀帅暨其幕中诸君，怀帅登署中土山赋诗，次韵和之》）、"受降城外早飞霜，不比西湖十景塘"③（《秋柳次渔洋韵》）。至库伦以后，气候更为寒冷，写下"故乡方啖饼，此处已衣棉"④（《中秋夕与家人登汗阿林楼观月》）、"今夕冷于长至节，故乡刚是小阳春"⑤（《雪窗夜坐书示僚友》）。《库伦昔书苦冷紬绎名义天寒地瘠不待言也》诗云："非云同一白，空气欲成冰。霜劲无烟药，风夫有角䔖。摩铜胶手指（冬令金类能胶黏皮肉），被毳粪缯绫。雁户还如燕，梅花见未曾（洪北江词：燕子平生真恨事，不见梅花）"⑥，将库伦冬天的寒冷表现得淋漓尽致。

然而气候的苦寒并不能阻挡百姓间文化交流与贸易往来。归化城和库伦都处于农牧交错地带，是草原丝绸之路上的重要地点。庚子事变后，清政府面临着内外交困局面，统治阶级为寻求出路，推动中国近代化以稳固统治，开启了"新政"。在内蒙古地区新政的主要内容是放垦蒙地⑦，三多来到归化的主要任务也是做好垦荒工作。他在诗集中有"渐移游牧为耕稼，会看家家足稻粱"⑧（《次和厚卿归化秋感八首》其二）、"从今绝漠皆春色，菽粟家家翠作堆"⑨（《督垦大臣信怀帅将军莅绥喜晤即

---

① 朱立元编：《当代西方文艺理论》，华东师范大学出版社1997年版，第45页。
② （清）三多：《可园诗钞》，第621页。
③ （清）三多：《可园诗钞》，第626页。
④ （清）三多：《可园诗钞》，第630页。
⑤ （清）三多：《可园诗钞》，第633页。
⑥ （清）三多：《可园诗钞》，第635页。
⑦ 即"彻底废弃禁垦蒙地的政策，以国家行政命令丈放招垦传统上属于蒙古盟旗所有的土地、牧场，也包括放垦或继续放垦总管制蒙古各旗和其他官有牧厂土地，'清理'各旗原有未纳入地方官府管辖、征赋范围的'私垦'土地"。郝维民主编：《内蒙古近代简史》，内蒙古大学出版社1990年版，第22页。
⑧ （清）三多：《可园诗钞》，第622页。
⑨ （清）三多：《可园诗钞》，第621页。

呈》)、"预兆春耕同颖瑞,陈平宰社饷乌叉"①(《归绥得冬雪次尖叉韵》),表明内蒙古地区的开垦工作取得了显著成效。开垦蒙地使大量汉族百姓移民至此,农耕文明与游牧文明在此展开更为广泛的融汇。有学者指出:"在长城地带,人文地理与自然地理一样具有过渡性,它是一个渗透着农业和草原势力的世界,一个两种势力接触并汇合于此,而不能被任何一方永远统治的世界。"② 因而,这一农牧过渡地带的文化具有多样性。三多此时的诗作多以蒙古语入诗,如"从今更有羊羔美,恰素西风早剪裁(蒙人谓雪曰恰素)"③(《次和厚卿归化秋感八首》其一)、"沙亥无尘即珠履(沙亥,蒙言鞋也),板申不夜况华檐(板申蒙言房屋,《明史》作板升,此间作板申)"④,以蒙古语地名入诗如"辉增库克和屯色(归化城蒙名库克和屯),古孜乌兰察布盟"⑤(《次和厚卿归化秋感八首》其五)、"天语飞来以力更(库可以力更,归化地名,库可译言青色,以力更,土坎也),乘轺鋻此便遄征"⑥(《奉敕毋庸来见迅即赴任六叠前韵恭纪》),以绥远地区方言入诗如"尚嫌会面太星更(星更,绥远方言稀也),万里轺车我忽征"⑦(《答怅别》)。无论是以蒙古语还是方言入诗,都说明彼时归化城内蒙古人和汉人交错往来。"词汇所承载的是更稳定的历史记忆,地名则反映了某一时期固化的时空意识,通过分析其来源与内涵,可以揭示地名背后的人员、生产、制度与文化的凝聚,反映更深刻的文化痕迹。"⑧ 三多诗作中这些源自不同族群的词汇或地名背后都隐含着文化的流动,而文化流动意味着族群的迁移。英国历史学家霍布斯鲍姆有言:"词汇经常是比文献更响亮的证言。"⑨ 三多诗作中的蒙古语或方言是典型的文化痕迹,是极具现场感的民族文化融合范例。他是生长汉地的蒙古文人,去往蒙地,以汉诗融蒙古语和方言于一体,表明清末的民族融合

---

① (清)三多:《可园诗钞》,第624页。
② 唐晓峰:《长城内外是故乡》,《新订人文地理随笔》,生活·读书·新知三联书店2018年版,第309页。
③ (清)三多:《可园诗钞》,第622页。
④ (清)三多:《可园诗钞》,第624页。
⑤ (清)三多:《可园诗钞》,第623页。
⑥ (清)三多:《可园诗钞》,第628页。
⑦ (清)三多:《可园诗钞》,第628页。
⑧ 鱼宏亮:《跨越地理环境之路——明清时期北方地区的游牧社会与农商社会》,《文史哲》2020年第3期。
⑨ [英]艾瑞克·霍布斯邦:《革命的年代》,王章辉等译,国际文化出版公司2006年版,导言第1页。

和文化融合都已走向深入。在清代"大一统"的历史背景下，这种融合不是依靠血缘或族属形成的，而是基于对共同的历史与文化的认同。

宣统元年（1909）三多被任命为库伦办事大臣，二年（1910）元旦他在去往库伦的路上写下"马上过元旦，驰驱补不才。范筹叨帝锡，富贵逼臣来（蒙赐御书福字、荷包、银钱、银锞、食物等珍）。烹雪红麟炭，迎春白兽杯。节花开自好，一路当官梅"①，感谢皇帝的恩眷并表达了对未来的美好期盼。库伦是清朝重要的边陲重镇和驭守北方的贸易节点，三多有言："库伦为西北各蒙冲要之区，中外通商最早之地。大臣抚循图车暨喇嘛等四十四旗，内绥藩属在作其忠爱之心，外辑邻邦当审其经权之用。"② 库伦所属的外蒙古地区与内蒙古情形有很大不同，三多面临的情形更为复杂。首先，俄国对外蒙古地区的渗透十分严重。在俄国对蒙古地理概念的表述中，"蒙古往往被描述为脱离中国的独立实体。俄国历史学家着力于发掘俄蒙关系的起源，淡化蒙古隶属于清朝中央政府的事实"③，这一表述具有强烈的政治性。俄国希冀使蒙古地区脱离中国政府的管控而成为自己附庸的意图非常明显。其次，外蒙古地区地理环境较内蒙古地区恶劣，人口稀少，不利于"新政"的推行。再次，外蒙古地区实际处于蒙古僧俗贵族的统治下，以藏传佛教哲布尊丹巴集团为主，形成了宗教权力与政治权利鼎足而立的局势。三多在此背景下来到库伦，并推行"新政"，主要侧重发展当地经济和教育事业。他任职期间正值辛亥革命前夕，清政府在内外压力下筹备立宪，从而加大了原有新政措施的实施力度。而这些措施严重冲击了蒙古僧俗贵族及俄国的利益，他们由此阻挠新政的推行。多方势力的干涉使三多苦不堪言，在诗作中常有"豺虎负嵎风助啸，蛟龙纵壑水腾腥"④（《边庭》）、"莼羹鲈鲙加餐饭，那用调

---

① （清）三多：《可园诗钞》，第 629 页。
② 《恭报接署库伦大臣印务日谢恩折》，(清) 三多：《库伦奏议》，《边疆史地文献初编》编委会编：《边疆史地文献初编·北部边疆》第 2 辑第 10 册，中央编译出版社 2011 年版，第 4 页。
③ 鱼宏亮：《跨越地理环境之路——明清时期北方地区的游牧社会与农商社会》，《文史哲》2020 年第 3 期。俄国学者著作中常述及蒙古与俄国的关系有言："俄国同蒙古的历史联系始于十七世纪初，当时，俄国的边境已推进到的鄂毕河、额尔齐斯河、叶尼塞河的上游。特别是当贝加尔湖以东的土地并入俄国以后，这种联系逐渐得到发展和加强。十七世纪下半叶，俄国所占领土同蒙古接壤长达二千多公里。这就促进了两国和两国人民，即俄国人和蒙古人建立更亲密的关系。"[俄] 沙斯季娜：《十七世纪俄蒙通使关系》，北京师范大学外语系译，商务印书馆 1977 年版，第 9 页。
④ （清）三多：《可园诗钞》，第 631 页。

和众口同"①（《秋日偶成》）、"兼味愧无千客食，寸心徒有万夫雄"②（《叠前韵》）、"玉帛三边敦兀鲁（俄罗斯，元史或作兀鲁），黄衣亿载念弥陀。同心愿挂艰危局，击柝声中各枕戈"③（《次和士可席次感怀原韵》）这样的表达。此时中国局势混乱，清政府无暇顾及边疆地区。三多感知到蒙地情形的危急，深知如果在自己任内外蒙古发生变故将会被世人诟病，有言："苡薏明珠难止谤，伏波千古竟雷同"④（《叠前韵》）、"禄厚施同厚，恩深谤亦深"⑤（《公等》）。三多内心充满忧愁，常常在诗歌中指陈边危时艰，借以诉说自己的困苦，如"边夷骜政须情恕，遥减宵衣旰食忧"⑥（《立马》）、"绛灌不文随不武，自惭何以靖边尘"⑦（《雪窗夜坐书示僚友》）、"未销边警劳相问，无补时艰负此心"⑧（《得阶青杭州书并赋诗见怀次韵代简》）、"危疆何以转为安，膜拜应惭对可汗"⑨（《咏哲布尊丹巴呼图克图》）。《题松》诗云："汗山之中获此古松，瘦纫如石，弯环若弓，既不能登诸廊庙兮为梁为栋，又不愿竞腾雷雨兮化蛟化龙。吁嗟乎，吾志欲东兮，曷勿作舟楫而乘风"⑩，他希望自己成为一棵古松，远离眼前纷乱的一切，然而理想与现实的对立是无法弥合的，从而加重了内心的苦痛。宣统三年（1911）十二月在俄国的策动和扶植之下，哲布尊丹巴活佛宣布"独立"⑪。三多随后经西伯利亚返回东北。他在民国元年（1912）到达京师，写有"草木深深又一旬，入城聊作看花人。夭桃历乱开无主，依旧东风不是春（时阳历已四月矣）"⑫（《重至京师》），仅仅几个月，已是山河变幻，留下的仅有欲哭

---

① （清）三多：《可园诗钞》，第631页。
② （清）三多：《可园诗钞》，第631页。
③ （清）三多：《可园诗钞》，第637页。
④ （清）三多：《可园诗钞》，第631页。
⑤ （清）三多：《可园诗钞》，第636页。
⑥ （清）三多：《可园诗钞》，第633页。
⑦ （清）三多：《可园诗钞》，第633页。
⑧ （清）三多：《可园诗钞》，第636页。
⑨ （清）三多：《可园诗钞》，第639页。
⑩ （清）三多：《可园诗钞》，第639页。
⑪ 1915年6月中、俄、蒙签订《中俄蒙协约》，承认外蒙古自治，哲布尊丹巴宣布取消"独立"。1921年7月，在苏俄支持下蒙古人民政府成立，哲布尊丹巴被尊为"大汗"。1924年外蒙古宣布为共和国。参见编写组编《沙俄侵略我国蒙古地区简史》，内蒙古人民出版社1979年版，第140—176页。
⑫ （清）三多：《可园诗钞》，第640页。

无泪的悲戚了。

三多在民国元年（1912）写下诗歌《壬子秋暮将赴盛京，适厂肆有以前清"成邸送红梨主人之任陪都律诗"直幅来售，遂购得之，诗云：东去陪都两建牙，兵农欣戴贾商夸。坐谈能饮骊河水，卧治无求间岛瓜。晓出鹰人拥腊雪，夜归灯婢候挑花。銮舆再幸枌榆地，我胜彭宣拜内衙。即次其韵留别同人征和，不仅结翰墨缘，抑亦为沈阳添一掌故也》，金梁和诗有云："满天风雨悲秋客，万里波涛恨海花。都护府前骑马过，斜阳疏柳望官衙。忽闻投骨起群牙（投之一骨群起相牙，今日满蒙适符此象），敢将长城万里夸。"（《三六桥都护得成亲王书送红梨主人之任陪都诗，次韵征和，作此应之》）彼时东北地区也成为多方势力角逐的场所。"满蒙"一词专指中国东北，是日本在民国二年（1913）向袁世凯提出的"满蒙五条路"修筑特权时生造的一个词汇，妄图通过对族群的控制使东北地区成为一个独立于中国之外的实际区域。① 金梁与三多在光绪三十四年（1908）本有机会共同赴绥远任职。三多曾向绥远将军信勤举荐金梁办理垦务，信勤因而奏请朝廷调派金梁，三多在金梁所著的《东三省迁旗实边书序》中记载此事："戊申之夏，多奉命都护归化城时，绥远将军信钦帅勤，方奏调公襄办垦务，拟约同行。公慨然念故乡，以东边事亟，将仗剑出关，辞不就，遂赴满洲。"② 由此金梁出关向东，前往满洲故地实践自己的政治抱负。

金梁（1878—1962），满洲瓜尔佳氏，汉名关介之，乳名金鳌，原字锡侯，后更字息侯，号梁父、息庐，晚号不息老人、瓜圃老人等。杭州驻防旗人。光绪十年（1884）始入塾读书。二十八年（1902）中乡试举人，次年应会试不第。三十年（1904）中会试进士，殿试一甲第三名。三十一年（1905），奉派内廷中书，在批本处行走，后以不通满文退出，继被派往会议政务处司理奏章，四月，以父丧回籍。三十二年（1906）掌京师大学堂提调，后被保举为御史。三十三年（1907）调入巡警部，督办京师外郊巡警，后调任民政部任丞参议事。三十四年（1908）任奉天旗务司总办。宣统元年（1909）以奉天旗务总办兼管内务府事务。三年（1911）任奉天新民府知府，治理柳河泛滥颇有成效，是年十一月辞任。

---

① 徐正学、何新吾编：《国人对于东北应有的认识》，南京东北研究社1933年版，第4页。
② （清）金梁编：《瓜圃丛刊叙录》，《国家图书馆藏古籍题跋丛刊》第26册，北京图书馆出版社2002年版，第127页。

民国元年（1912）奉母避居大连，四月，赴哈尔滨出任《远东报》主笔。二年（1913）在奉天张作霖帅府中做家庭教师，与张作霖、张学良父子关系密切。五年（1916）到北京就任农商部秘书职，五月，就任奉天政务厅厅长一职。六年（1917）因与宗社党有牵连，就任奉天北路道洮昌道尹。十三年（1924）出任逊清小朝廷内务府总管大臣，与郑孝胥来往甚密。二十年（1931）东北地区爆发"九一八"事变，对时局失望，重回京津，赋闲家居。1962年在京去世。①

金梁和三多一样都属杭州驻防内的勋贵阶层，与三多"春秋佳日，骑款段马，沿西子湖行，垂髫俊童携酒榼尾之，轻裘缓带，与柳丝花片相掩映，真浊世之翩翩者也"②的贵公子形象不同，他幼年时期就表现出对家国天下事的关注，五岁时父亲凤瑞"每晚常演说古忠臣孝子事，公偕诸侄，各携小凳，绕膝围坐而听，遇述至节义动人处，公每感泣"③，七岁时"中法构兵，《海上画报》有绘是图者。公阅之感愤，日持假木刀，作杀敌状，气概凛然"④，十七岁时"中日失和，海陆战皆大败。公慨然有投笔从戎之志，念亲老在堂，不敢轻发。唯日研习兵法，以期自立"⑤，二十岁时"就本营设同学会，同志十数人，皆知名之士，相与讨求时务实学。群与公才，公举主其事，复上书当道，请改营制、练新军、立学堂、兴实业，为八旗谋自立之道"⑥。他曾三上万言书指陈时政，光绪二十四年（1898）戊戌变法首上万言书，"指斥宫闱，且直诋时相，请杀之"⑦；二十七年（1901）清廷签订中俄密约后，"以东省安危关系大局，复上万言书"⑧；三十四年（1908），三上万言书，议迁旗实边之策，"以为满蒙一带，地广人稀，内治边防，隐忧正切，倘能急起经营，为边蒙谋开辟，并为满洲固根本，非唯三省旗人生计无虑，而京外驻防亦可借此为安置之地"⑨。震钧有"八旗人才，国初最盛。乾嘉而后，已少逊矣，今

---

① 金梁生年资料参见沈广杰编著《金梁年谱新编》，现代出版社2012年版。
② （清）冒广生：《小三吾亭诗话》，唐圭璋编：《词话丛编》，中华书局2005年版，第4730页。
③ （清）申权编：《金息侯先生年谱》。
④ （清）申权编：《金息侯先生年谱》。
⑤ （清）申权编：《金息侯先生年谱》。
⑥ （清）申权编：《金息侯先生年谱》。
⑦ （清）汤寿潜：《戊戌上书记书后》，（清）金梁编：《瓜圃丛刊叙录》，第118页。
⑧ （清）金梁：《金息侯先生壬子自述诗》，国家图书馆藏，民国二年（1913）铅印本。
⑨ （清）三多：《东三省迁旗实边书序》，（清）金梁编：《瓜圃丛刊叙录》，第126页。

尤寥寥"①，金梁无疑是这寥寥中的一员。凭借着自身的才识和果敢锐气，金梁结交了很多在政坛或文化界有影响力的人物，如章炳麟、林纾、康有为、郭松林、辜鸿铭、升允、柯劭忞、郑孝胥、王国维、罗振玉、赵尔巽等人。20 世纪初，章炳麟等人倡言排满，而金梁与章炳麟交往甚密，二人俱能排除自身所属的政治派别以才识品行相交往②。排满思潮的兴起在一定程度上强化了旗人的族群认同③，使有志识的八旗子弟开始反思八旗统治的弊病并着手进行改革。而金梁是其中的代表性人物。

排满思潮与清末新政发生的时间大致相同，前者让金梁开始反思八旗制度的弊病并思考改革，而后者则为他提供了实施改革措施的契机。在这一情形的推动下，他在光绪三十四年（1908）拒绝信勤调派他前往内蒙古地区开展垦务的工作，而是以"东边事亟"为由，毅然决然地去往东北。据《嘉庆重修一统志》载，盛京统部"东至海四千三百余里，西至山海关直隶永平府界七百九十里，南至海七百三十余里，北逾蒙古科尔沁地至黑龙江外兴安岭俄罗斯界五千一百余里，东南至锡赫特山朝鲜界二千九百余里"④。这一广阔的疆域虽处于清朝国土外缘但因满洲发祥于此而变得异常重要，具有了双重属性，即地理上的边疆属性与疆域构造中的核心地位⑤。在"大一统"的话语下，盛京（今沈阳）与兴京（后金都城，原名赫图阿拉，位于今辽宁省内）同北京处于同等重要的地位，"京师，顺天府崇首善也；次之以盛京，重留都也；又次之以兴京，犹之天作高山之意也"⑥。金梁虽为杭州旗人，但当他来到祖居地，便生发出另一种乡

---

① （清）震钧：《天咫偶闻》卷五，北京古籍出版社 1982 年版，第 113 页。
② "章太炎少以排满名，而与余一见如故交，往来无忤……尝偕访宋燕生恕。宋素谨密，见而骇曰：二君何可同游耶？亟托词引余出，品茗市楼，切劝至夜午不止，垂涕而道：盖虑二人争意见，终恐不免一伤也。余笑谢之。未几日，太炎开会演说，主排满，当首诛金某，谓但愿满人多桀纣，不愿见尧舜。满洲果有圣人，革命难矣！于是众皆戏称余为满洲圣人，而二人交往如常。"（清）金梁：《瓜圃述异》，国家图书馆藏，民国二十五年（1936）铅印本。
③ "19 世纪朝廷对满洲平民的抛弃，使其不得不自力更生，然而这并没有使满人普遍性地生发出汉人身份认同，而是产生了自己的镜像：对自己种族出身和命运的感知，其所借用的观念形态和语汇来自于诸如章炳麟等一些汉民族主义的鼓吹者。因此，满族族群异于汉民族主义价值观，然而却与其他族群一样同受民族主义的形塑。"[美] 柯娇燕：《孤军：满人一家三代与清帝国的终结》，陈兆肆译，人民出版社 2016 年版，第 248 页。
④ （清）嘉庆帝敕撰：《嘉庆重修一统志》卷五十七，上海书店 1984 年版。
⑤ 高月：《论清代的疆域统合与地方政制变革——以东北地方为讨论中心》，《社会科学辑刊》2012 年第 2 期。
⑥ 《州郡一》，《皇朝通典》卷九十，浙江书局光绪八年（1882）刻本。

愁，写下"东行忽入故乡境，故乡风雨若相容。触目山河感今昔，惊心岁月去匆匆"（《东（五载北居，忽将西游，又将南下，又将东行，四牡项领，蹩蹩靡所聘，今之谓欤？虽然满洲吾故乡也，吾其东矣）》）、"吾满何寥落，知音有几人。百年生计策，万里故乡心"（《赠友》）①。盛京的福陵和昭陵是努尔哈赤和皇太极陵墓，金梁来此拜谒，写下"临风忽有感，伏地泪如霖。悲愤勃然起，忠爱油然生。盛哉先帝德，何以入人深。鞠躬死而已，涕泣誓以心"②（《恭谒福昭二陵》），表白自己身为旗人对国家的忠心。东北地区自清初便与其他省份不同，实行的是旗民二分体制，即旗人与民人分别管辖，地方权力掌握在旗人手中。而清末新政在东北地区确立了行省制度，旗署空间及权力都被压缩，旗人生计成为亟待解决的重要问题。金梁初任奉天旗务司总办，典守盛京皇宫陵墓，创办迁旗殖边方略，并筹办八旗旗务生计，兴办学校、工厂，创建屯田制度等。锡良奏稿中称："现充旗务处总办金梁，笃实精明，血诚任事，以进士中书保送同知，上年到奉，派办旗务，调查整顿，悉意经营，颇见条理；就地筹款，兴办八旗工厂、学堂等事，借广生计，尤著成效，实为旗务得力之员。"③ 蔡庆澄为《东庐吟草》题辞中有"分年考绩操成算，建学兴工树伟模。从此八旗生计裕，寰瀛清晏巩皇图""任他蛮触各争先，固我藩篱在实边。岂效荆公言变法，宜师充国议屯田"④，肯定了金梁在奉天旗务改革中做出的贡献。《东庐吟草》中有《雪后访陈进士（振先）农业试验场》《孟夏随清帅赴东陵验工口占》《晓赴北陵监礼》，均为任内所做之事。他在诗作中多提及盛京陵墓，书写旗人世受皇恩难以为报的感慨，而这一情感的频繁表达也侧面表明了诗人对清朝统治的担忧。

从金梁的经历看，他是一位有能力、有抱负的旗人，然而时代没有给他太多的施展空间，因此在诗作中常常能够察觉他的悲哀。张鹤龄（1867—1908），字小圃，曾在光绪末年主持东三省新学教育，他去世后，金梁写下《挽张小圃学使》，诗云："辽天独鹤归何处，海国群鸦噪欲狂。红叶满城秋暮矣，西风一老立斜阳"⑤，展示了张小圃学使在乱世之下仍

---

① （清）金梁：《东庐吟草》。
② （清）金梁：《东庐吟草》。
③ 中国科学院历史研究所第三所主编：《锡良遗稿·奏稿》卷七，中华书局1959年版，第999页。
④ （清）金梁：《东庐吟草》。
⑤ （清）金梁：《东庐吟草》。

旧葆有内心操守的孤高形象，而这种姿态必定是孤独寂寞的，金梁说"西风一老立斜阳"是指张小圃也是指自己。《宝刀》云："十年未了恩仇帐，空负宝刀夜夜鸣。中夕闻鸡聊起舞，血花和泪洒无声"①，暗指自己有志难酬，唯有徒自悲叹罢了。《有感》云："两载迟迟去鲁心，风尘憔悴苦行吟。江湖魏阙原同感，处处汨罗何处沉"②，写自己在乱世之中进退失据、无所依傍的彷徨。清亡后，金梁初避居大连，后为糊口去往天津，继而入京，又回到奉天，他说："综计此一年中奔走三百日，流转八千里，河山无恙，风景依然，憔悴行吟，徒增悲叹"③，留下《壬子记游草》一卷。皇纲解纽，民国肇建，从中国传统社会中走出的士大夫面临的不仅是一个朝代的逝去，自身信仰的崩溃更让他们难以释怀。金梁此时的诗作带有苍茫之气，呈现的哀感虽不是低沉的，却像是对自身处境的控诉，如"满天风雨独登楼，王气销沉四百州。披发振衣吾逝矣，烟波万里一扁舟"④（《海上楼居》）、"吾年忽忽过三五，后顾茫茫百感遥。多少恩仇今莫问，狂来说剑怨吹箫"⑤（《吾年》）、"海色苍茫落日黄，潮声呜咽泣残阳。春风犹是带秋气，大好河山作战场"⑥（《游旅顺》）。遗民诗人作为失落了的主体，其诗作通常弥漫着深深的愁绪。

内外蒙古及东北地区都处在长城地带上，这一区域在清代已经被纳入国家的疆域体系下，至晚清被多方势力窥视继而蚕食。三多及金梁同为杭州旗人，他们在清朝末年不约而同地走向边疆，其行为本身就是对"大一统"格局的维护，说明无论是旗人还是民人此时都属中华民族。

本章小结

太平天国战争给予八旗驻防体系沉重一击，以致清人有言："八旗劲旅为朝廷宣力者二百余年，光绪以后，气数已尽，虽欲振作，其何能兴？"⑦ 在此背景下，杭州旗营已不复旧观，其文学盛况也成为不可回返

---

① （清）金梁：《东庐吟草》。
② （清）金梁：《东庐吟草》。
③ （清）金梁：《金息侯先生壬子记游草》。
④ （清）金梁：《金息侯先生壬子记游草》。
⑤ （清）金梁：《金息侯先生壬子记游草》。
⑥ （清）金梁：《金息侯先生壬子记游草》。
⑦ （清）刘体仁：《异辞录》卷四，山西古籍出版社1996年版，第236页。

的过去。光宣时期的杭州驻防文学具有鲜明的阶级特征,旗营文人或生活在旗营内或走出杭州去往政治中心,诗作也呈现完全不同局面。一种表现闲适安逸,另一种是介入时局的边疆书写。三多和金梁任职的内外蒙古及东北地区在清代都已进入国家的实际管辖范围。而清末边疆多危机,二人的诗作因而呈现出丰厚内涵。"旗人与八旗制度之间彼此建构,通过征战将东北、西北、西南疆域统一,使得游牧文化与农耕文化联合,让长城南北、塞外绝域皆成'中国',定鼎后以理学为基础,将原族群的萨满文化因素融入,形成了既接续中华文化'大一统'的主流正统(道、学、政一体),又保留了制度性与族群性要素并行的特征,渐至形成了一种半封闭半开放的'旗人社会'及其文化。"[①] 地理"大一统"与文化"大一统"并行建构是清朝统治者稳固并确立统治的有效成果。光宣时期,杭州驻防旗人与民人呈现深度融合,与此同时,排满思潮的出现也呈现融合中的分化。人类学的族群边界理论认为"在这种社会系统中的互动通过变迁和涵化,不会导致自己消失;虽然族群内部的相互联系和相互依赖存在,但文化差异依然存在着"[②]。旗民之间的差异在排满思潮的激发下凸显,由此引动了旗人的族群认同。三多和金梁诗作明显转向对八旗族群的观照,入民国后,清朝统治已成为"被夺走的时间",但遗民旗人仍幻想着恢复八旗统治并做着无谓的努力。

清末杭州旗营内并非像完颜守典、王韶等人诗歌书写中的那般平静,也极具变革色彩。新式学堂、新式军队等次第展开。光绪三十一年(1905)旗人女性惠兴为办女学而殉身,写下"人贵自立,吾恨女子不能为国家建事业,立志兴学。今以身殉道,天不负我志,我死而女学庶几复活,他日见此校复活即如我再生也"[③],发出与成堃、王韶等人完全不同的声音。惠兴死后,旗营协领贵林继其志,复兴女学。宣统三年(1911)辛亥革命爆发,当年九月十五日以贵林为代表的旗营将领与革命军进行谈判,旗营正式向临时军政府呈缴军器名单,革命军亦派员至满营检点枪械弹药。就议降条件,贵林与新军统领周承英争执不决,适汤寿潜由沪返杭,正式与贵林签署了缴械、发饷、保安、谋生四约。在军政府允

---

① 刘大先:《晚清民国旗人社会变迁与文学的互动》,《南京师大学报》2018 年第 5 期。
② [挪威] 弗里德里克·巴斯:《族群与边界》,高崇译,周大鸣校,《广西民族学院学报》1999 年第 1 期。
③ 《惠兴女士传》,天津图书馆藏。原件为金梁亲笔书写在《黑龙江通志》稿纸上。

诺保证旗营安全并发放粮饷的前提下杭州驻防举旗投降。[①] 而九月二十三日贵林等人以谋叛之名被捕并枪决,殉节辛亥之乱。[②] 杭州旗营很快被推倒,继而建立起一个名为"新市场"的商业区。旗营的消失使旗人失去了城市社区成员的资格,转而成为社会地位低下的人群。杭州旗人留下的诗歌作品却记载着往昔的风华岁月,对其作品进行全面深入的考索能够部分地还原旗人文学创作场景,具有重要意义。旗营文学与驻地汉城文学的交往影响史是微观的多民族文学交融史,为我们研究中华多民族文学交融以及中华民族共同体意识的建构提供了助益。

---

① 参见金冲及、胡绳武《辛亥革命史稿》第三卷,上海人民出版社 1991 年版,第 302—303 页。
② 个中情由参见沈洁《从贵林之死看辛壬之际的种族与政治》,《史林》2013 年第 4 期。

第五章

杭州驻防文学家族创作与姻娅网络

家是社会构成中最基本的组成单位，是每一个个体成员赖以生长的原初环境。"对于每一个人来说，家庭是最古老的、最深刻的情感激动的源泉，是他的体魄和个性形成的场所"①。杭州驻防文学的繁盛图景由个体文人组合而成。每一个文人背后都隐含着一个家族，家族环境对文人文学创作的影响虽不必然，但家族成员的教育观念、文化水平、社会地位等都对家族之内是否能够塑造有利的向学环境起了重要作用。追溯杭州驻防文学的演进，家族所起的作用不容忽视。经统计，杭州驻防内共有文学家族15个，涉及的文人约占杭州驻防文人总数的一半。杭州驻防文学家族创作的繁盛与清代江南文学家族盛况具有趋同性。而八旗驻防的军事属性、满汉分居体制及旗民通婚制度等也在形塑着驻防旗人，使杭州旗营文学家族形态与江南文学家族又有所不同。杭州驻防文学家族间有着繁复的姻娅网络，从中可以探析驻防文学的独立性，并寻绎驻防旗人在汉文化环境中是如何维持族群认同的。

第一节 杭州驻防文学家族概况

俞樾为《柳营谣》所作序言中有"二百数十年来，功名之隆盛，人物之丰昌，流风遗俗之敦厚，故家世族之久长，不可胜计"②，明确指出杭州旗营内多世家大族，并能够绵延久远。根据杭州驻防志书、文人诗集以及诗歌选集等，勾勒出杭州驻防文学家族15个，详见表5-1。

---

① [法]安德烈·比尔基埃等：《家庭史》第一卷，袁树仁等译，生活·读书·新知三联书店1998年版，第5页。
② （清）三多：《可园诗钞外·柳营谣》，第655页。

表 5-1　　　　　　　　　杭州驻防文学家族及其诗文集

家族名称	家族成员	诗文集
善泰家族	善泰，字仲宪，满洲镶黄旗人，雍正七年（1729）移驻乍浦，官乍浦左营右翼协领	著有《草竹轩诗集》《草竹轩诗余》《草竹轩杂录》，今已不存；存诗《自杭州移驻乍浦纪事诗》《海操诗》二首（《杭州八旗驻防营志略》卷二十五）
	玉麟，善泰孙，原名常松保，以笔帖式升至乍浦左营右翼协领	著有《自怡斋集钞》，今已不存
香格家族	香格，字虞臣，满洲正白旗人，官至广州副都统	存诗《园居》一首（《国朝杭郡诗三辑》卷九十三）
	满丕，香格子，字湘湖，官防御	存诗《西湖竹枝词》二首（《国朝杭郡诗三辑》卷九十三）
廷揆家族	廷揆，字希贤，满洲止红旗人	存诗《访西园菊》一首（《国朝杭郡诗三辑》卷九十三）
	廷玉，廷揆弟，字泓岩，号蕴之	著有《苍雪斋诗稿》、《湖山补遗录》二卷、《城西古迹考》八卷，今已不存；存诗《挽杨半岭先生诗》《镜花吟》二首（《国朝杭郡诗三辑》卷九十三）
裕福家族	裕福，字秋生，满洲镶红旗人，嘉庆二十一年（1816）举人，官翻译笔帖式	存诗《丙子元日试笔》（《国朝杭郡诗三辑》卷九十三）、《自君之出矣》（三多《柳营诗传》）二首
	裕贵，裕福弟，字乙垣，号八桥，嘉庆二十三年（1818）举人，官礼部员外郎	著有《铸庐诗剩》，今存
	裕康，裕福弟，字成斋，官前锋骁骑校	存诗《晓起》一首（《国朝杭郡诗三辑》卷九十三）
萨秉阿家族	萨秉阿，字芝亭，满洲人，官至旗营将军	注重提高旗营子弟的文化水平①，未有诗存世
	固庆，萨秉阿子，字莲溪，官至旗营副都统	善书画能诗②，未有诗存世
	余庆，固庆弟，字丰农	善画③，未有诗存世

---

① 王廷鼎《杭防营志》卷三载萨秉阿"选八旗子弟之有造者，日讲学习射，一如家庭之礼"。
② 王廷鼎《杭防营志》卷三载固庆"善书画，爱花成癖，亦有文风"；贵成有诗《初夏幽香馆主人招集赏雨步莲溪韵》表明固庆能诗。
③ 贵成有诗《题丰农寒与梅花同不睡图》《题丰农西湖话别图即以送别》。

第五章　杭州驻防文学家族创作与姻娅网络

续表

家族名称	家族成员	诗文集
观成家族	观成，字苇杭，满洲正黄旗人，嘉庆二十三年（1818）举人，官四川南川县知县	著有《语花馆诗存》，今存
	麟瑞，观成子，字蔼人，官盐大使	著有《蔼然斋集》三卷，今已不存
	凤瑞，观成子，字桐山，太平天国乱中跟随李鸿章军作战，后归隐	著有《如如老人灰余诗草》，今存
	柏梁，麟瑞子，字研香，官至乍浦副都统	无诗存世，但有记载能诗①
	杏梁，凤瑞子，字襄侯，官至满洲正黄旗协领	著有《榴荫阁诗剩》，今存
	金梁，凤瑞子，字锡侯、瓜圃老人等，光绪三十年（1904）进士，官至奉天新民府知府，入民国后流转于东北及京津之间	著有《东庐吟草》《壬子记游草》《金息侯先生壬子自述诗》，今存
	画梁，凤瑞女，字纤云，好诗画，子乃赓，光绪十五年（1889）举人	著有《超范式画范》，今已不存；存诗《题画》一首（《两浙輶轩续录》卷五十四）
	金宜，金梁妻，字宜卿	存次韵诗一首（金梁《壬子记游草》卷末）
	关西，金梁女	存次韵诗一首（金梁《壬子记游草》卷末）
	关东，金梁子	存次韵诗一首（金梁《壬子记游草》卷末）
喀朗家族	喀朗，字清堂，满洲镶黄旗人，嘉庆二十四年（1819）举人，官国子监助教	存诗《苏堤新霁湖烟未散即景成吟》《题李朝梓采桑图》二首（《国朝杭郡诗三辑》卷九十二）
	喀福尔善，喀朗弟，字听秋，道光元年（1821）举人，官堂主事	存诗《拟唐人寄征衣》《鸡鸣山访六朝松》二首（《国朝杭郡诗三辑》卷九十二）
	喀图尔善，喀朗弟，满洲镶红旗人	存诗《五柳居题壁》一首（《国朝杭郡诗三辑》卷九十三）
	文慧，喀朗子，字仲莲，郡诸生	存诗《自题秋宵横笛图》《梅青书院读书杂咏》二首（《国朝杭郡诗三辑》卷九十三）
	文瑞，喀福尔善子，字辑舟，号冠梅，道光十九年（1839）举人，官直隶安肃知县	著有《树庐诗草》，今已不存；存《客斋遣兴》《游仙诗》（三多《柳营诗传》）、《嘉庆癸亥秋鳌山头巷北土中涌出一山石色微赭定祖山之伏脉》（《国朝杭郡诗三辑》卷九十二）三首

---

① 三多《可园诗钞》有诗《雨中同乃和甫赓都尉游愚园、张园赴姻叔柏研香梁都护约也》，其中有"诗人例爱山水游，平生又住山水陬"［（清）三多：《可园诗钞》卷三，第605页］。

续表

家族名称	家族成员	诗文集
音善家族	音善,字朗斋,满洲镶红旗人,嘉庆二十四年(1819)举人	存诗《题院本鸡林货诗图》《赏菊题巴氏园壁》二首(《国朝杭郡诗三辑》卷九十二)
	善能,音善子,字雨人,道光十一年(1831)举人,官光禄寺署丞	著有《自芳斋吟草》三卷,今存
赫特赫讷家族	赫特赫讷,字藕香,满洲镶黄旗人,道光二年(1822)进士,官至苏松常镇粮储道	著有《白华旧馆诗存》,今存
	苏呼讷,赫特赫讷弟,字宝峰,号笑梅,道光十三年(1833)进士,官山西归绥道	存诗《寻云楼寺》一首(《国朝杭郡诗三辑》卷九十二)
	赓音讷,赫特赫讷弟,字虞廷,官镶白旗协领	存诗《廷希贤园观菊》一首(《国朝杭郡诗三辑》卷九十三)
	玉昌,赫特赫讷从子,字琢斋,辛酉难后袭骑都尉世职	著有《瓶花馆诗剩》,今已不存;存诗《春晓曲》,词《蝶恋花》《疏影》《调笑令》(三多《柳营诗传》)
瑞常家族	瑞常,字芝生,蒙古镶红旗人,道光十二年(1832)进士,官至文渊阁大学士	著有《如舟吟馆诗钞》,今存
	瑞庆,瑞常弟,字雪堂,道光十六年(1836)进士,官直隶候补道	著有《乐琴书屋诗集》,今存
	丛桂,瑞常孙,字古香,号兆丹,生于京师,乡试举人	三多诗集中存有丛桂和诗①
盛元家族	盛元,字韵琴,号恺廷,蒙古正蓝旗人,道光十六年(1836)进士,官至江西南康府知府	著有《怡园诗草》,今已不存;存诗《戊寅二月吴筠轩同年召饮,以疾未赴,诗以答之》《题王依氏节孝传后》《蒋果敏公祠落成纪事》《娱园二咏为许益斋赋》《题丁氏双节图》《题张子虞太史负书图》《和何移居》《辛巳十二月宴铁花吟社诸同人于吴山太虚楼》《过张忠烈公墓》《春饼》(《国朝杭郡诗三辑》卷九十二)、《文济川协戎哲嗣守典入泮来谒作诗勉之》(完颜守典《杭防诗存》)十一首
	瑞恒,盛元子,字子久,光绪二十三年(1897)举人	《清代朱卷集成》载试帖诗《赋得又见承平大有年得年字五言八韵》一首②

---

① 三多《可园诗钞外·北行诗录》有诗《南旋留别都门诸君子》,后有丛桂和诗二首(第654页)。

② 顾廷龙主编:《清代朱卷集成》第292册,第319页。

续表

家族名称	家族成员	诗文集
有连家族	有连，字鋆溪，蒙古钟木依氏，官至记名副都统	工棋善画①，未有诗存世
	三多，有连子，字六桥，官至库伦办事大臣	著有《可园诗钞》《可园文钞》《北行诗录》《倦游集》《缀玉集》《东游诗词》《粉云庵词》《柳营谣》《柳营诗传》《库伦蒙俄卡伦对照表》，今存
	玉井，三多妾，字珊珊	著有《香珊瑚馆诗词》，今存
文元家族	文元，字济川，满洲正蓝旗人，官镶蓝旗协领	工琴能诗②，未有诗作存世
	完颜守典，文元子，字彝斋，诸生	著有《逸园初集》《逸园二集》《燕支草》，今存
	琼仙，文元女	成堃《雪香吟馆诗草》中存有琼仙和诗
东纯家族	东纯，字紫来，官至成都将军	有诗《闺中消夏词》二首（《国朝杭郡诗三辑》卷九十三）
	富乐贺，东纯侄，字崇轩，官福建福宁府知府	著有《闽游草》，今已不存；存诗《次朱山父秋柳原韵》《赤嵌晚眺》《红毛楼题壁》《闻莺》《题扇》《戊寅春日旧岌乍痊，重来闽峤，感行踪之靡定，怅隙影之虚抛，萍絮今生，苍茫前路，独居深念，百感俱生，爰以剑南翁春宵听雨诗意绘图，并题四绝》（《国朝杭郡诗三辑》卷九十三）、《自题春宵听雨图》（完颜守典《杭防诗存》）七首
	王韶，富乐贺妻，字斋云，又号冬青女士	著有《冬青馆吟草》，今存
	承禧，东纯曾孙，字筱珊，自幼由王韶抚育	三多诗集中存有和诗③
杰纯家族	杰纯，字硕庭，蒙古镶白旗人，官乍浦副都统	存诗《怀王东泠》《怀吴凤池》《怀梁得楞》《怀单武》《怀白庆斋》（《国朝杭郡诗三辑》卷九十三）五首
	固鲁铿，杰纯子，字画臣，官至广西浔州知府	著有《固庐诗存》，今已不存；存诗《客路》《闻杭州克复有感》《落花》《闺情》《答友人》《悼亡词》（完颜守典《杭防诗存》）六首
	成堃，固鲁铿女，完颜守典妻，字玉卿	著有《雪香吟馆诗草》，今存

---

① 王廷鼎《杭防营志》卷三载有连"幼从廷玉学画，颇得真传，长工棋，合营推为巨擘"。

② 王廷鼎《杭防营志》卷三载文元"工琴"，完颜守典《逸园初集》卷首王堃题词后注"尊甫先生济川都统诗书琴剑冠绝吾寅"。

③ 三多《可园诗钞外·北行诗录》有诗《南旋留别都门诸君子》，后有承禧和诗30首（第652—654页）。

与清代其他驻防相比，杭州驻防文学创作最繁盛，文学家族数量最多。出现这一局面的原因主要有以下两点：首先，明清以来江南地区多文学世家，形成了深厚的文学传统，从而多角度全方位地影响着杭州旗营，使旗人的文学创作由个体逐次展开，继而拓展至其他家族成员。"任何一个民族的文化只能理解为历史的产物，其特性决定于各民族的社会环境和地理环境。"[1] 诚如罗时进所言："每个家族，都是具体地域环境中的家族，必然受到那种'最核心历史知识'的陶育。"[2] 杭州旗人大都源自北方的游牧民族，进入杭州后，世代经受江南文化的濡染，逐渐养成了江南文化社会中的惯习，从而产生了文化移植。其次，杭州驻防文人多属勋贵阶层，较普通旗兵家庭而言，享有丰富的教育资源，从而营造了适宜文人成长的环境，较易形成文学家族。因而，地域文化的濡染是杭州驻防文学家族形成的重要原因，而较高的社会地位也为文学家族的形成提供了有利条件。

从上述表格中可知，杭州驻防文学家族具有以下特点：首先，大部分文学家族成员都拥有旗营武将身份，武将从事诗歌写作，成为"儒将"，因而杭州驻防文学家族带有"武"的特质。这一特点是由驻防旗人身份决定的。其次，科举家族涌现。杭州驻防文学家族成员身份由武将经科举一途向文士转移。陈寅恪在《唐代政治史述论稿》中有言："所谓士族者，其初并不专用其先代之高官厚禄为其唯一之表征，而实以家学及礼法等标异于其他诸姓……士族之特点既在其门风之优美，不同于凡庶，而优美之门风实基于学业之因袭。"[3] 在江南文化的浸染下，杭州旗人并不单单将科举视为解决生计问题的途径，而是像汉族文人一样希冀通过此途实现"治道合一"的政治抱负。在科举中取得功名意味着拥有了文化身份，这一身份及其背后所代表的诗礼传家的优良传统也成为旗人向往的生活，因而文学家族总体呈现向科举一途积极靠拢的姿态。再次，杭州驻防文学家族大都分布在道光以后，表明此时起杭州驻防文学创作步入了成熟阶段。最后，杭州驻防文学家族中除观成家族延续四代外其余大都延至二代，说明杭州驻防文学创作的底蕴不够深厚，与同时代、同地域的汉族文

---

[1] [美]弗朗兹·博厄斯：《原始艺术》，金辉译，上海文艺出版社1989年版，前言第8页。
[2] 罗时进：《家族文学研究的逻辑起点与问题视阈》，《中国社会科学》2012年第1期。
[3] 陈寅恪：《唐代政治史述论稿》，生活·读书·新知三联书店1956年版，第71—72页。

学家族延至数代的情形相比存在较大差距。

杭州驻防仅入关二百余年，文学家族就能够呈现如此繁盛的气象，证明杭州旗人与驻地文化的融合走向深入。而在杭州驻防文学家族的创作过程与内容中，也与江南文学家族特征有诸多相似之处。

第二节 杭州驻防家族文学传承与嬗变

现有的能够勾勒出来的杭州驻防文学家族有 15 个，而实际上的数量必定远多于此。杭州旗营内的这些文学家族，成为一个个具有文化气息的情感空间。家庭环境对驻防文人诗歌创作的影响相对于自我的天分性情、知识结构、人生际遇、师友交往等并无特别的优势可言，但却是根植于文人本身的，最能对他的创作产生长久的影响。"文化积累和文学传承是文学世家形成的基本规律"①，这一规律也适用于杭州驻防文学家族。文学家族内大都形成了文学创作场域，鼓励并激励着驻防文人从事文学写作。而家族内部的文学传承方式也因八旗族群的特殊性有所不同。

在杭州驻防文学家族内部，父兄的教导是最主要的家族文学传承方式。如杭州将军萨秉阿"任都统时，自题后轩曰'退思补过'以自惕。于军府西园辟除花厅选八旗子弟之有造者，日讲学习射，一如家庭之礼。其外栽花种柳，亭台池榭，藻饰绚丽，为退息所"，其子固庆"确传家法"，"莅任即于二堂书扁悬之曰'懋昭前烈'，故于政治悉遵旧章而又过之……善书画，爱花成癖，亦有文风。园中遍植奇卉，引泉叠石，调鹤豢鹿。所题亭馆有曰万花堂、伴鹤轩，左右修竹，听秋书屋率其子弟诵读其中"②。萨秉阿身为旗营高级将领，于军事外喜习文事，其子生长在文武兼具的文化氛围中，自然而然地也成为一位兼习文武的旗人。贵成作《送固莲溪都统祭禹陵》中有"禹庙瞻遗像，山灵认故侯（君昔随其先将军游过）"，写萨秉阿曾带领固庆拜祭禹陵，而今固庆带领弟弟余庆及子诗重游，故而"况携贤子弟，应得畅行吟"③，显现出家族内部的文学传承景象。东纯自幼受教于叔父穆朗阿，穆朗阿官至京口副都统，因东纯自幼聪颖，穆朗阿尤爱重他，"读书之暇，教以骑射"，东纯无子，其嗣子富乐贺"性豪迈，绰有

---

① 李真瑜：《明清文学世家的基本特征》，《中州学刊》2006 年第 1 期。
② （清）王廷鼎：《杭防营志》卷三。
③ （清）贵成：《灵石山房诗草》，第 467 页。

家风，善隶书，广蓄古玩及名人书画"①。观成为凤瑞父，官至四川川南县知县，有政绩，为当地百姓所称颂，凤瑞诗中常与父亲做对比，如"愧我须眉浑似父，灯前且效定晨昏"②（《影》）、"晨昏定省心犹愧，死后思亲唤奈何"③（《九月朔日为先父诞辰，而先室亦于是日去世，家人哭祭，哀而作此》）。凤瑞写有《望子》一诗，以"自知垂老影空留，望子成名天爵修。一首文章书万卷，三更灯火业千秋。羞他宠得三龙号，希汝名标五凤数。一语叮咛留意早，须知老父白霜头"④，以此来嘱咐儿子努力学业，以期能够金榜题名。杭州驻防文学家族中的男性普遍属旗营将领，在家庭内部又拥有比女性更多的话语权，因而成为家族文化场域构成的核心力量。在父系的主导下，有意培养或者无意示范都将其他家族成员纳入其中，形成了基于共同爱好的文艺团体。观成家族有一个共同的特点是善作书画，观成"工书画"，凤瑞"九岁能诗书画"⑤，杏梁"作八分书，得汉碑胎息"，柏梁"工楷善画"⑥，画梁"性好诗画，曾以尺缣倩人画，经年不能得，忿甚，遂调粉赭，广购画稿，日夜临摹，期月而画成。所作花鸟翎毛，笔力超脱，无闺阁气，时人与王韶称为竞爽"⑦，并作有《超范式画范》，惜不存。在观成家族中，观成父查琅阿为乍浦旗营骁骑校，其兄图翰恰纳"锐志进取，积劳成疾，考中书笔政，未补官而殁"⑧，因而观成家族中的文脉实自观成始，其兄图翰恰纳则为他提供了一个范式。这一家族经由凤瑞及金梁努力，成为杭州驻防内最为繁盛的文学家族。

  杭州驻防文学家族中，父亲是家族文化建构的主力，兄长则起到重要的辅助作用。雅凌河是瑞常父亲，曾任杭州驻防营正白旗蒙古协领，未有记载说他能诗，在瑞常诗句"家书毕竟千金抵，能副殷殷训诫无"⑨（《春闱报捷》）后注有：家大人以读书励品为训。可见雅凌河重视对子辈的教育。在瑞常诗歌中，常见他对弟弟瑞庆学业的关注，瑞庆未中举前

---

① （清）王廷鼎：《杭防营志》卷三。
② （清）凤瑞：《如如老人灰余诗草》，第575页。
③ （清）凤瑞：《如如老人灰余诗草》，第575页。
④ （清）凤瑞：《如如老人灰余诗草》，第587页。
⑤ 顾廷龙主编：《清代朱卷集成》第91册，第113—114页。
⑥ （清）王廷鼎：《杭防营志》卷三。
⑦ （清）王廷鼎：《杭防营志》卷三。
⑧ （清）王廷鼎：《杭防营志》。
⑨ （清）瑞常：《如舟吟馆诗钞》，第49页。

他有"学古乃有获,读书期致用。努力爱春华,儒业须珍重"①(《书寄雪堂弟》),殿试后归班铨选他有"欲得贯通须仗学,不经盘错岂成材"②(《九月朔接雪堂袁江信》)。在日常生活中,也时有"薄书闲暇须携管,时把平安报武林"③(《腊月廿八日入直六班有怀雪堂》)、"眉宇重瞻笑拍肩,时光爱惜九秋天"④(《九月雪堂弟赴京候选》)、"无论畿南与畿北,阿兄侧耳听循声"⑤(《雪堂调任宣化作诗勉之》)。与兄弟间的情感不同于父母,是亲近又平等的。赫特赫讷家族一门忠烈,辛酉之难中赫特赫讷与"胞弟前河南开归陈许道苏呼讷、镶白旗协领赓音讷、花翎防御衔即补骁骑校松音讷、镶黄旗头牛录蓝翎骁骑校佛尔奇讷,登时力竭阵亡"⑥。赫特赫讷、苏呼讷以及赓音讷都有诗存世,赓音讷有诗《种菊寄藕香兄都寓》云:"黄花灿烂列成山,三径横斜水一湾。佳种索归同赵壁,围屏高拥比秦关。吟情不羡渊明隐,芳讯重寻鲁望闲。大好满头沉醉插,阿兄莫笑弟疏顽"⑦,呈现了弟弟洒脱顽皮又担心兄长责骂的情态。杭州旗营文学家族中,廷揆家族、裕福家族、喀朗家族、赫特赫讷家族以及瑞常家族都以兄弟二人或三人有诗歌存世,兄长在其中承担激励弟弟向学的责任,而兄弟间也多吟咏唱和,提高了彼此的诗歌技艺。

  旗人未入关前,女性的社会分工与汉族女性有很大不同,进入中原后,女性生活方式及观念与汉族女性趋同。但她们仍旧葆有不缠足、未婚及年长女性地位高的特点。因旗人男性多外出征战或训练,使女性担负着家庭管理、劳作以及养育子女的重任。在观成家族中,女性对家族存亡及文学家族的养成起了至关重要的作用。观成兄图翰恰纳去世后,父查琅阿欲以旗人子为后,图翰恰纳妻王佽氏请曰:"抚他人子,终非骨肉,不足奉大宗。"⑧对亲生子嗣的看重源于旗人财产处置权主体由氏族转移到家庭,也就是如果"需要对财产或财富进行继承的话,则是从父亲手中转

---

① (清)瑞常:《如舟吟馆诗钞》,第54页。
② (清)瑞常:《如舟吟馆诗钞》,第66页。
③ (清)瑞常:《如舟吟馆诗钞》,第105页。
④ (清)瑞常:《如舟吟馆诗钞》,第121页。
⑤ (清)瑞常:《如舟吟馆诗钞》,第142页。
⑥ 《为赫特赫讷等请恤片》,顾廷龙、戴逸主编:《李鸿章全集1·奏议一》,安徽教育出版社2008年版,第36页。
⑦ (清)丁丙、丁申:《国朝杭郡诗三辑》卷九十三。
⑧ (清)王引之:《节孝传序》,(清)金梁编:《瓜圃丛刊叙录》,第71页。

移到儿子手中，而此前常常是在兄弟之间或平行支系间往复进行的"①。亲生子嗣的重要性在此得到确认。这一观念是在满洲入主中原后，原有的家族形态发生变化，又受到中原制度文化影响而发生的转变。王依氏由此"泣涕请重续"，进而"一片血诚翁感乎，孀妇为翁迎新姑"②（观成《忆儿时哀辞》）。查琅阿续娶邵氏，生观成。女性以微薄之力在家族血脉存亡的紧要关头做出的义薄云天之举，使这一家族得到绵延。对观成的教育上，王依氏及邵氏也倾注了大量的心血。《忆儿时哀辞》中有"姑媳茕茕，抚汝襁褓。年年晒书，望汝学饱"③。张日晸《节孝王依孺人传》载"成少长，劝以读书明义理"④。观成不负众望，"以科第得官，门祚鼎盛，为一乡望族"⑤。凤瑞妻汪依氏及钱氏也对子女的教育付出了极大的心力。凤瑞《悼亡妻》诗中有"训子如严师"⑥句，是家族内母教权威性的证实。此亡妻应是汪依氏，她去世后凤瑞续娶钱氏，生子金梁。"戊申息侯自京莅东省，为旗民筹生计，致款逾百万。旋出守新民，济柳河之灾。民讴歌，思之至今，而母曰：汝有何德？而致民之感若此也；息侯富著作，所言皆修身治民之要，而母曰：汝欲崇道德，励风俗，徒著书无益也。故息侯学益修、名益盛、位益显，而母之教益备亦益严"⑦，母教的严苛使金梁自始至终对自身职责保持清醒认知，不至落入自我陶醉满足的状态中，故有此母乃有此子。杭州驻防文学家族中的女性受到父兄习文事的耳濡目染，在家族之内跟随父兄进行学习，取得了较为突出的成绩，如凤瑞女画梁能诗善画，固鲁铿女成塈著有《雪香吟馆诗草》。旗营文人贵成诗中写女儿玉华"识字聪明两岁能（两岁即识百余字，百试不忘），昨才拜父作先生（先二日自拜前云：儿从今起进馆读书矣）"⑧（《哭女玉华时己酉腊月十七日也》），展示了旗营文学家族中女性读书的场景。富乐贺娶钱塘司马王棣女王韶为妻，富乐贺去世后，王韶回到杭州旗营独自承担

---

① ［美］柯娇燕：《孤军：满人一家三代与清帝国的终结》，陈兆肆译，第93页。
② （清）观成：《语花馆诗拾》。
③ （清）观成：《语花馆诗拾》。
④ （清）柳琅声等修：《南川县志》卷十二，《中国方志丛书·华中地方·第389号》，成文出版社1976年版，第1137页。
⑤ （清）金梁：《节孝传题辞书后》，（清）金梁编：《瓜圃丛刊叙录》，第73页。
⑥ （清）凤瑞：《如如老人灰余诗草》，第597页。
⑦ （清）陈黻宸：《瓜尔佳母钱太夫人寿言录序》，（清）金梁编：《瓜圃丛刊叙录》，第84页。
⑧ （清）贵成：《灵石山房诗草》，第481页。

起养育家庭的重任。东纯曾孙承禧在她的抚育下长大成人,《乙酉仲冬筱珊侄孙入都候选诗以勉之》中有"男儿立志要轩昂,勤学犹当志四方"①、"玉树兰芽手自培,磨砻琢璞渐成材"②,对承禧寄予了厚望。

杭州驻防文学家族与汉族文学家族看似并无不同,实际上家族中的男性成员多具有武职身份,使旗营文学家族呈现出文武兼具的特质。旗营女性在表面上看与江南汉族女性在文学家族中所起的作用并无不同,但深植于民族文化场域内,女性在家庭及社会结构中的作用有着显著差别。由此旗营文学家族与汉族文学家族呈现殊途同归的景象。

对杭州驻防家族文学的探讨,有助于寻绎个体文人的生成环境,并由此拓展杭州驻防文学的解释空间。无论是"开华堂,春酒香,白发堂中坐,三子九孙侍两旁。吾有鳌儿喜吟诗,吟诗口口称盛唐"③(《六桥外孙婿来以可园诗草索题》)还是"五六幼多疾,依依随父膝。坐听忠孝谈,潸然常感泣"④,都以一幅幅生动的画面还原了旗营家族文学创作的现场。正是这样一个个充满温情的情感空间,使更多的旗营子弟能够在武事之余体验另一种生活方式,为杭州驻防文学的繁盛贡献了力量。

第三节　姻娅网络与旗营文学共同体的形成

在《社会人类学方法》一书中拉—布朗提出:"结构这个概念是指在某个较大的统一体中,各个部分的配置或相互之间的组合。……在寻找社会生活的结构特点时,我们首先要寻找所有各种现存的社会群体,然后,考察这些群体的内部结构。除了群体中个人的配置外,我们还可以在群体中发现社会阶层和类别的配置。"⑤ 杭州驻防文学家族间的联姻正属于"社会阶层和类别的配置"。文学家族间基于共同族群、共同身份及共有的文化因素等利益的考量,形成了一个以姻娅关系为主导的关系网络(见图5-1)。

这一关系网络几乎涉及杭州驻防文人总量的半数,如果以这一关系网

---

① (清)王韶:《冬青馆吟草》,第203页。
② (清)王韶:《冬青馆吟草》,第204页。
③ (清)凤瑞:《如如老人灰余诗草》,第599页。
④ (清)金梁:《金息侯先生壬子自述诗》。
⑤ [英]拉—布朗:《社会人类学方法》,夏建中译,山东人民出版社1988年版,第140—141页。

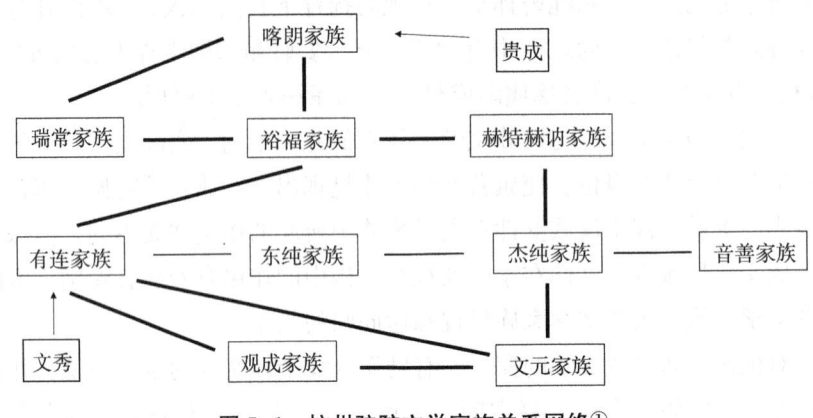

图 5-1 杭州驻防文学家族关系网络①

为基础,将朋友关系、师生关系等悉数纳入,便能够涉及绝大部分的杭州驻防文人。因此,以杭州驻防文学个体家族为基点,通过姻亲关系形成关系线继而扩大至关系网,而这一关系网随着时间的推移逐渐扩大,成为一个有着鲜明八旗族群特征的文学共同体。

婚姻对于家族血脉的传承关系重大,它"将合二姓之好,上以事宗庙,而下以继后世也"②。清朝定鼎中原后,为保留本民族的族群特征,实行旗民不通婚的政策。随着时间的推移和局势的变化,这一政策在具体推行过程中有所松弛,旗人男子可娶汉人女子作妾,汉军旗人可与民人通

---

① 图中粗线代表两个家族间有姻亲关系,细线代表两个家族间有姻亲以外的其他关系,如世交等。瑞常家族与喀朗家族:瑞常与喀朗有姻亲关系,《如舟吟馆诗钞》中有诗《三月偕喀清堂姻长入都》,其中有"交谊兼姻谊"句;瑞常家族与裕福家族:裕贵《铸庐诗剩》前有瑞常题诗《奉题乙垣二兄亲家大人大集时丁巳六月初十日芝生弟瑞常拜稿》。裕福家族与喀朗家族:喀朗为裕贵表兄,《铸庐诗剩》中有诗《哭喀清堂表兄》;裕福家族与赫特赫讷家族:裕贵《铸庐诗剩》前有赫特赫讷题诗《壬寅春奉题乙垣弟大人大集藕香赫特赫讷》;裕福家族与有连家族:裕贵为有连岳父,三多在《铸庐诗剩》后记有"家大人少失怙入赘"。有连家族与东纯家族:三多《可园诗钞》有《四时杂咏奉和世叔母王裔云夫人》,说明两家有世交;有连家族与文元家族与观成家族:文元为三多岳父,《可园诗钞》有诗《哭外舅济川公》;凤瑞女嫁与文元,凤瑞为三多外孙婿,凤瑞有诗《六桥外孙婿来以可园诗草索题》。杰纯家族与文元家族:完颜守典娶固鲁铿女儿成埜为妻;杰纯家族与东纯家族:成埜《雪香吟馆诗草》后有王韶题诗,名为《小诗奉题玉卿世妹雪香吟馆大著》;杰纯与赫特赫讷家族:善能有诗《除夕前二日抵袁浦喜谒藕香夫子》,"翁婿话青灯"句后注"时与令坦固画臣同行",令坦即指对方的女婿,可知固鲁铿为赫特赫讷女婿;杰纯家族与音善家族:善能有诗《哭挽杰果毅都护谱兄》,谱兄为结拜的兄弟,可知善能与杰纯有结拜之谊。贵成娶喀朗女为妻,《灵石山房诗草》有诗《题先外舅喀清堂助教春宵听雨遗册》;文秀为三多舅祖,三多《柳营诗传》载文秀诗后注有"吟香舅祖才情横厉"。

② 《昏义第四十四》,(元)陈澔注,金晓东校点:《礼记》,第 672 页。

婚，而旗人女子不得嫁与民人的限制始终存在。① 金梁在《旗下异俗》中有言："满汉通婚，行之尤早，数见不鲜。即论吾家：余母钱太夫人，曾祖母邵太夫人，及伯母王氏，皆汉族。余兄弟十人，而嫂氏汉姓者得其七，其余亲友，多娶汉女，衣饰服用，语言习惯，多与汉同，无复可辨。"② 金梁所言的"满汉通婚"是指家族中的男性娶汉族女性做妾而非正妻，如邵太夫人及钱太夫人都是妾的身份。不过到光宣年间，旗人男子娶汉族女性做妻也较为常见，比如富乐贺妻王韶即是杭州汉城人。八旗是一个以男性为主导的父系社会，旗营内对女性"许进不许出"的限制虽然无法从根本上改变旗营社会的内部结构，但大量的汉人女子进入旗营，必然带来汉族文化，成为旗营满汉文化融合的重要进路。以富乐贺妻王韶为例，她未出阁时受教于父亲王棣，嫁与富乐贺后，与丈夫及旗营文人相唱和并对后辈进行教育，将本身具有的江南文化素养带入旗营。杭州驻防文学家族的繁盛与汉族女性的介入有很大关系，优质的教育理念和文化质素由此进入旗营。即便如此，旗营文学家族仍是以男性为主导的，旗营内部联姻仍旧是旗人婚姻的主要方式，因而我们看到旗营内的各个家族以姻亲关系联系在一起，营造出面向旗营内部发展的姻娅网络，而不是开放式的。

杭州驻防文学家族大都属勋贵阶层，正如恩格斯所言结婚"是一种借新的联姻来扩大自己势力的机会，起决定作用的是家世的利益"③，因而杭州驻防文学家族缔结的姻亲网络展现的是"门当户对"的婚姻理念。潘光旦在谈到婚姻原则时进一步解释说："自来家长选择之婚姻非尽出乎为一家牟财利，或为一己图侍奉之私；且其间实有相当之原则。此原则即'门当户对'说是也。治婚姻选择之原理者谓人类举行婚姻选择时，大率类似者相吸引，否则相回避，名之曰'类聚配偶'（assortative mating），门当户对说即以此为根据"④。旗营文学家族间的联姻则遵循了"类聚配偶"原则，对于巩固联姻家族双方利益起了重要助推作用。以凤瑞的三个女儿为例，长女"适杭州驻防翻译生员，世袭骑都尉加一云骑尉仁兴

---

① 参见定宜庄《满族的妇女生活与婚姻制度研究》，第356页。
② （清）金梁：《旗下异俗》，第315页。
③ ［德］恩格斯：《家庭、私有制和国家的起源》，《马克思恩格斯选集》第四卷，人民出版社1972年版，第74页。
④ 潘光旦著，潘乃穆、潘乃和编：《潘光旦文集》第一卷，北京大学出版社2000年版，第274页。

公",次女"适杭州驻防副都统衔,记名简放副都统,掌理杭州右司关防镶蓝旗满洲协领兼掌镶白旗满洲头佐领事务文元公",三女"适杭州府学旗籍附生,世袭云骑尉,镶蓝旗满洲防御顺昌公"[1],可见三个女儿都嫁与有世袭爵位或有中高级官职的旗人。而长女即为前文所述的画梁,生子乃赓,乃赓后中举人。次女嫁与文元,文元工琴能诗,生子完颜守典,守典有诗集存世。完颜守典娶妻成堃,成堃祖父杰纯、父亲固鲁铿都能诗。这表明杭州驻防文学家族间的联姻在注重社会地位相匹配的同时,家族双方的文化底蕴及道德修养也成为联姻时考虑的重要因素。杭州旗营文学家族中有多个科举家族,他们之间多进行联姻,如图5-1中所示的裕福家族与喀朗家族、瑞常家族、赫特赫讷家族三个家族的联姻。从这个角度来看,"家族联姻是一种文化行为,具有文化衍生之特质"[2]。杭州驻防文学家族间的联姻确实为杭州驻防文学群体的壮大贡献了力量。

杭州旗营姻娅网络的形成使个体家族在遭遇危难时能够获得支持和救助。裕贵是有连岳父,据三多记载"家大人少失怙,入赘公家,衣食教育皆资之,每叹外氏祭祀无主,言次泫然"[3]。此外,杭州驻防文人在京者形成了一个以旗营文人为中心的文学交游圈,这一交游圈具有互帮互助、联系紧密的特点。通过本章的讨论,可知除去同族群、同地域的因素,他们之间具有的姻亲关系也使这一群体更具凝聚力。文人间的酬唱往来当然不限于姻亲之间,但一旦基于亲谊,则更具稳固性。

文学家族间的联姻也为个体文学家族创造了更为丰富的教育资源和文学创作环境。"外家教育"在此凸显出来,成为母教的延伸,这本是极具江南地域特点的"外家文化"现象。在杭州旗民文化交融的背景下也移植到杭州旗营中,成为杭州驻防文人受教育的另一途径。文元家族与观成家族有姻亲关系,文元娶凤瑞次女为妻,那么凤瑞子杏梁与完颜守典即为舅甥关系。完颜守典诗集中有《校录舅氏襄侯协戎杏梁遗稿感赋一律》,其中有"挑灯教读史(曩曾从学舅氏),对月共挥毫(舅氏尝以诗命和)"[4]句。裕福家族与喀朗家族有姻亲关系,文瑞为喀福尔善子,裕贵写有《寄外甥文冠梅瑞孝廉》,其中有"果然传道得吾徒,千里闻声

---

[1] 顾廷龙主编:《清代朱卷集成》第296册,第273页。
[2] 汪孔丰:《麻溪姚氏与桐城派的演进》,安徽大学出版社2017年版,第97页。
[3] (清)裕贵:《铸庐诗剩》。
[4] (清)完颜守典:《逸园初集》。

笑捋须。青胜于蓝才觉好，莫教依样画葫芦"①。从上述诗作中都可见舅舅在外甥学业道路上充当了引路人的角色，"正是他们自觉地利用具有原始社会孑遗色彩的'舅权'，以姊妹家庭重要责任者的面貌出现，将家学传承的任务担当起来，以坚定的文学介入的姿态为'舅甥关系'做出了最富有人文关怀的诠释，使这一家族亲缘关系具有了浓厚的文学和诗性的意味"。② 除去舅舅外，外家其他长辈也在旗营文人的培养上起着积极作用，如文元为三多岳父，凤瑞又为文元岳父，那么凤瑞为三多姻外祖父，二人间多有诗歌唱和。凤瑞诗中以"道义无今古，功名有早迟。饥寒将大任，成败听天持"③（《题六桥外孙倩留燕集》）劝慰三多努力学业，也以"愿尔习上得其中，可与唐人同辈行。学唐不类等而下，焉能相抗宋苏黄。不学古人无法则，尽学古人何必搜枯肠"④（《六桥外孙婿来以可园诗草索题》）指导三多进行诗歌写作。三多也以"绝裾仍莫补，追悔涉艰危。否极图存切，言高动听迟"⑤（《还家敬次桐山姻外祖赠诗原韵》）对凤瑞的教诲予以回应。杭州驻防文学家族中的个体文人正是在本家族以及外家长辈的共同呵护培育下逐渐成材的。外家为杭州驻防文人提供了丰富的教育资源，也在他们周围营造起一个更为多样的且充满情感氛围的文学环境。成堃与完颜守典分属于两个不同的文学家族，二人都有诗集存世，结为夫妻后二人常常唱和，完颜守典有《偕玉卿韵梅梅花由吾》《寒夜偕内子玉卿联句》《夏夜偕内子玉卿联句》等诗。时人对此予以称赞，"谢家门第左家才，佳偶联成红叶媒。定有眉窗酬倡句，可能一一寄将来"⑥。其他亲属关系唱和也常出现在驻防文人诗作中，如瑞常有《哭喀清堂表兄》、贵成有《内弟文仲莲慧索诗即赠》、三多有《外舅文济川公偕梦薇师于文殊诞日合琴社苹香吟社于湖坊作展春第二集，即席赋呈》《雨中同乃和甫赓都尉游愚园、张园赴姻叔柏研香梁都护约也》《夏日偕内兄守彝斋典茂才联句》等。文学家族间的联姻使杭州驻防文人彼此间大都具有或近或远的亲属关系。三多入京后，曾去拜访贵成，写下

---

① （清）裕贵：《铸庐诗剩》。
② 罗时进：《清代江南文学发展中的"舅权"影响》，《江海学刊》2011年第5期。
③ （清）凤瑞：《如如老人灰余诗草》，第584页。
④ （清）凤瑞：《如如老人灰余诗草》，第599页。
⑤ （清）三多：《可园诗钞》卷三，第611页。
⑥ （清）完颜守典：《逸园初集》。

《侍访贵镜泉观察》，其中有"今日拜床下，笑指语我亲"①句。通过图5-1便可知二人之间具有多重的亲属关系，这种现象在杭州驻防文人中具有普遍性。

杭州驻防文学家族在八旗婚姻制度以及门第观念的共同作用下，在杭州旗营内形成了一个面向旗营内部的、涵盖面广泛且多层次交织的姻娅网络。这个姻娅网络将旗营文学家族的散点分布联结成网，从而组成了一个规模较大的文学群体。这一群体因是由血缘关系串联而成的，具有极强的凝固力。杭州驻防文学家族形态呈现出向汉族文学家族靠拢的姿态，但八旗驻防的族群特点决定了它具有内聚性。通过对杭州驻防文学家族姻娅网络的探讨，可见杭州驻防文人群体是一个极具亲缘性的文学共同体。这一文学共同体对杭州驻防文人具有统合作用，使个体文人以及个体文学家族的离立状态被打破，自然而然地具有了社会联结，对杭州旗营文学创造力的生成起了助推作用。

本章小结

美国学者威廉·A·哈维兰在《文化人类学》有言："因为文化是被创造出来的，是习得的，而不是经由生物遗传而来的，所以任何社会必须以某种方式确保文化适当地从一代传递到下一代。这一传递过程就被称为濡化（enculturation），个人通过这个过程成为社会成员，而且濡化是从个人一出生就开始的。在所有社会，濡化的第一个媒介是个人出生之家的成员……当年轻人长成时，家庭外的个人加入到这个过程中来。这些个人通常包括其他亲属，而且肯定包括个人的同龄伙伴。"②杭州驻防内姻娅网络所孕育的文化特征便是经由濡化而来，个体旗营文人首先受到家庭文化环境的影响，进而通过以姻亲关系为主导的社会关系，旗营内的其他家族成员进入到这个家庭，从而使濡化的范围通过此种社会化逐渐扩大。而杭州旗营处于杭州社会中，成为地域文化的"被规定者"，即其文学家族的形式及文学创作特点受到江南文化的影响，从而具有了江南文学家族的部分特征。相应地，杭州旗营文学家族也成为地域文化的"创造者"，即它

---

① （清）三多：《可园诗钞外·北行诗录》，第651页。
② ［美］哈维兰著：《文化人类学》，瞿铁鹏等译，上海社会科学院出版社2006年版，第130页。

属特定族群，有着不同于江南文化的质素，因而它的家族文学创作为地域文化提供了活力，赋予了地域空间多样性。杭州旗营文学群体，从广义上来讲，是由血缘关系串联起来的。此特质成为旗营文学与汉城文学不同的根本所在。

第六章

杭州驻防文人诗歌写作与西湖风景空间

杭州驻防文学不仅是一个特定族群的文学,也是属于特定地域、特定空间的文学。它之所以称为"杭州",必定带有了对杭州地方持久而稳定的关注。即他们的诗歌写了什么、怎样写的以及展现的情感意蕴在相当大的程度上取决于写作的地点。杭州驻防营在杭州二百六十余年,旗人在杭州出生、成长,感受着杭州的景色、声响和气息,在频繁而深入的接触之中将地域风习糅进了自己的生命里。"地理是人与地方的紧密结合,人们通过感观和行为来对地理有一个基本的认识,通过日复一日维持生计的活动对地理产生实践性的理解,通过使用带有情感色彩的词语和各种肢体语言对地理产生情绪性的理解。"① 杭州驻防文学的产生与杭州地域息息相关。清初,旗人进入杭州,对杭州风景及文化产生了一定程度的破坏。然而到清中叶,旗人已能同汉城人一样,成为杭州文化的继承者乃至传播者。本书将杭州驻防文人诗歌置于"空间"这一视角下,这里所指的"空间"是将拥有实体建筑的物理空间与诗歌创作的文本空间相结合,以杭州旗营的空间布局为切入点,进而探讨诗歌中所蕴含的审美特质及精神内核。

第一节 杭州旗营之空间布局

"建筑空间———一所房屋、一座庙宇或者一座城市———是一个具有自然物所缺乏的明晰性的小宇宙。建筑创造了一种有形的世界,可以在这样的世界中清晰地阐明那些深深感受到的和能够用言语表达的个人经验和集

---

① [美] 段义孚:《回家记》,志丞译,上海译文出版社2013年版,第172—173页。

体经验。"① 清代的杭州城是由城墙围起来的空间,而旗营是在杭州城内部用城墙围起来的又一独立空间(见图6-1)。"(顺治)七年,巡抚萧起元划定基址,割仁和钱塘之西北壁里分,余饬各郡更筑之,以居驻防官兵。自钱塘门迤逦出大街上南绕西至涌金门之水门止,高一丈九尺,厚一度,长一千九百六十二度,周围九里,穿城二里,城脚用黄石,墙角用八寸砖。"② 西湖与杭州城处于左右并列的位置。清代的杭州城墙成为限定城市区域的硬性边界,割裂了城市与外部自然山水的联系,形成了"城""湖"要素的二元对峙。③ 旗营建立在杭州城西部,紧邻西湖,且钱塘门在旗营内,一定程度上阻断了杭州市民去往西湖的路径,但旗营与西湖的近距离接触方便旗人游览西湖,为旗人文雅气质的养成提供了便利条件。

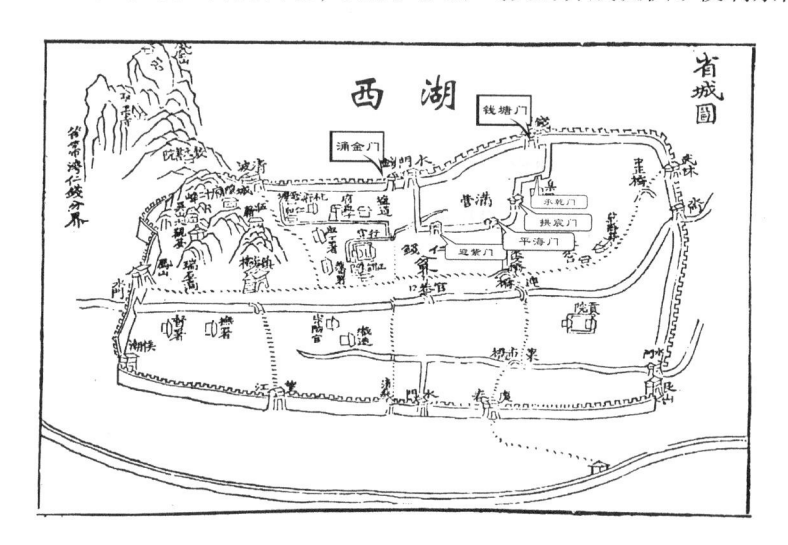

图6-1 杭州旗营空间位置

(图片选自《康熙仁和县志》,标注"满营"处为杭州旗营。旗营各门以同治年间重建后的名称进行标记,为作者自标。该图仅为显示杭州旗营与杭州汉城及西湖间的位置关系。)

杭州驻防文人诗歌创作在乾嘉年间兴起,西湖景观也在此时走向鼎盛。清初杭州在战争的蹂躏以及南下八旗子弟的肆意破坏下,原有风貌遭到极大损害,由此引发了汉城文人的集体哀悼。战事平定后,清朝统治者

---

① [美]段义孚:《空间与地方:经验的视角》,王志标译,中国人民大学出版社2017年版,第81页。
② (清)王廷鼎:《杭防营志》卷一。
③ 吴屹豪:《历时性作为线索的城市传统滨水地区形态考察与更新策略——以杭州市湖滨地区为例》,《建筑与文化》2018年第4期。

为收复江南士人之心，屡次南巡。康乾二帝沿京杭大运河南下，将杭州作为南巡的最后一站，一般住上十天左右。南巡带来西湖景观的修缮，并通过题名西湖十景、修筑行宫等行为，将西湖塑造成充斥着皇权的神圣空间。"由于他们（二帝）一而再、再而三地为西湖隆重加持，使西湖获得了定于一尊的荣耀，再一次巩固了西湖作为中华民族审美最高典范的地位，声名远播全国，成为风景界的翘楚。"① 因而《西湖志纂》云："（二帝）省方幸浙，驻跸西湖，敕几之暇，探奇揽胜，亲洒奎章，昭回云汉。而西湖名胜益大著于天壤之间，呈亿万年太平景象，诚自有西湖以来极盛之遭逢也。"② 杭州驻防毗邻西湖，西湖风景的修缮为旗人提供了一个游览观赏、陶冶文学情操的极佳去处。

杭州旗营的地缘优势侧面促进了旗营文人的文学创作。俞樾为《杭州八旗驻防营志略》所作序中有"自设立满营，休养生息二百余年，生齿日繁。其中名臣、名将，以及文章经学之士，后先相望；而其地居杭州之西偏，出城跬步即西湖也。"③ 王廷鼎在《杭防营志》自序中有"自顺治七年始规会垣西半为城，而杭城水土之胜，西城为最，满城则尽得而有之，则此二百六十年来，不特其勋名风俗，必有可观。"④ 谭献为《可园诗钞》所作序言中有"盖都尉以乔木世家，得明湖而为居。贵有彝鼎，器宇不凡。山水钟毓，允宜风雅。夺灵秀之气蕴，而为讴吟。其亦感于物而萦于情，萦于情而应于声者"⑤，都指出杭州驻防地近西湖为旗人风雅创造了有利条件。"地与西湖曾一间"⑥（善能《移居》）、"吾家傍西子"⑦（善能《辛巳春王十日偕存蓉轩三雅园小饮喜遇钟幼馥为口占一律》）、"收拾西湖当面立"⑧（凤瑞《移驻武林新迁官舍》），都表达了旗营与西湖距离之近。由于西湖与旗营分属两个不同空间，二者具有明显分界，因而杭州旗人来到西湖即来到了城外。城外则带有了休闲的意味，因而瑞庆写"郭外恣闲步，陂塘雨乍收"（《湖堤小步》）、"出郭喜不

---

① 陈文锦：《西湖一千年》，杭州出版社2020年版，第234页。
② （清）沈德潜纂：《西湖志纂》首一，第30—31页。
③ （清）张大昌辑，白辰文点校：《杭州八旗驻防营志略》，第3页。
④ （清）王廷鼎：《杭防营志》。
⑤ （清）三多：《可园诗钞》，第580页。
⑥ （清）善能：《自芳斋吟草》。
⑦ （清）善能：《自芳斋吟草》。
⑧ （清）凤瑞：《如如老人灰余诗草》，第585页。

远，湖塘趁闲步"(《游山二首》)①。在城内与城外，进进出出之间，旗人被西湖文化濡染，西湖也以其巨大包容力将旗人纳入其中。

城墙在中国古代的城市建筑中具有阻隔外界的作用，主要用来防范侵扰。"不能忘了城墙在心理上的重要性。日落后城堡的铁吊闸拉上，城门上锁后，城市就与外界隔绝，这样围在城墙之内就有一种团结和安全的感觉。"② 杭州旗营是重要的军事设置。同时，清朝统治者又担忧旗人与民人相混合以致旗人染汉习而丢掉满洲根本。因而，旗营自然要与民居相区别，以城墙作为阻断。可是旗人不准从事农工商业，这使旗营成为一个纯消费型的社会，无法在日常生活上实现自给自足，那么必然要与汉城进行交往。由此，城门便成为旗营与外界交流的通道。"门同时都是封闭且开放的"。③《杭防营志》载旗营"为门者五，南延龄；东花市；东北弼教坊；北井字楼；西北车桥，俗呼小营门，以便樵采。乾隆辛未南巡，将军萨公又于钱塘门北增开一门，曰建正……同治三年，改筑土墙，惟近门两旁用砖十余丈，基址依旧，而高厚均减，将军连公改名其门，花市曰迎紫，弼教坊曰平海，井字楼曰拱辰，小营门曰承乾，延龄曰来薰。门外板桥易以石，有术者言营中当多火患，数年果然，今仍易以板桥，复其旧名为延龄云"④。旗营城门设置在东西南北四个方位，成为沟通旗营与汉城及西湖的关键点。清代，在杭州城墙的西侧，即靠近西湖的一侧，分布有三座城门，自北向南依次是钱塘门、涌金门、清波门。旗营沿西侧城墙而建，将钱塘门涵括在内。钱塘门距离孤山最近，汉城人如想去往孤山，需穿过旗营，再由钱塘门出。否则，便要走涌金门再向北折返方能到达。俞樾曾主讲位于孤山的诂经精舍，他说："余春秋佳日必至西湖，由钱塘门入城必取道满营。"⑤ 裕贵写有"钱塘门外孤山路，我亦曾经几度探"⑥（《琉球学教习孙琴西以梅花诗思图索题赋绝句二首》）。岳王庙在西湖北，距钱塘门近，瑞庆写有"载酒寻春到夕曛，钱塘门外岳王

---

① （清）瑞庆：《乐琴书屋诗集》。
② 朱文一：《空间·符号·城市：一种城市设计理论》，台北淑馨出版社1995年版，第31页。
③ ［挪］Christian Norberg-Schulz：《实存·空间·建筑》，王淳隆译，台北台隆书店1984年版，第38页。
④ （清）王廷鼎：《杭防营志》卷一。
⑤ （清）俞樾序，（清）三多：《可园诗钞外·柳营谣》，第655—656页。
⑥ （清）裕贵：《铸庐诗剩》。

坟"①（《答缦廷见怀》）。钱塘门为旗人去往西湖提供了便捷。除钱塘门外，旗人也往来于其他各门，如凤瑞有《出凤山门饮酒看潮》、三多有"好让鸳鸯梦早圆，涌金门外数归船"②（《湖壖晚眺》）、完颜守典有"落叶霜华秋气肃，红旗蜂拥出承乾"③（《杭防竹枝词》）。驻防文人与汉城文人的交往也通过城门得以展开。王廷鼎在光绪十二年（1886）"始于花市购屋以居，即曰花市小筑，距满城之迎紫门仅数武地，暇辄入城"④，其住所曰"壶楼"。俞樾主讲诂经精舍，在孤山建"俞楼"。三多在杭州旗营内建"可园"，他与王廷鼎、俞樾二人俱有师生之谊，在《可园甫成王梦薇师重过为书额作记赋诗奉谢》中有"敝庐只隔城一角，忽听策杖来剥啄""吟成举首东西方，壶楼俞楼交映云中央"⑤。俞楼、可园、壶楼三个地点通过钱塘门及迎紫门连成一线，将西湖、旗营、汉城三个空间联为一体。旗营文人与汉城文人在各个空间内相互流动，使得文学交融渐次展开。

杭州旗营与汉城及西湖间都有着频繁的往来。因而驻防旗人及汉人的文学书写中，城门的封闭特质已经被剥除，成为文学书写的起点。在相互往来中，杭州城成为一个具有开放与交流意义的文学空间。总之，杭州旗营以其优越之地理布局使驻防文人与西湖具有了亲密关系。此种亲密关系影响和塑造了驻防文人的诗歌写作，使其诗歌具有了普遍意义的地方性，并使其成为"杭州"的文学而非其他。

第二节　西湖与杭州驻防文人诗作之"地方感"

诗歌向我们展示的是一个主观的世界，但其中也有诗人所要借以传达的外在世界。杭州驻防文人生长在西湖之侧，西湖美景对他们的成长及诗作养成具有重要意义，也塑造了他们诗作中的"地方感"。所谓"地方感"是指"人类对于地方有主观和情感上的依附。小说与电影（至少那些成功的作品）时常唤起地方感——我们读者/观众知道'置身那儿'是

---

① （清）瑞庆：《乐琴书屋诗集》。
② （清）三多：《可园诗钞》，第585页。
③ （清）完颜守典：《逸园初集》。
④ （清）王廷鼎：《杭防营志》。
⑤ （清）三多：《可园诗钞》，第588—589页。

怎样的一种感觉"①。杭州驻防文人喜爱西湖风景，进而在诗歌中传达了西湖的审美特质，离开杭州后又将西湖带入自己的乡愁书写，成为真正意义上的杭州人。

我们这里所指的西湖，是指由西湖及周围群山组成的整体范围，既包含自然资源也包含历史遗迹等人文资源。西湖的山山水水成为杭州驻防文人进行文学活动的公共空间。他们在闲暇之余走出钱塘门，或泛舟湖上或登高远眺，进行着文人雅集活动。西湖山水在历代的修缮以及文人雅士的刻意营造下具有了江南园林秀美雅致的特点，成为休闲放松的绝佳场所。杭州驻防文人约二三好友游湖上或山中，大都展现了安然闲适的兴味，如"我亦居然狂似点，暮春天气咏而归"②（瑞庆《禄缦亭茂才约游西湖》）、"会当秋雨晴，吟朋三五聚""我亦兴会来，山花折一朵"③（瑞庆《游山二首》）、"喜趁花朝放棹游，东风吹上酒家楼。偶然师友闲中饮，终古湖山槛外留"④（贵成《花朝汤蓉浦夫子招同人泛舟西湖复饮酒楼即事偶占》）、"路险行偏稳，人多气益增。划然宽眼界，长啸四山应"⑤（贵成《偕冠梅、仲莲、砚香、缦亭登许家岭》）。西湖山水也泯灭了族群界限，成为汉城文人与旗营文人交游的场所，如贵成有《湖上放舟同沈二溪、马蓝桥、成蓉卿诸同年、曹西坪秀才即席成咏》、凤瑞有《偕同砚兄陈子乔访前太守薛公于西湖之四贤祠》、三多有《外舅文济川偕梦薇师于文殊诞日合琴社苹香吟社于湖舫作展春第二集，即席赋呈》。光宣时期，中国社会面临急剧变动，中华各民族在内忧外患的形势下益加成为一个共同体。此时旗营文人与汉城文人都有感于时事，发表着自己的看法。西湖也成为承载家国之事的公共空间，如三多《六月十六日俞小甫、杨古酝两先生邀同贝达夫、曹砺斋、盛伯平、程云承诸君子游湖作》中有"即今天子英且武，维新竭力求贤良。朝无贼桧野多士，拔茅连茹同济跄。近如衡阳之少保，远如汤阴之鄂王。全球一统运帷幄，岂独割地将吾偿。从此止戈静无事，慈舆巡幸来钱塘。中兴康乾太平世，重陪杖履

---

① ［英］Tim Cresswell：《地方：记忆、想象与认同》，徐苔玲、王志弘译，台北群学出版有限公司2006年版，第15页。
② （清）瑞庆：《乐琴书屋诗集》。
③ （清）瑞庆：《乐琴书屋诗集》。
④ （清）贵成：《灵石山房诗草》，第460页。
⑤ （清）贵成：《灵石山房诗草》，第476页。

观湖光"①，游湖不仅是观赏风景，更多的是借此邀同人共议国事。三多的另一首《重九味春太守招同陈寿松、袁巽初两观察，嵩允中、吴博泉、李友之三太守，邹筠波、方佩兰两大令吴山登高，座中有传诵何棠孙观察皖中忆杭诗，即次其韵》有"年来何计障东流，极目吴峰更上楼。手把黄花独惆怅，江湖满地岂神州"②，诗人登高远望，面对满目沧桑的中国大地，生发出浓烈的悲慨。作为公共的文学空间，西湖不仅是旗营文人钟爱的雅集之所，还为多族文人的交流创造了优越的环境。

杭州旗营毗邻西湖，本是军事重地，但在西湖风景以及江南园林文化的濡染下，也逐渐拥有了江南园林的秀美，成为一个兼具勇武之气和雅致之姿的独特空间。旗营所在地本是南宋时王公贵胄居住之所，有诸多的历史遗迹。旗人在此基础上将江南风景加以移植，在旗营内塑造了多处值得称赞的园林景观。将军署内有西园，园内"奇石林立，树木古秀，皆南宋旧物。桥亭池榭，足备燕赏。登楼凭眺，则湖山晴雨，浓淡多宜，花竹蔚然，鱼鸟翔泳"，西园与西湖风景相互呼应，虽有城墙阻挡，但城楼却打破了视线限制，使二者能够共存于同一空间内。西园风景经历了不断完善的过程，"乾隆五十年，将军宝琳蓄鹤、鹿其中，以为点缀。嘉庆六年，将军普福临池别构数楹，阶掩芰荷，背植丛筱。拟以夏月于此课士，及落成，已内擢。二十三年，将军萨秉阿修复之，以演武校射，芝草藉苔，设立箭鹄。沿墙遍栽杨柳，浚池引泉，杂莳红白藕花。道光二十五年，将军特依顺重事修葺，造曲廊密室，补植花木，堆砌山石。幕中徐香舲撰记勒石。二十七年，将军奕湘辟畦莳菊，秋色满园，极一时觞咏之盛"③，可见西园在修缮过程中也加入了旗营的军事性质，但在总体上向江南园林的方向发展。贵成写有《雨中过西园》，以"南渡辛勤辟会芳，名园千载感沧桑。亭台娱老三宫换，花鸟怡情五国忘"④，生出今昔变幻之感。三多《柳营谣》中有"树石参差水竹环，倚园新作雅游还。御书楼上凭阑眺，西背平湖北面山"⑤，后注："军署向有西园，去岁经长将军重葺，易名倚园，御书楼在园正东。"除西园外，旗营副都统署内有"万

---

① （清）三多：《可园诗钞》，第604页。
② （清）三多：《可园诗钞》，第618页。
③ （清）张大昌辑，白辰文点校：《杭州八旗驻防营志略》卷十七，第175—176页。
④ （清）贵成：《灵石山房诗草》，第472页。
⑤ （清）三多：《可园诗钞外·柳营谣》，第662页。

花堂""伴鹤轩""听秋书屋",旗营文人瑞常有"如舟吟舍"、瑞庆有"乐琴书屋"、贵成有"灵石山房",都营造了幽雅的环境,成为具有私人属性的文学空间。而"柳营八景"是旗营景观移植西湖风景的典型。三多《柳营谣》载"胜占湖山秀绝尘,新传八景出名人。倚园花石仓河月,费尽丹青画不真"[1],后注:"省垣湖山之秀汇于城西,吾营尽占其胜。吾师王梦薇先生每入营必低徊忘返,尝题柳营八景曰:梅院探春、倚园消夏、西山残雪、南闸春涨、吴荡浴鹅、井亭放鸭、仓河泛月、花市迎灯,并绘图征诗,一时传为美谈。""西湖十景"最早形成于南宋中晚期,最初在地理位置上比较宽泛,清代经由康乾二帝的题名立碑及大量的诗歌复写,"西湖十景"的地点被固定下来,具有了实体意味,也因此拓展了西湖的知名度。题名景观具有人为性,是由自然景观经由人类情感的注入而形成的,不只是风景美好的地点,也是空间上的转换点,是社会生产出来的特殊空间。通过"柳营八景"的命名可见此时旗营风景并不具有旗营特质,大部分仿照"西湖十景"的命名而来,意味着旗营风景到光宣年间已经融入西湖风景中,并得到了汉族文人的认同。总体上看,光宣年间旗营风景空间的最终形成是经历了较长时段的对以西湖为中心的江南风景的移植,即制造风景的过程。制造风景的过程中也制造了杭州驻防文学,使杭州驻防文学在旗营风景空间和以西湖为代表的杭州文化空间的共同孕育下走向成熟。因而,杭州驻防文人诗歌写作中的"地方感"不只是由西湖风景空间培育而来,旗营空间逐渐形成的"西湖特质"也起到了重要作用。

西湖是自然景观和人文景观相结合的产物,是"人化的自然",是中国传统美学观念在物质世界的再现。西方常是由道德而走向宗教,以宗教境界为人生的最高境界;中国则是由道德走向审美,以审美境界为人生的最高境界。[2] 中国文人对西湖的爱赞不仅是风光之优美,很大的程度上是由西湖历史中所蕴含的忠孝节义等高尚品质而来。西湖文化在某种程度上代表了中国文人的精神范式。陈文锦认为,"总的来说,西湖文化是儒家文化在山水美学领域中的经典性代表和有形的地理载体。如果加以具体化,是否可以这样界定:西湖文化是以致中和为美学标准,以阴柔美和阳刚美相结合的和谐、端庄、秀丽为主要特征;以历史人文为情感交流对

---

[1] (清)三多:《可园诗钞外·柳营谣》,第663页。
[2] 李泽厚:《美学旧作集》,天津社会科学出版社2002年版,第470页。

象；集多种景观特色、多种视角欣赏的自由度极大的古代城市公共园林，是中华民族的文化精神和审美样式的珍贵遗存"①。可谓把握住了西湖文化的精髓。杭州驻防文人所面对的西湖，是一个从历史中走来并逐渐定型的西湖。他们徜徉于其中，不自觉地受到西湖独特美感的涵化，写作出来的诗歌自然而然地具有了西湖的幽雅与秀丽。"艺术家并不描绘或复写某一经验对象——一片有着小丘和高山、小溪和河流的景色。他所给予我们的是这景色的独特的转瞬即逝的面貌。他想要表达事物的气氛、光和影的波动。"②西湖南北东三面被群山环绕，西部地势平坦建有杭州城，因而有"三面云山一面城""乱峰围绕水平铺"的景象。而西湖的"山与水的关系在空间比例上比较匀称，在契合度上比较密闭，山是湖的屏障，湖是山的映衬，总体上形成山环水映之势"③，低缓的群山，柔和的天际线，带给游客和谐、端庄、秀丽之感。杭州驻防文人面对这一"宛若天开"的图画，虽然每个人对物象的把握不同，但都显现了西湖特有的气质。"薄暝众山香，蓬窗明月来。隔桥一灯火，四面几楼台"④（赫特赫讷《西湖晚归》）、"水满见眠鸭，林深闻晓莺。高峰南北峙，螺黛望分明"⑤（瑞常《湖上》），以湖中人为视角，远观群山，显现了西湖的端庄；"玉局仙踪渺，西泠剩此楼。淡烟千树柳，疏雨半湖秋"⑥（瑞庆《雨后登望湖楼》）、"久雨喜新晴，登楼望杳冥。云浮空水白，烟散远峰青"⑦（贵成《雨晴楼望》），通过色彩的描绘，展现了西湖的雅致；"一层云树一层山，隔断中间水一湾。欸乃声声船不见，模糊晓雾有无间"⑧（凤瑞《晓湖》）、"一片依依苏白堤，远连芳草暮烟齐。跨虹桥畔游人过，望入浓阴路欲迷"⑨（佟强谦《西湖柳枝词》），由远及近或由近及远，在层递间展现了西湖景致的丰富；"苍茫云树影浮空，半是烟笼

---

① 陈文锦：《发现西湖——论西湖的世界遗产价值》，浙江古籍出版社2007年版，第32页。
② [德]恩斯特·卡西尔：《人论》，甘阳译，西苑出版社2003年版，第177页。
③ 陈文锦：《西湖一千年》，第5页。
④ （清）赫特赫讷：《白华旧馆诗存》。
⑤ （清）瑞常：《如舟吟馆诗钞》，第30页。
⑥ （清）瑞庆：《乐琴书屋诗集》。
⑦ （清）贵成：《灵石山房诗草》，第465页。
⑧ （清）凤瑞：《如如老人灰余诗草》，第576页。
⑨ （清）丁丙、丁申：《国朝杭郡诗三辑》卷九十三。

半雾笼。一杵钟声不知处，南屏山色有无中"①（完颜守典《烟湖》）、"门外湖流湖水澄，蒙蒙水气似云蒸。山衔旭日浓朱染，风定炊烟淡墨凝"②（裕康《晓起》），在如烟似雾之中，西湖宛若仙境。西湖本身具有流动之美，即这种美是随着季节、时间、天气产生变化，不是刻板凝固的。苏轼的"水光潋滟晴方好，山色空蒙雨亦奇。欲把西湖比西子，淡妆浓抹总相宜"是对西湖的流动之美的准确概括。西湖风景为杭州驻防文人诗歌写作提供了极有养分的环境。当他们去往他地，西湖依旧如影随形，将"地方感"展现的更为深切。

在乾隆二十一年（1756）归旗制度正式废除前，旗人的故乡是京师，生老病死等都需受到京旗本旗的管理。而在废除后，驻防旗人的"乡思"也发生转变③，原有的故乡京师变为他乡，驻地成为游子心心念念的故乡。杭州驻防文人经由科举出仕后大都去往京师任职。当他们来到京师后，俸禄微薄与升转繁难加剧了人地之间的疏离感。京师由此掺杂了驻防旗人的主观经验，成为一座冰冷的城市，由此唤醒了他们对驻地这一故乡的依恋。作为故乡的杭州与既是客居地又是权力中心的京师在旗营士子诗笔下大都作为对举的意象出现，展露相对立的情绪，如瑞常诗作中有"迢迢京国梦，恋恋故乡情"④（《除夕》）。"实际旅程的艰辛与名利场途的虚幻，让诗人们开始寻找能让他们在心灵上感觉安全、舒适的地方。"⑤ 西湖景观成为抚慰裕贵心灵的意象，如"苍鬓渐觉年来改，待向西湖卜数椽"⑥（《漫兴》）、"宦途偃蹇思银鲙，乡梦缠绵冷玉蛴"⑦（《瑞芝生学士复叠前韵见示亦叠韵奉酬》）。进京候选的瑞庆也写有"此日燕台才小住，梦魂时觉绕湖西"⑧ 句。京师似乎自带让人无法亲近的气场，在驻防旗人考取功名时，它是神圣的；当他们真正介入其中，却是陌生冰冷的，显露着无尽的权势纠葛。杭州驻防起家的在京文人对杭州进行的不在场的凝视与书写，是一种由他处定义彼处的空间书写模式。不

---

① （清）完颜守典：《逸园初集》。
② （清）丁丙、丁申：《国朝杭郡诗三辑》卷九十三。
③ 参见米彦青《清代八旗安养制度下的驻防蒙古文学》，《民族文学研究》2020 年第 5 期。
④ （清）瑞常：《如舟吟馆诗钞》，第 79 页。
⑤ 李嘉瑜：《元代上京纪行诗的空间书写》，里仁书局 2014 年版，第 137 页。
⑥ （清）裕贵：《铸庐诗剩》。
⑦ （清）裕贵：《铸庐诗剩》。
⑧ （清）瑞庆：《乐琴书屋诗集》。

在场的杭州是他处的定义者，在场的京师则是被定义的此处，他处与此处相对照所进行的书写，渗入了一种挥之不去的乡愁。而"地方常常被视为'集体记忆的所在'——透过连结一群人与过往的记忆建构来创造认同的场址"①。杭州驻防文人在京者常常聚集唱和，如裕贵有《重阳瑞芝生学士招同扎云柯比部、连心斋同年、喀清堂表兄、赫藕香、苏笑梅伯仲作茱萸会兼为陆研耕洗尘，爱赋一律》、瑞常有《远行有日同乡王霭堂、赫藕香、裕乙垣、贤乔梓、万花农、伊萼楼、苏宝峰并爱新楣八人公饯于敝庐邀玉亭弟同饮，诗以志感》。作为故乡的杭州成为他们集体怀念的场所，由此加强了彼此的认同。瑞庆《七月既望同苏笑梅水部、裕乙垣泛舟庆丰闸》中有"路出重城远市嚣，柳阴深处橹声摇。一船都是杭州客，指着长堤话六桥"②等。"我们的环境不只有能够造成方向的空间结构，更包含了认同感的明确客体。人类的认同必须以场所的认同为前提。"③ 认同感所带来的对于地方归属的感觉，铺展在旗营文人离开杭州后的诗歌书写中。

苏轼在《书林逋诗后》有"吴侬生长湖山曲，呼吸湖光饮山渌。不论世外隐君子，佣奴贩妇皆冰玉"，指出西湖带给杭州人秀外慧中的气质。杭州驻防文人本为尚武的少数民族，进入杭州后，在西湖风景感化下也具有了文雅气质，并将西湖熔铸到诗歌写作中，诗作从而具有了地域性。他们对西湖的写作，是有关西湖的"意义给予和获得"④，也是一种意义的共享。这种"共享的意义"，促进了杭州驻防文人的文学生产与交流，使西湖成为共享的记忆空间，形塑了他们对西湖的"地方感"。

第三节　杭州驻防文人的精神聚焦之所——孤山

西湖南北东面被群山环绕，西面靠城，与清代的杭州城有城墙的遮

---

① ［英］Tim Cresswell：《地方：记忆、想象与认同》，徐苔玲、王志弘译，第101页。
② （清）瑞庆：《乐琴书屋诗集》。
③ ［挪］诺伯舒兹：《场所精神——迈向建筑现象学》，施植明译，华中科技大学出版社2010年版，第21页。
④ "文化首先涉及一个社会或集团的成员间的意义生产和交换，即'意义的给予和获得'。说两群人属于同一种文化，等于说他们用差不多相同的方法解释世界，并能用彼此理解的方式表达他们自己，以及他们对世界的想法和感情。文化因而取决于其参与者用大致相似的方法对他们周围所发生的事作出富有意义的解释，并'理解'世界。"［英］斯图尔特·霍尔编：《表征——文化表象与意指实践》，徐亮等译，商务印书馆2003年版，第2页。

挡，也称之为"三面云山一堵墙"，形成了一个相对闭合的物理空间。如前所述，在这个空间内形成了西湖文化。"文化空间通常有一个或数个固定的核心象征，这些核心象征由集中体现其文化价值的符号组成，并被文化空间中的所有成员所认同。"① 对西湖乃至杭州来说，孤山是核心象征，是人文精神的凝聚之处。孤山这个由诸多历史堆积起来的"文化之山"成为"记忆之场"。旗营文人出钱塘门，走上断桥，去往孤山，便通向了一个有着多重意义的空间。

西湖的隐逸精神是西湖多元文化中的重要一环。而在西湖隐逸精神的建构中，居住在孤山的林逋是一个绝对重要的人物。杨孟瑛有言："西湖之功，成自三贤。西湖之风，参以逋仙。"② 林逋隐居孤山二十余年，以梅为妻以鹤为子，成为中国古代隐士中的典范。与陶渊明相比，林逋的隐士生活更为闲适惬意。《梦溪笔谈》载林逋"隐居杭州孤山，常蓄两鹤，纵之则飞入云霄，盘旋久之复入笼中，逋常泛小艇游西湖诸寺，有客至逋所居，则一童子出应门，延客坐，为开笼放鹤，良久，逋必棹小船而归，盖尝以鹤飞为验也"③，极具洒脱不羁的生活意趣。他写梅花有言："霜禽欲下先偷眼，粉蝶如知合断魂"，被南宋词人张炎称之为"诗之赋梅，唯和靖一联而已。世非无诗，不能与之齐驱耳"。写西湖有"春水净于僧眼碧，晚山浓似佛头青"，通过用典将西湖的神态意蕴完美地呈现出来。林逋将西湖的一草一木视作自己生命的重要组成部分，他丰富了西湖的人文内涵，为西湖的人格化定格开辟了重要道路。因而欧阳修有言："自逋之卒，湖山寂寥，未有继者。"④ 林逋具有的隐逸情怀和坚贞脱俗的品格为其后的文人士大夫所推崇，也成为孤山的代名词。孤山上的林逋、梅、鹤自此成为文化记忆的符号。

"文化记忆有其自己的固定点，它的视野不随向前推进的当今点而变动。这些固定点乃是过去的命运性事件，人们通过文化造型（文字材料、礼仪仪式、文物）和制度化的沟通（朗诵、庆祝、观看）依然保持着对

---

① 陈恩维：《空间、记忆与地域诗学传承：以广州南园和岭南诗歌的互动为例》，《文学遗产》2019年第3期。
② （明）杨孟瑛：《浚复西湖录》，《西湖文献集成》第3册，杭州出版社2004年版，第838页。
③ （宋）沈括：《梦溪笔谈》卷十，上海书店出版社2009年版，第93页。
④ （清）王复礼：《孤山志》，《武林掌故丛编》，光绪七年（1881）钱塘丁氏刻本。

这种过去的回忆。"① 关于林逋的记忆发展至清代被旗营文人认同，并在诗歌中反复传唱。瑞常在20岁时写下《放鹤亭怀林和靖》，诗云："石蹬盘旋上翠微，到君居处便忘机。梅花千树香盈屋，明月半山凉透衣。孤屿静留盘鹤地，危亭斜对钓鱼矶。湖边纵有笙歌客，那似先生逸性飞"②，纵然林逋已经远去，但放鹤亭仍在，梅花依旧开放着，他的隐逸与淡泊永久地注入了这一方空间。瑞常后去往京师做官，也常常忆念孤山，如"遥忆西泠路几千，孤山突兀锁荒烟。冰姿玉骨能无恙，为却梅花夜不眠"③（瑞常《忆梅》）、"小隐耽林泉，高节世无比。至今放鹤亭，荒烟留故址"④（瑞常《忆孤山林和靖》）。此时瑞常经历着宦海沉浮，孤山更加成为理想的慰藉之所。孤山是栖霞岭的支脉，高38米，位于北里湖和外湖之间，是西湖中最大的一个岛，因多梅花，又被称为"梅屿"。其地碧波环绕，风景优美。在杭州驻防文人的孤山书写中，风景的书写被置于次要位置，林逋、梅、鹤以及它们所具有的高洁品质则被反复提及。如"梅探孤屿足盘桓，破晓登临思渺漫。有雪独他偏耐冷，无人先我此凭栏"⑤（贵成《孤山题壁》）、"花满孤山雪满林，纷纷裙屐宴空亭。可怜寂寞埋香冢，杯酒何人酹小青"⑥（贵成《孤山》）、"寂寞孤山路，谁曾与伴梅。从知今夜雪，定有鹤飞回"⑦（完颜守典《林和靖墓》）。而旗营文人中也出现了具有隐士情结的文人。禄庆，字缦亭，满洲镶蓝旗人，为郡诸生，辛酉之难与妻佟佳氏同殉难，有《怡花馆小草》（今不存）。禄庆道光己亥（1839）受知于李国杞学使以第一名入学，贵成记载"吾友缦亭世寡俦，丰神洒落学业优"，但"年未三十俗虑休，觑破富贵浮云浮。欣然从事惟糟邱，放醉不肯随庸流"，从而放浪湖山，以吟诗为乐，"擎杯大笑诗兴遒，摇笔气欲横斗牛……惜哉磊落胸未酬，元龙豪气空九州……酒杯在手心悠悠，除却吟诗百不求"⑧。通过"惜哉磊落胸未酬"

---

① 转引自安格拉·开普勒《个人回忆的社会形式——（家庭）历史的沟通传承》，[德]哈拉尔德·韦尔策：《社会记忆：历史、回忆、传承》，季斌等译，北京大学出版社2007年版，第102页。
② （清）瑞常：《如舟吟馆诗钞》，第20页。
③ （清）瑞常：《如舟吟馆诗钞》，第86页。
④ （清）瑞常：《如舟吟馆诗钞》，第108页。
⑤ （清）贵成：《灵石山房诗草》，第464页。
⑥ （清）贵成：《灵石山房诗草》，第465页。
⑦ （清）完颜守典：《逸园初集》。
⑧ （清）贵成：《灵石山房诗草》，第469页。

一句可知禄庆应是屡试科举不第而放弃，以吟诗为乐。禄庆居所为"怡花馆"，多修竹，瑞庆《怡花馆乞竹诗》有云："怡花馆在幽篁深，年年养竹如养人"①，贵成《偕冠梅、蓉卿、仲莲过怡花馆看新竹限韵》有"幽斋结伴喜重经，一片清阴拂满庭。雨后笋抽新样碧，风前篛解旧时青"②，写居住环境的清雅，侧面突出了主人的高雅品质。禄庆的隐士情结通过他的诗作和画作显现出来，他作有"人非怀葛与羲皇，此地宜居野趣长。三板横桥万杨柳，数家临水一茅堂"③（《柳村小隐》），此诗应为题画诗，贵成作有《题禄缦亭秀才柳村小隐图》，诗云"我亦情耽小隐人，买山有愿尚居贫。他时若得书堂筑，也种垂杨作四邻"④。禄庆《孤山琴叙》一诗有"玉梅花放春犹早，鹤守柴门冷不开。流水断云晴雪外，何人约客抱琴来"⑤，贵成同样作有《题缦亭孤山琴叙图》云："知几独主人，悄然思遁老。可惜遁世心，弹出无人晓"⑥，点出禄庆渴望像林逋一样归隐山林的愿望。然而，这样的愿望有几个人能实现呢？禄庆选择放弃求取功名，转而回到自然去寻找个体生命的意义。在这里，孤山所蕴含的隐逸精神无疑为禄庆提供了导引，为旗营文人未来生活道路的选择提供了多种可能的范式。

　　清代的孤山是一个多元文化汇聚的场所。除了具有隐逸文化外，也因康乾二帝的南巡及文化设施的兴建具有了多重的文化意蕴。二帝南巡杭州时的驻跸行宫有两处，一处在城内太平坊内，另一处在孤山南麓。孤山行宫是康熙四十四年（1705）康熙帝第五次南巡杭州时所建，此后二帝南巡都以孤山行宫为主要住所。行宫的大致范围为：南至西湖，北至孤山山脊，东至今浙江省博物馆，西面应包括今浙江图书馆孤山馆舍。目前保存最完整的是浙江博物馆孤山馆区的文澜阁，也是孤山上唯一一座拥有黄色琉璃瓦的建筑。可以想象，在孤山行宫未被毁弃之前，是怎样的辉煌壮丽。二帝通过对西湖景观的题诗、题名等活动，将西湖塑造成神圣空间。孤山行宫作为皇帝的住所，则是神圣空间的中心。乾隆四十八年（1783）文澜阁落成，用以储藏刚刚修缮完成的《四库全书》，嘉庆八年

---

① （清）瑞庆：《乐琴书屋诗集》。
② （清）贵成：《灵石山房诗草》，第477页。
③ （清）丁丙、丁申：《国朝杭郡诗三辑》卷九十三。
④ （清）贵成：《灵石山房诗草》，第462页。
⑤ （清）丁丙、丁申：《国朝杭郡诗三辑》卷九十三。
⑥ （清）贵成：《灵石山房诗草》，第484页。

(1803) 阮元在孤山修建诂经精舍, 使孤山成为杭州的文化中心。从而, 孤山兼具了"胜地"和"圣地"的双重文化价值。"胜地"是着眼于其具有的优美自然环境和丰富多元的人文环境;"圣地"则着眼于孤山具有的皇权属性以及传承儒学的文化属性。旗营文人三多生活在光宣年间,他的诗作称西湖为"圣湖",如"年年问字圣湖旁,今日才登春在堂"①(三多《吴下谒曲园太夫子》)、"掩骼埋胔四十春,丛阡棋布圣湖滨"②(三多《挽丁松生先生》)、"我亦圣湖闲散,青笠绿蓑同办"③(三多《离亭燕》)。三多诗作中的"圣湖"包含了两重含义,其一是对皇权的敬仰,"在中国,纵使政权及神权递嬗,只要皇帝所在之处,就是圣地"④;其二则是崇敬孤山具有的文化属性,俞樾曾主讲诂经精舍,并在孤山筑俞楼,三多与他有师生之谊。由此于三多而言孤山便具有了多重的神圣感,而西湖便也随之成为"圣湖"。

孤山在西湖风景中扮演了特殊角色,相关书写则以寄托情志为主,也成为杭州驻防文人的精神聚焦之所,是一个有着特殊意义的空间。

本章小结

西湖风景空间对杭州驻防文人来说是近在咫尺的实存空间,也是他们的诗歌写作中频现的文本空间。对杭州驻防文人的风景诗写作空间的探寻,能够准确地把握作品的内涵和作家的生命体温,进而挖掘其中蕴含的深层意味。杭州驻防文人书写西湖风景空间意味着他们对驻地具有归属感和地域认同,在诗作内容上与汉城文人形成了合流。西湖在旗营文人与汉城文人的诗歌书写中具有了一种"凝聚性结构"⑤:在时间的层面上,西湖书写是一个历史性的过程,旗营文人的西湖书写是对过去的继承,并不

---

① (清)三多:《可园诗钞外·倦游集》,第 672 页。
② (清)三多:《可园诗钞》,第 607 页。
③ (清)三多:《粉云庵词》卷二。
④ [美]乔尔·克特金:《城市的历史》,谢佩妏译,左岸文化 2006 年版,第 93 页。
⑤ "阿斯曼认为,每个文化体系中都存在着一种'凝聚性结构',它包括两个层面:在时间层面上,它把过去和现在连接在一起,其方式便是把过去的重要事件和对它们的回忆以某一形式固定和保存下来并不断使其重现以获得现实意义;在社会层面上,它包含了共同的价值体系和行为准则,而这些对所有成员都具有约束力的东西又是从对共同的过去的记忆和回忆中剥离出来的。这种凝聚性结构是一个文化体系中最基本的结构之一,它的产生和维护,便是'文化记忆'的职责所在。"黄晓晨:《文化记忆》,《国外理论动态》2006 年第 6 期。

断对现在进行重现，由此参与到了西湖书写的历史进程中；在社会层面上，西湖的美感特质是得到普遍认同的，由此将旗营文人与汉城文人都纳入同一个能够共享的物理空间和文本空间中，多族文化的融合在这一书写中得到实现。通过杭州驻防文人作品中的风景空间的挖掘，我们可以更加真切地还原这一族群文学创作的现场，从而了解他们是如何进入驻地文化以及怎样与驻地文化交融的。

第七章

辛酉之难与杭州驻防文人的创伤叙事

辛酉年指咸丰十一年（1861），这一年的十二月初一日杭州驻防被太平天国军队占领。此后直至同治三年（1864）杭州收复，杭州驻防才得以重建。重建后的杭州驻防在兵员配置、营内建设等方面都与辛酉年之前有很大的不同。辛酉年对杭州驻防来说无疑是一个重要的转折点和分水岭，即学者所称的"历史性时刻"（historical moment）[1]。杭州地区的人口、经济、环境都受到损伤，因此称之为"辛酉之难"。"辛酉之难"引动了杭州驻防文人及汉城文人的战争书写[2]，形成了"创伤记忆"[3]，进而在诗歌中进行创伤叙事。创伤叙事所展现的并非只是对战乱场景的复原，大都表达情绪及情感记忆，即"当某种情境或事件引起个人强烈或深刻的情绪、情感体验时，对情境、事件的感知和记忆。这类记忆的回忆过程中，只要有关的表象浮现，相应的情绪、情感就会出现。情绪记忆具有鲜明、生动、深刻、情境性等特点"[4]。杭州驻防文人幸存者在辛酉之难前后的创作有明显不同，战争带给他们冲击，致使诗歌情感发生变异。杭州驻防文人在辛酉之难后，书写着家山残破的悲愤，并与彼时汉城文人诗歌写作形成合流。

---

[1] 赵世瑜：《在空间中理解时间：从区域社会史到历史人类学》，北京大学出版社2017年版，第13页。指对某一地区来讲非常重要的历史时间。

[2] 所谓战争书写，不仅仅指对战乱现场的描述，也包括由战争引动的相关情绪的表达。

[3] "创伤性记忆"是心理学术语，指"对生活中具有严重伤害性事件的记忆"。杨治良等：《记忆心理学》，华东师范大学出版社2012年版，第412页。

[4] 杨治良等：《记忆心理学》，第416页。

第一节 杭州旗营的毁灭

杭州旗人在城破之后"合营纵火自焚,烟焰蔽天,殉烈八千余人"[1]。他们以如此决绝的姿态走向死亡,一方面是因旗人由国家豢养,报效国家是他们的使命;另一方面则来自太平军的反满情绪,这部分地引发了驻防旗人的对抗。因而在战败之后,又以集体赴死的行为以示自己的不屈。

太平天国明确提出"反满"口号,并自称明太祖后裔,将满洲发式改为长发,并以妖魔化的词语指称旗人,如"今满妖咸丰,原属胡奴,乃我中国世仇"[2]、"中国有中国之形象,今满洲悉令削发,拖一长尾于后,是使中国之人,变为禽兽也。中国有中国之衣冠,今满洲另置顶戴,胡衣猴冠,坏先代之服冕,是使中国之人,忘其根本也"[3]、"十八省之大,受制于满洲狗之三省,以五万万兆之花(华)人,受制于数百万之鞑妖,诚足为耻为辱之甚者"[4]。极端的"严种族之见"的宣传伴随着太平军的东征西讨。《讨满清诏》中扬言"凡属满营,生擒者割其股而吸其髓;但系旗下,死亡者食其肉而寝其皮"[5]。在暴戾的言语之后也对旗人大开杀戮,江宁驻防最先受到太平军攻击,时人追忆"贼掘开大南门放贼入城,与驻防旗兵男妇巷战三日,死悍贼数千,城内兵民死者数万。内城旗营,则男女老幼无不被害,尸身咸弃南门外河中,流出淮河"[6]。太平军的相关反满宣传及行动无疑加剧了旗人内心的仇恨,因而当他们攻击杭州旗营时,遭到了激烈的反击。

在咸丰十年(1860),太平军为解天京之围而围困杭州。杭州旗营将军瑞昌等人率领旗营将士坚守驻防城六日之久,待援兵至后解围。在奏章中记载了旗营将士守城的英勇事迹:"逆匪用地雷轰破黄泥潭城垣,外城

---

[1] (清)张大昌辑,白辰文点校:《杭州八旗驻防营志略》卷十三,第129页。
[2] (清)杨秀清、萧朝贵:《奉天诛妖救世安民谕》,罗尔纲编:《太平天国文选》,上海人民出版社1956年版,第73页。
[3] (清)杨秀清、萧朝贵:《奉天讨胡檄布四方谕》,罗尔纲编:《太平天国文选》,第78页。
[4] (清)洪仁轩:《英杰归真》,罗尔纲编:《太平天国文选》,第18页。
[5] (清)洪秀全:《讨满清诏》,谭国清主编:《晚清文选》(一),西苑出版社2009年版,第70页。
[6] (清)陈思伯:《复生录》,张守常:《太平军北伐丛稿》,齐鲁书社1999年版,第484页。

尽失，满兵固守营门，势甚危迫。臣等督兵死战，该逆争扑钱塘门外一带，城墙竹梯林立。满兵深知大义，矢志敌忾，毫无畏避，一时枪炮齐施，无不以一当百，登城之贼皆经杀毙无遗，贼势稍怯。其时营门外汉街复有贼众分扑，亦经各该旗协领等官带兵防剿，杀贼甚多。"① 旗营协领杰纯率旗营将士"同出小营门力战，戮贼无数，贼队退屯大校场，为长围计。协领杰纯夜半率兵复开营掩击，又大破之。营兵死者九人，协领长公子讷苏铿与焉！杰纯收其尸暴露示人，三日面如生，始哭之"②。至辛酉年，旗营再次遭到攻击，因粮尽援绝而岌岌可危，升任副都统的杰纯"犹杀马饲士，日夜坚守，贼众悉力合围，至十二月朔陷。公跨马驰骤贼中，手刃十余贼，身被刀矛殆遍，死于梅青书院前"③。将军瑞昌"朝服力疾北向，再叩首，赴署中西园莲池死，内宅纵火自焚"④，在去世前他"集八旗官员、披甲者誓死报国，量人多寡，家授以火药，为自焚计"⑤，营城失守后妇女老幼皆纵火自焚。旗营将领的勇武被后代反复吟唱，成为旗营精神的象征。完颜守典《杭防竹枝词》有云："父老即今伤往事，杰都统与瑞将军（咸丰辛酉城陷，将军瑞公、都统杰公死难事闻，皆赐谥袭封建祠）"⑥，《杰果毅祠题壁》有云："浩叹捐躯日，将军报国忠。人心危社稷，天意困英雄"⑦。辛酉之难中旗营将领誓死抗敌的英勇事迹已然成为杭州旗营记忆的一部分，并以"祠"这一实体形式予以存留，成为忠孝的象征。与完颜守典同时代的三多编纂《柳营谣》记载旗营史事，其中有"凛然忠义冠当时，蒙古家声节更奇。足与湖山争浩气，断桥东去杰公祠（蒙古杰果毅公杀贼阵亡，今立专祠在湖上）"⑧、"瑞公威范震千家，百战功勋洵可嘉。两浙声灵传不朽，忠魂甘葬万荷花（瑞忠壮公坚守防营，屡建大功，卒以粮尽殉节于军署荷池，今建专祠在关帝庙前）"⑨。杰纯与瑞昌的英勇不仅是旗人的英勇，也与浙山浙水紧密勾连，

---

① （清）丁丙辑：《庚辛泣杭录》卷一，王国平主编：《杭州文献集成》第9册，杭州出版社2014年版，第425页。
② （清）张大昌辑，白辰文点校：《杭州八旗驻防营志略》卷十三，第124页。
③ （清）王廷鼎：《杭防营志》卷三。
④ （清）张大昌辑，白辰文点校：《杭州八旗驻防营志略》卷十三，第129页。
⑤ （清）张大昌辑，白辰文点校：《杭州八旗驻防营志略》卷十三，第129页。
⑥ （清）完颜守典：《逸园初集》。
⑦ （清）完颜守典：《逸园初集》。
⑧ （清）三多：《可园诗钞外·柳营谣》，第663页。
⑨ （清）三多：《可园诗钞外·柳营谣》，第663页。

第七章　辛酉之难与杭州驻防文人的创伤叙事　　187

他们的作战也具有保卫故乡的意味。善能《哭挽杰果毅都护谱兄》有云："紫面长髯宝刀晃，贼人闻风落千丈。旌旗百万蔽湖山，杀贼愈多贼愈广。血战相持阅二年，粮尽援绝莫吁天。食人食马何足论，涕誓孤军志益坚。腊除岁晚风烟惨，一炬成灰天地撼。誓穷力竭报君王，竖子愚夫尽哀感。"① 据诗题看善能与杰纯有亲属关系，杰纯战死时善能在京任职，而杰纯的英勇事迹虽未亲见却也能够想象。战事的惨烈与英雄人物的勇武共存于同一时空，对英雄的礼赞在某种程度上也成为抚慰幸存者的药方。这场灾难中，旗营女性也走出闺门，同男性一样抗击外来侵略者，"驻防官兵出战于大校场，贼悉精锐列队以待。营中妇女皆靴执旗助剿，自辰至午，勇气百倍"②"妇女亦撚矛刺贼"③。满洲女性未入关前如遇紧急情况会参与战争，此时已入关两百余年，虽受汉文化濡染至深但在危难关头仍旧葆有满洲习性。在太平军的围攻下，杭州旗人全面参战、积极抵抗，虽损失惨重，但表现出誓死抗争的姿态。

辛酉之难是杭州旗营历史上的重要事件，其所引动的纪念活动也不断地提醒着旗人记住这一经历，如三多《柳营谣》记载"季冬一日最魂销，记得城池一炬焦。为禁满城停宰杀，伤心往事话今朝（辛酉十二月朔为髪逆陷城，今届是日满城为禁屠宰）。"④ 太平军的大肆杀戮是太平天国运动失败的重要原因，而太平天国极端的反满言论是另一重要原因⑤。其"严种族之见"在一定程度上激发了旗人的族群认同。此外，太平军抛弃孔孟之道，彻底否定儒学，这使他们失去了汉族知识分子群体的支持。此时的清朝已经奠定了"大一统"的政治格局，清初以来的华夷之辨已转为华夷一体，内忧外患的加剧更加使各民族成为共同体。此时反满言论的提出使太平军成为旗人与汉人的共同敌人。而共同的敌人的出现则加深了旗民间的认同。

太平天国战争被称为"世界上最具灾难性的内战"⑥，它使整个杭州

---

① （清）善能：《自芳斋吟草》。
② （清）张大昌辑，白辰文点校：《杭州八旗驻防营志略》卷十三，第124—125页。
③ （清）丁丙辑：《庚辛泣杭录》卷十二，第592页。
④ （清）三多：《可园诗钞外·柳营谣》，第665页。
⑤ 《清史稿》载太平天国失败原因有："托言上帝，设会传教，假'天父'之号，应'红羊'之谶，名不正则言不顺，世多疑之；而攻城略地，杀戮太过，又严种族之见，人心不属。"赵尔巽等撰：《清史稿》卷四七五，第12966页。
⑥ ［美］魏斐德：《大门口的陌生人：1839—1861年间华南的社会动乱》，王小荷译，中国社会科学出版社1988年版，第1页。

人口锐减①，进而经济停滞，文化发展缓慢，政治体系也发生重要变革。战时以及战后的文学书写更加真实地记录了战争带来的变化。杭州驻防文学在辛酉之难前已至繁盛，辛酉之难使旗营被毁，诸多旗营文人就此殉难，带来旗营文学创作的陡然衰落。但也不乏幸存下来的旗营文人，他们诗歌创作内容由此发生转变，创伤叙事成为难后的写作主题。在这一灾难性事件面前，杭州旗营文人的相关书写与汉城文人大体保持一致，但又具有了别样的内涵。

第二节　幸存旗营文人的创伤叙事

　　太平天国战争中，江南地区受灾最重，而处于江南地区的杭州驻防、江宁驻防及京口驻防都受到打击。有关驻防旗人受灾的记录在相关历史文献中都有记载，为我们提供了相关史实。而驻防旗人在战乱期间写下带有情感温度的文字，使我们能够近距离触及彼时的世态人心。他们诗歌中的创伤叙事成为创伤记忆的载体，能够烛照通往历史现场之幽径。杭州旗营存在两种情形的幸存者，一种是亲身经历战乱但性命得以留存的，另一种是杭州旗人在外任职者。辛酉之难后，他们的诗作都呈现出不同维度的创伤叙事。

　　凤瑞为乍浦驻防旗人，咸丰辛酉年太平军攻击乍浦，战乱中兄麟瑞叮嘱凤瑞："死易生难，愿我弟以全宗族为重"②，后麟瑞阵亡，凤瑞携眷避难于江苏海门同知连山公处，家得以全。彼时的社会秩序与肌理被打破，使战争所及之处涌现了一股逃难狂潮。在战乱的情形之下，避难这一行为带有相当大的不确定性，意味着一种艰难坎坷且无法确知未来的生活。凤瑞有言："牵妻掖子走大荒，走到海东东海航。桑林迷路疑扶桑，土人告我山名狼。性命得矣鱼漏网，奈何在陈将绝粮。初为吴市售玉珰，既而妻子俱糟糠"③（《钝居士四十生传道情》）、"三载逃亡，儿女成行"④（《难中言》）。然而在九死一生的旅途中，凤瑞虽是为保全家族选择避难，也意味着他置旗人身份于不顾，因而在诗作之中常常显现自己的愧疚

---

① 太平天国战争使杭州府损失人口 300 万，人口损失率为 80.6%。参见曹树基、李玉尚《太平天国战争对浙江人口的影响》，《复旦学报》2000 年第 5 期。
② （清）凤瑞：《如如老人灰余诗草》，第 584 页。
③ （清）凤瑞：《如如老人灰余诗草》，第 593—594 页。
④ （清）凤瑞：《如如老人灰余诗草》，第 601 页。

与自责,如诗歌《自号瓦全生》,序言中有"宁为玉碎不为瓦全,吾愧我兄多矣",诗句有"为国捐躯忠孝志,凄凉玉碎瓦全生"①,《回家》有"绕树三匝知我意,我亦覆巢如乌鸦。覆巢何恨我生还,尚有一事更堪夸"②。对旗人来说,选择生也即选择了自我煎熬。参与战争的经历使凤瑞的诗作带给读者直观的战争感受,《辛酉叹》有云:"十万狂贼来仓猝,西门一战尸如积。勇者之力力已竭,忠者之战战场殁。死事妇女冰霜洁,骂贼义士猛火烈",战事的激烈及作者内心的愤怒直接呈现出来,而诗歌的写作时间一定是在战后,由此诗人感慨:"难得满城俱豪杰,此是心头一点血。至今芳草血凝碧,潮来犹带声哀咽"③。此种哀咽之感不仅是因亲人丧失所生发的"最痛裹尸无马革,招魂城上起悲风"④(《吊亡兄一》),更多的是来自原有美好记忆与现存残破现实图景对照所带来的内心的跌宕。这种创痛是"不同寻常的过去",也是"不会消失的过去"⑤,永远地镌刻在幸存者的记忆中。太平军在十余年间蔓延十六省,其"毒焰横空,杀声动地,流离冻饿,痛哭哀号,或溺或焚,觳觫就死,例以物命之就汤釜,无以异也"⑥。在亲历者的记忆中这样悲惨的社会现状凝结成为一个永不消逝的"记忆之场"⑦,"记忆场所存在的根本理由是让时间停滞,是暂时停止遗忘,是让事物的状态固定下来,让死者不朽,让无形的东西有形化"⑧。辛酉之难的惨绝人寰是幸存者无法泯灭的记忆,即便事件已经成为历史,但在固定的场所之中记忆不断被唤醒,对幸存者形成一次又一次的有力冲击。凤瑞在战争之后面对满是疮痍的故土,写下"鸳鸯湖上易徘徊,楼阁曾经劫火灰"⑨(《舟过禾城感旧居》)、"八旗忠

---

① (清)凤瑞:《如如老人灰余诗草》,第584页。
② (清)凤瑞:《如如老人灰余诗草》,第593页。
③ (清)凤瑞:《如如老人灰余诗草》,第592页。
④ (清)凤瑞:《如如老人灰余诗草》,第575页。
⑤ [德]阿斯特莉特·埃尔等编:《文化记忆理论读本》,余传玲等译,北京大学出版社2012年版,第123—124页。
⑥ 《呈请通饬浙省,被兵日期永禁屠宰文》,《庚辛泣杭录》卷四,第510页。
⑦ "记忆之场"一词,由法国历史学家皮埃尔·诺拉所创造,呼吁关注被历史学者忘却的当下的"历史"。在诺拉看来,之所以有"记忆之场"就是因为记忆的环境已经不存在,而其原因则是因为"历史"的存在。所以,正是因于导致记忆消亡的历史的存在,才需要重新唤醒"记忆之场"。《记忆与历史之间:场所问题》,[法]皮埃尔·诺拉主编:《记忆之场:法国国民意识的文化社会史》,黄艳红等译,南京大学出版社2015年版,第3—28页。
⑧ [法]皮埃尔·诺拉主编:《记忆之场:法国国民意识的文化社会史》,黄艳红等译,第21页。
⑨ (清)凤瑞:《如如老人灰余诗草》,第578页。

节著，一火战场空。荒草无穷碧，野花任意红"①（《兵燹后杭城余屋无几，荒草野花一望无际，感而作此》）、"一入车关三叹息，可怜荒草望无涯。眼前凄冷荒凉地，他年赫赫都护衙"②（《回家》），看似只是今昔对比生发的感慨，实则隐藏着无法言说又无法排解的创痛。

自嘉庆十八年（1813）驻防科举本地化以来，杭州旗营文人多有经科举步入仕途者，离开杭州去往他地做官。因而当辛酉之难发生时，他们因远离战争中心得以幸存，以不在场的方式遥想并感受杭州遭受的苦难，发而为诗，诗歌内蕴的情感与在场者不同，但深度却有过之而无不及。善能（1809—?）③，字廷丞，号雨人。乌尔达氏。满洲镶红旗人。道光六年（1826）入泮，十一年（1831）浙江乡试举人，屡试春闱不第④。咸丰九年（1859）授职，官至光禄寺署丞⑤。十一年（1861）奉委监税；同治元年（1862）奉差使张家口，六年（1867）告假出京回杭，七年（1868）渡台至淡水，九年（1870）归杭州⑥。光绪年间

---

① （清）凤瑞：《如如老人灰余诗草》，第582页。
② （清）凤瑞：《如如老人灰余诗草》，第593页。
③ 善能《自芳斋吟草》卷下有诗《戊辰十二月二十六日六十虚度瀛台感怀》，推算善能出生在嘉庆十四年（1809）。他的卒年不详，诗集中有诗《辛巳春王十日偕存蓉轩三雅园小饮喜遇钟幼馥为口占一律》，辛巳年为光绪七年（1881），说明其卒年在光绪七年以后。
④ 丁丙、丁申《国朝杭郡诗三辑》载旗营文人文秀"游于赫藕香粮储之门，粮储遗诗赖其手录以存，少颖悟，丙戌科与善能及有志同入泮，尝读书菩提院。"可知善能在道光六年（1826）考取生员。他与赫特赫讷之间应为师生关系。张大昌《杭州八旗驻防营志略》卷十载善能为"道光辛卯年浙江乡试中式第六十九名"。《自芳斋吟草》卷中有诗《苦车吟》，其中有"公车曾七上，兹行殊不伦"句，可知善能七次入京赴会试均下第。据卷上《戊午季冬将选有作》可知善能在咸丰八年（1858）又一次进京参加考试，后一首《别家》诗中有"还家十五年华易，再上长安半百时"句，可知善能在咸丰八年前有多年未进京参加会试考试。这一次的会试考试在咸丰九年（1859）春季举行，善能仍下第，作有《己未赴试下第》云："罢赴南宫二十春，揭来无复旧知人。头颅半白难为侣，号舍西黄未了因（余会试每坐黄字号，今又遇之）"。
⑤ 《自芳斋吟草》卷中有诗《二月初七日授职恭志》，诗云："宫莺晓听早朝先，得与清班紫禁前……惭愧禄勋充小吏，未能涓报九重天。"《大清缙绅全书》咸丰十年（1860）的"光禄寺衙门"部分载善能为光禄寺署丞。光禄寺署丞为从七品官员。
⑥ 善能仕宦经历在相关史料中不见，仅依据其诗歌进行概述。《自芳斋吟草》卷中有诗《住东坝》后注：辛酉八月十四日奉委监税。《抵张家口》后注：亦奉差委也，时壬戌五月廿日。卷下有诗《齐鲁道中》，后注：丁卯二月十七日告假出京。《抵家有感》后注：三月廿三日。说明善能在同治六年（1867）三月二十三日回到杭州。《由宁郡至舟山渡海》后注：时戊辰九月二十五日；后有诗《由舟山航海三日达福州住馆头》《沪尾口登岸住艋舺喜晤富崇轩司马》《抵淡水署（十月初十日）》《冬暮回寓艋舺》《艋津晚步》等，《渡海抵福州》诗题后注：时庚午上巳日，"秋风前度空惆怅"句后注：戊辰秋杪渡台至淡水得晋省。

掌教梅青书院。① 善能现存《自芳斋吟草》三卷。他的写景诗生动奇丽，具有幽冷的意境。② 在幽冷的色调之后隐含着辛酉之难带来的深重愁绪。善能在咸丰九年（1859）离家赴京任职，此时杭州已笼罩在太平军所带来的阴影下，因而他的诗作流露出担忧，如写于庚申年（1860）岁末的《岁云暮矣，久无家音，闷而赋此》有云："烽烟未扫音先断，报我平安也惘然"③，而随后家书到来，他写下"烽烟惊两地，消息隔逾年"④（《喜得家书》），在又惊又喜的情绪中转换。辛酉年杭州战事变得激烈，善能的《寄内》一诗云："分手当年腊雪融，岂知湖水起腥风。庭前槐荫依然绿，墙畔桃花几度红。赠我玉人难比德，愧卿汗马未图功。棋残毕竟成何局，两地茫茫若梦中"⑤，忆念妻子的柔情，而战事的紧急也使诗人生出生死茫茫的忧惧。《辛酉元旦书怀》中有："书生福薄何非命，故里烽余幸有家"⑥，这里的"幸有家"到辛酉年末已成空想。旗营陷落时，善能妻子冯氏及"弟妇王氏、苏呢特氏；妹宝姑、招姑、莲姑、女招姑、毛姑同殉"⑦，弟弟泉山也在战争中去世。"弟兄血战死，妻孥骸骨残。汝骨抛何处，使我摧心肝。汝魂归何所，使我泪欲干"⑧，家人俱亡使善能有着撕心裂肺的痛楚。他以幸存者的身份独活于世，虽远离苦难，未曾目睹惨象的发生，但至亲的丧失、故园的沦陷使他的不在场都具有了逃避的

---

① 三多《柳营诗传》载善能"光绪初归营，掌教梅青书院"。《清代朱卷集成》第295册"瑞恒朱卷履历"受知师部分载善能"道光辛卯科举人，光禄寺署正，前梅青书院掌教"，瑞恒为光绪二十三年（1897）举人。《西湖楹联集》载有善能为梅青书院所写的楹联，上联为"下学感师承，敢云衣钵能传，不避腆颜开马帐"，下联为"纯修期后起，惟愿诵颜弗辍，共图勉力赴鹏程"。

② 善能写景诗多将景物拟人化，从而赋予景物动态的感觉，具有生动奇丽的特点。如"天风吹水立，海气吸云垂"（《韬光观海》）、"断霞衔谷口，古树抱岩腰"（《游云林寺》）、"夹岸烟深藏钓艇，闲亭风细绾征轮"（《春柳》）、"霜气逼衾冷，钟声入夜清"（《冬夜不寐》）、"隔墙人柳新舒眼，故里莺花欲断肠"（《春日书怀》）、"荒鸡飞古殿，赢马恋斜阳"（《易州道中》）、"水吞龙背没，风里马蹄回"（《宣化道中》）、"柳阴低覆水，山色远含烟"（《东坝独步》）、"帆从深树出，山望武林多"（《午过塘栖》）、"花雨施莲界，松风试茗瓯"（《偕姜竹楼谒龙山寺》）。也多将具有清冷意味的意象入诗，从而营造幽远冷清的意境，如"夜冷得秋气，风清闻素馨。遥横河汉影，片月下空庭"（《夏夜独坐》）、"人语深林出，村阴晓气漫。云开一塔现，飞鸟下晴峦"（《晚步西郊》）、"藤花披古屋，榆荚落轻裳。遥望林葱倩，西山已夕阳"（《散步》），等等。

③ （清）善能：《自芳斋吟草》。
④ （清）善能：《自芳斋吟草》。
⑤ （清）善能：《自芳斋吟草》。
⑥ （清）善能：《自芳斋吟草》。
⑦ （清）张大昌辑，白辰文点校：《杭州八旗驻防营志略》卷二十，第237页。
⑧ （清）善能：《自芳斋吟草》。

意味，更加加重了内心的自责愧疚，由此发出"我生愧汝死，依然一冷官。试问归不归，道我难上难"①（《哭泉山二弟》）。"创伤既是与死亡的遭遇，也是不断幸免于难的经历。创伤叙事因而摇摆于事件本身和幸存故事之间。"②旗营文人幸存者作为创伤主体，在遭遇创伤后，不可避免地回视创伤事件本身，在写作中也无法回避地留下了大量的创伤叙事。

创伤经历对创伤主体来说具有一定的潜伏期，即"在面临创伤事件时，个体不可能完全掌握创伤的性质，由于对创伤的不可理解，经验无法吸收，因而这种创伤会以延迟的形式再次出现。这就决定了创伤事件之后连续的压抑和回归，整个过程构成了创伤的潜伏期。创伤事件的重复，意味着个体生活与这个创伤更大的联系，超越了简单的观视和理解"③。亲友及家园的毁灭对幸存旗营文人来说是突发的创伤事件，当事件真实发生时，于幸存者而言是不可接受的事实，然而这个事实并不会消失，而是以延迟的方式再次回返。创伤记忆是痛苦的，致使它的每一次回返都带有相当大的冲击力。辛酉难后，善能的诗作时不时会出现家园离散的哀感，如"廿载征兵后，谁知万事非。过江名士尽，入洛旷才稀。世路悲多梗，风流叹式微。寥寥千古想，都与意相违"④（《感旧》）、"五十年前事，分明隔世人。难开生面目，已拼老风尘。梦醒安能续，家亡那是真。燕山与浙水，去住两无因"⑤（《闻杭州收复凄然有感》），都展示了一种前尘旧梦、恍若隔世，茫茫无所归依的流浪者心态。同治六年（1867）善能回杭，"到杭烟水阔，十二里称洋。历尽风尘苦，空空一个囊。离乡已十年，还家差一线。引领望高峰，盼到西湖面"⑥（《将抵武林口占》）带有游子历尽风尘后归乡的"近乡情更怯"之情，而见到已非昔时的故人、故土激起了内心的哀感，写下"城郭风烟感慨中，人民不与昔时同。十年归去何所有，只有豚儿唤老翁"⑦（《抵家有感》），在看似平易直白的语言下实则隐藏着浓重的愁绪。贵成是杭州驻防旗人在辛酉之难中的另一幸存者，他彼时在京任主事，其母亲杨颜氏及"三弟妇萧佳氏、四弟妇

---

① （清）善能：《自芳斋吟草》。
② 王欣：《文学中的创伤心理和创伤记忆研究》，《云南师范大学学报》2012年第6期。
③ 王欣：《文学中的创伤心理和创伤记忆研究》，《云南师范大学学报》2012年第6期。
④ （清）善能：《自芳斋吟草》。
⑤ （清）善能：《自芳斋吟草》。
⑥ （清）善能：《自芳斋吟草》。
⑦ （清）善能：《自芳斋吟草》。

完颜氏、五弟妇巴雅拉氏、侄女玉秀、玉如、玉妞同殉"①。同善能一样，辛酉之难成为他一生无法释怀的苦痛根源，"我苦无家望，人欣绝顶游。故园好黄菊，凄绝怕回头"②（《九日偕崇文山崇福之承季麐福久亭登蓟门烟树亭》）、"故园何处尚思归，旧事伤心旧愿违"③（《泣望》）、"永夜寒灯愁不寐，哀鸿嘹唳又南翔"④（《不寐》）、"伤心悔被浮名误，归已无家累更牵"⑤（《伤心》）。创伤记忆必定是痛苦难遭的，杭州旗人幸存者的创伤叙事中显见这一特征。尼采说："只有那些疼痛不止的，才留在记忆里。"⑥

幸存旗营文人对辛酉之难的创伤记忆虽然展示在诗歌中，但其内心的苦痛实则是无法言明的，在某种程度上创伤是无法言说的。因而，善能、贵成等人的诗作善于通过运用意象及营构意境来传达哀怨。意象是"诗人主观情志的具象载体"⑦，往往具有言有尽而意无穷的效果，最大限度地展示诗作者的本意。善能《闻杭州克复凄然追感》有"红羊劫后残灰冷，黄鸟歌来异地伤"⑧、"鬼磷明灭阴风惨，秋蟀春鹃叫断肠"⑨、"白骨如山共一邱，千年湖水也含愁。死犹鬼馁生何论，人尽身埋贼亦休"⑩，诗人听闻杭州收复，恍若梦醒一般回想前事，通过一系列的凄厉意象将内心的恐惧、痛楚、哀伤表现出来。固鲁铿为杰纯子，难后得以生还，他在《客路》写"客路太凄凉，凄凉夜未央。残灯孤影瘦，疏雨别情长。此去将何极，欲归无故乡。不堪回首望，烽火断钱唐"⑪，以夜晚的客路、昏暗的灯光以及孤独的旅人等情境营造了一幅凄凉的景象，而这旅人的故乡已被烽火淹没，前路依旧漫漫，后路却无法返回。他在听闻杭州克复以后，写下"客馆魂千里，祠堂月五更。思乡眠不稳，惆怅子规声"⑫，与善能诗作中的凄厉不同，固鲁铿诗歌多在一种绵长悠远却又深厚的意境中

---

① （清）张大昌辑，白辰文点校：《杭州八旗驻防营志略》卷二十，第236页。
② （清）贵成：《灵石山房诗草》，第487页。
③ （清）贵成：《灵石山房诗草》，第488页。
④ （清）贵成：《灵石山房诗草》，第488页。
⑤ （清）贵成：《灵石山房诗草》，第489页。
⑥ ［德］尼采：《论道德的谱系》，赵千帆译，孙周兴校，商务印书馆2018年版，第61页。
⑦ 耿建华：《诗歌的意象艺术与批评》，山东大学出版社2010年版，第3页。
⑧ （清）善能：《自芳斋吟草》。
⑨ （清）善能：《自芳斋吟草》。
⑩ （清）善能：《自芳斋吟草》。
⑪ （清）完颜守典：《杭防诗存》。
⑫ （清）完颜守典：《杭防诗存》。

展示内心的创痛。

创伤叙事不同于其他类型的文学表达，它是在写作主体经历灾难性事件后产生的，意味着它所包孕着的情感呈现了最大限度的真实。以善能为例，他的《自芳斋吟草》在写作上的连贯性和写就时间的特殊性，为我们全面展示了一个杭州驻防文人在辛酉之难前后的心路历程。辛酉之难前他去往京师就职，诗歌中多忆念杭州，如"此别会须归计早，湖山要与续新诗"①（《别家》）、"家山应有梦，乘醉卧重阳"②（《重九日芝生尚书出闱惠酒》）。辛酉之难后写下了哀痛故乡陷落的诗作，并于光绪年间归杭任教梅青书院，于此可见他实实在在地将杭州作为自己的故乡。以驻地为故乡是晚清以来驻防旗人的普遍选择，而杭州驻防文人幸存者因辛酉之难而生发的创伤叙事更加证明驻防旗人与驻地是不可分割的统一体。

第三节　旗民共同体的形成

辛酉之难中杭州驻防文人幸存无几，他们或亲身体验过战事的惨烈或在遥远的异乡遭受这一苦难的折磨，都不约而同地写下自己内心的创痛。与旗营文人相比，杭州汉城文人无论是在文人数量上还是诗歌创作水平上都处于较高水准。他们在此时纷纷以诗笔记录社会现实，在更深广的维度上为辛酉之难留下丰富而感性的材料，如"城郭萧条爨断痕，空庐鸡犬亦无存。凉风惨惨鬼争路，斜日荒荒人闭门（乱后，城中房屋半灯，日旰鬼即出，人不敢行）"③"思量情景总模糊，孰写流民郑侠图。家有黄金难买命，沟填赤子实无辜（大街小巷，积尸如山，半饥死，半杀戮者）。惊弓人比枝头鸟，入夜声喧屋上鸟。惨与睢阳同一炬，满城人肉变焦枯"④"氛埋越岭连宵瘴（前数日，杀气蔽天，日色惨淡），血溅秋衢动地哀。劫到红羊何日尽，独怜残照思徘徊"⑤。太平军的杀戮行为使整

---

① （清）善能：《自芳斋吟草》。
② （清）善能：《自芳斋吟草》。
③ （清）陆以湉：《杭城纪难诗》，（清）丁丙辑：《庚辛泣杭录》卷十四上，第602页。
④ （清）高鹏年：《辛酉武林再陷志哀》其六，（清）王震元：《杭城纪难诗编》，（清）丁丙辑：《庚辛泣杭录》卷十六，第639页。
⑤ （清）钟慈生：《庚申二月十九日之变，余适在槜李，先人及嫂殉于杭焉。哀哉！后即避居若耶，一枝聊寄。越岁秋季，东越又陷，且失浙西，故乡、异地两无归矣。惨睹之情，言难尽述，因托诗以志哀情，得一十二首》其一，（清）丁丙辑：《庚辛泣杭录》卷十六，第642页。

个杭州城都笼罩在低迷肃杀的氛围中,诗人所行之处所见之景所闻之事弥漫至记忆深处,是如同梦魇一般的惊惧和恐慌。西湖是杭州文人的心灵圣地,辛酉之难中被严重毁坏,也成为文人创伤叙事的主要内容,如"杨柳枝枯松鬣堕,六桥三竺总烟霾"①(《舟中志感》)、"七宝山前叹萧瑟,西湖月泠莺花歇"②(张应昌《纪庚申二月二十七日粤匪陷武林事》)、"滔滔湖水血同流,堤畔无人续胜游。如此韶光如此境,六桥花柳亦含愁(寇至西湖,适逢观世音大士生辰,城内士女游湖者,门内不得入,大半死湖中,香客亦皆被戕)"③。昔日的西湖是文人心目中的圣地,兵燹被毁后,记忆与现实形成强烈对比,西湖也因此成为"记忆之场",成为感怀所寄的场所和创伤记忆的空间。杭州汉城文人对兵燹的记载更大限度地还原了辛酉之难的原貌,他们也在其中追索杭州遭难的理由。杭州城繁华靡丽的原罪之说便浮出水面④,以此来慰藉杭城文人饱受痛苦的心灵,虽然二者之间并没有必然的联系。

由创伤记忆引动的创伤叙事是对历史史实的建构。杭州旗民文人在战乱的背景下写下相同主题,表明那一段历史是他们共同经历的。这一战事使旗人与汉人有了共同的敌人,因而成为命运共同体。旗营虽是独立区域,但处在杭州城内,依汉城而生,在二百余年的相处过程中,二者虽有区别但已密不可分。在汉城文人的文学表达中,旗营被称为"内城""子城"⑤。面对太平军的攻击,旗兵与汉城的武装力量协同作战,如庚申年三月杭州将领的奏章中有"探知杭州将军臣瑞昌坚守驻防之城,连日与贼鏖战,张玉良即派弁改装易服混入城中,面见瑞昌互相约会。初二日,张玉良亲赴大关一带看明贼势。初三日早,出贼不意,将武林钱塘门外及昭庆寺贼垒全行扫荡。该逆疑从天降,奔逃进城。瑞昌调派八旗官兵缒城拦剿,斩获颇多"⑥。满城的守卫也得到汉城人民的助力,汉城陷落后,

---

① (清)许瑶光:《嵩目集》,(清)丁丙辑:《庚辛泣杭录》卷十四下,第608页。
② (清)王震元:《杭城纪难诗编》,(清)丁丙辑:《庚辛泣杭录》卷十六,第632页。
③ (清)陆以湉:《杭城纪难诗》,(清)丁丙辑:《庚辛泣杭录》卷十四上,第601页。
④ 参见胡晓真《离乱杭州——战争记忆与杭州记事文学》,《东吴学术》2013年第1期。
⑤ 陆以湉《杭城纪难诗》有"九门屹崒树高旗,复振戈矛扑内营"[(清)丁丙辑:《庚辛泣杭录》卷十四上,第602页];张景祁《武林新乐府》有诗《悲风来·吊驻防也》序言有"庚申之变,内城坚守"句[(清)王震元:《杭城纪难诗编》,(清)丁丙辑:《庚辛泣杭录》卷十六,第624页]。
⑥ 《钦定剿平粤匪方略》,(清)丁丙辑:《庚辛泣杭录》卷一,第424页。

太平军"进攻满城，宁人业箔于杭者数千人，助满人杀贼，满人由是得全"①，"将军瑞昌力守旗城，时出杀贼，附近旗城之居民，仗将军威，杀贼甚众"②。共同的苦难记忆成为民族认同感的重要来源，辛酉之难加强并巩固了旗民共同体。"一个历史事件被深深地嵌入集体意识之中的一种情况，就是在它被用来定义群体、提醒人们记住'他们是谁'之时。"③

旗营将士的英勇奋战及整个旗营的殉难是杭州抗击太平天国战事的一部分。汉城文人见证了这一历史，并在诗歌中加以记录。见证作为公共形式，它使创伤叙事者脱离了孤独的状态，即"见证的过程就是将个人的创伤记忆集体化的过程"④，增加了集体成员情感上的亲密感。在汉城文人对辛酉之难的书写中，旗营的抗争已不自觉地进入书写的范围，如"棘门儿戏漫论兵，赖有将军细柳营。背水奇功争死地，撼山威令抵长城。大呼振臂孤军奋，力战同心散局撑（二月廿七日黎明，清波门陷。贼长驱入，诸军溃散。独满洲营不下，将军瑞督兵坚守，屡战屡捷。民兵又列栅自固，争杀叛勇。贼虽得城，不能定也）。夜半神灯看破敌，挽回残劫奠苍生（满营灯火相望，终夜不绝，金谓有神助云）"⑤，"驻防差幸一隅留，八面旗分迄未收。助战儿童施瓦石，拌生妇女集干矛。孤营捂拄功非小，援师乃得登城早"⑥，都指出旗营虽孤小，但在抗敌一事上同心竭力，做出了重要贡献。瑞昌、杰纯两位旗营将领奋勇杀敌的事迹也记载在汉城文人笔下，如写杰纯"军容千帐墨，血战六桥红。都统人传杰，旗兵死亦雄。虎林昭义愤，铁岭泣英风。成败何须论，艰难阃室忠（杰纯以前次守城功，擢都统。被围后，出城与贼战，杀贼于西湖之六桥，谥果毅）"⑦，"军威震慑阵门开，都统群推上将才。一队弓刀旗一面，日巡欣望杰公来（杰都统纯日巡，每枪箭一队，以一旗领首，队伍整齐）"⑧，

---

① （清）陈学绳：《两浙庚辛纪略》，（清）丁丙辑：《庚辛泣杭录》卷六，第560页。
② 中国史学会主编：《中国近代史资料丛刊·太平天国（五）》，上海人民出版社1957年版，第232页。
③ [美]彼得·诺维克：《大屠杀与集体记忆》，王志华译，译林出版社2019年版，第411页。
④ 王欣：《创伤记忆的叙事判断、情感特征和叙述类型》，《符号与传媒》2020年第2期。
⑤ （清）黄燮清：《杭城纪事》，（清）丁丙辑：《庚辛泣杭录》卷十六，第640页。
⑥ （清）魏大缙：《钱塘感事》，（清）丁丙辑：《庚辛泣杭录》卷十六，第634页。
⑦ 《闻杭州告陷书感》，（清）许瑶光：《嵩目集》，（清）丁丙辑《庚辛泣杭录》卷十四下，第608页。
⑧ （清）张荫榘、吴淦：《杭城辛酉纪事诗》，（清）丁丙辑：《庚辛泣杭录》卷十五，第615页。

写瑞昌"赖有壮猷元老在，偏师血战复全城（九门俱为寇据，惟钱塘门隶满洲营。贼率众攻营，将军瑞昌督营兵拒守，枪箭齐施。妇女亦为助战，寇连日伤毙不少，为之挫气）"①、"将军前年真英武，七昼七夜鏖战苦，困守危城保疆土（瑞将军名昌，满洲正白旗人。满城陷，全家殉难）"②。此时汉城文人诗笔下的杭州旗人大都以正面的形象出现，但也不乏贬损之音③。总体上，旗、民之间的关系已非对立。"创伤不仅能够造成分裂，同样可以形成更为强烈的归属感，实际上还能够塑造共同体"④。在太平天国战争这一灾难性事件面前，影响旗民关系的异质性因素消隐，共同的利益驱动着旗民走向一体。这一创伤性事件成为旗民关系进一步融洽的契机，塑造、巩固和增强了杭州城内旗民共同体的凝聚力。

同治三年（1864）杭州克复后，难后重建工作渐次展开。地方政府及士绅阶层对殉难人员也开始寻求有效妥当的处理方式。数以万计的人口死于战火，为纪念殉难官兵民众，杭州地区先后修建了昭忠祠、崇义祠、义烈墓，构建了多处褒扬忠义精神的神圣空间。而在忠烈祠内，设有驻防官员兵丁飨堂，"堂庑整肃，笾几辉煌，凡满汉文武弁、绅衿黎庶，以及官眷民妇室女，莫不按官佚设位，分郡县制牌，崇卑各殊，左右不紊。一时叹浩劫虽重，而朝廷褒崇之典，与桑梓敬恭之思，亦庶几慰矣"⑤。满汉合祀的规制表明杭州汉城已经真正地接纳了他们的旗人邻居。共处一城，抗击共同的敌人，因而有足够的理由共享祭祀。灾难场景在时间的冲刷下会很快消逝，仅仅留存在记忆中，而为使记忆长存，修建了以忠烈祠为代表的带有"纪念碑性"的实体建筑，以此来延续并强化记忆。忠烈祠成为集体记忆的储存器，是旗民关系融洽的象征。辛酉难后，杭州旗营及汉城都因损失大量人口而从他处进行移民，因此旗民这一共同体在某种

---

① （清）陆以湉：《杭城纪难诗》，（清）丁丙辑：《庚辛泣杭录》卷十四上，第602页。
② （清）刘醇：《将军烈》，《武林新乐府》，（清）丁丙辑：《庚辛泣杭录》卷十六，第626页。
③ 《杭城辛酉纪事诗》载"大将专征宠命加（瑞麟阁将军昌前拜总统之命），深居简出静官衙（贼围城两月，人罕见其面）。好将杯酒观衰老，惯对新妆扫髻鸦"，写瑞昌在危急时刻无所作为，沉迷于酒色；"一盏灯笼旗一杆，教人连夜上吴山（瑞将军昌谕居民上吴山观战者，每人持旗一杆，灯笼一盏，以助声势）""妙绝行军等儿戏，胥山顶上有人看（居民上吴山观战，见我军接仗，但遥施枪炮而已，为之丧气）"，讽刺旗营将军瑞昌的荒谬行为。（清）张荫榘、吴淦所：《杭城辛酉纪事诗》，（清）丁丙辑：《庚辛泣杭录》卷十五，第614—617页。
④ 转引自何卫华《创伤叙事的可能、建构性和功用》，《文艺理论研究》2019年第2期。
⑤ （清）丁丙辑：《庚辛泣杭录》卷三，第496页。

程度上来说是短暂的，但它所带来的影响却是深远的。光宣时期，杭州驻防文人与汉城文人积极地展开交流，并仿效汉城进行旗营历史的重建，在一定程度上受到了辛酉之难形成的旗民共同体的影响。

本章小结

无意史料是与有意史料相对的概念，"无意的史料不是没有目的，而是指他具有当时另外的实用的目的"①，即无意史料不像正史及史书那样为存史而作，而是像小说诗文等为娱乐抒情而作，却留下了历史的信息。辛酉之难中幸存的杭州旗营文人的创作属无意史料。善能、贵成及固鲁铿等人在辛酉之难后写作的诗歌是为抒发一己之情思，表达了个体的创伤记忆，但却象征着受难者对这一战争的记忆原点。由此出发，属于个人的创伤体验从属于整个集体的创伤体验，而个体身份的差异性就此消隐，深化为一个群体、民族乃至国家的共同命运中。自晚清以来，中国经受了多次内外战争，因战争而带来的创伤记忆以及相关的创伤叙事都沉淀为国人身份认同的重要因素。此时的少数民族文人和汉族文人一道书写着战争带来的苦难记忆，从少数民族文人相关诗作入手，更能清晰地看到中华民族共同体在晚清是怎样渐次形成的。而在这一形成过程中，创伤记忆始终影响着共同体的建构。

---

① 宁可：《史学理论研讨讲义》，鹭江出版社2005年版，第114页。

第八章

城东与城西：杭州旗营的文学建构

清初，旗人入驻杭州并在城西一带建筑旗营。这种突发式的介入改变了杭州城的物理空间，使城西成为旗人的专属领地。旗人未入关前大都居住在白山黑水或塞外草原荒漠，而中原百姓自古以来就具有"中心"的文化观念。"从空间秩序的角度来看，'地中'思想最终成为一种至高的价值观，一种思想威权，它赋予人文社会中占有'地中'者以天然的具有高峰权力的合理性。"[1] 在中原百姓的思想中，"地理空间越靠外缘，就越荒芜，住在那里的民族也就越野蛮，文明的等级也越低"[2]。当旗人进入杭州，并成为城市的组成部分，造成了汉城人民在心理上的不舒适感。这种感觉部分源于旗人对江南的武力侵略，然而"边缘"对"中心"的侵犯带给汉城百姓的心理冲击是更主要的原因。旗人与汉城人共处同一空间，在汉城人心中旗人却是"内部的他者"。旗人的"他者"身份自清初至清末一直存在，但随着时间的流逝也以"他者"的身份与杭州汉城构建起广泛的认同关系。

杭州旗营文学由兴起至繁盛的演进与汉城社会有着密不可分的关系，本书从整体上进行把握，逐步寻绎旗营文学建构的内在理路以及在这一过程中旗营文人与汉城文人的位置关系等。

---

[1] 唐晓峰：《从混沌到秩序：中国上古地理思想史述论》，中华书局2010年版，第194页。
[2] 葛兆光：《宅兹中国——重建有关"中国"的历史论述》，中华书局2011年版，第44页。

第一节　杭州旗人文化意识的觉醒——
　　　　　　廷玉与《城西古迹考》

　　清初杭州旗人的文学创作是散点式的，诗人诗作留存数量较少。然而自清中叶开始，个体的散点式创作转向集体式，旗人的文化意识开始觉醒。这一觉醒的标志性事件是廷玉《城西古迹考》的成书。

　　廷玉（1779—1858）①，字沄岩，号蕴之，满洲人，巴尔达氏，汉姓巴，时人称之为"巴沄岩"。他"少年入泮，为名诸生，屡应省试不售，因绝志进取"，其家在"石湖桥东之花园巷，故晚亦以石湖翁自号，所居为苍雪斋，广栽卉木"，雅好文艺，"以诗酒自娱，尤工画，人得寸缣皆宝藏之"②。著有《苍雪斋诗稿》《湖山胜迹补遗》（均毁于兵燹）、《城西古迹考》（亦称《武林城西古迹考》）八卷（今已不存）。《城西古迹考》中的"城西"是指旗营一带，表明廷玉将旗营与城西等同起来，实际上写作的是"旗营古迹考"。这里指称的"城西"是与"城东"相呼应的范围，"城东"代表汉城，即廷玉意图隐去旗营与汉城的分别，在一个平等的对话中去言说历史。所谓命名是一种权力，能够赋予事物创造性力量。廷玉以"城西"指代旗营，明确表达了旗营文人希冀介入杭州城市历史的话语诉求。而这一话语表达可以看作是对18世纪中期杭州著名文人厉鹗的《东城杂记》的呼应③。与廷玉的《城西古迹考》主动介入杭州城市历史的姿态不同，厉鹗的《东城杂记》虽未明言但却明显将旗营看作是"他者"。法国学者巴柔有言："在个人（一个作家）、集体（一个社会、国家、民族）、半集体（一种思想流派、意见、文学）的层面上，他者形象都无可避免的表现为对他者的否定，对'我'及其空间的补充和延长。这个'我'想说他者（最常见到的是出于诸多迫切、复杂的原因），但在言说他者的同时，这个'我'却趋向于否定他者，从而言

---

　　① 张大昌《杭州八旗驻防营志略》卷二十一载文秀所作《城西古迹考》序言云："先生年七十又七矣……时在咸丰五年"，推算廷玉当生于乾隆四十四年（1779）；王廷鼎《杭防营志》卷三廷玉条载"先生卒于咸丰八年，时年正八十"，可知廷玉卒年。
　　② （清）王廷鼎：《杭防营志》卷三。
　　③ 参见汪利平《杭州旗人和他们的汉人邻居：一个清代城市中民族关系的个案》，《中国社会科学》2007年第6期。

说了自我。"① 厉鹗记载城西开元宫有言："本宋周汉国公主府，元时句曲外史张伯雨入道于此。外史《开元宫得月轩》词有'环堵隘花。狼藉沟水，涨云充斥。似石鱼湖小，酒船宽窄'之句，今阑入军营中，仅矮屋数楹，奉高真像。旁有隙地，积水纵横，犹是当时陈迹也。"② 同时，写有词作《木兰花慢·城西开元宫》云："漫郎，曾赋石鱼湖，流水绕阶除。剩一片涓涓，断云新柳，照影荒渠。宫衾，已消余艳，觅彩毫何处写黄图？"③ 厉鹗未曾亲见开元宫往日的繁华，但亲见了故址的荒芜。"矮墙"与"荒渠"虽不是直写旗营，却隐然表达了作者由旗营所生发的失落之感。自《东城杂记》问世后几十年，到嘉庆年间，汉城文人心目中旗人"他者"地位已明显下降，由此助力了廷玉《城西古迹考》的创作。

《城西古迹考》在咸丰年间完成，廷玉自嘉庆年间开始准备。文秀序言中有云："今所拟梓者《城西古迹考》，系先生五十余年之心力结撰而成者。"廷玉也言："如不以此稿为虚诞，俟汇成时，请以就正补遗，则五十余年求益之怀可适。"④ 这部著作耗时如此之长，可见作者对它的重视。廷玉与汉城文人多有交往，《杭防营志》载其"所与交皆浙之知名士，如任剑秋、许雪香、施石桥、蔡木龛、吴康甫……讨论古今，殆无虚日"⑤。他在《城西古迹考》自序中也记载了汉城文人对这部作品的参与。"嘉庆庚午，有故友雪香许敬言、石桥施绍武寻觅营中古迹，拟汇一书。传因雪香久寓于兹，意相讨论耳。乃答云：吾友已询访迨遍，考载未备，久成数峡，只亏一篑之功。问者于是止焉。道光间，蔡木龛与锁吟竹知予是集，谆谆寄言，可订成书，足传列朝之文献掌故。予以遗逸殊多，恐有所漏，且姑待证之。吴康甫尝，日月逝矣，岁不我与。而徐问蘧、吴秋畦犹劝勤付梓，予以未尽善也。咸丰癸丑，镜泉罗君偕汪剑秋闻知相访，下顾寒庐，共相谈古事迹。娓娓不倦。予未敢出视其稿。继而纳庵上人同铁樵汪君亦为下顾，予揣管窥蠡测，何敢质诸大雅才家？"⑥ 序言中

---

① ［法］达尼埃尔—亨利·巴柔：《形象》，孟华主编：《比较文学形象学》，北京大学出版社2001年版，第157页。
② 《武林坊巷志》，王国平主编：《杭州文献集成》第30册，第409页。
③ 《武林坊巷志》，王国平主编：《杭州文献集成》第30册，第421页。
④ （清）张大昌辑，白辰文点校：《杭州八旗驻防营志略》卷二十一，第261—263页。
⑤ （清）王廷鼎：《杭防营志》卷三。
⑥ （清）张大昌辑，白辰文点校：《杭州八旗驻防营志略》卷二十一，第263页。

提到的汉城文人均为杭州名士。① 可见，嘉庆年间，有汉城文人意欲考索旗营古迹，但廷玉已"询访迨遍，考载未备，久成数帙，只亏一篑之功"。而后在汉城文人的屡次催促下，廷玉以"遗逸殊多，恐有所漏，且姑待证之""未尽善也""未敢出视其稿""何敢质诸大雅才家"等语回答。从中可见他对学问的谨慎态度，但屡屡如此也隐含着旗营文人的文化不自信之感。而《城西古迹考》的内容也隐喻着旗营文人希求建立文化自信之意。

《城西古迹考》一书现已不存，只能从相关记载中了解它的内容。文秀为《城西古迹考》所作序言有"凡寺观祠宇，以及桥梁碑墓，无所不载。其中汉唐以迄元明，人物事迹，班班可据。"双成所作序言中有"凡忠孝节义、武烈文华，并致君泽民、维风端化者，代有其人。晦者复显，阙者复补，可劝可惩，历历足考。即隐遁知机、流寓乐志、大才小技，无不备纪。至于老氏虚无、释家空幻，而奇闻异事，续陆勋之《幽怪》、干宝之《搜神》也是。岂仅以祠宇府第，创建兴衰，河梁井里，开浚修治，以传其始末哉？"② 说明此书记载非常丰富。杭州旗营本就赋予了城西特殊的意义。因而，如果是汉城文人考述旗营古迹，我们得出的众多结论中必然会有汉城文人认同旗营以及认同自身历史这两个维度。那么，廷玉以旗人身份追索旗营古迹，则有着更丰富的内涵。廷玉追溯旗营所在地的历史，也记载旗营当下的历史，如他记载鞔鼓桥为"宋陈自强鞔太学之鼓于此，后入相，遂名其桥。元至正时重修"③ 是对此桥本身历史的记载，而记载天妃宫则云："在草芝巷口直街。乾隆五十二年，营兵出征台湾，凯旋渡海，遇飓风，蒙神而安，归营捐建。嘉庆十三年重修。其神壁左右，明忠画鬼物，极狰狞"④，融入了旗营的历史。这种掺杂着过往历史与当下历史的写作，在一定程度上将旗营融入杭州城市历史的书写脉络中来，从而建构了旗营的合法性。"过去本身不会向今天的人们展示自己，它必须在各种复杂的知识水平上，遵循文献学术研究和文学批评的传统一次又一次地被人们展示。"⑤ 从这个意义上讲，人们对过去的展示是带有

---

① 详见李桔松《记忆、塑造和认同——清杭州〈城西古迹考〉〈柳营谣〉解读》，《贵州社会科学》2019年第2期。
② （清）张大昌辑，白辰文点校：《杭州八旗驻防营志略》卷二十一，第262页。
③ 《武林坊巷志》，王国平主编：《杭州文献集成》第30册，第345页。
④ 《武林坊巷志》，王国平主编：《杭州文献集成》第30册，第458页。
⑤ [美] 爱德华·希尔斯：《论传统》，傅铿等译，上海人民出版社2009年版，第153页。

第八章　城东与城西：杭州旗营的文学建构　203

一定目的的。廷玉将旗营所在地过往历史与当下的旗营历史相连接，所在地历史便与旗营有了勾连，使旗营文化不再是无根之木。杭州城西的历史就是旗营的历史，由此推衍，旗营文化正式进入杭州城文化的历史轨道中。而为何记载旗营当下的历史，廷玉有言："兹所载见闻及者，堪以媲美前徽，足征后世。如昔人之事迹不纪于书，则久之无传，故并述之耳。"① 他引古证今，寄寓着对旗营未来的文化想象。

文秀为《城西古迹考》所作序言中有"我满营二百余年来，惜未有传志，即有家乘、遗编，大率随意抛弃，故流传者鲜。"② 后世文人对此多有述及，如俞樾言："（旗营）自来未有志乘之书，惟道光之季，有巴尔达氏蕴之廷玉者著《城西古迹考》八卷。凡满营中忠孝节义，文学武功，无不备载；而列朝之遗踪、古迹、寺观、桥梁，亦一一书之。洵足补志书之未备，为谈满营掌故者所不可少之书。"③ 到光宣年间，杭州旗营及汉城出现多部记载旗营历史的书籍，《城西古迹考》成为这些著作的重要资料来源。王廷鼎所著《杭防营志》例言中载其书以"本营巴沄岩先生廷玉所著城西古迹考、恺庭观察盛元所著杭防营小志、钱塘丁松生大令所著武林城西坊巷考三书为主……所本三书，以巴书为最备"④。三多《柳营诗传》凡例中载"诗则录自各家集中，其无专集者，或采诸廷沄岩太老师所著武林城西古迹考。"汉城文人潘衍桐《缉雅堂诗话》记"书中间附近人著述，有为它书所未见者，足资采掇。惜写本仅存，已佚其第五卷矣。"⑤ 旗营后学金梁《杭州新市场古迹志异》载"旗营本倚大城，筑墙为界，坊巷名称，皆仍宋元之旧，多前代古迹，有《城西古迹考》寓证颇详。余尝仿撰《市场古迹记》，惜稿存沈寓，尚未取回。"⑥ 汉城文人丁丙辑录《武林坊巷志》的驻防营部分中，《城西古迹考》也是重要的资料来源。总之，廷玉的著述为旗营历史掌故留存做出了重要示范，成为旗营历史建构过程中的代表性话语，也传播到汉城文化空间中，对建立旗营人文形象发挥了重要作用。

---

① （清）张大昌辑，白辰文点校：《杭州八旗驻防营志略》卷二十一，第 263—264 页。
② （清）张大昌辑，白辰文点校：《杭州八旗驻防营志略》卷二十一，第 262 页。
③ （清）俞樾：《杭州八旗驻防营志略序》，（清）张大昌辑，白辰文点校：《杭州八旗驻防营志略》，第 3 页。
④ （清）王廷鼎：《杭防营志》。
⑤ （清）潘衍桐：《缉雅堂诗话》，光绪十七年（1891）刻本。
⑥ 《历代西湖文选专辑》，王国平主编：《西湖文献集成》第 14 册，第 316 页。

廷玉所建立的旗营与杭州城市历史的联系，是一种"被发明的"① 历史。就像"我们注视的永远不是事物本身；我们注视的永远是事物与我们之间的联系"②。对此种联系的关注意味着旗营文人与汉城文人开始建立起认同关系，而旗人自身的文化意识也开始觉醒，为旗营文学发展带来力量。

第二节　旗营文学生态的繁荣——文人创作的涌现

嘉庆年间在杭州旗营文学建构过程中是一个转折的年代。廷玉率先向旗营历史寻找自身的合理性，显现出旗人文化意识的觉醒。同时，驻防科举本地化进程完成，为旗人跻身仕途创造了便利条件，成为其文学创作繁荣的重要推动力量。在道咸时期，旗营文学创作条件已经成熟，因而文人诗歌创作大量涌现。此时有41人有诗歌存世，其中6人现存有完整诗集，另有9人有诗集但未存世③。此时的旗营文学生态呈现繁荣局面。所谓文学生态，意指"以生态学的考察方法，克服从个体出发的、孤立的思考方法，将人们的思想精神活动视为客观存在的一部分，与社会、政治、经济、文化等其他因素相互影响，共同构成一个有机的大环境"④。杭州旗营虽与汉城处于不同空间，但不可避免地受到了汉城文学生态的影响，促使旗营文学生态走向繁盛。

阮元是清中期著名学者，他注重求实、博通和经世致用的学术宗旨，在一定程度上扭转了乾嘉时期汉学家埋首考据的僵化学风。他在乾隆六十年（1795）任浙江学政，嘉庆五年（1800）出任浙江巡抚，同年在杭州创办诂经精舍⑤，改变了士人中专尊八股的沉闷空气，复兴了浙江地区自清初以来的颓败学风。李元度评价阮元云："以经术文章主持风会，而其

---

① ［英］E.霍布斯鲍姆、T.兰格编：《传统的发明》，顾杭、庞冠群译，译林出版社2004年版，第2页。
② ［英］约翰·伯格：《观看的方式》，吴莉君译，台北麦田出版社2005年版，第11页。
③ 盛元《怡园诗草》、文瑞《树庐诗草》、文秀《吟香集》、兆熊《卧月堂稿》《柳州子集》《柳州子词集》、禄庆《怡花馆小草》、富乐贺《闽游草》、固鲁铿《固庐诗稿》、双成《归田草》、玉昌《瓶花馆诗剩》。
④ 曹慧敏、陶慕宁：《明末清初女性文学的兴盛——基于文学生态角度的考察》，《山东大学学报》2017年第2期。
⑤ 诂经精舍的建立时间有记载称在嘉庆六年（1801），徐雁平在《诂经精舍：从阮元到俞樾》（《古典文献研究》第十辑）中列举数条材料推定诂经精舍成立于嘉庆五年（1800）。

人又必聪明早达，扬历中外，兼享大年，其名位著述足以弁冕群材，其力尤足提唱后学。"①在阮元的教育思想中，"后学"不仅仅指任职地的汉族文人，也包含旗人。各地驻防旗人自嘉庆四年（1799）始可在驻地参加童试，但乡试仍需赴京进行。因而阮元在嘉庆九年（1804）上奏请求允许浙江等省驻防生员就近乡试，虽此事未获允准，但也对嘉庆十八年（1813）驻防旗人科举本地化的完成起了推动作用。阮元教育思想的通达源于他本人对时事的深切领悟。彼时旗民已日益成为一个整体，且都致力维护清朝统治。在此背景下，关注驻防旗人教育不仅能助力地方文教事业，进而能提高统治实力。阮元在浙江巡抚任上时，曾于西湖种柳。而后王昶主讲敷文书院，以《西湖柳枝词》课士，一时和者众多。阮元《西湖种柳》与王昶《西湖柳枝词》为相关之事。嘉庆十年（1805）陈石麟《西湖种柳诗》序言中有"湖堤杨柳攀折几尽，阮芸台中丞檄取海塘柳补之，并饬海防道岁种千株。会稽顾郑乡明经廷纶有诗纪事。因拟四断句，窃附柳枝词后云"。其四云："落花流水尽，梅花笛里吹，铁崖去后继声谁。"诗注言及王昶主讲敷文书院以"西湖柳枝词"课士，阮元为诗集作序之事②。《西湖柳枝词》引动浙江文人唱和之众，"已成其后文人吟咏之主题，其影响近似兰亭雅集和红桥唱和"③。这一影响也波及杭州驻防文人，图翰斋、常书堃、英贵、佟强谦、满丕、德光、喀燉都作有《西湖柳枝词》。他们大都生活在嘉庆年间，虽未有材料表明这些诗作受到阮元及王昶的影响，但诗作主题及创作时间足以让我们产生这样的联想。嘉庆年间，杭州驻防完成了科举本地化的进程，旗营诸生能够进入府学及汉城书院与汉城文人共同接受教育，由此实现了受教育环境的共享。科举本地化也使更多的旗人有机会深入学习汉文化，推动了诗歌创作的繁盛。汉城文化像流风一般，以一种虽看不见却无处不在的方式对旗营文化产生波及。当然，此时旗营内部也形成了属于自己的文学生态。

杭州驻防受到八旗制度的规范，导致文学创作发育生成机制也与汉城

---

① 《阮文达公事略》，（清）李元度：《国朝先正事略》卷二十一，岳麓书社1991年版，第625页。
② （清）陈石麟：《小信天巢诗钞》卷十，嘉庆刻本。
③ 徐雁平：《诂经精舍：从阮元到俞樾》，《古典文献研究》第十辑，凤凰出版社2007年版，第268页。

不同。旗营内部遵循着"婚姻可娶汉女,不得嫁出"①的规制,因而在以男性为主导的旗营社会中保证了血统以及族群的延续。而旗营文人大都属勋贵阶层,其家族内部掌握较为充足的文化资源,使家族成员处在一个共同的文化场域之中,进而形成文学家族。在旗人婚姻制度以及等级观念的要求下,文学家族间集合家族的身份地位、文化素养等方面进行联姻,逐渐形成一个覆盖面广泛的姻娅网络。随着姻娅网络的壮大,意味着可调配多样的文学资源,由此为旗营文人群体的生成创造了条件。瑞常写有《三月偕喀清堂姻长入都》,其中有"交谊兼姻谊,诗怀并酒怀"②句,意即二人本就相熟,又具有姻亲关系,比寻常诗友更为亲近。除去姻亲关系外,旗营内也形成了多组师生关系。善能、文秀二人均拜赫特赫讷为师。善能《赫藕香大子观察南河六十寿诞恭祝三十二韵》中有"忆昔春风坐,欣沾化雨均。梅花香入座,桂树拂无尘。至契师知弟,论文夜复晨"③句,文秀《书奉仪部赫藕香师》有"狂来咳唾尽文章,高古能争日月光。才子数奇天莫补,化人心妙海难量。云山在望时兴感,松菊犹存半就荒。待字十年终不悔,金门来谒老欧阳"④,表达了对老师的敬仰爱戴。赫特赫讷诗集《白华旧馆吟稿》在辛酉"乱后无存,其存者及门文秀所手录及鳞鸿传寄之作,于全稿十不及一也"⑤。师生关系也为旗营文学传承壮大了力量。三多父亲有连"幼从廷玉学画,颇得真传"⑥,因而三多在《柳营诗传》中载"沄岩太老师工画,居石湖桥,故晚自称石湖翁。家大人曾游其门,谓其寸缣尺幅,人皆宝之"⑦。称呼廷玉为"太老师",可见旗营内部对师承关系的看重。旗营内部的师生关系与旗民之间的师生关系相比,因有着共同族属、共同风俗乃至共同语言,即便是对汉文化的学习,也更容易沟通从而促进对文化的吸收。无论是姻娅关系还是师生关系,都为驻防文人创作的涌现提供了优质环境,使他们一方面接受汉城文化的滋养,另一方面也依据共同的对汉文化的喜好建立起意涵丰

---

① 《一斑录杂述》,《武林坊巷志·驻防营一》,王国平主编:《杭州文献集成》第30册,第299页。
② (清)瑞常:《如舟吟馆诗钞》,第79页。
③ (清)善能:《自芳斋吟草》。
④ (清)三多:《柳营诗传》。
⑤ (清)赫特赫讷:《白华旧馆诗存》。
⑥ (清)王廷鼎:《杭防营志》。
⑦ (清)三多:《柳营诗传》。

富的文学网络。因而，杭州驻防文人著述在内外环境的共同影响下走向繁盛。所谓"人类思想精神活动的状况和生成发育机制对文学有举足轻重的影响，文学又是思想精神活动的建构要素之一，二者构成了互为因果的关系"。杭州驻防文人写作了既属于旗营又属于杭州的文学，以独立之姿态融入杭州文学生态的大环境中。

杭州城内的旗人始终是一个特权阶层，其社会地位凌驾于民人之上。而西湖风景在一定程度上具有解构旗人权力的性质，它平等对待来往于此的旗民文人，将他们纳入一个没有等级差别的书写空间。在道咸时期杭州驻防文人诗作中，西湖风景的书写具有相当的普遍性。西湖成为他们陶冶情操并展示诗歌技艺的场所，因而旗营文学生态的繁荣又与西湖生态环境有着密切关联。通过西湖风景，旗营文人与汉城文人率先实现了文学意义上的民族融合。但旗人作为勋贵阶层，他们的文学表达本身就是一种权力的宣誓。即杭州驻防文人创作不具有普适性，它的文学生态的繁荣是属于特定阶级的。

文学不是先验的，它属于环境中的有机体，并在环境的变化下生长、繁荣乃至衰亡。道咸时期，杭州驻防文学面对优越的内部及外部文学环境，使旗营文学生态显现出前所未有的活力。

第三节　旗营文化遗产的整理——诗歌选集与地方志的撰述

杭州驻防文学在道咸年间的繁盛很大程度上是经由后世的记载进行勾勒的。咸丰十一年（1861），杭州城毁于战火，使旗营文人著述及历史资料都未能存世。如廷玉"著有《苍雪斋诗稿》《湖山胜迹补遗》各若干卷，尽毁于兵，画亦无一存者"[1]，观成"著有语花馆诗草六卷，咸丰辛酉之难板毁无存"[2]，凤瑞诗集名作《如如老人灰余诗草》。辛酉乱后，杭州旗营进行重建，并由他处驻防征调兵丁。在此背景下，原有的杭州旗人幸存者后代以及汉城文人纷纷对旗营历史进行追述，以恢复和振兴旗营文化。"对自己的过去和对自己所属的大我群体的过去的感知和诠释，乃是个人和集体赖以设计自我认同的出发点，而且也是人们当前——着眼于未

---

[1]　（清）王廷鼎：《杭防营志》卷三。
[2]　（清）观成：《语花馆诗拾》。

来——决定采取何种行动的出发点。"①

旗营文学的收集整理有赖于在战乱中幸存的杭州旗人后代，以三多及完颜守典最具代表性。二人均在辛酉难后出生，却能够有意识地搜罗旗营文学文献，与其家族本属杭州驻防及家族在旗营内的尊贵地位有重要关系。他们二人率先以诗歌记载旗营史事，完颜守典作有《杭防竹枝词》八首，继而三多承续这一主题并受到汉城文人影响②，写下《柳营谣》百首。其后，旗营女诗人王韶作有《题柳营谣书后》诗五首，对三多诗作进行补充，主要记述了其丈夫富乐贺为杭州旗营做出的贡献。可见，光宣年间的旗营内以诗歌记载史事成为一时的风尚。辛酉难后旗营"但见衙署之鼎新，庐舍之草创，欲问其故事而遗老尽矣"，而在此前"其中规模创制、文物声明彪炳可风者，殆不胜数"，三多"惜其典则云亡，深抱数典忘祖之虑，爰为广询老成，穷搜故实，一名一物莫不笔以载之"③。他在自序中也说："自经兵燹，陵谷变迁，老成凋谢，欲求故实，更无堪问。夫方隅片壤，尚有小志剩语纪其文献，吾营八旗实备满蒙大族，皇恩优渥，创制显荣，其间勋名志节，代不乏人，独无一编半册识其大略，隶斯营者非特无以述祖德，且何以答君恩乎？"④ 由上述言论可知三多写作《柳营谣》的直接动因是辛酉之难使旗营丰富的文学文献荡然无存。时人的题诗中也记载了这一缘由，如"过眼繁华付劫尘，百年遗韵半沉沦"⑤、"辐辏金汤一炬焚，百年风物不堪闻"⑥、"乱余陈迹少遗留，大笔如椽著意收"⑦。而"述祖德""答君恩"则是三多创作《柳营谣》的深层原因。到光绪年间，杭州驻防已存在二百余年，其中有德行的人物不在少数。而

---

① ［德］哈拉尔德·韦尔策编：《社会记忆：历史、回忆、传承》，季斌等译，序言第3页。
② 完颜守典《逸园初集》中有《题六桥柳营谣》诗，其中"柳营谣百首，和者已名时"后注："柳营谣，六桥和余竹枝之作也。"三多《柳营谣》中有"谁为旗营倡竹枝，风流传遍逸园词。李符去后难为和，敢比鸳湖百首诗"，后注："内兄守彝斋茂才有杭营竹枝词八首，姻兄德镜清茂才曾拟和之。昔竹垞太史作鸳鸯湖棹歌百首，同里有李符者序而和之。余则未敢窃比焉。"（第666页）《柳营谣》前有王韶题诗云："羡君探得壶楼秘，媲美西湖百咏诗"，后注："令师王梦薇先生有西湖百咏。"（第658页）可知三多《柳营谣》创作也受到了汉城文人的影响。
③ （清）三多：《可园诗钞外·柳营谣》，第655—656页。
④ （清）三多：《可园诗钞外·柳营谣》，第659页。
⑤ （清）三多：《可园诗钞外·柳营谣》，第657页。
⑥ （清）三多：《可园诗钞外·柳营谣》，第658页。
⑦ （清）三多：《可园诗钞外·柳营谣》，第658页。

德行是由功业等事迹体现出来的，或者说，功业等事迹之伟大可达到"德"的程度。旗人由国家养育，述祖德也是彰显铭记国家的恩德。而后，三多及完颜守典二人分别编纂了杭州驻防文人诗歌选集《柳营诗传》及《杭防诗存》，意在以诗存人。旗人的诗作水平虽有限，但留存的作品为世人了解这一群体提供了路径。他们对旗营文人诗作的记载是一种文化记忆的方式，"每个社会和每个时代所特有的重新使用的全部文字材料、图片和礼仪仪式的总和。通过对它们的'呵护'，每个社会和每个时代巩固和传达着自己的自我形象。它是一种集体使用的，主要（但不仅仅是）涉及过去的知识，一个群体的认同性和独特性的意识就依靠这种知识"[①]。光宣年间的旗人对旗营文学史事的追述，是对自我文学功绩的认同，也非常明确地传达了他们的群体认同。

金梁是另一位对旗营文化留存做出重要贡献的人物。他的家族本身具有留存自身史迹的传统[②]，在旗营中家族文献留存最丰富。他也受到家族文化环境的影响，着力留存旗营文化，著有《瓜圃丛刊》《瓜圃丛刊叙录》《旗下异俗》《杭州新市场古迹志异》等，记载家族历史及旗营历史。《旗下异俗》中云："旗下营，即今之新市场也……余既为古迹志异，今复忆旧俗之可记者，略述一二，以供谈助。自营址改市，旗人多已流亡，留此作鸿雪观可也。"[③] 三多为"述祖德""答君恩"而留存旗营史事，具有自豪之感。而清亡后已经没有了此种感情存在的根基，因而金梁的追述具有了更多的无奈与憾恨。

杭州汉城人在光绪年间参与到旗营文献的整理中，如丁丙、丁申兄弟辑录《国朝杭郡诗三辑》及《武林坊巷志》，都将杭州驻防部分单独成卷。丁氏兄弟著作中对旗营文献搜罗之详尽超过旗营文人，其他汉族文人辑纂的杭州驻防地方志中也显现了这一特点。目前留存的驻防志书有三部，一部是由旗营文人盛元编纂的《杭州驻防小志》，另两部为汉城文人张大昌《杭州八旗驻防营志略》及王廷鼎《杭防营志》。盛元《杭州驻防小志》分建置、官职、户口、城垣、桥梁、衙署、节妇、祠墓、寺观、举人进士、公廨、历任将军副都统等条目，总体上看写作内容较为松散、

---

① [德]哈拉尔德·韦尔策编：《社会记忆：历史、回忆、传承》，季斌等译，序言第5—6页。

② 参见李珊珊《民族文化场域中的继承与坚守：晚清满洲凤瑞家族的文学创作》，《内蒙古社会科学》2020年第3期。

③ （清）金梁：《旗下异俗》，第312页。

粗疏，惟节妇一部分最详细。张大昌《杭州八旗驻防营志略》与王廷鼎《杭防营志》二书所参考资料大体相同，但体例不同，王书在人物传记部分更有价值①。汉城文人写作驻防志书首先表明他们已将杭州驻防视作杭州地方的一部分，如王廷鼎在《杭防营志》自序中有言："夫钟毓之奇，本于水土，忆自顺治七年始规会垣西半为城。而杭城水土之胜，西城为最，满城则尽得而有之，则此二百六十年来不特其勋名风俗，必有可观，即其坊巷寺院故第胜迹，尤有不可淹没之处。而顾文献无征，纪载盍阙，观风者每歉然也，因思旁搜书策，广采传闻，为之创立志乘，以传其事。"②意即杭州驻防在杭州风土的濡染下，已经具有了杭州之地方特质，成为能够表征杭州的群体。在《杭防营志》的编写过程中，旗民文人都参与其中，三多为王廷鼎门下士，其"年少多才，风雅好事，熟于掌故，助之采辑"③，汉城文人丁丙家藏书丰富，将"有关于满营掌故者，罄所有以相假"④，可见，此时旗民文人相处之融洽。"空间在其本身也许是原始赐予的，但空间的组织和意义却是社会变化、社会转型和社会经验的产物。"⑤杭州旗民处于不同空间，但旗民关系却是变化的。辛酉之难是杭州旗民的共同灾难，他们合力保卫杭州，二者关系得到缓和，日益成为一个共同体。而到晚清，外敌的入侵使清初以来的华夷之辨的主体由汉民族与少数民族转变为汉民族与西方列强，由此带来汉族文人对八旗统治的认同，旗民之间的畛域逐渐弥合。俞樾在《杭州八旗驻防营志略》序言中有"书成视余，余叹为必传之作，劝其梓而行之。异时，国家续修《八旗通志》，吾知于是书必有取矣"⑥。他在《杭防营志》序言中表达了同样的观点，即认为此书"足以存八旗之典故，备满营之稽考，信乎其为必传之书矣。方今天子稽古右文，迭命儒臣纂修会典，异时或续纂八旗通志，于此书其必有取乎"⑦。满洲文人崧骏时任抚浙使者，他在序言中也

---

① 参见李桔松《国图藏〈杭防营志〉稿本及文献价值考述》，《北京教育学院学报》2018年第4期。
② （清）王廷鼎：《杭防营志》。
③ （清）王廷鼎：《杭防营志》。
④ （清）王廷鼎：《杭防营志》。
⑤ [美]爱德华·W. 苏贾：《后现代地理学——重申批判社会理论中的空间》，王文斌译，商务印书馆2004年版，第121页。
⑥ （清）张大昌辑，白辰文点校：《杭州八旗驻防营志略》，第4页。
⑦ （清）王廷鼎：《杭防营志》。

云:"允宜垂诸简编,传之后世,府县志乘,虽经附载,未有专书,殊为阙典。"① 满汉文人共同表现出对八旗文化的关注,是此时民族融合的鲜明例证。

廷玉追述旗营古迹的历史,所挖掘的不是属于八旗的而是原属于汉城的历史,他意在使旗营与汉城产生联结。而"城东"和"城西"所隐喻的对立在光绪年间发生了转变,部分汉城文人将旗营纳入杭州城整体的创作中。旗营文人也因文献的累积建构起自己的文化自信,开始书写自身历史,以"述祖德""答君恩",传承旗营文化。汉城文人在此时则以客观的态度去书写、建构旗营历史,与廷玉相比,这种对旗营历史的建构不是刻意的联结,而是对杭州的地方依恋所致。

杭州旗营文人与汉城文人对旗营文献的收集整理使旗营文化在光宣时期得到凸显并凝定。通过对旗营文献的整理与刊刻,旗营文人的文化记忆与文本实现了统一。而汉城文人对旗营文化的整理与传播发挥了重要作用,而在旗营文化构建过程中,旗营文人与汉城文人处于怎样的位置关系也是我们必须考察的内容。

第四节 追步城东:旗营文人与汉城名士的关系

马克思有言:"野蛮的征服者总是被那些他们所征服的民族的较高文明所征服,这是一条永恒的历史规律。"② 杭州旗人对汉语文化的吸收呈现渐进的过程。到晚清,旗营文人留下了丰厚的汉语文学作品,是他们学习汉文化的显例。杭州旗营建立书院并延请汉城名士进行教授,在教育上与汉城文人共享文化设施。同时,旗营文人也多与汉城名士交流往来。与汉城名士的交往是旗营文人汉文化水平提升的关键要素。光宣年间是旗营文人与汉城名士交往最密切的时期,本部分选取这一时段探讨旗营文人与汉城名士的关系,进而探究清朝"大一统"建构对文化的整合。

汉城文人王廷鼎(1840—1892),字铭之,号梦薇,又号懒鹤,江苏震泽人。屡试科举不第,后捐九品官,分发浙江。官至巡抚,补授丽

---

① (清)张大昌辑,白辰文点校:《杭州八旗驻防营志略》,第5页。
② [德]马克思:《不列颠在印度统治的未来结果》,《马克思恩格斯选集》第二卷,人民出版社1972年版,第70页。

水县知县，积功加四品衔。因被人忌害而罢官。居杭州之花市，光绪十八年（1892）病卒。著书甚富，著有《紫薇花馆诗》四卷、《紫薇花馆文》三卷、《春光百一词》、《莺脰湖棹歌》、《西湖百咏》、《紫薇花馆经说》四卷、《紫薇花馆小学编》二卷、《说文佚字辑说》四卷、《尚书职官考略》《退学述存》《月令动植小笺》《杭防营志》四卷、《花市闲吟》《绿鹤新音词》，等等。王廷鼎居住的花市，位于旗营之迎紫门外，"距杭防营仅数武地，暇辄入城，既爱其风土清淑，旋以琴酒获交其士大夫"，而旗营子弟"竞以文艺来从余游"①。三多由此拜王廷鼎为师，有诗云："我年十七登壸楼，奉雉乐从壸师游。壸师不鄙愚不肖，时索斗酒当束修"②（《可园甫成王梦薇师重过为书额作记赋诗奉谢》）、"上清想是有文修，遽促壸楼赴玉楼。教诲我才达两日（师卒于八月二十八日，两日前尚循循见诱），文章师已定千秋"③（《哭梦薇师》），是对师生情谊的真切表达。王廷鼎也能够摒除民族成见，深入旗营，发现并挖掘可传之史迹人物，撰写《杭防营志》四卷。三多编写《柳营诗传》则是受到王廷鼎的影响，他在《柳营诗传》自序中记载了编纂的缘起："今夏三多襄吾师王梦薇先生撰《杭防营志》，成其艺文一门。因篇幅冗繁，仅于各人传下有专集者载曰：著有某某集若干卷。其无专集者载曰：能诗或曰工吟咏。而均不录其文，然恐难餍阅者之心，因属三多别辑柳营诗传一书，以补其阙，盖欲与志相辅而行也。三多敬受教，即将所纂武林城西诗辑中凡属吾营中人概为录出，并以呈师所去取者汇录之，又有承君筱珊、丛君兆丹邮筒往返，相资考订，阅三月而书成。因志其缘起复明言其例于后，以见是书，与志实二而一者也。"④他所作的《柳营谣》百首也部分地受到王廷鼎及汉城文人对"百咏"类诗作的影响。而完颜守典《杭防诗存》一书则与三多辑录《柳营诗传》有着密切关系，完颜守典《杭防诗存》中记载"余既辑杭防诗存，病其简略，妹倩祝唐世官三多谓彼处尚有数家遗稿，自京友寄来者，盖祝唐将辑柳营诗传一书也。越日，录示数首因补存之，抱残守缺，博采旁搜，祝唐非助我者与"⑤。三多与完颜守典有姻亲关系，又常常往来唱和，他们编选旗营诗歌选集是共同受到了汉城文

---

① （清）王廷鼎：《柳营谣序》，《可园诗钞外·柳营谣》，第656页。
② （清）三多：《可园诗钞》，第588页。
③ （清）三多：《可园诗钞》，第594页。
④ （清）三多：《柳营诗传》。
⑤ （清）完颜守典：《杭防诗存》。

人的影响，也以旗人身份对汉城人辑录旗营文献提供助益，如三多助王廷鼎编写《杭防营志》，完颜守典则为潘衍桐编写《两浙輶轩续录》驻防旗营部分提供了诸多资料。① 总之，旗营文献的编选辑录是在旗营文人与汉城文人的协作下完成的。而旗营文人的文献整理行为是对汉城文人的追步。杭州城在辛酉之难后，文献史料大都散佚毁尽，因而在城市重建后，城内汉族名士掀起了整理文献的热潮。三多对旗营文献的整理受到王廷鼎的嘱托，与彼时汉城风气也有着密不可分的关系。

丁丙、丁申兄弟是清末浙江著名藏书家，家中藏书甚富，建有八千卷楼。咸丰辛酉年是杭人的浩劫，也是"书劫"。八千卷楼藏书遭到破坏，丁氏兄弟在战乱后以搜集遗书为要务。石祥在《杭州丁氏八千卷楼书事新考》中有言："在八千卷楼近百年的传承历史中，由于咸丰十一年太平军攻破杭州，其藏书一度遭到了毁灭性的破坏，战后经过辛苦努力，方才重整旗鼓，蔚为大国。换言之，丁氏藏书活动的延续性曾被打断，呈现出'搜集—完全损毁—再搜集'的态势。因此对丁氏藏书活动的研究，也应分为前后两期加以研讨。"② 丁氏兄弟在难后的书籍整理事业中，以对文澜阁及所藏《四库全书》的重建最为著名。他们的这一重建行为则与文澜阁初建时具有不同的思想内涵。

文澜阁是乾隆年间修建的储藏《四库全书》之所。《四库全书》的编纂带有整合天下文化、消除异端思想的政治目的。乾隆帝在《四库全书》编纂完成后，将其中三部置于江南，带有向江南文人示威的意味，而文澜阁等七阁仿宁波天一阁样式修建的行为也意味着对江南文化地位的消解。天一阁由明代退隐的兵部侍郎范钦在宁波主持修建。范钦"性喜藏书，起天一阁，购海内异本，列为四部，尤善收说经诸书及先辈诗文集未传世者。浙东藏书家以天一阁为第一，有功文献甚大"③。楼阁设计上以"防火"为理念，楼阁命名也取"天一生水"之义。"书楼取所谓'天一生水'之名，实际上有隐喻'江南'乃天下之文宗的意思在里面，是一种相当自负的命名。'江南'早已是人文渊薮，但'江南'在清初帝王的眼中亦是一个特殊的区域，这片区域不仅是各种反清运动的频发地，亦是悖

---

① 潘衍桐《杭防诗存》序言中有云："光绪戊子予奉命视学来浙，欲踵阮文达两浙輶轩录故事采风续梓，于驻防仅得二人，完颜守生乃以所辑杭防诗存二卷进，又多十余人，兼附有集无诗者以备他日博访，可谓勤矣。"
② 石祥：《杭州丁氏八千卷楼书事新考》，上海古籍出版社2011年版，第16页。
③ 骆兆平编纂：《天一阁藏书史志》，上海古籍出版社2005年版，第277页。

逆言辞生产的策源地。"① 乾隆帝取天一阁建造样式，在表面上是模仿其书籍防火的设计理念，而实际上这七次复制隐喻着对其"天下文宗"地位的复制。"天一阁作为'江南'文宗的象征，即使在历史上具有源头活水的作用，也不过最终要汇聚于政治一统规制下的文化框架之内寻求自己的位置，这个过程就像万川归海一样地不可抗拒。"② 文澜阁是七阁中唯一位于浙江的，具有与天一阁鼎峙的意味，而乾隆的"范家天一于斯近，幸也文澜乃得双"③ 则明确将二者置于同等地位，削弱了天一阁暗含的文化权利。文澜阁在西湖孤山行宫内建造，是属于皇权神圣空间的一部分。它作为清朝文化一统事业的象征，具有了"纪念碑性"④。江南建筑多采用青瓦覆顶，而皇家建筑则选用黄色琉璃瓦。文澜阁作为皇权的象征以黄色琉璃瓦覆盖，向江南士人展示了"凝固的皇权"。学者有言："为了强化这独一无二的皇帝的权威，在专制社会，曾调动了一切可以调动的手段。建筑是一种重要的艺术，可以说也是历史政权首先看重的手段之一。早在西汉萧何为汉高祖建造未央宫时就说过'非壮丽无以重威'的话。"⑤ 杭州汉城文人金日修有诗言："文澜高阁接霄汉，照眼翡翠黄琉璃"⑥，即是对文澜阁具有的皇权意味的表达。乾隆帝对江南所进行的一系列文化建设意图将江南文人纳入彀中。江南文人面对清帝恩威并施的政策，是无力反抗的。随着清朝统治的稳定，江南文人也逐渐认同清朝统治。文澜阁对文人的震慑力由此下降，它的文化内涵凸显。作为皇家的藏书之所，成为江南文人心中的"圣地"。

辛酉年，文澜阁图书遭到极大损毁。以丁丙为代表的杭州文人极力搜

---

① 杨念群：《何处是"江南"？——清朝正统观的确立与士林精神世界的变异》，第350页。

② 杨念群：《何处是"江南"？——清朝正统观的确立与士林精神世界的变异》，第351页。乾隆在为文溯阁写作的题记中道出了这一寓意，"若夫海源也，众水各有源，而同归于海，似海为其尾而非源，不知尾闾何泄，则仍运而为源。原始反终，大易所以示其端也。津则穷源之径而溯之，是则溯也，津也，实亦追源之渊也。水之体用如是，文之体用顾独不如是乎？"[（清）弘历：《文溯阁记》，李希泌等编：《中国古代藏书与近代图书馆史料》，中华书局1982年版，第17—18页]。

③ （清）弘历：《题文澜阁》，《御制诗五集》卷六，《清代诗文集汇编》第327册，上海古籍出版社2010年版，第298页。

④ 巫鸿：《中国古代艺术与建筑中的"纪念碑性"》，李清泉、郑岩译，第27—28页。

⑤ 萧默：《巨丽平和帝王居——古代宫殿与都城建筑》，台北万卷楼图书股份有限公司2001年版，第2页。

⑥ （清）丁丙、丁申：《国朝杭郡诗三辑》卷八十五。

集遗书并进行补书、抄书，多出自文人对书籍的热爱，显示出他们对清朝统治的深度认同。汉城文人许瑶光在同治初年作诗《买书》，"寰区方用武，我辈尚求书。不改迂儒习，深怜古卷疏。几家思易米，长路欲同车。恼煞文澜阁，于今虎豹居"①，明言文澜阁被兵丁盘踞，发出惋惜痛恨之感慨。时人载："咸丰十年、十一年，省垣两次失陷，藏书蹂躏不堪。有候选主事丁申者，被陷贼中，潜出湖边，检拾阁书，密运西溪，而赴沪渎。迨克复后，又于市肆中先后购得八千一百四十本。又震泽生员徐葵之在沪收集五百四十九本，统计八千六百八十九本。"② 而后丁氏兄弟又招集汉城文人对文澜阁损毁图书进行修补，并以抄书的形式以复《四库全书》旧观。彼时的汉城文人在记载此事时，写下"娜嬛福地重扃关，为我殷勤启兽镮。祕书旧曾窥日下，士龙今又遇云间"（胡珽《恭谒文澜阁钞书贻典守陆掬珊》）、"先皇楼阁郁苍苍，下马重来问夕阳""遗籍他年亲诏访，献书阙下重双丁"（陆光祺《重过文澜阁有感》）、"东壁祥光耀，西湖杰阁宽。全书宏武库，嘉号锡文澜"（董绍舒《文澜阁观四库全书》）③，以颂扬的语句表达了对文澜阁及《四库全书》的爱重。文澜阁作为建筑景观，具有承载文化记忆的功能。如果说在初建时它在江南文人心中是梦魇般的存在，那么在重建时则成为众所追逐的对象。统治者最初设定的文化内涵已被江南文人接受，并在中断时主动地予以接续。文澜阁在清末成为汉城文人心中的神圣之所，更是旗营文人心中的圣地，因而它具有了整合不同群体的社会功用。对这一神圣场所的重建以及汉城文人所进行的其他文化重建活动，使旗营文人转而正视旗营历史。无论是为"述祖德，感君恩"，还是仅单纯地想要传承旗营文化，其实都笼罩在杭州文化重建的风气之下。丁丙去世后，三多写下《挽丁松生先生》，以"头衔空署折腰官，不改书生本色难。杰阁三层书万卷，功名第一是文澜（西湖行宫文澜阁藏书乱后散佚，先生收辑，仍恭储焉）"④，称赞丁丙为重建文澜阁做出的贡献，融入到杭州城的话语系统中。

俞樾是清末杭州文化发展中的重要人物，也为旗营文化传播做出了重

---

① （清）许瑶光：《雪门诗草》卷六，同治十三年（1874）刻本。
② 《详送书目咨部，奉到抚批盐运使饬知两浙江南盐运使司宗室灵为饬遵事》，（清）孙树礼、孙峻：《文澜阁志》卷上，光绪二十四年（1898）钱塘丁氏嘉惠堂武林掌故丛编本。
③ （清）丁丙、丁申：《国朝杭郡诗三辑》卷五十五、六十三、七十六。
④ （清）三多：《可园诗钞》，第607页。

要贡献。他与丁丙等汉城文人一样深度认同清朝文化。① 俞樾在清末主讲诂经精舍三十余年，对两浙人才之陶铸及杭州人才之营造有着莫大的功绩。诗句中多展现书院讲学的盛况，如"俞楼诸子共论文，吴苑名流喜遇君"（《门下士王梦薇廷鼎乞诗书四绝句赠之》）②、"一拥皋比三十年，年年讲舍聚群贤"③（俞樾《戊戌冬日留别诂经精舍》）。王廷鼎曾问学于俞樾门下，他在《西湖百咏》中将俞楼、问字船、右台仙馆等景物列入其中，写俞楼时有序言云："同门为德清师筑也，岁以春秋两至。浙之士渡湖来谒者，舟楫相接，好事者呼为问字船"，可见清末的孤山在俞樾的主持下形成了讲学问道的文化场域，成为文人心目中的神圣之地。俞樾的学术研究带有求新求异、兼容并包的特点，他的门生后来多成为各种学术流派的代表性人物④。章太炎在《俞先生传》中指出"杂流亦时时至门下"⑤，此说虽带有贬义，但却表明俞樾教育思想中能够摒除身份门第观念。旗营文人三多在王廷鼎的引荐下结识俞樾⑥，二人多有唱和，三多以"谋深岂碍山中住，道大终教海外容。迟五十年方堕地，人师难得竟躬逢"⑦（《敬呈俞曲园太夫子》）、"分甘渐到云礽乐，反本能争海国强（方今朝野守旧维新莫衷一是，而太夫子则持孟子反本之说）。明日龙门天上远，忧时惜别两心长"⑧（《过苏谒曲园太夫子》）、"通经致用非虚语，陶冶群儒功最巨。岂徒衰息振乾嘉，直欲昌明追郑许"⑨（《展重阳日

---

① 在《书丁竹舟武林藏书录后》以"乾隆一代空千古，文泊武功无与伍。大小金川尽削平，更命遗书搜四部。同时四阁建峥嵘，渊溯源津各锡名。旧典已教稽永乐，新书更为访寰瀛。收藏最富惟江浙，特下玺书问存佚。浙中首及曝书亭，次及宁波范天一。犹恐丛残未尽搜，山崖屋壁遍搜求。乱危倾覆诏无忌（谕云即有忌讳并无妨碍），帝虎乌焉官与仇"对乾隆帝文治武功予以颂扬，言及对四库全书的搜求，继而以"星火文书下疆吏，江湖物色到书佣。穷陬僻壤开风气，何况之江名胜地"指出国家对图书事业的重视开启了地方的文化风气。[（清）俞樾：《春在堂诗编》卷十八，《清代诗文集汇编》第684册，第697—698页]
② （清）俞樾：《春在堂诗编》卷九，《清代诗文集汇编》第684册，第556页。
③ （清）俞樾：《春在堂诗编》卷十六，《清代诗文集汇编》第684册，第676页。
④ 理学阵营的朱一新，今文经学阵营的崔适，古文经学的章太炎、黄以周，文学方面的王治寿、施补华、孙同康（雄），以经世为职志的江标、汤寿潜、陆润庠、宋恕，等等。
⑤ （清）章太炎：《俞先生传》，《章太炎全集》（四），上海人民出版社1985年版，第211页。
⑥ 三多《柳营诗传》俞樾序中有"六桥君者，余门下士王君梦薇之高足弟子，曾介梦薇见余于俞楼"。
⑦ （清）三多：《可园诗钞》，第590页。
⑧ （清）三多：《可园诗钞》，第605页。
⑨ （清）三多：《可园诗钞》，第607页。

第八章　城东与城西：杭州旗营的文学建构　217

曹小槎孝廉暨诸同门奉中丞刘景帅命恭设曲园太夫子长生位于诂经精舍第一楼敬赋长歌》）、"人表经师终可景，春风仍在郑公乡。心丧那得不三年，文字缘逾骨肉缘"①（《曲园太夫子挽词》），在学问、见识、文学上表达自己对俞樾的敬重。俞樾也以"才调如君故自超，叠邀恩诏下丹霄。官阶已至二千石，艺苑仍传三六桥。四次姓名陈玉宸，百年身家本金貂。屈居门下门生籍，顿使衰翁老态骄"②表达对三多的欣赏。俞樾较多关注满蒙文人，如《蒙古喀喇沁王名贡桑诺尔布，号乐亭，从京师托六桥都尉寄纸来索，余书夔盦二大字》，诗云："喀喇名王雅意多，时时毡帐问东坡。一笺寄自燕台客，两字传之鸨诺河（见《元史》）。境内已闻兴教育（王于境内广设学堂），尊前更复喜诗歌（王能为诗）。惜无千里明驼足，去看夔盦景若何。"③在他的思想意识中，江南与塞外就像汉族文人与少数民族文人一样并无明显不同，他们共处于同一时空、同一政治环境下，就像贡桑诺尔布欣赏他的学问而来索字，俞樾也欣赏这位蒙古王公对教育的重视以及他对文学的喜爱。在俞樾包罗万象的学术心态及崇高的文化身份的影响下，旗营文人与汉城名士的关系必定不是对立的。

旗营文学在清末受到了以俞樾为代表的汉城文人的推动。俞樾为裕贵《铸庐诗剩》、善能《自芳斋吟草》、凤瑞《如如老人灰余诗草》、王韶《冬青馆吟草》、三多《可园诗钞》《柳营谣》《粉云盦词》《柳营诗传》、金梁《述德记》等作品写作序言，其他旗营文人诗作也多由杭州汉城名士或杭州籍文人作序④，正是在他们的鼓励揄扬之下，旗营文学才能够以如此丰富的面貌得到留存。旗营文人的文学创作未曾超越汉城文人，并始终将汉城名士作为追随者。二者之间的关系，在凤瑞面对俞樾时的自称中可以窥见，俞樾《自苏至杭杂诗》有云："却讶朝阳一鸣凤，甘心走狗列门墙"⑤，诗后注：闻杭州驻防营中有如如老人者名凤瑞，年六十余矣，援青藤门下之例刻一小印曰曲园门下走狗。凤瑞是三多姻外祖父，三多在

---

① （清）三多：《可园诗钞》，第618页。
② （清）俞樾：《春在堂诗编》卷二十三，《清代诗文集汇编》第685册，第67页。
③ （清）俞樾：《春在堂诗编》卷二十，《清代诗文集汇编》第685册，第4页。
④ 王廷鼎为三多《可园诗钞》《柳营谣》《柳营诗传》作序，杭州文人夏同善为瑞常《如舟吟馆诗钞》作序，杭州籍文人龚自宏为贵成《灵石山房诗草》作序，谭献为三多《可园诗钞》《粉云庵词》、完颜守典《逸园初集》作序，汉城文人杨葆光也多为旗营文人诗集题诗。
⑤ （清）俞樾：《春在堂诗编》卷十三，《清代诗文集汇编》第684册，第625页。

《敬呈俞曲园太夫子》中写"有老犹甘称走狗,其谁不乐竞登龙"[①]句。旗营文人面对汉语文化,自知不如汉城文人,从而问学于汉城文人。

在清代杭州城内,文澜阁是具有象征意义的文化符号,它所承载的文化内涵能够为我们提供观看历史的透镜。从建立之初,江南士人便不得不从此透镜中看待世界,由此逐渐被整合到清朝"大一统"的文化框架下。作为皇权护拥者的驻防文人,与江南士人共处于同一种文化范畴内,共享着某些价值。而清朝统治者奉行儒家文化,决定了文明程度较低的旗人虽持有文化统治权却也在汉文化社会中处于"被影响"的地位。

本章小结

由以上论述可知,杭州驻防的文学建构与汉城文化有着紧密关联。首先,旗营文化的觉醒、繁盛与重建整理过程都显现出对汉城文化的追步;其次,汉城文化又处于八旗统治设定的文化模式下;再次,八旗统治的文化内核是儒家文化。因而,旗营文化是带有政治权力色彩的文化,同时也是由汉文化所生成的。旗营文学的价值与意义在于,它代表着出自驻地文化以外的资源,却创造了一种联结驻地文化传统的文学/文化谱系,最终使旗营融入能够与汉城文化共享普遍价值观的文学话语中。因而,在对杭州旗营的文学研究中,以城西为代表的旗营和以城东为代表的汉城,虽处于不同空间,分属不同族群,创造出来的文学/文化却是共通的。这种文学/文化是具有普遍意义的中华多民族文学/文化的多元一体,深度展示了中华民族所具有的共同体意识。

---

① (清)三多:《可园诗钞》,第590页。

结 论

杭州驻防文人诗歌创作在八旗驻防中最为丰厚，在清代少数民族文学群体中具有典型性。杭州驻防因满汉分居体制的制约，是杭州城内独立居住的群体，却处在汉族社会的包围中。而杭州地处江南，江南是汉文化最为悠久醇厚的区域。一个少数民族群体以相对独立的姿态进入汉文化发达之区，它的文学创作如何与周围环境发生关联，它的发展态势又是怎样的？杭州驻防文人诗作无疑为我们回答这些问题提供了鲜活的材料和极大的阐释空间。少数民族文人学习汉文化写作汉语诗歌在清代是具有普遍性的文化事件。京师八旗文学创作最为繁盛，但它受到政治等相关因素的影响较大。外藩蒙古中也有王公贵族写作汉语诗歌，但在地理位置上与中原地区存在一定隔绝，受汉文化影响相对较小。荆州、广州驻防文人也创作了大量汉诗，但与杭州相比，那里的汉文化传统不够深厚。因而，就少数民族文学群体与汉文化的交融互动来看，杭州驻防无疑为我们提供了极佳例证。本书通过对杭州驻防文人诗歌创作进行研究，以期还原这一少数民族文人群体与汉文化之间的交融互动，其中所展现的民族文学融合及民族间的融汇都是极有价值的。

杭州驻防诗歌演进清晰展现了少数民族文学与汉族文学的融合，证明民族文学间的融合不是纸上空言，而是有迹可循、有例可证的。在不同的历史阶段，杭州驻防诗歌呈现出不同风貌，而不同的文学风貌往往受到来自八旗内部及外部的双重影响。杭州驻防文人诗作是纯粹的汉语文学创作，是在汉族文化的濡染下生成的。他们的诗作中具有的鲜明的杭州地域因素及精神内核即是显例。同时，驻防旗人是受到八旗制度规范的群体，致使诗作中内隐着专属于旗人的质素。如杭州驻防内的家族文学繁盛，且文学家族间多进行联姻。旗人婚姻基本奉行"旗女不外嫁"的基本准则，这是保存族群繁衍和世系传承的基本手段，也是以满洲为主体的政权体系存在的基础。由此，杭州驻防文人由姻亲关系缔结的网络，是具有亲缘关系的牢固整体。这是与汉族文学家族的显著不同之处。因而，从总体来看，杭州驻防诗歌创作从属于又独立于汉语文学创作，其总体发展趋势是向汉族文学积极靠拢并能够把握汉族文学创作的精髓，但其族群特征也一直未曾泯灭。此种"和而不同"的文学发展状态受到不同群体、不同时期的社会风习、制度规范等的影响，是我们了解文学与制度、文学与文化关系的绝佳途径。少数民族汉语文学创作虽属汉语文学的分支，但不是汉语文学的附庸，它的内在品格仍深刻保留了自己的民族属性。杭州驻防文人诗歌创作内隐着少数民族文化与汉文化互相建构的痕迹，由此能够见微知著，谛视中华文学形成的进路。

在中国的历史发展中，社会经济充当主要原动力或主线，民族融汇则充当第二条基本线索①。五千年来，多民族统一国家的成长发展史，实际上是一部民族融汇的历史。清代是中国古代历史发展中的最后一个朝代，也是民族融汇的集大成时期。旗人以武力进取中原，使清代成为中国历史上第二个由少数民族入主中原的朝代。八旗本是一个集合多个民族的群体，他们由北方南下，以主动内聚的方式进入中原，并通过驻防制度进入国土的各个重要地方。旗人由此以"小聚居"的形式介入汉人社会，通过对汉文化的接受与学习，使本民族文化发生转轨。杭州驻防文人写作汉语诗歌，这一行为本身就证明民族间的融汇正在进行并走向深入。而在诗歌的写作内容上，也由最初的情感对立走向统一。尤其是在辛酉之难后，旗民文人纷纷进行难后书写，表达了相同的情感，形成了旗民文学共同体。而杭州旗营建筑及文化的重建都是在汉城社会的助力下完成的，更加显示了清末杭州城内旗民间关系的融洽。晚清中国多内忧外患，少数民族与汉族共同经受战争带来的苦难，凝聚而成统一的身份认同，而中华民族共同体意识也正是在彼时渐次形成的。

杭州驻防文学是驻防八旗文学中的典范，而其他驻防地文学也都各具特色，具有研究价值。京口驻防以蒙古八旗文人为主体，广州驻防以汉军八旗文人为主体，此外，荆州驻防、西安驻防、吉林驻防等都留有文人创作。对驻防文人群体分地区进行研究，可以透过诗作看到不同驻防地文学

---

① 李治安：《民族融汇与中国历史发展第二条基本线索论纲》，《史学集刊》2019 年第 1 期，第 13 页。

具有的不同的土著化形式、文人交游形式及诗作中不同的文学意象和审美取向。驻防八旗文学以接受汉文化为主线并具有多元化形态的特点能够在更广泛的层面上得到证明，中华民族文学的多元一体格局也能就此得到清晰显现。因而，笔者拟在后续的研究工作中，对其他驻地文学渐次展开研究，继而对清代驻防八旗文学做整体的探讨。

参考文献

古籍

赵尔巽等：《清史稿》，中华书局1976年版。
黄鸿寿：《清史纪事本末》，北京图书馆出版社2003年版。
《清实录·世祖实录》，中华书局1985年版。
《清实录·圣祖实录》，中华书局1985年版。
《清实录·世宗实录》，中华书局1985年版。
《清实录·高宗实录》，中华书局1986年版。
《清实录·仁宗实录》，中华书局1986年版。
《清实录·宣宗实录》，中华书局1986年版。
《清实录·文宗实录》，中华书局1986年版。
《清实录·穆宗实录》，中华书局1987年版。
《清实录·德宗实录》，中华书局1987年版。
中国第一历史档案馆编：《雍正朝汉文朱批奏折汇编》，江苏古籍出版社1989年版。
中国第一历史档案馆编：《嘉庆道光两朝上谕档》，广西师范大学出版社2000年版。
光绪《钦定科场条例》，《近代中国史料丛刊三编》第48辑，文海出版社1989年版。
光绪《大清会典事例》，中华书局1991年版。
顾廷龙主编：《清代朱卷集成》，成文出版社1992年版。
秦国经主编：《清代官员档案履历全编》，华东师范大学出版社1997年版。
来新夏主编：《清代科举人物家传资料汇编》第24册，学苑出版社

2006年版。

李舜臣、欧阳江淋等编：《历代制举史料汇编》，武汉大学出版社2009年版。

李洵等校点：《钦定八旗通志》，吉林文史出版社2002年版。

（清）鄂尔泰等修：《八旗通志》，东北师范大学出版社1985年版。

（清）龚嘉儁修，李榕纂：《杭州府志》，成文出版社1974年版。

（清）赵世安等：《（康熙）仁和县志》，《中国地方志集成·浙江府县志辑》，上海书店1993年版。

（明）杨孟瑛：《浚复西湖录》，《西湖文献集成》第3册，杭州出版社2004年版。

（清）吴农祥：《西湖水利考》，《武林掌故丛编》第11册，广陵书社2008年版。

（清）沈德潜纂：《西湖志纂》，文海出版社1971年版。

（清）李卫等修，傅王露等纂：《西湖志》，成文出版社1983年版。

（清）王复礼：《孤山志》，《武林掌故丛编》，国家图书馆藏，光绪七年（1881）钱塘丁氏刻本。

（清）丁丙、丁申编：《武林坊巷志》，王国平主编：《杭州文献集成》第30册，浙江人民出版社2014年版。

（清）王廷鼎：《杭防营志》，国家图书馆藏，光绪十六年（1890）稿本。

（清）张大昌辑，白辰文点校：《杭州八旗驻防营志略》，辽宁大学出版社1994年版。

（清）希元、祥亨等纂，马协弟、陆玉华点校注释：《荆州驻防八旗志》，辽宁大学出版社1990年版。

（清）长善等纂，马协弟、陆玉华点校注释：《驻粤八旗志》，辽宁大学出版社1992年版。

（清）爱仁纂修：《重修京口八旗志》，国家图书馆藏，民国十六年（1927）绿格钞本。

（宋）沈括：《梦溪笔谈》，上海书店出版社2009年版。

（明）张岱著，林邦均注评：《西湖梦寻》，上海古籍出版社2023年版。

（清）史悙：《恸余杂记》，中华书局1959年版。

（清）海外散人：《榕城纪闻》，中华书局1980年版。

（清）萧奭：《永宪录》，中华书局1959年版。

（清）梁绍壬：《两般秋雨庵随笔》，上海古籍出版社1982年版。

（清）福格撰，汪北平点校：《听雨丛谈》，中华书局1984年版。

（清）方浚师撰，盛冬铃点校：《蕉轩随录》，中华书局1995年版。

（清）陈康祺：《郎潜纪闻初笔》，中华书局1984年版。

（清）震钧：《天咫偶闻》，北京古籍出版社1982年版。

（清）徐珂编撰：《清稗类钞》，中华书局2010年版。

（清）刘声木：《苌楚斋三笔》，中华书局1998年版。

（清）金梁：《光宣小记》，上海书店出版社1998年版。

（清）金梁：《旗下异俗》，王国平主编：《西湖文献集成》第14册，杭州出版社2004年版。

（清）刘体智：《异辞录》，中华书局1988年版。

钱仲联：《清诗纪事》，江苏古籍出版社1989年版。

（清）沈德潜等编：《清诗别裁集》，河北人民出版社1997年版。

（清）铁保辑，赵志辉校点补：《熙朝雅颂集》，辽宁大学出版社1992年版。

（清）丁申、丁丙编：《国朝杭郡诗三辑》，国家图书馆藏，光绪九年（1883）刻本。

（清）潘衍桐：《两浙輶轩续录》，国家图书馆藏，光绪十七年（1891）刻本。

（清）三多：《柳营诗传》，国家图书馆藏，光绪十六年（1890）刻本。

（清）完颜守典：《杭防诗存》，国家图书馆藏，光绪十六年（1890）刻本。

（清）雍正：《大义觉迷录》，中国城市出版社1999年版。

（宋）郑思肖：《心史》，《四库禁毁丛刊》集部30，北京出版社1997年版。

（清）钱谦益：《钱牧斋全集》，上海古籍出版社2003年版。

（清）李渔：《李渔全集》，浙江古籍出版社1991年版。

（清）俞樾：《春在堂诗编》，《清代诗文集汇编》第684、685册，上海古籍出版社2010年版。

（清）丁丙辑：《庚辛泣杭录》，王国平主编：《杭州文献集成》第9

册，杭州出版社 2014 年版。

（清）陈三立：《散原精舍诗文集》，上海古籍出版社 2014 年版。

（清）王廷鼎：《紫薇花馆诗稿》，《清代诗文集汇编》第 742 册，上海古籍出版社 2010 年版。

（清）柏葰：《薛箖吟馆钞存》，《清代诗文集汇编》第 622 册，上海古籍出版社 2010 年版。

（清）白衣保：《鹤亭诗稿》，国家图书馆藏，道光十六年（1836）刻本。

（清）福申：《澍棠轩诗钞》，国家图书馆藏，道光七年（1827）刻本。

（清）清瑞：《江上草堂诗集》，国家图书馆藏，民国六年（1917）铅印本。

（清）观成：《语花馆诗拾》，国家图书馆藏，民国间铅印本。

（清）赫特赫讷：《白华旧馆诗存》，南京图书馆藏，红格钞本。

（清）裕贵：《铸庐诗剩》，国家图书馆藏，光绪间石印本。

（清）瑞常：《如舟吟馆诗钞》，《八编清代稿钞本》第 374 册，广东人民出版社 2017 年版。

（清）善能：《自芳斋吟草》，南京图书馆藏，清钞本。

（清）燮清：《养拙书屋诗选》，国家图书馆藏，民国二十五年（1936）影印本。

（清）瑞庆：《乐琴书屋诗集》，国家图书馆藏，清钞本。

（清）贵成：《灵石山房诗草》，《清代诗文集汇编》第 695 册，上海古籍出版社 2010 年版。

（清）凤瑞：《梦花馆诗存》，国家图书馆藏，民国间铅印本。

（清）凤瑞：《如如老人灰余诗草》，《清代诗文集汇编》第 658 册，上海古籍出版社 2010 年版。

（清）杏梁：《榴荫阁诗剩》，国家图书馆藏，民国间铅印本。

（清）王韶：《冬青馆吟草》，南京大学图书馆编：《南京大学图书馆藏古籍珍本丛刊·稿钞本卷》第 40 册，南京大学出版社 2017 年版。

（清）完颜守典：《逸园初集》，国家图书馆藏，光绪间刻本。

（清）成塈：《雪香吟馆诗草》，南京图书馆藏，清钞本。

（清）三多：《粉云庵词》，国家图书馆微缩文献 2010 年。

（清）三多：《可园诗钞》，《清代诗文集汇编》第 792 册，上海古籍出版社 2010 年版。

（清）金梁：《金息侯先生壬子自述诗》，国家图书馆藏，民国二年（1913）铅印本。

（清）金梁：《东庐吟草》，国家图书馆藏，民国间铅印本。

（清）金梁编：《瓜圃丛刊叙录》，《国家图书馆藏古籍题跋丛刊》第 26 册，北京图书馆出版社 2002 年版。

（清）申权编：《金息侯先生年谱》，国家图书馆藏，民国间油印本。

（清）袁枚：《随园诗话补遗》，人民文学出版社 1982 年版。

（清）沈善宝：《名媛诗话》，新文丰出版社 1987 年版。

张寅彭主编：《民国诗话丛编》，上海书店出版社 2002 年版。

研究著作

葛兆光：《中国思想史》，复旦大学出版社 2017 年版。

孟森：《明清史论著集刊》，中华书局 2006 年版。

赵园：《明清之际士大夫研究》，北京大学出版社 2014 年版。

王汎森：《权力的毛细管作用：清代的思想、学术与心态》，北京大学出版社 2015 年版。

商衍鎏：《清代科举考试述录》，生活·读书·新知三联书店 1958 年版。

杨念群：《何处是"江南"？——清朝正统观的确立与士林精神世界的变异》，生活·读书·新知三联书店 2010 年版。

梁启超：《近代学风之地理的分布》，《梁启超全集》，北京出版社 1999 年版。

中国史学会主编：《中国近代史料丛刊·太平天国》，上海人民出版社 1957 年版。

陈寅恪：《柳如是别传》，上海古籍出版社 2020 年版。

陈寅恪：《唐代政治史述论稿》，生活·读书·新知三联书店 1956 年版。

潘光旦著，潘乃穆、潘乃和编：《潘光旦文集》第一卷，北京大学出版社 1999 年版。

唐晓峰：《从混沌到秩序：中国上古地理思想史述论》，中华书局 2010 年版。

葛兆光：《宅兹中国——重建有关"中国"的历史论述》，中华书局2011年版。

王明珂：《华夏边缘：历史记忆与族群认同》，上海人民出版社2020年版。

赵世瑜：《在空间中理解时间：从区域社会史到历史人类学》，北京大学出版社2017年版。

《沙俄侵略我国蒙古地区简史》编写组编：《沙俄侵略我国蒙古地区简史》，内蒙古人民出版社1979年版。

郝维民主编：《内蒙古近代简史》，内蒙古大学出版社1990年版。

钟毓龙编著，钟肇恒增补：《说杭州》，王国平主编：《西湖文献集成·民国史志西湖文献专辑》第11册，杭州出版社2004年版。

陈文锦：《发现西湖：论西湖的世界遗产价值》，浙江古籍出版社2007年版。

陈文锦：《西湖一千年》，杭州出版社2020年版。

石祥：《杭州丁氏八千卷楼书事新考》，上海古籍出版社2011年版。

孟森：《八旗制度考实》，中华书局1959年版。

张佳生：《八旗十论》，辽宁民族出版社2008年版。

杜家骥：《八旗与清朝政治论稿》，人民出版社2008年版。

杜家骥：《清代八旗官制与行政》，中国社会科学出版社2015年版。

云广英：《清代蒙古族人物传记资料索引》，内蒙古大学出版社1998年版。

张力均：《清代八旗蒙古汉文著作家政治思想研究》，辽宁民族出版社2007年版。

张佳生：《满族文化史》，辽宁民族出版社1999年版。

定宜庄：《满族的妇女生活与婚姻制度研究》，北京大学出版社1999年版。

定宜庄：《清代八旗驻防研究》，辽宁民族出版社2003年版。

朱永杰：《清代满城历史地理研究》，知识产权出版社2017年版。

潘洪钢：《清代八旗驻防族群的社会变迁》，人民出版社2018年版。

张威：《清代直省驻防城对其所依附城市形态演变的作用研究》，中国建筑工业出版社2019年版。

徐映璞：《杭州驻防旗营考》，《两浙史事丛稿》，浙江古籍出版社

1988 年版。

陈江明：《清代杭州八旗驻防史话》，杭州出版社 2015 年版。

沈广杰：《金梁年谱新编》，现代出版社 2012 年版。

丘良任等编：《中华竹枝词》（四），北京出版社 2007 年版。

朱则杰：《清诗史》，江苏古籍出版社 1992 年版。

严迪昌：《清诗史》，浙江古籍出版社 2002 年版。

朱则杰：《清诗考证》，人民文学出版社 2002 年版。

胡晓真：《清代文学与女性》，蒋寅：《中国古代文学通论·清代卷》，辽宁人民出版社 2005 年版。

段继红：《清代闺阁文学研究》，南开大学出版社 2007 年版。

李嘉瑜：《元代上京纪行诗的空间书写》，里仁书局 2014 年版。

恩华：《八旗艺文编目》，辽宁民族出版社 2006 年版。

张菊玲等辑注：《清代满族作家诗词选》，时代文艺出版社 1987 年版。

张菊玲：《清代满族作家文学概论》，中央民族学院出版社 1990 年版。

张佳生：《清代满族诗词十论》，辽宁民族出版社 1993 年版。

张佳生：《独入佳境：满族宗室文学》，辽宁人民出版社 1997 年版。

张佳生：《清代满族文学论》，辽宁民族出版社 2009 年版。

赵志辉、马清福、邓伟：《满族文学史》，辽宁大学出版社 2012 年版。

荣苏赫、赵永铣主编：《蒙古族文学史》，内蒙古人民出版社 2000 年版。

关纪新：《满族小说与中华文化》，社会科学文献出版社 2014 年版。

赵相璧：《历代蒙古族著作家述略》，内蒙古人民出版社 1990 年版。

云峰：《蒙汉文化交流侧面观——蒙古族汉文创作史》，天津古籍出版社 1992 年版。

云峰：《蒙汉文学关系史》，新疆人民出版社 1997 年版。

白·特木尔巴根：《古代蒙古作家汉文创作考》，内蒙古教育出版社 2002 年版。

米彦青：《接受与书写：唐诗与清代蒙古族汉语韵文创作》，中国社会科学出版社 2014 年版。

米彦青：《中国古代蒙古族汉诗研究》，中国社会科学出版社 2021 年版。

［美］詹姆斯·哈威·鲁滨孙：《新史学》，齐思和等译，商务印书馆1964年版。

［法］费尔南布·罗代尔：《论历史》，刘北成、周立红译，北京大学出版社2008年版。

［美］费正清编：《中国的世界秩序——传统中国的对外关系》，杜继东译，中国社会科学出版社2010年版。

［英］E. 霍布斯鲍姆、T. 兰格编：《传统的发明》，顾杭、庞冠群译，译林出版社2004年版。

［英］拉—布朗：《社会人类学方法》，夏建中译，山东人民出版社1988年版。

［美］保罗·康纳顿：《社会如何记忆》，纳日碧力戈译，上海人民出版社2000年版。

［英］Tim Cresswell：《地方：记忆、想象与认同》，徐苔玲、王志弘译，台北群学出版有限公司2006年版。

［德］哈拉尔德·韦尔策：《社会记忆：历史、回忆、传承》，季斌等译，北京大学出版社2007年版。

［德］阿斯特莉特·埃尔等编：《文化记忆理论读本》，余传玲等译，北京大学出版社2012年版。

［法］皮埃尔·诺拉主编：《记忆之场：法国国民意识的文化社会史》，黄艳红等译，南京大学出版社2015年版。

［美］彼得·诺维克：《大屠杀与集体记忆》，王志华译，译林出版社2019年版。

［法］安德烈·比尔基埃等：《家庭史》，袁树仁等译，生活·读书·新知三联书店1998年版。

［挪］诺伯舒兹：《场所精神——迈向建筑现象学》，施植明译，华中科技大学出版社2010年版。

［美］段义孚：《空间与地方：经验的视角》，王志标译，中国人民大学出版社2017年版。

［美］理查德·怀特：《中间地带：太湖区的印第安人、帝国和共和国》，黄一川译，中信出版社2021年版。

［美］巫鸿：《中国古代艺术与建筑中的"纪念碑性"》，李清泉、郑岩译，上海人民出版社2017年版。

［法］西蒙娜·德·波伏娃：《第二性》，陶铁柱译，中国书籍出版社 2004 年版。

［法］丹纳：《艺术哲学》，傅雷译，生活·读书·新知三联书店 2016 年版。

［美］弗朗兹·博厄斯：《原始艺术》，金辉译，上海文艺出版社 1989 年版。

［英］斯图尔特·霍尔编：《表征——文化表象与意指实践》，徐亮等译，商务印书馆 2003 年版。

［英］约翰·伯格：《观看的方式》，吴莉君译，台北麦田出版社 2005 年版。

［美］段义孚：《回家记》，志丞译，上海译文出版社 2013 年版。

［韩］任桂淳：《清朝八旗驻防兴衰史》，生活·读书·新知三联书店 1993 年版。

［美］柯娇燕：《孤军：满人一家三代与清帝国的终结》，陈兆肆译，人民出版社 2016 年版。

［美］宇文所安：《追忆：中国古典文学中的往事再现》，郑学勤译，生活·读书·新知三联书店 2004 年版。

研究论文

胡明：《关于中国古代的妇女文学》，《文学评论》1995 年第 3 期。

曾繁仁：《试论生态美学》，《文艺研究》2002 年第 5 期。

黄晓晨：《文化记忆》，《国外理论动态》2006 年第 6 期。

王欣：《文学中的创伤心理和创伤记忆研究》，《云南师范大学学报》2012 年第 6 期。

王欣：《创伤记忆的叙事判断、情感特征和叙述类型》，《符号与传媒》2020 年第 2 期。

李真瑜：《明清文学世家的基本特征》，《中州学刊》2006 年第 1 期。

罗时进：《基层写作：明清地域性文学社团考察》，《苏州大学学报》2012 年第 1 期。

罗时进：《清代江南文学发展中的"舅权"影响》，《江海学刊》2011 年第 5 期。

罗时进：《家族文学研究的逻辑起点与问题视域》，《中国社会科学》

2012年第1期。

徐雁平：《诂经精舍：从阮元到俞樾》，《古典文献研究》第十辑。

吴建：《江南人文景观视角下的康乾南巡研究》，博士学位论文，苏州大学，2017年。

胡晓真：《离乱杭州——战争记忆与杭州记事文学》，《东吴学术》2013年第1期。

任聪颖：《湖上常留处士风——晚清民初的西湖隐逸文学研究》，博士学位论文，华东师范大学，2015年。

陈恩维：《空间、记忆与地域诗学传承：以广州南园和岭南诗歌的互动为例》，《文学遗产》2019年第3期。

米彦青：《清代草原丝绸之路诗歌文学的特质》，《民族文学研究》2017年第5期。

张佳生：《论八旗文学之分期》，《满族研究》1996年第2期。

严迪昌：《八旗诗史案》，《西北师大学报》2004年第3期。

朱则杰：《清代八旗诗歌丛考》，《西北师大学报》2010年第6期。

朱则杰、卢高媛：《清代八旗诗人丛考》，《苏州大学学报》2013年第2期。

李扬：《八旗诗歌史》，博士学位论文，浙江大学，2014年。

刘大先：《晚清民国旗人社会变迁与文学的互动》，《南京师大学报》2018年第5期。

米彦青：《蒙汉文学交融视域下的乾嘉诗坛》，《民族文学研究》2016年第4期。

米彦青：《光宣诗坛的蒙古族创作与蒙汉诗学思潮》，《文学遗产》2018年第2期。

米彦青：《时代变局中的中华民族文学书写——以道咸同时代蒙古文学思潮为视角》，《民族文学研究》2019年第1期。

米彦青：《清代八旗安养制度下的驻防蒙古文学》，《民族文学研究》2020年第5期。

曹诣珍：《清代杭州驻防八旗的文学生态》，《中南大学学报》2019年第2期。

李桔松：《清末民初三多诗词研究》，硕士学位论文，内蒙古大学，2013年。

张博:《瑞常诗歌研究》,硕士学位论文,内蒙古大学,2015年。

李桔松:《论清末民初蒙古族词人三多的词与词风》,《民族文学研究》2015年第1期。

李桔松:《从〈可园诗钞〉看三多任库伦办事大臣前后之心路历程》,《中国边疆史地研究》2016年第2期。

李珊珊:《蒙汉文学交融视域下的驻防诗人贵成研究》,硕士学位论文,内蒙古大学,2018年。

李桔松:《国图藏〈杭防营志〉稿本及文献价值考述》,《北京教育学院学报》2018年第4期。

李桔松:《记忆、塑造和认同——清杭州〈城西古迹考〉〈柳营谣〉解读》,《贵州社会科学》2019年第2期。

李珊珊:《民族文化场域中的继承与坚守:晚清满洲凤瑞家族的文学创作》,《内蒙古社会科学》2020年第3期。

唐晓峰:《长城内外是故乡》,《读书》1998年第4期。

李大龙:《传统夷夏观与中国疆域的形成——中国疆域形成理论探讨之一》,《中国边疆史地研究》2004年第1期。

高月:《论清代的疆域统合与地方政制变革——以东北地方为讨论中心》,《社会科学辑刊》2012年第2期。

李治安:《民族融汇与中国历史发展第二条基本线索论纲》,《史学集刊》2019年第1期。

鱼宏亮:《跨越地理环境之路——明清时期北方地区的游牧社会与农商社会》,《文史哲》2020年第3期。

马子木:《论清朝翻译科举的形成与发展(1723—1850)》,《清史研究》2014年第3期。

马子木、乌云毕力格:《"同文之治":清朝多语文政治文化的构拟与实践》,《民族研究》2017年第4期。

吴屹豪:《历时性作为线索的城市传统滨水地区形态考察与更新策略——以杭州市湖滨地区为例》,《建筑与文化》2018年第4期。

顾建娣:《清代的旗人书院》,《近代史研究》2015年第6期。

张佳生:《满族的女真意识与"满洲"意识——清代满族民族意识的形成发展》,《满语研究》2013年第1期。

张佳生:《满族的八旗意识与国家意识——清代满族民族意识的形成

发展（续）》，《满语研究》2013 年第 2 期。

顾建娣：《太平天国运动后江南驻防的恢复与重建》，《近代史研究》2020 年第 3 期。

潘洪钢：《八旗驻防族群土著化的标志》，《中南民族大学学报》2011 年第 5 期。

陈喜波、颜廷真：《清代杭州满城研究》，《满族研究》2001 年第 3 期。

汪利平：《杭州旗人和他们的汉人邻居：一个城市中民族关系的个案》，《中国社会科学》2007 年第 6 期。

陈可畏：《辛亥革命与杭州驻防旗营》，《历史教学问题》2011 年第 6 期。

余雅汝：《〈杭州八旗驻防营志略〉研究》，硕士学位论文，华东师范大学，2013 年。

潘洪钢：《杭州驻防八旗与太平天国》，《江汉论坛》2013 年第 12 期。

郑宁：《清初江南的八旗驻防与地方应对——以杭州满营建设为中心》，《苏州大学学报》2019 年第 3 期。

翟培佳：《三多与清末蒙古地区新政研究》，硕士学位论文，中国人民大学，2010 年。

沈洁：《从贵林之死看辛壬之际的种族与政治》，《史林》2013 年第 4 期。

李桔松：《清末杭州八旗驻防士人的族群意识——以金梁和惠兴为考察中心》，《北京教育学院学报》2017 年第 2 期。

贾小叶：《〈杭州驻防瓜尔佳氏上皇太后书〉作者考析》，《近代史研究》2017 年第 6 期。

陶亚敏：《论金梁入馆与〈清史稿〉版本之争》，《北京社会科学》2019 年第 6 期。

后　记

在七八年前，我读硕士的时候，上米彦青老师的课程，结束时要求写作一篇以晚清文人作品为研究对象的论文。我毫无头绪，只因跟随老师做清代蒙古八旗文人汉诗创作的研究，遂将着眼点放在了八旗文人身上，就去翻览《清代诗文集汇编》，几经筛选后，最终决定以广州驻防汉军旗人陈良玉及其《梅窝词钞》为研究对象，去探讨陈良玉的词风。后来做硕士毕业论文，研究杭州驻防蒙古八旗文人贵成诗作。接下来又继续读老师的博士，因着杭州驻防文人创作在八旗驻防中具有典型性，便决定以其作为博士毕业论文选题，最终完成《清代杭州驻防文人诗歌研究》，这部书稿便是由此修改而来。我自2021年的夏天自内蒙古大学博士毕业，随后进入南开大学文学院博士后流动站工作，距今已近两年。在这期间，我的研究方向也由杭州驻防扩大至整个江南驻防（将京口驻防、江宁驻防纳入）。完成江南驻防八旗文人诗歌研究之后，我计划对广州驻防、荆州驻防、河南驻防等地的八旗文人汉诗创作进行研究。在此罗列我的研究顺序，是想要表达我在最初写陈良玉的时候，只是因为课程作业的需要，并没有想过今后会在相对长的时段里继续做与八旗驻防文人相关的研究。未来的某一天，我会重新去了解广州驻防，陈良玉便会再次进入研究视野，想来也是很奇妙的事情。

作为一位初入门的研究者，米彦青师便是带我入门的那一位。在她的引领下，我开始逐步知道如何查阅文献、怎样去写一篇规范的学术论文。而老师思考问题的方式、做学问的态度也在潜移默化地影响着我。在此感谢老师多年的教导。进入南开大学后，陈洪先生是我的导师，他在中国文学及中国文化的研究上有很独到而精准的认识，听先生谈话常常让我有豁然开朗的感觉，对书稿中部分问题的修正有很多助益，谢谢先生的引领。

在博士学位论文开题及答辩时,得到了诸多专家的建议,为书稿的完善提供了很多帮助,在此一并致谢。

谢谢我的家人包容我、开导我、鼓励我,给我很多力量。你们的陪伴,是此书完成的重要背景。

最后,特别感谢中国社会科学出版社的编辑宫京蕾老师,为本书稿的顺利出版做了大量认真细致的工作。

由于我的学识有限,书中难免有不当之处,敬请读者方家批评指正。